DESSEINS REBELLES

La Ligue des Rebelles, tome I

LAUREN SMITH

Traduction par
ANGELIQUE OLIVIA MOREAU

Traduction par
VALENTIN TRANSLATION

Titre original : Wicked Designs – Copyright 2014 Lauren Smith

Traduit de l'anglais (États-Unis) par Angélique Olivia Moreau et Valentin Translation - Copyright 2022

ISBN : 978-1-956227-62-8 (version e-book)

ISBN : 978-1-956227-63-5 (version papier)

4E RÈGLE DE LA LIGUE

« Q uand il séduit une dame, tout membre de la Ligue est en droit de la courtiser jusqu'à ce qu'elle déclare son intérêt pour l'un d'entre nous. À partir de cet instant, les autres devront suspendre leurs attentions envers la demoiselle. »

Extrait de *la Gazette de la Lorgnette*, 3 avril 1820, colonne de Madame Société :

Madame Société a été fort amusée en début de semaine, lorsqu'elle a été témoin d'un énième stratagème diabolique perpétré par un membre de la célèbre Ligue rebelle londonienne. Sa Grâce le duc d'Essex a été vu séduisant une veuve des plus attrayantes au cours d'une soirée musicale organisée par le vicomte Sheridan.

Manifestement, le duc a véritablement rompu avec sa maîtresse de longue date, Miss Évangéline Mirabeau. Toutes les mères dotées de filles à marier pousseront un soupir collectif de tristesse en apprenant que Sa Grâce est un célibataire invétéré qui n'a aucune intention de se passer la corde au cou. Il est honteux que Sa Grâce ne soit pas un gentleman à qui les mères pourraient unir leurs filles en toute confiance, et qu'il se livre en prime à un style de vie dévoyé.

Madame Société continuera d'observer la Ligue avec le plus grand intérêt...

L*ONDRES,* SEPTEMBRE *1820*

Quelque chose ne tournait pas rond. Quand Émily Parr laissa le vieux cocher l'aider à grimper dans la calèche, le regard étrange qu'il lui décocha lui donna la chair de poule. Jetant un œil dans l'habitacle sombre du véhicule, elle fut surprise de le trouver inoccupé. Oncle Albert était censé l'accompagner durant ses sorties en société, ou du moins un chaperon. Alors pourquoi la voiture était-elle vide ?

Elle s'installa sur la banquette arrière, serrant si fort son réticule que les perles s'enfoncèrent dans ses paumes à travers ses gants. Son oncle était peut-être en réunion avec son partenaire en affaires, Mr Blankenship. Elle l'avait vu arriver juste avant de monter à l'étage pour se préparer au bal. Elle en eut le frisson. Cet homme était une créature lascive avec des yeux noirs comme la nuit et des mains qui avaient tendance à se balader trop librement en sa présence. Émily n'était pas au fait du monde, ayant seulement fêté ses dix-huit ans quelques mois auparavant. Toutefois, l'année qu'elle venait de passer auprès de son oncle lui avait fait entrevoir d'autres côtés de l'existence... et elle n'était guère impressionnée !

Sa première petite saison à Londres aurait dû être une expérience merveilleuse. Au lieu de cela, elle avait débuté par la mort de ses parents en mer et s'était terminée par sa nouvelle vie dans la tombe poussiéreuse de la maison de son oncle. Avec une bibliothèque dégarnie, pas de pianoforte et pas d'amies, Émily avait commencé à sombrer dans une brume mélancolique. Il était essentiel qu'elle trouve un bon parti, et vite. Elle devait échapper au monde de l'oncle Albert et son seul expédient était de mettre légalement la main sur la fortune de son père.

Un cousin éloigné de sa mère détenait l'argent en fiducie. Il était frustrant qu'un homme qu'elle n'avait jamais rencontré tienne les cordons de la bourse de sa vie. L'oncle Albert aussi méprisait cette situation. En tant que gardien légal, il était forcé de rendre des comptes à ce cousin, ce qui – heureusement – l'empêchait de piocher trop profondément dans les fonds d'Émily pour son propre intérêt. Cette petite fortune représentait son meilleur moyen de négociation pour attirer des prétendants éventuels. Même si l'argent revenait à son mari, elle espérait rencontrer un homme qui la respecterait suffisamment pour ne pas dilapider ce qui lui appartenait légitimement. Cela étant, arriver au bal sans chaperon écornerait ses chances de trouver un époux. Il était tout bonnement inconvenant de se présenter seule. Cela donnerait une bien mauvaise impression de son oncle ainsi que de leur situation financière.

Aussi soulagée qu'elle le fût de ne pas être escortée par Albert ou Mr Blankenship, elle ne put empêcher son ventre de se serrer. Elle se rappela la froideur avec laquelle le vieux cocher l'avait regardée juste avant qu'elle ne grimpe à l'intérieur. L'audace de ce sourire l'avait mise un peu mal à l'aise, comme s'il savait quelque chose qu'elle ignorait et qu'il s'en amusait. C'était ridicule ! Le vieil homme ne présentait aucune menace. Elle ne parvenait cependant pas à se débarrasser de sa méfiance. Elle aurait été reconnaissante de la présence de l'oncle Albert, même si cela avait signifié d'autres discours sans fin sur l'argent qu'elle lui coûtait et la gentillesse dont il avait fait preuve envers elle après le naufrage de ses parents.

Ce cocher avait été engagé pour la conduire au bal de Chessley House et tout allait bien se passer. Si elle continuait à se le répéter comme un mantra, elle parviendrait peut-être à y croire. Espérant apaiser la tension, Émily se força à penser à ce que la soirée lui apporterait. Elle rejoindrait sa nouvelle amie, Anne Chessley, ainsi que Mrs Judith Prachet, une vieille amie de la mère d'Anne, qui avait aimablement accepté de parrainer Émily pour la petite saison. Elle aurait toutes les chances du monde de rencontrer un homme et piquer suffisamment son intérêt pour qu'il demande à son oncle la permission de la courtiser.

Elle faillit sourire. Ce soir, peut-être, elle danserait avec le comte de Pembroke.

La veille, le séduisant aristocrate s'était laissé présenter avec un sourire et lui avait proposé de danser. Émily avait manqué pleurer de déception quand elle dut l'informer que Mrs Prachet avait déjà rempli son carton de danse.

Le comte avait répondu « ce n'est que partie remise » et Émily avait hoché la tête avec enthousiasme, croisant les doigts pour qu'il se souvienne d'elle.

Ce soir, j'aurai peut-être un coup de chance. Elle l'espérait sincèrement. Elle n'était pas assez naïve pour envisager d'avoir un jour l'opportunité d'épouser une personne comme le comte de Pembroke, mais il était agréable d'être remarquée par un homme de son envergure. Parfois, ce type d'attention attirait celle d'autres gentlemen.

Un moment plus tard, la calèche s'arrêta brusquement et elle faillit dégringoler de son siège, ses pensées interrompues, ses rêveries dissipées.

— Héla, mon brave ! s'écria un homme à proximité.

Émily se dirigea vers la portière, mais le véhicule se balança de droite à gauche quand quelqu'un grimpa sur le siège du cocher, la faisant retomber sur sa banquette.

— Vingt livres pour suivre ces deux cavaliers et faire ce que nous vous demandons, dit le nouveau venu.

Ayant recouvré son équilibre, elle ouvrit les rideaux de la calèche. Deux hommes à cheval occupaient la ruelle sombre, lui tournant le dos. Que se passait-il ? Un sentiment de malaise s'installa au plus profond de son ventre. La voiture fit une embardée et reprit sa course. Comme elle l'avait craint, le cocher ne s'était pas arrêté à Chessley House. Il suivait les cavaliers qui lui ouvraient la route.

Qu'était-ce donc ? Un enlèvement ? Un vol ? Allait-elle passer la tête par la fenêtre et leur demander de s'arrêter ? S'ils avaient l'intention de la dépouiller, leur demander des explications était peut-être une mauvaise idée... Et pourquoi l'enlèveraient-ils *elle* alors qu'il existait tant d'autres héritières, bien plus jolies qu'elle, introduites cette saison ? Cela ne pouvait pas être un enlèvement ! Ses pensées s'entrechoquèrent et elle essaya de digérer la situation. Qu'aurait fait son père dans une telle situation ? Il aurait chargé un pistolet et les aurait repoussés. N'étant pas armée, elle devrait trouver une combine ingénieuse. Ces hommes se laisseraient-ils convaincre ? *Peu probable.*

Émily se mordilla la lèvre inférieure, passant ses options en revue. Appeler au secours risquerait d'aggraver la situation. Elle pouvait ouvrir la portière et se jeter sur la route, mais le claquement de sabots derrière la calèche la retint. Il n'était pas garanti qu'elle survive à la chute si elle tentait le coup, et les chevaux qui les suivaient étaient trop proches. Elle se ferait probablement tuer. Émily retomba contre le dossier du siège avec un soupir tremblant, le cœur battant. Elle devrait attendre que le cocher s'arrête.

Pendant ce qui lui parut durer une heure, elle continua à regarder nerveusement par les fenêtres afin d'essayer de deviner la direction dans laquelle la calèche se rendait. À présent, Londres était loin derrière elle. Seuls des champs s'étendaient des deux côtés de la route. Des claquements de sabots annoncèrent qu'un cavalier s'approchait, puis un homme monté sur un hongre noir élancé passa au galop devant sa fenêtre. Il était trop proche et son cheval trop grand pour qu'elle puisse le voir correctement. Le clair de lune illumina la robe brillante de l'animal qui la dépassa à toute vitesse.

Elle devina à la proximité du cavalier et à la façon déterminée dont il se tenait sur sa selle qu'il était impliqué dans cette histoire. Quelle personne saine d'esprit, hormis Blankenship, ce vieil homme horrible, aurait voulu la kidnapper ? Il était tout à fait du genre à fomenter un complot aussi malfaisant.

L'autre soir, il était venu dîner chez son oncle et, profitant du fait que celui-ci tourne le dos une seconde, il avait enroulé une mèche des cheveux d'Émily autour de ses doigts épais, tirant dessus si fort qu'elle avait manqué pousser un cri. Il lui avait chuchoté des choses horribles à l'oreille, des propos obscènes qui lui avaient donné la nausée. Il lui avait révélé qu'il avait prévu de l'épouser dès que son oncle aurait donné son accord ! Émily l'avait regardé dans les yeux et avait déclaré qu'elle ne l'épouserait jamais. Se contentant de rire, il lui avait répondu « on verra, ma belle. On verra ».

Eh bien, elle ne céderait pas ! Elle n'était pas un pion qu'on pouvait capturer et détenir contre son gré. Ils allaient devoir se battre pour s'emparer d'elle.

Émily regarda par la fenêtre du côté opposé pour compter les cavaliers. Ils étaient deux à ouvrir la marche, la précédant de quelques mètres seulement. Deux autres flanquaient la calèche. L'un d'eux chevauchait avec un deuxième cheval attaché à sa selle, probablement pour l'homme qui voyageait à présent avec le cocher. Cela ne jouait vraiment pas en sa faveur. Quoiqu'elle pourrait se montrer plus maligne qu'eux !

La voiture ralentit et s'arrêta en grinçant. Émily fit le point sur sa situation. Elle s'efforça de reprendre le contrôle et respira plus lentement. Paniquer réduirait ses chances de s'en sortir. Elle devait se cacher... mais elle n'avait pas la force d'échapper à *cinq* hommes.

Ses yeux tombèrent sur la banquette opposée.

À moins que...

❦

Godric Saint-Laurent, douzième duc d'Essex, se pencha en arrière sur sa selle pour mieux observer la progression de l'enlèvement qu'il avait orchestré. Couvrant sa bouche d'une main gantée, il étouffa un bâillement. Tout se déroulait parfaitement. D'ailleurs, ce kidnapping était presque ennuyeux. Ils avaient intercepté la calèche dix minutes avant qu'elle n'atteigne Chessley House. Personne n'avait remarqué l'escorte de cavaliers ou le changement d'itinéraire du cocher. Curieusement, la passagère n'avait montré aucun signe de résistance ou d'inquiétude. La situation n'aurait-elle pas dû lui tirer quelques protestations ?

Une pensée l'arrêta net. Et si elle avait profité du fait qu'ils ralentissent dans un virage avant de quitter la ville pour se glisser hors du véhicule ? Certainement pas, ils l'auraient vue. Elle était probablement trop terrifiée pour faire le moindre geste ; d'où le silence dans l'habitacle. Elle n'avait cependant rien à craindre ; il ne lui arriverait aucun mal.

Il adressa un signe de la tête à son ami Charles qui était perché à côté du conducteur. Celui-ci laissa tomber dans les mains tendues du cocher un sac de pièces qui cliquetèrent.

Ils avaient parcouru la moitié du trajet entre Londres et le domaine ancestral de Godric. Ils feraient le reste du chemin à cheval et cette fille partagerait une monture avec lui ou l'un de ses amis. Le cocher retournerait à Londres, porteur d'un message pour Albert Parr et d'un récit extraordinaire qui l'exonérerait de toute responsabilité.

— Ashton, restez ici avec moi.

Godric fit signe à son ami de le rejoindre pendant que les autres éloignaient leurs montures, attendant son signal. Un enlèvement n'était pas une mince affaire et il vaudrait mieux qu'ils ne soient que deux pour maîtriser la fille. Elle risquait de faire une crise si les trois autres se tenaient trop près.

Il chevaucha jusqu'à la calèche, curieux de voir si la passagère correspondait à son souvenir. Il ne l'avait vue qu'une seule fois depuis une fenêtre qui donnait sur les jardins, la fois où il avait rendu visite à son oncle. Elle était agenouillée dans les parterres de fleurs, retirant les mauvaises herbes, vêtue d'une robe toute sale : un travail plus adapté à une servante qu'à une dame de qualité. Il avait été prêt à l'effacer de son esprit lorsqu'elle s'était tournée pour balayer le jardin du regard, une trace de terre maculant le bout de son nez retroussé. Un papillon avait quitté une fleur toute proche pour venir voltiger au-dessus de sa tête. Elle ne l'avait pas remarqué, même lorsqu'il s'était posé sur ses longs cheveux bouclés. Quelque chose dans la poitrine de Godric avait fait un drôle de petit bond et il avait ressenti une étincelle de désir. Toute autre femme aussi innocente n'aurait pas attiré son intérêt, mais il avait vu une ardeur dans son regard, une intelligence cachée pendant qu'elle creusait la terre. Miss Émily Parr était différente et cette différence était intrigante.

Ashton remit au cocher la lettre de rançon à l'intention de Parr et se positionna à l'avant de la calèche. Saisissant la portière, Godric l'ouvrit, se préparant à se faire crier dessus.

Rien ne vint.

— Mes excuses les plus sincères, Miss Parr...

Toujours pas de cris.

— Miss Parr ?

Il passa la tête dans l'habitacle.

Il était vide. Pas même un chaperon, telle une dragonne crachant le feu. Cela dit, il n'en avait pas espéré. Ses sources lui avaient assuré que la demoiselle serait seule ce soir.

Godric regarda par-dessus son épaule.

— Ash ? Êtes-vous certain que ce soit bien la calèche de Parr ?

— Bien sûr. Pourquoi ?

Ashton sauta de son cheval, le rejoignit et enfonça la tête dans l'habitacle vide. Il resta silencieux un long moment avant de se retirer. Il posa son index sur ses lèvres et désigna l'intérieur du véhicule. Une touffe de mousseline rose émergeait de la banquette en bois. Il fit signe à Godric de s'éloigner de la calèche.

Ashton baissa la voix.

— Il semble que notre petite chasse au lapin se soit transformée en traque au renard. Elle s'est cachée dans l'espace creux de la banquette, la petite rusée.

— Elle est cachée sous la banquette ?

Godric secoua la tête, perplexe. Pas une femme de sa connaissance n'aurait songé à un tour aussi intelligent. Ou bien Évangéline, peut-être, qui était une femme peu commune. Un frisson d'excitation courut dans ses veines et se nicha dans sa poitrine. Il adorait les défis.

— Attendons quelques minutes pour voir si elle va émerger.

Godric jeta un regard en arrière vers la calèche, sentant l'impatience monter.

— Je ne veux pas prendre racine ici toute la nuit.

— Elle sortira vite. Laissez-moi faire.

Ashton retourna à la calèche et appela Godric d'une voix forte.

— Damnation ! Elle a dû s'échapper avant qu'on ait pris le contrôle de la calèche. Oublions cela. On ramènera le cocher à Londres demain.

Ashton claqua la portière et fit signe à Godric de le rejoindre.

— Il ne nous reste plus qu'à attendre, murmura Ashton.

Il indiqua qu'il garderait la portière gauche de la calèche tandis que Godric se posterait à droite.

۞

ÉMILY ÉCOUTA LE GRONDEMENT DES SABOTS QUI BATTAIENT EN retraite et elle compta en silence jusqu'à cent. Son cœur fit un bond dans sa poitrine quand elle songea à ce que feraient ces hommes s'ils l'attrapaient. Les bandits de grand chemin se montraient parfois cruels et meurtriers, surtout si leur victime n'avait rien à offrir. N'ayant pas accès à la fortune de son père, cela ne laissait que son corps.

Une terreur glaciale lui saisit l'échine, paralysant ses membres. Elle inspira profondément, sentant l'anxiété tourbillonner en elle.

Je dois être courageuse et leur résister jusqu'à ce que je n'aie plus la force de me battre. Avec des mains tremblantes, elle poussa le couvercle de la banquette, grimaçant quand il s'ouvrit brusquement. Une fois sortie, elle épousseta la poussière qui maculait sa robe, remarquant que le bois brut de l'intérieur du caisson avait laissé quelques déchirures. Cela n'avait pas la moindre importance ! Seule sa survie comptait.

Émily regarda par la fenêtre de la calèche. Rien ne ressortait dans l'obscurité. Seule la lueur pâle du clair de lune caressait la route de ses rayons laiteux. Dans le ciel, des étoiles clignotaient ; des lumières pâles, distantes et froides. Elle fut secouée d'un frisson et enroula les bras autour d'elle, souhaitant vraiment être chez elle. Son lit chaud lui manquait ainsi que les murmures de ses parents au fond du couloir. C'était un confort qu'elle avait considéré comme acquis. Toutefois, elle ne pouvait pas se permettre de penser à eux, pas tant qu'elle était en danger.

Ces hommes sont-ils vraiment partis ? Est-ce véritablement si facile que cela ?

Elle ouvrit la porte de la calèche et descendit sur la route en terre battue. Des bras puissants lui agrippèrent la taille et la tirèrent en arrière. La collision avec un corps dur vida tout l'air de ses poumons. La terreur courut dans ses veines tandis qu'elle luttait contre les bras qui l'enserraient.

— Bonsoir, ma chère ! murmura une voix.

Émily poussa un autre cri et mordit la main qui lui couvrait la bouche. Elle sentit le goût du cuir lisse de gants d'équitation.

L'homme poussa un rugissement et faillit la laisser tomber.

— Bon Dieu !

Émily lança un coude en arrière, en plein dans le ventre de son agresseur, et tenta de se libérer avant qu'il lui saisisse le bras. Elle se retourna, lui abattant son poing en plein visage. L'homme fit un pas en arrière, la laissant libre de bondir à nouveau dans la calèche.

Si elle pouvait s'enfuir par l'autre côté, elle aurait peut-être une chance. Elle se précipita vers la portière, mais n'eut pas le temps de l'atteindre. Ce diable bondit dans la voiture à sa suite. Se tournant pour lui faire face, elle se retrouva étendue sur le plancher.

Elle poussa un autre cri quand cet individu s'allongea sur elle

La faible luminosité de la lune révélait ses yeux brillants et ses traits marqués.

Il retint ses poignets qui battaient l'air, les épinglant au-dessus de sa tête.

— Calmez-vous !

Émily aurait voulu lui arracher les yeux, mais son assaillant était implacable. Elle sentit ses hanches se plaquer contre les siennes et la panique décupla sa terreur. Ses craintes d'être prise de force refirent surface quand elle sentit un souffle chaud sur son visage et son cou. Elle hurla et l'homme s'écarta d'elle comme si le son l'avait dérouté.

— Je ne vais pas vous faire de mal.

Sa voix vibrait d'un faible grognement, démentant sa promesse.

— Si, vous me faites mal !

Elle agita les bras inutilement contre lui.

L'homme desserra légèrement son emprise et Émily tenta sa chance. Elle plia les genoux et, avec toute la force qu'elle put invoquer, le frappa avec les talons. Son attaquant trébucha par la portière ouverte et tomba sur le dos. Émily enregistra à peine qu'il était à terre avant de faire volte-face pour sortir par l'autre côté de la calèche.

Au moment où elle en émergea, l'autre homme se jeta sur elle. Afin de lui échapper, Émily retomba contre le côté de la voiture. Plutôt que de se saisir d'elle, l'homme écarta les bras pour lui bloquer la route, comme s'il guidait du bétail.

— Allons, allons, ronronna-t-il.

Émily tourna brusquement la tête vers la gauche et implora son cerveau de lui envoyer des idées. En attendant, celui qu'elle avait mordu avait fait le tour et bondit, l'épinglant contre la calèche, l'emprisonnant entre ses bras. Son corps musclé et puissant la dominait. Il avait le visage tendu comme si un seul mouvement d'elle aurait déclenché quelque chose de sombre et de sauvage. Émily retint son souffle, son cœur battant violemment contre ses côtes.

L'homme, en rage, haletait, son regard l'hypnotisant par son intensité. Pourtant, à la seconde où il cligna des paupières, le sortilège se brisa et elle se débattit avec toute la force qu'elle pouvait invoquer.

— Cédric, j'ai besoin de vous ! cria-t-il par-dessus son épaule.

Un des cavaliers se présenta au trot, une flasque en argent à la main. Émily redoubla ses efforts pour s'échapper et abattit son pied sur la botte de son ravisseur. Trop tard ! L'homme tint la fiole contre ses lèvres et quand elle n'ouvrit pas la bouche, il lui pinça le nez et elle fut forcée de les écarter pour respirer. Un liquide vil et amer lui coula dans la gorge. Elle s'étrangla puis avala.

Le goût amer dans sa bouche la fit trembler violemment et elle fut prise d'un vertige qui flouta sa vision. Elle eut l'impression que le sol sous ses pieds tourbillonnait. Une paralysie effrayante s'empara de ses membres et elle s'affaissa contre celui qui la tenait toujours. Si elle feignait l'inconscience pendant un instant, reprenait sa respiration et s'éclaircissait les idées, elle pourrait se battre...

L'homme à la fiole recula et Émily laissa son corps se détendre. Son ravisseur garda les bras autour de sa taille et de ses épaules, la verrouillant contre son corps. Émily prit une petite inspiration lente afin de ne pas éveiller l'attention. L'homme qui la tenait attendit que quelqu'un étende un manteau sur l'herbe pour l'y déposer délicatement. Il s'éloigna pour aller parler à ses compagnons. Elle en compta cinq avant de devoir fermer les paupières.

Tendant l'oreille Émily fit de son mieux pour rester immobile et respirer doucement, mais elle eut du mal à lutter contre sa panique croissante et le brouillard qui s'emparait lentement de ses sens. Réprimant ses instincts qui lui criaient de s'enfuir, elle ne bougea pas, priant pour qu'ils détournent l'attention d'elle pendant assez longtemps pour qu'elle puisse se redresser et prendre la poudre d'escampette.

Elle entendit la voix d'un homme au-dessus d'elle.

— Eh bien, cela n'a pas été trop difficile.

— Allons, est-ce une enfant tzigane ? Je croyais que nous enlevions une jeune femme de la bonne société...

Un autre éclata de rire.

Malgré sa léthargie, Émily dut réprimer l'envie de montrer des dents. *Quels satanés coqs arrogants !* La colère valait mieux que la peur et elle lui donna un peu plus d'énergie.

Que contenait donc cette fiole à laquelle elle avait bu ? *Du poison ?* Non... cela n'avait aucun sens. Elle avait lu quelque chose à propos de ce goût amer... *Du laudanum !* Une nouvelle bouffée de colère monta en elle. Elle la laissa s'emparer de tout son corps, y faisant croître l'illusion de la force.

Une autre voix s'éleva.

— Charles, donnez une solde supplémentaire au cocher pour son silence. Lucien et moi nous occuperons de cette jeune fille.

Elle reconnut cette voix. C'était celui qu'elle avait mordu. Apparemment, ils étaient tous des gentlemen, si on pouvait les désigner de la sorte.

Après avoir emménagé avec son oncle, elle avait appris à ne plus jamais se fier à l'apparence d'un homme. De beaux atours ne garantissaient pas un cœur bon.

Ce qui la troublait davantage était ce que ces gredins voulaient d'elle. Ce n'était certainement pas Blankenship qui les avait embauchés pour l'enlever. Il aurait choisi des hommes de moindre standing. Le gant d'équitation qu'elle avait mordu était de bonne qualité, trop beau pour des hommes de main ordinaires.

— Combien de temps restera-t-elle inconsciente ? demanda un des hommes.

— C'est difficile à dire... probablement une bonne heure.

Elle reconnut la voix du gentleman appelé Cédric.

— L'un d'entre nous la ramènera au manoir.

Une main douce écarta les cheveux d'Émily de son visage. Cette même main descendit jusqu'à son cou, caressant sa peau avant de toucher son bras et de glisser le long de sa taille. Des frémissements de peur coururent sous sa peau. Elle lutta pour empêcher sa respiration de s'accélérer, sentant son cœur palpiter frénétiquement. Lorsque la main lui frôla la taille, le souffle d'Émily accéléra. Elle était très sensible dans cette zone et la danse légère du bout de ces doigts le long de son corps, à travers la mousseline, lui fit ravaler un gloussement. Elle maudit sa sensibilité aux chatouilles.

La main se retira et revint tout aussi soudainement, lui frôlant la taille avec la même légèreté jusqu'à ce qu'elle éclate de rire.

— Elle est éveillée ! s'écria le ravisseur qui venait de la

toucher d'une voix haletante, comme s'il peinait à contenir son hilarité.

Émily se mit maladroitement à quatre pattes. Elle n'avait pas plus tôt fait un mouvement qu'un corps la tacla par-derrière, la renversant à terre. Ses maigres forces la désertèrent. Elle sentit des genoux lui coincer les hanches, la plaquant au sol. Elle poussa un cri quand l'homme s'installa sur elle. Il desserra suffisamment son étreinte pour la laisser respirer, mais pas assez pour lui accorder la moindre liberté.

— La tenez-vous, Godric ?

Émily se débattit, donnant des coups de pied, cambrant le dos.

— S'il vous plaît ! Ne faites pas cela, je vous en prie !

Supplier la dégoûtait, mais c'était sa dernière chance.

— Nous ne vous ferons aucun mal, ma chère.

Godric, l'homme au-dessus d'elle, fit courir une grande paume sur ses côtes, les caressant d'un geste apaisant.

— Menteur !

Il resserra sa prise pendant qu'Émily donnait des coups de pied et se débattait.

— Je la tiens, mais dépêchez-vous, Cédric ! Elle se débat comme une sauvageonne.

Ce dernier s'agenouilla près de la tête d'Émily et inclina la flasque contre ses lèvres, lui fourrant du laudanum dans la gorge. Elle essaya de tourner la tête sur le côté, mais l'autre main de Cédric lui couvrit la bouche, l'empêchant de recracher le liquide dégoûtant. Il était inutile de lutter contre son destin. Elle laissa ses yeux plaider alors que sa bouche ne pouvait pas le faire.

— Je suis désolé, ma chère. Franchement.

La sincérité de la voix de Cédric la surprit.

Comment pouvait-elle aller de pair avec une telle brutalité ?

Il garda la fiole plaquée sur ses lèvres. Elle déglutit fort puis toussa, sentant le liquide lui brûler les entrailles.

La dernière chose qu'elle vit fut Cédric qui fronçait les sourcils. Ses doigts laissèrent des empreintes dans la terre caillouteuse de la route sombre et dépeuplée alors qu'elle luttait pour rester consciente. Le parfum terreux du sol s'empara de ses narines, se mélangeant à la chaleur intense du corps masculin qui l'épinglait. Ses membres étaient lourds. Elle battit des paupières et sut qu'elle ne tiendrait plus très longtemps. Godric caressait doucement son corps comme pour la réconforter, mais seules la confusion et la peur l'accompagnèrent dans l'obscurité qui l'engloutit.

❧

Cédric, le vicomte Sheridan, saisit le menton de la jeune fille et lui inclina le visage pour l'examiner.

— Est-elle vraiment endormie ?

Le clair de lune baignait son corps, permettant aux hommes d'observer leur victime de plus près. De longs cils sombres reposaient sur des joues de porcelaine légèrement rosies.

— Il n'y a qu'une seule façon de le savoir.

Les mains de Godric passèrent sur le corps d'Émily, revenant plusieurs fois à sa taille, où il avait découvert qu'elle était chatouilleuse.

Elle resta immobile et insensible sous son exploration.

— Pas de doute. Elle a perdu connaissance.

Il s'écarta d'elle.

Lucien et Charles regagnèrent leurs montures d'un pas vif et ce dernier ricana.

— Vous aviez dit qu'il nous faudrait combien d'hommes pour maîtriser cette petite tigresse ?

Lucien Russell, le marquis de Rochester, ravala un sourire.

— Plus que ce qu'on avait prévu, répondit Ashton d'un ton amusé en baissant les yeux vers Émily.

Godric observa la petite captive sale, mais éblouissante étendue à ses pieds.

— Elle ne ressemble absolument pas à son oncle.

La chaleur se rassembla au plus profond de son corps. Le bref souvenir qu'il gardait d'elle ne faisait pas justice au mystère que représentait Miss Émily Parr. Il ne parvenait pas à oublier la façon dont elle l'avait combattu, malgré sa peur. Pourtant, savoir qu'il l'avait terrorisée laissait un vide dans sa poitrine. Il avait cru être capable de l'enlever en passant outre à ses protestations. Il ne s'était pas attendu à ce qu'Émily lutte aussi vaillamment contre lui et lui donne l'impression d'être un véritable scélérat.

Cédric fourra la bouteille de laudanum dans la poche de son gilet.

— Vous avez des regrets ?

Godric partit d'un grand rire et se dédit de sa culpabilité.

— Seigneur, non. Vous me connaissez pourtant bien, Cédric. Elle est à moi, maintenant.

Il jeta un autre regard à Émily.

Il se sentait curieusement possessif envers elle, même s'il n'avait aucun droit sur sa personne. Cependant, l'envie soudaine de déposer la jeune fille dans un jardin clos lui plaisait beaucoup... Prisonnière d'une tour telle une princesse de conte de fées !

— Cette demoiselle l'a intrigué, dit Lucien à ses amis.

Godric prit Émily dans ses bras.

Il savait que ses amis devaient le trouver étrange, à le voir prendre soin d'Émily de la sorte, mais quelque chose en elle l'interpellait. Il avait envie de caresses sensuelles, de draps satinés qui glissaient sur sa peau, du corps doux de cette femme sous le sien. Il n'avait pas prévu de la séduire, mais la bravoure de cette petite harpie l'avait excité. Il aurait parié qu'elle ferait une partenaire de lit débridée. Cette pensée lui arracha un sourire.

— Elle peut chevaucher avec moi, proposa Charles d'un ton plein d'espoir.

— Elle serait plus en sécurité avec un marin ivre !

Réticent et sentant ses mains s'attarder, Godric remit plutôt Émily à Ashton.

Puis il monta sur son cheval et se pencha pour la récupérer.

Il installa Émily en travers sur ses genoux, un bras serré autour de sa taille, calant la tête de la jeune femme sous son menton pour la stabiliser.

Se souvenir qu'Émily l'avait presque berné à deux reprises le fit sourire. Cela faisait longtemps qu'il ne s'était pas autant amusé. S'il n'avait pas cédé à son envie de la toucher, il n'aurait jamais trouvé cet endroit chatouilleux à sa taille, et elle aurait pu s'échapper pendant qu'il discutait avec les autres. Ashton avait raison, elle était rusée, un trait qu'elle devait avoir hérité de son oncle. Mais sa beauté ? Elle l'éblouissait ! Elle ne montrait pas la moindre ressemblance avec ce freluquet d'Albert Parr.

Le trajet de retour vers la demeure de Godric prit une heure. Ils firent une pause pour redonner du laudanum à Émily quand elle s'agita comme un chaton ensommeillé. Le frottement de ses poings repliés contre sa poitrine et son visage enfoui contre sa gorge donnèrent un frisson de plaisir à Godric.

Il essaya de ne pas songer à Émily ni à se demander si ses lèvres étaient aussi douces qu'elles en avaient l'air. Il se concentra sur la route qui s'étendait devant eux et sur sa demeure qui se trouvait juste au-delà.

Le domaine des Saint-Laurent était constitué d'un manoir géorgien qui rivalisait avec la beauté de Chiswick House. Son père et le duc de Devonshire avaient autrefois entretenu une rivalité amicale à ce sujet.

Il étudia le domaine avec des yeux nouveaux, essayant d'imaginer comment Émily le percevrait.

L'architecte avait dessiné la maison, avec six colonnes d'ivoire à l'avant, comme une bonne partie des plus belles demeures palladiennes d'Angleterre. Les ancêtres de Godric avaient construit les parties supérieures du manoir avec de magnifiques pierres de taille, tandis que la partie inférieure était rustiquée, offrant au manoir un entremêlement de textures, comme la robe d'une femme brodée à l'ourlet. Godric fut surpris de découvrir qu'il désirait l'approbation d'Émily. Si elle devait rester ici pendant un moment, il voulait qu'elle trouve du plaisir dans son environnement.

Dès que Godric fit son apparition aux marches de son manoir, un valet fatigué se présenta et appela un garçon d'écurie. Le vieux majordome, Simkins, apparut à la porte un instant plus tard, escortant tous les hommes dans le vestibule une fois qu'il se fut assuré qu'on s'occupe de leurs chevaux.

— Votre Grâce, nous n'attendions pas de visiteurs.

Simkins dévisagea la captive endormie de Godric avec une curiosité évidente.

— Simkins, voici Miss Émily Parr. Elle sera mon invitée ici pendant quelque temps. Demandez à Mrs Downing de lui attribuer une femme de chambre pour l'aider à s'habiller. Comblez tous ses besoins, mais ne lui permettez pas de partir.

— Bien sûr, Votre Grâce. Elle sera traitée comme une princesse.

— Ne la gâtez pas, Simkins, dit Godric en y réfléchissant bien.

La cage dans laquelle elle serait tenue ferait mieux de ne pas être trop dorée, du moins jusqu'à ce qu'elle comprenne qui avait la main haute.

Il songea soudain à quelque chose. Jonathan Helprin, son valet, devrait être tenu à l'écart d'Émily. Elle représentait une tentation pour n'importe quel homme, et le jeune Helprin n'était pas un valet typique. Né et élevé sous le toit de Godric, le jeune homme avait plus l'œil pour les femmes que pour les vêtements, sur lesquels aurait dû se porter son attention professionnelle.

— Oh, Simkins, demanda Godric au majordome. Réaffectez Mr Helprin à des fonctions qui le tiendront à l'écart de mes quartiers... ainsi que de la maison, si possible. En attendant, demandez à l'un des valets de me servir.

Le vieil homme hésita, clairement désarçonné.

— Euh... oui, Votre Grâce. Je veillerai à ce que Mr Helprin soit occupé par ailleurs tant que votre invitée sera en résidence.

— Je vous remercie.

Simkins salua ensuite les quatre autres hommes qui avaient suivi Godric dans le vestibule.

— Messires.

— Simkins, pauvre diable, comment allez-vous ? demanda Charles en éclatant de rire. Je vous ai manqué ?

Le majordome faillit sourire, mais il se contrôla.

— Je vais bien, Lord Lonsdale. La demeure a été beaucoup plus calme depuis votre dernière visite et j'ai bien dormi, sachant que je n'aurai pas besoin d'une troupe de valets pour frotter les taches de porto sur le tapis du salon.

— Hum, j'ai bien envie d'un porto. Voulez-vous m'apporter un verre quand vous en aurez l'occasion ?

Charles sourit à Simkins qui secoua la tête et prit congé des gentlemen en marmonnant dans sa barbe.

Cédric désigna alors le bout du couloir avec la tête de lion en argent qui surmontait sa canne.

— Venez, Lucien. Allons nous réchauffer auprès du feu.

Ils s'éloignèrent, Charles les suivant d'un pas lourd.

Ashton suivit Godric jusqu'à l'escalier, portant toujours Émily dans ses bras. Ce dernier choisit la chambre adjacente à la sienne, généralement occupée par une maîtresse. Contrairement à d'autres gentlemen, il accueillait ses amantes sur sa propriété, indifférents aux commérages qui pourraient en résulter.

Du menton, Godric désigna la porte pour indiquer à Ashton de l'ouvrir.

— Euh... Vous avez l'intention de la garder aussi près de vous ? s'enquit poliment Ashton.

— Oui. Elle va probablement continuer à essayer de s'échapper. Je l'entendrai mieux si elle n'est pas trop loin.

Ashton ouvrit la porte, révélant un lit à baldaquin orné d'un couvre-lit bleu et des rideaux lilas. Il y déposa Émily, lui souleva la tête et plaça un coussin sous ses boucles éclatantes. Les épingles de sa coiffure s'étaient détachées pendant la lutte et cet ébouriffement lui plaisait.

Ashton regarda la petite porte dissimulée dans le mur et Godric sourit.

— Je sais à quoi vous pensez, Ash...

La porte menait directement à sa chambre à coucher personnelle.

— Ce que vous faites avec elle ne me regarde absolument pas.

En dépit de ses tentatives constantes pour contrôler sa bande de meilleurs amis, Ashton n'était pas un saint.

Hochant la tête, il prit congé, laissant Godric seul. Celui-ci regarda la jeune femme sans défense allongée sur le lit. De la boue et de la saleté avaient taché la mousseline de sa robe et des plaques de poussière coloraient son nez et ses joues. À première vue, elle ressemblait à une petite orpheline sauvage. Les courbes de son corps firent pourtant douloureusement prendre conscience à Godric qu'elle était une femme. Incapable de résister, il lui prit le visage entre les paumes, lui caressant les joues avec le pouce pour en effacer la saleté. Sa peau était douce et Émily remua légèrement à son contact, son corps s'affaissant contre la hanche droite qu'il plaquait contre elle.

Les émotions qu'il avait enfouies depuis longtemps remontèrent, lui contractant la gorge et s'embrasant dans sa poitrine. Il était redevenu un jeune homme, hypnotisé par l'allure d'une jeune femme. C'était une époque qu'il ne retrouverait plus, une innocence arrachée à son âme ensanglantée depuis des années.

Se redressant, il se retira jusqu'à la porte. Il s'y attarda, parcourant du regard la silhouette d'Émily. Il fut frappé par un désir féroce. Il aurait voulu la lier à lui, mais elle lui glisserait entre les doigts comme des grains de sable.

Comment réagirait-elle le lendemain matin ? Sans nul doute avec ressentiment et dégoût. Il l'avait traînée hors de la calèche, brutalisée et droguée. Il n'était pas un héros, et une femme comme elle méritait un chevalier servant.

Lui ? Il détruisait tout ce qu'il touchait.

La tête de Godric retomba alors qu'il fermait la porte et allait rejoindre ses amis au rez-de-chaussée.

2

La lumière du matin dansait à travers les rideaux lilas, projetant des ombres violacées sur le couvre-lit. Émily se réveilla, meurtrie et endolorie. Ces sensations la désarçonnèrent. Elle s'assit dans l'immense lit et son regard fit le tour d'une chambre à l'élégance digne d'une reine. Pendant un court instant, alors qu'elle observait la beauté du mobilier, elle se délecta du côté féerique de son environnement.

Elle se laissa glisser du lit et s'approcha de la commode en bois au filigrane doré, puis elle tira doucement sur la poignée d'un tiroir. Celui-ci s'ouvrit pour révéler une collection de camisoles aussi fines que des toiles d'araignée. Émily toucha les beaux atours du bout des doigts, soupira et se retourna, apercevant son reflet dans le miroir de la coiffeuse. Un halètement sonore s'échappa de ses lèvres et elle plaqua une main sur sa bouche. Elle regarda le reflet de ses yeux, écarquillés quand elle vit le spectacle qu'offrait sa robe sale et froissée.

Elle fut submergée de souvenirs alors que la terreur la saisissait à nouveau, effilochant sa maîtrise d'elle-même. Où était-elle ? Où l'avaient-ils emmenée ? Elle tenta de dompter ses cheveux d'une main tremblante puis grimaça.

Que vais-je faire ?

Parvenant à peine à penser, la palpitation sourde d'une migraine battit derrière ses paupières. *Un effet secondaire du laudanum*, supposa-t-elle. Elle avait le sentiment vague qu'ils l'avaient droguée une seconde fois, quand les secousses du trajet avaient commencé à la réveiller.

Sa robe était irréparable, mais cela n'avait aucune importance. Il fallait qu'elle s'échappe.

Émily tituba en travers de la chambre, mais elle s'arrêta quand elle remarqua une robe de jour en mousseline bleu ciel disposée sur une chaise, à côté de trois jupons, de chaussons bleu foncé et de rubans pour les cheveux. Un petit mot était épinglé à la robe.

Chère Miss Parr,

J'espère que vous avez bien dormi.

J'ai pris la liberté de faire modifier cette robe ce matin une fois que Mrs Downing a pris vos mesures. Vous pouvez descendre prendre le petit-déjeuner à votre convenance.

Cordialement,

Mr Simkins, majordome, et Mrs Downing, gouvernante
Au nom de Sa Grâce, Godric Saint-Laurent, duc d'Essex

Émily regarda le mot sans rien dire.

Le duc d'Essex ? Son diabolique ravisseur n'était autre que Godric Saint-Laurent ? Au moins, elle n'était pas aussi en danger qu'elle l'avait d'abord craint. Ces hommes étaient des pairs du Royaume et ils ne la tueraient pas ou ne lui feraient pas le moindre mal, comme les bandits qu'elle avait cru qu'ils étaient la veille.

Son amie Anne Chessley lui avait un peu parlé de Godric et

de ses amis. Elle les avait appelés la Ligue des Rebelles, un nom qu'elle avait murmuré, déchirée entre la peur et la fascination. À ce qu'elle en savait, c'étaient des hommes sans foi ni loi, selon les potins et les histoires imprimées dans *la Gazette de la Lorgnette*.

La veille, elle avait également entendu le nom « Ash », probablement Ashton Lennox, un riche baron. Les deux autres hommes étaient sans aucun doute Lucien Russell, le marquis de Rochester, et Charles Humphrey, le comte de Lonsdale. Émily ravala un rire amer. Quelle jeune débutante ne rêverait pas de l'expérience romantique de se faire enlever par les cinq beaux partis les plus beaux, riches et influents de toute l'Angleterre ?

Émily, cependant, ne songeait qu'à s'échapper, n'envisageant pas la moindre perspective de mariage avec l'un d'entre eux. Ils n'étaient pas le genre d'hommes à se passer la bague au doigt. Pourtant, elle se demanda quelle sorte de mari ferait le duc d'Essex. Il était bon amant si les rumeurs étaient vraies, mais plus susceptible de se marier par choix rationnel que par amour.

Après s'être soigneusement lavée avec l'eau fraîche de la bassine, elle enfila la robe que Mr Simkins avait fournie, un joli modèle tout simple boutonné sur le devant. Les jupes étaient coupées assez haut pour dévoiler les bouts de ses chaussons, et les manches bouffaient légèrement aux épaules.

Émily tira fort sur la poignée de la porte. Elle ne bougea pas. Comment allait-elle sortir ? Elle était enfermée à l'intérieur. *Piégée.* Son corps se tendit alors qu'une vague de panique s'abattit sur elle. Elle courut jusqu'aux fenêtres et tira sur un rebord, mais il ne se releva pas. À sa grande horreur, elle remarqua qu'elle était scellée par une paire de clous enfoncés profondément dans le bois. Elle scanna frénétiquement la pièce du regard, remarquant une porte étroite et à peine visible à gauche de son lit.

Où mène-t-elle donc ? C'est peut-être une entrée de service discrète ?

— Cela ne coûte rien d'essayer.

La poignée céda et la porte s'ouvrit à l'intérieur d'une deuxième chambre.

Un immense lit à baldaquin se trouvait contre un mur. Le

corps emmêlé dans les draps accrocha son regard. Elle aperçut le spectacle d'un dos musclé légèrement bronzé et d'une masse de cheveux foncés... *Le duc*. Il l'avait installée dans une chambre adjacente ! Émily se rendit vers sa porte sur la pointe des pieds. Elle aussi était verrouillée. Elle se précipita vers sa fenêtre qui, comme dans sa chambre, refusa de s'ouvrir.

Elle retourna à sa porte, se pressant contre le bois, et songea à appeler à l'aide. Ses lèvres s'ouvrirent, un cri sur le bout de la langue, puis elle s'arrêta. Elle était dans sa maison, avec ses serviteurs. Entre ces murs, personne ne l'aiderait ; pas si elle était la prisonnière du duc. La colère remplaça une partie de sa peur, du moins temporairement.

— Oh, pour l'amour du ciel ! gronda-t-elle faiblement avant de se retourner vers Godric.

Une lueur dorée du côté opposé du lit, près du mur, attira alors son attention. Elle s'en approcha sur la pointe des pieds. Encore profondément endormi, il avait la respiration légère.

— Ah, oui !

Un petit jeu de clés en laiton, fixé au poignet de Godric par un lien de cuir, brillait à la lumière du soleil. Émily débattit : attendre qu'il se réveille ou bien essayer de s'échapper tout de suite et risquer de l'éveiller en tentant de lui voler le trousseau.

La main avec le jeu de clés se trouvait du côté opposé du lit, qui était un peu trop près du mur pour qu'elle puisse y accéder. Pour les atteindre, Émily devrait ramper sur cet homme. Son pouls battait sauvagement et son sang rugissait dans ses oreilles alors qu'elle essayait d'accepter l'inévitable. Elle devrait le toucher, cet homme qui l'avait kidnappée et droguée. Pas simplement le toucher... mais ramper sur la longueur de son corps... dans son lit. En serait-elle capable ? Son père l'avait toujours trouvée courageuse. Cela étant, si près d'un homme, enfermée seule avec lui dans une chambre à coucher... aurait-elle le courage de récupérer les clés ?

Ses yeux se fermèrent et elle rassembla l'aplomb qu'elle avait invoqué si facilement la veille.

Je peux le faire. Je dois le faire.

Elle retroussa ses jupes au-dessus de ses genoux et posa un pied sur le cadre du lit en chêne afin de grimper dessus. Les mains et les genoux écartés, elle répartit son poids. Elle n'avait vraiment pas envie de faire ployer le matelas et de réveiller ce rustre.

Godric était si grand qu'elle devrait faire très attention pour lui retirer les clés sans tomber. Émily retint son souffle et se pencha, ses seins à quelques centimètres seulement de son dos alors qu'elle se tendait vers les instruments de sa liberté. Elle passa un doigt sous la sangle en cuir qui entourait son poignet et la tira vers elle, mais le cuir collait à sa peau.

Il allait falloir qu'elle le touche. Pendant un instant, elle fut incapable de respirer. L'air dans ses poumons la brûlait et elle essaya en vain de trouver une alternative. Il n'en existait pas. Elle avait besoin des clés et elles étaient attachées à cet homme allongé dans le lit.

Se servant de son pouce et de son index, Émily souleva son poignet du lit de deux centimètres, tandis que de l'autre main, elle retirait les clés de sous son bras.

Le tissu autour de ses genoux commença à glisser. La gravité luttait contre sa position précaire. Une seconde de plus et elle...

Bang !

Émily tomba sur le dos de Godric, allongée perpendiculairement à lui. Il poussa un petit grognement et roula sur le dos sous elle tandis qu'elle se déplaçait sur lui pour rester au-dessus. La main droite de Godric – qui tenait toujours les clés – se posa sur le bas du dos d'Émily et le tapota.

Celle-ci inspira profondément. Elle se retrouvait étendue en travers de son ventre et de son aine. Il était toujours endormi ! Elle déplaça son poids, essayant d'atteindre sa main sans l'alerter.

— Hum... Petite coquine.

Le visage de Godric se fendit d'un sourire rêveur.

— Allons, Évangéline, cessez de gigoter.

Évangéline ? Probablement sa maîtresse. Émily fronça les sourcils et tenta de lui saisir à nouveau la main, mais son mouvement était inutile. La main de Godric descendit et lui donna une claque enjouée sur les fesses.

Elle libéra son corps.

— Comment osez-vous !

Elle se prit les pieds dans les couvertures et dans son empressement, quitta le lit en s'affalant par terre.

Godric cligna des paupières en la voyant.

— Qu'est-ce que... Miss Parr ? Au nom de Dieu, que faites-vous dans ma chambre à coucher ?

Il se redressa et retomba immédiatement sur les oreillers, plaquant son avant-bras sur ses yeux avec un grognement.

Émily s'enfuit, son cœur battant contre ses côtes comme un oiseau en cage. Bandant les muscles, il se déplaça comme une grande panthère élégante. Pendant une seconde, elle s'imagina la protection qu'il pourrait lui offrir s'il plaçait son corps devant elle comme un bouclier, les muscles tendus et les avant-bras contractés. Puis elle se souvint de la façon dont il l'avait retirée de la calèche et de la violence de leur lutte.

— Laissez-moi ! Immédiatement !

— Je ne vous retiens pas, dit-il dans un grognement irrité.

— Je voulais dire, laissez-moi partir. Ma chambre est verrouillée.

Elle frappa le plancher de sa pantoufle et le fusilla du regard, mais sa démonstration de force fut inutile, car il resta allongé sur son dos, les yeux fermés.

— J'exige d'être libérée !

— J'exige la paix et le calme au réveil, souffla Godric.

— Eh bien ?

Émily tapa à nouveau du pied, plus agacée qu'elle n'ait aucun autre moyen d'attirer son attention. Elle n'osa pas aller plus loin. Le souvenir de son corps qui avait dominé le sien la veille la refit trembler de peur, mais elle était déterminée à présenter un front courageux.

Il se débarrassa de son drap et s'assit. Elle faillit défaillir à la vue de sa poitrine nue. Il sourit et prit tout son temps pour reprendre le drap et se calmer. Émily lutta pour respirer, le visage écarlate. Était-ce ce à quoi ressemblait un homme à demi vêtu ? Il avait l'air... féroce. Chaque centimètre de muscle et d'acier puissant sous sa peau évoquait la violence et le danger. Sa gorge s'assécha et elle s'humecta les lèvres, tentant d'apaiser son cœur palpitant.

— Voulez-vous me rejoindre, Miss Parr ?

Il tapota le lit.

Émily fit un pas involontaire en arrière, ses omoplates heurtant la porte derrière elle.

— Je plaisantais.

Il plissa légèrement les lèvres, comme si sa réaction l'avait déstabilisé.

— Vous plaisantiez ? Je vous en prie, Votre Grâce, éclairez-moi sur ce que vous trouvez de si amusant à cette situation. Je dois retourner immédiatement à Londres et essayer de réparer les dégâts que vous avez causés à ma réputation... *à ma vie.*

Elle se tordit les mains, essayant de tout faire pour apaiser l'anxiété qui se mouvait juste sous sa peau.

— Je crains que cela ne soit pas possible.

Ne s'étant pas attendue à ce qu'il lui refuse le droit de partir, elle mit un moment à comprendre.

— Quoi ? Pourquoi donc ?

— Parce que je vous ai emmenée ici pour détruire votre réputation.

Elle scruta l'angle entêté de son menton et ses yeux vert glacés à la recherche du moindre indice quant à ses intentions.

— Eh bien, au moins vous êtes direct. Ou est-ce une autre de vos plaisanteries ?

Elle ne voyait pas comment elle allait parvenir à sauver sa réputation, même si c'était une plaisanterie.

Puis elle vit la légère ecchymose pourpre qui marquait sa joue. Le coup qu'elle lui avait porté la nuit précédente avait été aussi brutal qu'elle l'avait espéré. Elle n'avait jamais blessé personne auparavant, mais il le méritait et bien pire encore s'il osait poser à nouveau les mains sur elle.

Sa situation était soudainement devenue claire et cela ne lui plaisait absolument pas. Quand elle retournerait à Londres, seuls les chasseurs de fortune les plus désespérés voudraient d'elle. Après un tel scandale, elle aurait de la chance si on la recevait encore en société... Sans parler de trouver un mari décent. Cela dit... Elle baissa les yeux vers le visage de Godric. Se comporterait-il en gentleman une fois qu'il aurait réussi à la perdre de réputation ? *Puis-je le convaincre d'endosser la responsabilité de ses actes et de m'épouser ?* C'était lui ou bien des chasseurs de fortune. Elle refusait de considérer Blankenship comme option.

❧

Avec un soupir, Godric sauta du lit pour s'habiller. Émily fit un bond en arrière, largement hors de sa portée, son visage rouge cerise alors qu'elle faisait semblant de détourner le regard de son corps nu. C'était charmant, cette conviction innocente que si elle restait hors de son chemin, elle serait en sécurité. S'il l'avait vraiment voulu, il aurait pu la traîner jusqu'au lit pour la prendre, mais cela n'aurait pas été amusant. Le processus de la séduction était la moitié du plaisir quand on cherchait à coucher avec une femme.

Elle cessa de s'agiter et soutint fermement son regard.

— Pourquoi me détruire ? Il existe beaucoup d'autres jeunes héritières plus fortunées. Avez-vous l'intention de m'épouser ?

Elle haussa un sourcil blond doré, un défi silencieux qu'il trouva amusant. Force était d'admettre qu'Émily était une petite créature effrontée.

— Mon intérêt pour vous est seulement motivé par la vengeance. Cette réponse vous suffit-elle ? Votre oncle est responsable.

Godric traversa la pièce pour aller se laver le visage.

— Mon oncle ?

Émily fronça les sourcils et elle écarta les lèvres comme si elle réfléchissait profondément à la révélation qu'elle n'était qu'un moyen de pression.

Godric se pencha, se lava le visage dans la bassine posée sur la table de chevet et se sécha avec une serviette. Enfin, il enfila une robe de chambre.

— J'ai versé à votre oncle une somme d'argent conséquente et je tiens de bonne autorité qu'il s'en est servi pour rembourser ses autres créanciers au lieu de l'investir. Mon argent a disparu.

— Cela n'explique toujours pas pourquoi *je* suis ici.

Elle se mordit la lèvre inférieure, ses prunelles pétillant d'une intelligence vive. Cela faisait une éternité qu'il n'avait pas vraiment trouvé l'intelligence attirante sur le visage d'une femme. Émily était assurément les deux ; rusée et séduisante.

— Quelles sont vos intentions me concernant ? demanda-t-elle.

Son ton était empreint d'un tel désespoir que cela piqua l'attention de Godric.

Elle s'assit au bord de son lit, ouvrant des yeux incrédules. Cessant de chercher une tenue appropriée, Godric traversa la pièce, lui prit le menton dans la main et lui inclina la tête en arrière afin qu'elle soit forcée de lever les yeux vers lui.

— Je dois vous garder ici un moment jusqu'à ce que votre oncle soit complètement détruit, puis je vous ramènerai peut-être à Londres. Pendant que vous serez ici, vous êtes libre de partager mon lit.

Il se tapota le nez du bout du doigt, essayant de la taquiner, mais ses paroles ne servirent qu'à accentuer le pli qui barrait son front. Il s'agenouilla devant elle.

— Il ne vous arrivera aucun mal, Miss Parr. Vous avez ma parole de gentleman.

— De gentleman ? railla-t-elle. Et quel gentleman vous faites ! Vous enlevez les femmes dans leur calèche, vous les droguez ! Vous n'avez pas une once d'honneur. Je ne vois même pas ce que cela a à voir avec mon oncle. Les hommes comme vous ruinent les femmes comme moi et ne le regrettent jamais. Je vous mets au défi de le nier.

Il éclata de rire.

— Je ne vais certainement pas le nier. J'insiste toutefois sur le fait que vous comprenez que je ne ruine la réputation des femmes que dans un but précis et non pour le plaisir.

Il s'appuya d'une hanche contre la commode, la regardant attentivement.

— Je suis sûr que vous savez à quel point il serait facile pour votre oncle de vous vendre en mariage à un homme afin d'éponger ses dettes. Eh bien, personne ne vous prendra si je suis passé en premier.

Le regard d'Émily se fit sombre.

— Alors, vous me faites du mal pour vous venger de mon oncle ?

Sa voix monta dans les aigus, mais elle n'était pas stridente.

— N'avez-vous pas songé à moi ? Je suis innocente dans toute cette histoire. Mon oncle va exiger que vous m'épousiez et ensuite, nous serons enchaînés l'un à l'autre.

Godric aboya de rire.

— Ash a dit que vous étiez intelligente. Je ne m'étais pas rendu compte que vous aviez également le sens de l'humour.

— De l'humour ? Je ne vois rien d'amusant à cela. J'avais des aspirations de mariage, certes, mais elles n'impliquaient pas d'épouser quelqu'un comme vous.

Émily croisa les bras.

— Miss Parr, je ne sais pas si vous savez qui je suis, exactement.

Godric vit un éclair de douleur dans ses yeux.

— Je sais qui vous êtes. Le duc d'Essex. Un véritable diable, aux dires des dames. Vous pouvez perdre une femme de réputation d'un seul regard.

— D'un seul regard ? J'avais cru devoir au moins faire un brin de causette..., ricana-t-il.

Émily ne rit pas.

Une teinte rose s'épanouit sur ses joues. Ses lèvres s'écartèrent davantage et sa respiration accélérée fit tanguer sa poitrine. Cela lui rappela un moineau surpris qui s'était égaré dans son étude un jour. Il avait dû l'aider à s'échapper par la fenêtre avant que, dans sa terreur, il se blesse en se cognant quelque part.

— Laissez-moi être clair, Miss Parr. Je n'ai jamais laissé la société et ses règles dicter ma vie. Votre oncle peut bien tenter de mener une guerre sociale contre moi afin de me lier à vous, mais nous ne poserons jamais les pieds ensemble à l'intérieur d'une église. Vous comprenez ? N'ayez pas l'air aussi contrariée, ma chère. Je suis un amant généreux. Si je découvre que vous et moi sommes compatibles, je vous prendrai comme maîtresse. Je ne suis pas enclin aux relations permanentes, mais je m'occuperai de vous pour le reste de votre vie. Ce ne serait pas si horrible d'être la maîtresse d'un duc.

Les yeux violets d'Émily reflétaient un endroit lointain, mais ils restaient résignés, une qualité également reflétée dans sa voix.

— Tous les hommes sont-ils aussi cruels que vous ? Ne voyez-vous pas ce que vous m'avez dérobé ? J'ai *besoin* de me marier. Mes parents sont morts. Je n'avais qu'une seule chance de bonheur et de paix, et vous l'avez détruite au moment où vous avez pris le contrôle de ma calèche.

Ses yeux s'embuèrent et une seconde plus tard, elle fondit en larmes, un son calme et discret, avant que son corps ne soit secoué par des sanglots réprimés et silencieux.

Godric cligna des paupières, horrifié. Tout dans son corps se contracta. Ce n'était pas la première fois qu'il faisait pleurer une femme, mais ces larmes ne provenaient pas d'une maîtresse en colère, sinon d'une jeune fille, une véritable innocente.

Sans y songer à deux fois, il la prit dans ses bras. Le besoin farouche de la protéger monta en lui et s'imposa. Le corps d'Émily tremblait contre lui, ses mains explorant sa poitrine nue, ses bras et ses mains. Un léger tiraillement s'ensuivit sur son poignet droit et il se retourna, étonné de voir qu'elle tirait sur son bracelet porte-clés en cuir. Il lui retira les clés d'entre les doigts, les forçant à s'ouvrir un par un.

Son regard furieux fit éclater de rire Godric.

— Miss Parr, vous avez des mains remarquablement agiles. Oh, toutes les choses que je pourrais vous enseigner...

Il voulut la reprendre dans ses bras, mais elle esquiva.

Émily fit quelques pas en arrière, le regard méfiant. La femme qui pleurait dans les bras avait disparu. Une ruse plutôt crédible. *Quelle fille intelligente* !

— Je doute sérieusement que vous ayez quelque chose d'utile à m'enseigner, Votre Grâce.

Elle lui adressa une petite révérence moqueuse afin de filer dans sa propre chambre, claquant la porte derrière elle. Quelques secondes plus tard, il entendit le son d'une coiffeuse qu'on tirait devant la porte. Il sourit puis commença à siffler doucement.

Il allait la laisser attendre. Lui-même avait certainement besoin de quelques minutes pour se reprendre, surtout en dessous de la ceinture.

❦

— Comment cela, enlevée ?

L'hôtel particulier d'Albert Parr résonnait de la fureur de Thomas Blankenship. Albert était assis à son bureau, se frottant les yeux avec l'index et le pouce tandis qu'il faisait de son mieux pour rester calme devant son partenaire d'affaires, un homme envers qui il était encore lourdement endetté.

— Tout est dans la lettre.

Il poussa le papier vers Blankenship, qui le déchira. L'homme se tenait en face d'Albert, la poitrine haletante, son double menton tremblant sur sa jugulaire, une vue qui aurait dû atténuer la peur d'Albert, mais ne le fit pas. Au contraire. Blankenship révélait son démon intérieur avec des griffes, des babines couvertes de salives et un feu glacé qui se consumait dans ses yeux noirs.

Albert soupira. La veille, il était arrivé à Chessley House pour récupérer Émily. Anne, la fille du baron, l'avait informé que celle-ci n'était jamais arrivée. Albert s'était immédiatement inquiété. Il n'avait pas pensé qu'elle manquerait une occasion de voir son amie, mais il s'était peut-être trompé et Émily avait décidé de devenir difficile.

Elle avait peut-être voulu éviter Blankenship et trouver refuge chez une amie. Elle n'en avait cependant pas beaucoup, du moins pas à sa connaissance.

Ce n'est que lorsqu'il était arrivé à la maison, épuisé et irrité par la combine d'Émily, qu'il avait appris la vérité. Son major-dome lui avait remis la lettre laissée par le cocher qu'il avait engagé pour conduire sa nièce au bal. Le conducteur fatigué avait confirmé que cinq hommes l'avaient enlevée, mais il avait refusé de lui donner plus de détails sans une petite compensation. Albert avait grimacé et déposé plusieurs pièces dans la paume ridée du cocher.

L'histoire racontée par ce cocher était fantastique. Sa nièce innocente avait réussi à duper ces rebelles et leur avait quasiment filé entre les doigts par deux fois. Durant ce récit, Albert s'imagina Émily comme une sorte d'héroïne dans une aventure exaltante. Apparemment, elle avait plus de force de caractère qu'il avait cru, mais une fois que la notion eut cessé d'être amusante, l'appréhension s'installa.

Il reconnut immédiatement l'écriture en italique, même si les détails de la lettre restaient vagues et qu'elle ne portait pas de signature. Après plusieurs transactions avec le duc d'Essex, Albert était devenu intimement familier avec son écriture inhabituelle. Mais c'était le contenu de la lettre qui était le plus dérangeant. Essex avait déclaré qu'il savait pour l'argent qu'Albert avait volé et qu'il avait pris la liberté de se « repayer ». Il voulait bien sûr parler d'Émily.

Albert avait plissé le front en étudiant à nouveau le mot, ignorant Blankenship qui arpentait la pièce comme un lion en cage. Si Essex ternissait sa réputation, elle aurait tous les droits d'exiger le mariage et cela signifierait que... L'effroi s'empara de ses membres. Si Essex devenait son neveu par alliance, Albert serait à jamais à sa merci. C'est-à-dire, en supposant qu'il puisse faire s'approcher le duc à un kilomètre de l'église la plus proche.

Non, le duc n'épouserait jamais Émily. Albert n'avait aucun moyen de le forcer, et Essex le savait. Sa nièce était perdue de réputation, et sans elle, il n'aurait aucun moyen de rembourser

Blankenship. Il s'efforça de reprendre sa respiration alors qu'il luttait contre la panique.

— Seigneur Dieu.

— Quoi ? gronda Blankenship.

— Rien. Je suis fatigué et cet enlèvement m'a contrarié.

Il n'avait absolument pas envie d'avouer ses craintes à Blankenship. Tout dépendait de son mariage avec Émily. L'entente qu'ils avaient conclue permettrait de garantir que l'héritage d'Émily – l'argent lié à la compagnie maritime du frère d'Albert – soit transféré à Blankenship, nullifiant ainsi toutes les dettes d'Albert.

Blankenship cessa de faire les cent pas.

— Êtes-vous absolument certain que c'est bien le duc d'Essex qui la détient ?

Albert baissa la tête vers son bureau, évitant la lueur dans les prunelles de son associé.

— Je reconnaîtrais cette écriture n'importe où.

Blankenship digéra l'information avant de répondre.

— Pourquoi a-t-il décidé d'enlever la jeune fille ?

— Je dois vingt mille livres à Essex. Il les a investies auprès de moi, mais l'investissement a capoté. J'ai utilisé ses fonds pour vous rembourser une partie de la dette que je vous dois. Il a découvert que son argent avait disparu.

Albert lutta contre l'envie de poser la tête sur le bureau et de rester immobile jusqu'à ce que la mort le saisisse.

— Il se met volontiers en colère et à présent, il a kidnappé Émily pour se venger.

Blankenship étudia la lettre, son nez et ses joues rougissant d'irritation.

— Pourquoi un duc risquerait-il les commérages de la bonne société pour une somme aussi méprisable ? Il possède dix fois cette somme dans des investissements, et son revenu annuel rend ce montant négligeable.

— C'est juste dans sa personnalité. C'est un de ces rebelles, ce groupe qui se retrouve au club de Berkley tous les mois.

— Oui, oui, la « Ligue des rebelles », je crois bien. Des petits coqs gâtés et rien de plus ! Ils n'ont pas la moindre espèce d'importance. Je veux que cette fille me soit rendue. Elle est à moi !

Blankenship avait craché cela avec un tel venin qu'Albert glissa en arrière sur sa chaise d'une trentaine de centimètres.

— Comment me proposez-vous de la récupérer ? Le duc l'a enlevée. Elle est perdue de réputation, même s'il ne l'a pas encore touchée.

— Exigez qu'il la ramène immédiatement.

Blankenship jeta alors la lettre sur le bureau d'Albert.

— Même si je lui avais lancé un duel, il m'aurait probablement ri au nez. Maintenant, il a ce qu'il veut et il ne la rendra pas. Pas avant qu'il soit certain qu'elle ne soit jamais réhabilitée aux yeux de la bonne société.

— Vous ne voulez pas la récupérer ?

La lueur glaciale dans les prunelles de Blankenship déstabilisa Albert.

— Et pour notre affaire ? Vos dettes envers moi seront réglées quand la fille m'appartiendra.

Jusqu'alors, Albert n'avait jamais regretté ce partenariat difficile entre eux. Quelque chose de mauvais, de noir et de cruel flottait dans le regard de son interlocuteur et lui mettait les nerfs à vif.

Si Essex avait la réputation d'être un grand séducteur, celle de Blankenship souillait les murs des maisons closes de Londres, le marquant comme l'homme le plus abominable qui soit. Les femmes quittaient son lit avec des ecchymoses et des âmes brisées. Albert n'était pas homme à juger les autres sur leurs performances intimes, mais savoir qu'Émily deviendrait l'une des victimes permanentes de Blankenship lui retournait l'estomac au point de lui donner la nausée. Cela dit, que pouvait-il faire ? Ses dettes risquaient de les mettre à la rue, Émily et lui, en quelques minutes, si ses créanciers réclamaient le paiement. Au moins, mariée à Blankenship leur permettrait de garder un toit sur la tête.

Si Essex la détenait, c'était peut-être ce qu'il y avait de mieux pour tout le monde, y compris son âme.

— Je n'ai pas envie qu'elle me revienne. J'étais disposé à vous la vendre, n'est-ce pas ? Selon mon point de vue, à présent qu'elle a l'occasion d'attirer l'attention d'un duc, que ce soit comme épouse ou comme maîtresse, je serai bientôt débarrassée d'elle.

C'était la vérité. Nourrir et vêtir cette fille avait été une entreprise coûteuse pour un homme endetté. Ce n'est pas qu'il ne l'aimait pas, mais il n'avait pas vraiment le choix s'il voulait garder les créanciers à distance.

— Alors vous n'allez pas contacter les autorités ? Quelqu'un remarquera sûrement qu'elle a disparu. Les serviteurs parlent, Parr.

— Pas les miens. Et non, je n'irai pas aux autorités. La dernière chose dont j'ai envie est d'attirer l'attention sur moi.

— Laissez-moi agir en votre nom. Permettez-moi de quérir les autorités en votre nom pour contacter Essex et exiger qu'il rende cette jeune fille. Une fois que je l'aurais ramenée, elle sera à moi.

— Et si elle n'est plus vierge pour le mariage ?

— Alors, elle ne portera pas mon nom, mais réchauffera quand même mon lit.

Albert trembla de révulsion devant le sourire lascif de Blankenship. Il ne doutait pas qu'il la traiterait comme une prostituée qu'il aurait ramassée dans la rue. Il s'inquiétait du sort de sa nièce, mais ses propres problèmes étaient bien plus importants. Blankenship avait la réputation de faire disparaître les importuns, qu'on retrouvait parfois noyés dans la Tamise. La dernière chose qu'Albert aurait voulue était de mourir à cause de ses dettes. Devenir un moyen de négociation était le meilleur avantage qu'Émily pouvait offrir. Que Dieu lui pardonne !

— Très bien. Vous pouvez vous occuper d'elle.

Albert se redressa avec une grimace et braqua un regard direct vers Blankenship, souhaitant que l'homme s'en aille... Au ciel, en enfer ? Peu lui importait.

— À présent, si vous voulez bien m'excuser ? J'ai des choses à faire.

Blankenship resta complètement immobile puis un coin de sa bouche s'incurva.

— Si je ne la récupère pas, votre dette restera impayée, Parr. Vous savez ce qui arrive à ceux qui ne paient pas.

Le visage sérieux, il tourna sur les talons et sortit de la pièce. Cette menace sinistre assombrit l'atmosphère comme de la fumée.

❧ 3 ❧

É mily s'effondra sur son lit et son corps tout entier trembla. Son visage était cramoisi.

— Enlevée par un duc.

Elle se frotta les tempes, sentant sa migraine revenir. C'était un cauchemar. Qu'aurait fait sa mère dans une telle situation ? Admettre les faits. Premièrement, aux yeux de la société, elle était pratiquement perdue de réputation. Deuxièmement, elle était à la merci d'un homme qui voulait réellement la détruire. Troisièmement, elle allait devoir déterminer ce qu'il fallait faire à propos du premier et du deuxième faits.

Émily inspira profondément. Elle avait deux choix. Un : s'échapper et retourner auprès de son oncle et de Blankenship. Deux : rester avec Godric et espérer pouvoir tout de même se marier avec un homme désireux d'acquérir sa fortune malgré sa réputation en lambeaux. Seule une de ces options l'attirait vraiment.

Godric. L'idée la terrifiait et la ravissait tout à la fois. Cela dit, voulait-elle être avec quelqu'un dont l'arrogance l'exaspérait, malgré son apparence agréable ?

Les épaules d'Émily s'affaissèrent. Tout ce qu'elle voulait, c'était avoir la liberté de voyager et de vivre sa vie, de préférence au côté d'un homme qui l'aimait. Elle voulait contrôler son propre destin et sa propre fortune. Même si son héritage était sous le contrôle de son mari, si elle avait de la chance, elle pourrait avoir son mot à dire quant à son usage.

Si elle restait avec Godric, elle serait à sa merci. Il avait affirmé qu'il la prendrait comme maîtresse... s'ils étaient compatibles. Émily émit un reniflement moqueur. Elle doutait qu'il soit le genre d'homme capable de respecter une femme. Après tout, lui et ses amis l'avaient enlevée, et l'échange de la matinée ne l'avait pas vraiment rassurée sur sa probité. Au contraire, il l'avait convaincue davantage de ses mauvaises intentions. Si elle rentrait à Londres, elle pourrait chercher refuge auprès d'Anne et voir les opportunités encore à sa disposition pour se dénicher un mari. Elle se raccrocha à cet espoir. Même perdue de réputation, elle avait peut-être encore une petite chance de séduire l'un d'eux pour qu'il épouse. Et son oncle ? Il avait préféré la vendre pour payer ses dettes, comme l'avait dit Godric. Qui qu'elle trouve, cet homme devrait accepter de l'accompagner à Gretna Green, puis aller parler au cousin de sa mère et prier pour que celui-ci ne rechigne pas à lui verser son héritage. Toute cette histoire lui donnait mal au crâne.

Elle sursauta quand la porte de sa chambre s'ouvrit. Clés en main, Godric attendait, portant beaucoup plus de vêtements que lorsqu'elle l'avait vu pour la dernière fois. Son cœur bondit quand elle se rappela soudain qu'elle l'avait vu dans son lit. Toutes les femmes dévoyées se laissaient-elles distraire aussi facilement par la vue d'un homme attirant ? Elle s'irritait qu'il l'émeuve autant alors qu'il ne lui avait causé que des ennuis.

— Vous avez faim ?

Godric lui offrit son bras.

Émily grimaça. Comment osait-il prétendre qu'à peine quelques minutes auparavant, ils avaient discuté de la possibilité de devenir sa maîtresse, alors qu'il n'était qu'à moitié vêtu ? Levant le menton d'un air défiant, elle l'ignora et se dirigea vers les escaliers. En bas des marches, elle s'arrêta abruptement. Elle ne savait absolument pas où aller. Elle voulait filer vers la porte la plus proche, mais se dit qu'elle ne ferait pas trois mètres avant qu'il ne s'abatte sur elle.

La lèvre de Godric se plissa légèrement, trop paresseuse pour adopter un sourire.

— Si j'étais vous, je n'essayerais pas de m'enfuir, Miss Parr. Mes serviteurs ont reçu l'ordre strict de vous garder dans cette maison par tous les moyens nécessaires.

Comme pour illustrer son propos, un valet émergea d'une porte voisine et s'immobilisa en voyant son maître. Quand Godric acquiesça légèrement, le valet étudia Émily pendant un moment, comme s'il évaluait ses forces et ses faiblesses, puis il poursuivit sa route et sortit par la porte au bout du couloir.

Émily soupira et agita une main.

— Alors, montrez-moi le chemin, Votre Grâce.

Godric sourit et s'éloigna sans un regard en arrière, s'attendant à ce qu'elle le suive.

C'était maintenant ou jamais. Saisissant ce qui pourrait être sa seule chance, Émily tourna à gauche vers une grande porte à moins de sept mètres de là qui menait peut-être à l'extérieur. Serrant ses jupes contre elle, elle s'y précipita, le sang battant dans ses oreilles. Soudain, elle s'écroula en avant, tombant à plat sur le ventre.

La pierre froide lui abîma les mains quand elle tenta d'amortir sa chute. Quelque chose s'agrippait à sa cheville droite. Le souffle court, elle regarda par-dessus son épaule. Godric était accroupi derrière elle, une lueur sauvage dans les yeux.

— Je croyais vous avoir conseillé de ne pas vous enfuir, Miss Parr.

Godric sourit comme s'ils jouaient à un jeu. Cela exaspéra Émily. C'était *sa* vie, *sa* liberté.

— Lâchez-moi ! Vous n'avez pas le droit de me retenir ici.

De son pied libre, Émily voulut lui frapper la main, mais il l'attrapa puis la fit glisser à terre sur le ventre jusqu'à ce qu'elle se retrouve étendue sous son corps accroupi. Il lui lâcha la cheville et posa un avant-bras sur le sol à côté de sa tête, tandis que son autre main lui saisissait la hanche.

Émily se figea comme une biche dans une vallée qui flairait un humain, puis elle se concentra sur sa contre-attaque. Elle se tendit et se tourna sur le dos, lui collant une gifle en plein visage avec le revers de la main.

Les doigts se resserrèrent sur sa hanche.

— Le temps que vous passez ici pourra être civil ou pas. C'est à vous de voir, mais sachez que pour chaque acte de défiance, j'exigerai que vous me donniez quelque chose en retour. Le prix à payer ne vous plaira peut-être pas, grogna-t-il.

Son visage la dominait avec la beauté terrible d'un Dieu vengeur. Avec une lenteur douloureuse, il la piégea sous son corps. Ce contact appuyé la fit frissonner lorsque leurs membres s'entremêlèrent. La glace et le feu se battirent le long de sa peau tandis qu'elle réprimait des tremblements de peur. C'est comme si elle avait été confrontée à un lion – une beauté brute, une puissance extrême et une menace posée –, mais elle ne parvenait pas à détourner le regard. Il la dévorerait.

La réalité la frappa, lui rappelant qu'elle devait le repousser. Cependant, sa poitrine était un mur d'acier, aussi inébranlable qu'une montagne. Haletante après ses efforts, Émilie sentit ses yeux brûler de larmes. Elle serait incapable de se libérer, de lui et de cet endroit.

Godric lui prit la joue dans une main, frottant légèrement la chair de son pouce sur la courbe de sa lèvre inférieure. La chaleur de son souffle et le soupçon de son parfum embrouillèrent ses sens et sa rationalité jusqu'à ce qu'elle ne soit plus qu'un fouillis désordonné. La peur se déclencha en elle comme des éclairs cachés derrière des nuages noirs.

Godric n'aurait eu aucun mal à la prendre, brutalement et complètement, et elle n'avait aucun moyen de se défendre. Elle devait dire quelque chose, n'importe quoi pour l'apaiser et se protéger.

—Je suis désolée, je ne voulais pas...

Sans avertissement, il posa les mains sur sa taille, ses doigts se déplaçant à l'endroit précis pour la faire pouffer de rire. Elle lui donna instinctivement un coup de pied, essayant de mettre fin à son attaque fébrile sur son point faible.

— Arrêtez ! Je vous en prie ! haleta-t-elle. Je vous en supplie !

Ce n'est que lorsque les larmes lui brûlèrent les yeux et qu'elle était presque morte de rire qu'il s'arrêta. Pendant tout ce temps, il était resté au-dessus d'elle avec un sourire carnassier, la torturant avec des chatouilles aériennes.

— Je vous ai avertie que je demandais rétribution. Je n'hésiterai pas à utiliser à nouveau de telles armes.

Il agita le bout des doigts. S'il avait recours à de telles armes contre elle, elle ferait mieux de garder ses distances. Il était impossible de maintenir sa dignité et d'insister pour qu'il la traite comme la dame qu'elle était quand elle était trop occupée à rire et à haleter comme une paonne en détresse.

Il se décolla d'elle et l'aida à se redresser.

— Devons-nous réessayer ?

Sa voix était basse et rauque.

Avait-il besoin d'être aussi grand et... aussi intense ? Ses instincts lui criaient toujours de prendre ses jambes à son cou.

Étourdie, Émily parvint à secouer la tête. Son corps tremblait encore à la suite de ses chatouillements.

— Voulez-vous bien m'accompagner pour prendre le petit-déjeuner, Miss Parr ?

Lorsqu'elle hocha à nouveau la tête, il lui prit le bras et la conduisit dans la salle à manger.

Si elle ne pouvait pas courir plus vite que lui, elle pourrait essayer une autre tactique. Émily croyait au pouvoir d'une bonne conversation posée. Peut-être parviendrait-elle à le convaincre de se montrer raisonnable, même si cela semblait aussi probable que de persuader un taureau en colère de ne pas charger. Elle plissa le front et se mordilla la lèvre inférieure.

— À quoi diable pensez-vous ?

Émily baissa la tête, espérant lui dissimuler son visage.

— À rien, Votre Grâce. Je suis fatiguée après les ébats de la nuit dernière, c'est tout.

Elle aurait pu jurer qu'il marmonnait quelque chose sur un

autre type d'ébats nocturnes, mais elle n'avait pas la moindre idée de ce à quoi il faisait référence. Avant qu'elle ne puisse reprendre la parole, ils atteignirent la salle à manger.

La lumière du soleil matinal illuminait une grande pièce contenant une table largement capable d'accueillir douze personnes. La partie inférieure des murs était composée de panneaux de cerisier et la moitié supérieure était peinte d'un jaune chaleureux. D'immenses portraits y étaient accrochés, dans lesquels des hommes aux cheveux sombres issus de diverses époques regardaient Émily, chacun d'eux avec l'ombre d'un sourire dissimulé dans les prunelles.

Cette pièce était différente du reste de la maison. Les grandes fenêtres qui ornaient le mur opposé à la console la rendaient plus intime et étrangement rustique. Une profusion d'arbustes de Forsythia les dissimulait à moitié, le jaune vif formant un contraste coloré avec l'enchevêtrement de lierre émeraude qui ourlait le rebord des fenêtres. Émily avait l'impression d'avoir pénétré dans un monde enchanté entouré de fleurs.

Loin d'être déplacé, Godric régnait sur ses terres comme un dieu de la nature. Il ne se pavanait pas. Au contraire, il la précéda dans la salle à manger d'une démarche gracieuse, presque féline.

Émily ressentit un étrange moment de fierté à la pensée qu'un homme tel que lui lui avait proposé de le rejoindre dans son lit. Il avait couché avec des dizaines de femmes. C'est ce que faisaient les rebelles, mais... il avait déclaré son intérêt pour elle. Aussi stupide que cela l'était, elle appréciait le fait d'être désirée... Puis elle rappela qu'elle devait rester forte contre lui et sa joyeuse bande de rebelles.

Sur la console derrière la table, quelqu'un avait disposé un ensemble de fruits, du jambon, du bœuf et des œufs. Trois hommes étaient assis à une extrémité de la table. Un bel homme aux cheveux roux et aux yeux noisette lisait un journal et leur adressa un sourire calculé quand ils entrèrent.

Elle baissa les yeux vers elle et se rendit compte que sa robe était vraiment froissée. Savait-il que, juste à l'extérieur de la porte, Godric l'avait soumise par des chatouilles ? Elle était toujours contrariée que son moyen de soumission soit aussi efficace.

L'homme qui tenait le journal se leva en même temps que ses comparses. Ils s'inclinèrent tous poliment quand Godric la fit s'asseoir sur un siège en face de celui qui reprit sa lecture du *Morning Post*. Elle sentit les mains de Godric s'attarder lourdement sur ses épaules, la pression lui communiquant le message clair qu'elle ferait mieux de rester assise si elle ne voulait pas subir des conséquences.

Le gentleman aux cheveux roux posa son journal et lui tendit un présentoir à toast.

— Bonjour, Miss Parr. Avez-vous bien dormi ?

Gardant la tête baissée, Émily en prit un qu'elle posa sur son assiette d'une main tremblante. Les trois hommes échangèrent des regards. Une conversation silencieuse fit vibrer l'air entre eux.

— Oui, merci. J'ai très bien dormi.

Émily eut de plus en plus conscience du fait qu'elle était assise dans une pièce, seule en compagnie de quatre puissants aristocrates. L'homme blond et pâle à sa droite était lord Ashton Lennox, un baron fortuné. Elle l'avait aperçu deux nuits auparavant, durant sa première sortie, lorsqu'Anne Chessley le lui avait montré du doigt. Il se tenait près des rafraîchissements, sirotant un verre de vin et parlant à une jolie jeune femme dont le père était l'un des propriétaires de la banque de Drummond.

Godric choisit le siège à sa gauche, tandis que le troisième homme, Cédric, se posait à côté de l'homme qui lisait le journal. Elle était entièrement prise au piège par la disposition des chaises.

Elle serra les poings sur ses genoux.

Respire, Émily. Respire. Elle inspira l'air parfumé et força son corps à se calmer. Si elle ne pouvait pas fuir la pièce, elle allait en apprendre autant que possible sur ses ravisseurs.

— Pardon, mais êtes-vous le marquis de Rochester ou bien le comte de Lonsdale ? demanda-t-elle doucement au quatrième homme.

Ashton haussa un sourcil.

Émily rougit quand tous les yeux se posèrent sur elle.

— Hier soir, j'ai entendu les noms du duc d'Essex et du vicomte Sheridan. Depuis que je connais Miss Chessley, j'ai entendu ces noms en conjonction avec trois autres : le marquis de Rochester, le comte de Lonsdale et le baron Lennox. Je m'excuse si je me suis trompée dans mon hypothèse, dit-elle à la hâte.

Mais les yeux noisette de l'homme pétillèrent.

— Ne vous excusez pas, Miss Parr, vous avez tout à fait raison. Je suis le marquis de Rochester. Veuillez m'appeler Lucien. Aucun d'entre nous n'aime beaucoup les titres, surtout en compagnie d'une dame aussi ravissante. Ce gentleman là-bas est le baron Lennox.

Lucien désigna l'homme qui l'avait acculée à la calèche la nuit précédente.

— Lonsdale ne nous a pas encore fait l'honneur de sa présence. Puisqu'on en parle, Ash, voulez-vous bien aller le réveiller ? Mieux vaut aller le faire marcher, sans quoi le porto d'hier soir le rendra désagréable pour le reste de la journée.

Ashton sourit agréablement à Émily avant de s'éclipser. Il y avait quelque chose d'engageant dans le visage de cet homme, un éclair de sympathie dans ses yeux bleus lumineux qui lui donnait une lueur d'espoir. Cependant, elle ne put s'empêcher de se demander pourquoi c'était à lui de réveiller Charles alors qu'un domestique aurait pu s'en acquitter.

— Êtes-vous amie avec Anne Chessley ? s'enquit Cédric.

— Oui. Elle s'est montrée très gentille avec moi depuis mon arrivée à Londres, Milord.

— Oh, j'insiste pour que vous m'appeliez Cédric. Je ne supporte pas cette absurdité de « milord ». Allons, dites-moi, parle-t-elle souvent de moi ?

Il fit jouer ses sourcils et Émily faillit sourire. *N'oublie pas que c'est l'homme qui t'a droguée.*

Si elle mettait de côté l'arrogance et les menaces voilées de Godric, les autres ne *semblaient* pas si infâmes. Elle les connaissait de réputation grâce à la *Gazette de la Lorgnette*. Ils s'étaient volontairement laissé enrôler dans le plan de Godric pour l'enlever. Pourtant, elle se sentait plus en sécurité en leur présence qu'avec un homme tel que Blankenship. C'était peut-être parce qu'ils étaient tous naturellement charmants. Une qualité qui facilitait sans nul doute leurs projets de perdre de réputation des femmes un peu partout dans Londres.

Il était évident que Godric était le meneur, mais apparemment, les autres hommes ne s'inclinaient pas devant toutes ses décisions. Avec un peu de persuasion, et pourquoi pas une larme ou deux et quelques suppliques, elle pourrait persuader les autres que ce que Godric avait fait été mal et qu'elle devait être libérée. Même les rebelles devaient avoir un cœur... Non ?

Lucien retourna à son journal.

— Au fait, Godric, la *Gazette* a mentionné notre passage à Covent Garden la semaine dernière.

— Oh ? J'ai presque peur de vous demander comment ils décrivent notre soirée.

Godric récupéra sur la console le plateau de café et de chocolat chaud. Émily le regarda se verser son café. Il le prenait noir. Les yeux de Lucien revinrent sur son journal, parcourant un article.

— Ils ont entendu parler de l'incident avec les cygnes volés... mais ils se sont trompés sur le nombre de femmes impliquées. Ils ont encore sous-estimé notre attrait auprès du beau sexe.

Les hommes attablés rirent tous de leurs frasques passées. Émily ne tenait absolument pas à connaître les détails. Ce que les cygnes, les demoiselles et Covent Garden avaient en commun était susceptible de la choquer.

Sans se laisser décourager par ce changement de sujet, Cédric exigea à nouveau qu'il lui décrive l'intérêt que lui portait Anne.

— Il est vrai qu'Anne parle souvent de vous.

C'était vrai. Anne se plaignait constamment de Cédric, mais Émily savait qu'elle appréciait ses attentions.

Cédric tendit la main vers le plat de fruits.

— Que dit-elle ?

— Vous ne vous attendez tout de même pas à ce que je

rompe notre serment d'amitié ? demanda-t-elle en écarquillant des yeux faussement innocents.

— M'y attendre ? Miss Parr, je l'exige.

Émily s'imagina que personne ne refusait jamais quoi que ce soit à Cédric.

Ne répondant pas immédiatement, elle regarda de nouveau Godric. Elle justifia sa fascination en se disant qu'il était comme un loup. Il faut toujours garder un œil sur la créature la plus dangereuse.

Godric lui versa une tasse de chocolat. Son estomac gronda quand elle vit le liquide sombre qui tourbillonnait dans sa tasse. Il prit un minuscule pot en porcelaine qu'il ouvrit pour y prendre une pincée de cannelle qu'il saupoudra dessus. C'était peut-être le geste le plus étrange et le plus gentil qu'un homme ait jamais fait pour elle, comme si satisfaire ses besoins et plaisirs était un instinct.

Émily se retourna vers Cédric, qui attendait toujours une réponse.

— Vos attentions envers Anne ont été dûment notées.

— Alors ma cour porte ses fruits ?

— Je n'irai pas jusqu'à dire une telle chose, mais elle est reconnaissante du fait que vos attentions aient découragé la compétition.

— En d'autres termes, dit Lucien, elle préférerait vous repousser vous plutôt que la moitié des hommes de Londres.

Un petit rire échappa à Émily et Lucien lui adressa un clin d'œil. Elle avait eu l'impression qu'il lisait son journal et elle décida qu'elle l'appréciait. Ennemi ou non, elle admirait son humour.

Cette pensée la glaça. Elle ne *voulait* pas apprécier Lucien et ne voulait pas non plus que ses seuls moments de joie sur cette Terre soient en compagnie de ceux qui l'avaient enlevée.

— Au moins, je ne suis pas résigné au célibat, comme une certaine personne de ma connaissance.

Cédric tourna ostensiblement la tête en direction de Lucien.

— Je suis tout simplement très sélectif.

Godric prit l'assiette d'Émily et la remplit d'un peu de tout avant de s'asseoir et de la reposer devant elle.

— Merci, Votre Grâce, dit-elle d'un ton réservé.

— Allons, si vous appelez Cédric par son prénom, vous devez m'appeler Godric.

La lueur séduisante dans ses yeux la remplit de chaleur. Était-ce vraiment le même homme qui, un moment auparavant, lui avait montré des dents et l'avait attirée sous lui ? Elle rougit d'embarras, mais personne ne le remarqua.

Le marquis prit alors la parole.

— Et appelez-moi Lucien. Je n'aime pas imposer le « milord » à mes nouvelles connaissances.

— Dieu vous en garde.

Ashton et Charles entrèrent dans la pièce en ricanant. Le visage de Charles était empreint de lassitude, mais il restait aussi beau que les autres avec ses cheveux dorés et ses yeux gris.

— Bonjour tout le monde, marmonna-t-il en se laissant tomber de l'autre côté de Godric.

Émily observa son apparence d'un air inquiet. Ses vêtements étaient impeccables, ses culottes en daim moulaient ses cuisses musclées et son gilet en satin argenté scintillait légèrement au soleil du matin. Mais ses cheveux ébouriffés par le sommeil étaient décoiffés, formant autour de sa tête le halo sauvage d'un ange gredin. Le regard tendu et la voix éraillée, il évoquait un homme qui criait jusqu'à s'en abîmer la voix. Quelque chose clochait dans cette histoire... Elle le sentait.

La pièce semblait remplie de camaraderie et Émily trouva l'air d'intimité entre eux magnifique, comme seules étaient capables de l'être les véritables amitiés. Pendant un bref instant, elle oublia les circonstances dangereuses qui l'avaient amenée ici et se perdit dans les sourires partagés et les plaisanteries taquines des rebelles.

Comment serait-ce de faire partie de leurs amies ? En tant que captive, elle était très seule, comme un chien affamé qui regardait par la vitrine d'un boucher pendant une nuit d'hiver. Le frisson de cette position perçait son âme en profondeur. Émily baissa la tête et avala une bouchée de son petit-déjeuner.

En quelques minutes seulement, elle était parvenue à mieux les comprendre. C'étaient des hommes raisonnables, même s'ils avaient tendance à séduire les femmes. Si elle les abordait avec logique et plaidait pour son besoin de liberté...

Si je disais à Godric que je peux produire les livres de comptes d'Oncle Albert, il pourrait en parler au magistrat. Justice serait alors rendue et elle serait libre de retourner à Londres.

— Du café, Charles ?

Godric lui versa une tasse sans attendre la réponse.

— Quelqu'un peut-il faire passer les toasts ? demanda Charles.

Cédric fit glisser le porte-toast dans sa direction. Au début, Émily mangea du bout des lèvres, mais très vite, la faim la submergea et elle fit un sort à son assiette copieuse.

Émily découvrit ce qui était tellement réconfortant à propos de ce repas. Les cinq hommes étaient vraiment à l'aise les uns avec les autres. Ils étaient presque comme une famille. Qu'est-ce qui avait pu les rapprocher autant ?

Charles étalait une large quantité de confiture de framboise sur son toast, aussi joyeux qu'un garçon qui avait dérobé des tartes à la cerise à la cuisine.

— Charles, vous feriez mieux de manger plus que du pain grillé. Prenez un fruit.

Ashton fit glisser le plateau de poires, de pommes et de prunes devant Émily et Godric.

— D'accord, d'accord.

Émily s'amusait de les voir materner Charles. Son petit sourire attira l'attention de l'intéressé.

— Je m'attendais à ce qu'ils se tracassent pour vous, Miss Parr, ce qui m'aurait permis d'échapper à leurs chouchoutages pendant quelques jours. Mais vous m'avez fait défaut, taquina-t-il. Honte à vous !

Les yeux du comte étaient d'un gris acier, clairs et profonds dans leur intensité.

Les joues d'Émily s'enflammèrent lorsque le regard de Charles glissa le long de son corps.

La voix de Lucien brisa la tension qui s'était installée à cause du regard baladeur de Charles.

— Vouliez-vous que nous vous maternions, Miss Parr ? Vous devriez peut-être vous en occuper, Charles.

Lucien se dissimula derrière son journal, évitant de justesse une tranche de poire qui ressemblait à s'y méprendre à celle que Charles avait commencé à manger.

— Je vous en prie, je refuse qu'on me materne, dit Émily.

— Je crains que nous y soyons contraints, Miss Parr, car j'ai peur que vous tentiez une troisième évasion, dit Godric.

Émily braqua à nouveau son attention sur Godric. Elle avait commencé à apprécier les autres hommes et leur compagnie, malgré les circonstances. Godric, cependant... Cet homme méritait une autre gifle bien placée. C'était une chance qu'un mariage avec lui puisse atténuer sa disgrâce... En supposant qu'elle parvienne à le convaincre d'un tel plan d'action. Elle plissa les paupières et pinça les lèvres. À sa grande frustration, le duc éclata de rire.

Ashton s'exprima, ses yeux bleus braqués sur elle.

— Troisième ? Vous voulez dire qu'elle avait essayé une deuxième fois ?

Émily baissa les yeux vers son assiette. Allaient-ils donc se moquer d'elle, à présent ? L'amusement qu'ils prenaient à la taquiner les stimulait.

— Elle a essayé de s'échapper par ma chambre et a pratiquement dérobé les clés accrochées à mon poignet.

Il fit tinter au-dessus de la table les clés pour lesquelles elle avait lutté. Émily faillit s'écrouler de soulagement quand Godric ne mentionna pas qu'il l'avait plaquée au sol dans le couloir.

Charles sourit dans sa tasse de café.

— Et je parie que c'est comme cela que vous l'avez réveillé.

Godric feignit de s'étirer et donna une claque sonore sur le dos de Charles. Celui-ci renversa son café et poignarda son ami du regard.

— Vos manières, Charles, vos manières, entonna Ashton d'une voix d'instituteur. Allons, Miss Parr, pourrait-on vous demander de vous retenir de vous échapper à nouveau ? Je suppose que vous savez pourquoi vous avez été amenée ici et que partir maintenant ne ferait qu'accentuer le scandale. Mieux vaut faire face à la tempête et laisser Godric combler tous vos besoins pendant que vous resterez ici.

Émily serra les dents, frustrée. Ces hommes justifiaient son enlèvement par la raison et le bon sens et ils n'écouteraient probablement pas ses suppliques. *Je dois abandonner toute tentative de persuasion et me préparer à la guerre*, songea-t-elle avant de pointer le menton.

— Je suis désolée, Lord Lennox, mais c'est mon devoir d'échapper à vos griffes et de retourner auprès de mon oncle.

Voilà, elle l'avait fait. Quoi qu'il advienne, elle devait se libérer de Godric et de ses amis.

— Nos griffes ? Vous nous considérez vraiment comme des scélérats, n'est-ce pas ?

Godric se pencha en avant, posant un coude sur la table alors qu'il la regardait.

— Je suppose que nous le sommes, n'est-ce pas ?

L'idée parut l'amuser et il rit, un son bas et riche.

Émily baissa les yeux vers la nappe blanche et fit de son mieux pour retenir un cri. Elle voulait récupérer sa vie, sa liberté.

— S'il vous plaît... laissez-moi m'en aller.

Émily se mordit la lèvre alors que Godric lui saisissait le menton pour tourner son visage vers elle. Les autres les regardaient tous les deux avec intérêt. Ses joues s'embrasèrent.

— Ce n'est pas si simple, ma chère.

— Comment cela ?

D'une gifle, Émily écarta sa main de son visage et bondit de sa chaise. À la vitesse de l'éclair, tous les hommes étaient debout, aux aguets, s'attendant à ce qu'elle prenne la poudre d'escampette. Godric posa les mains sur ses épaules et la repoussa délicatement contre le dossier de son siège.

— Allez, chérie. Vous aimerez vivre ici. Je vous promets que vous allez nous apprécier.

Ils essayaient de l'apaiser, mais elle ne se laisserait pas contrôler aussi facilement. Le barrage qui avait gardé ses émotions volatiles sous contrôle céda.

— Vous *apprécier* ? Comment puis-je vous apprécier, tous autant que vous êtes ? Vous m'avez enlevée ! Et je devrais être reconnaissante ? Rire comme si c'était une blague ? M'emmener ici a suffi à me compromettre ! N'avez-vous vraiment rien de mieux à faire de vos journées ?

Émily hoqueta et enfonça le visage dans sa serviette.

Des larmes de rage lui échappèrent. Toute sa vie, elle avait su se tenir, mais ces hommes l'avaient réduite à pousser des cris.

Je ne suis pas une enfant. Je suis une femme adulte. Elle apaisa ses tremblements et essuya avec sa serviette les quelques larmes qui recouvraient ses joues. Il fallait qu'elle maîtrise sa colère avant que la situation n'empire. Pleurer, même de fureur, ne lui servirait à rien.

— Ne leur faites pas de reproches. Prenez-vous-en plutôt à moi, dit Godric.

Le poids de ses mains se relâcha légèrement.

—Je suis désolée, Messieurs.

Elle passa une paume contre sa joue afin d'essuyer ses larmes.

— Mais vous devez comprendre. Vous n'arriverez pas à me faire obéir en m'intimidant. Vous m'avez fait grand tort et je ne vous rendrai pas la tâche facile. Vous avez détruit ma réputation et entaché mon nom de scandale. Je ne vais pas rester les bras croisés et vous laisser me dicter le reste de ma vie.

Cette promesse fut seulement suivie d'un silence choqué, comme elle l'avait anticipé. Émily savait parfaitement qu'elle était naïve et innocente sur de nombreux points, mais elle n'était pas une imbécile. Il lui serait incapable de survivre à ce scandale sans séquelles, et elle devrait s'assurer que ces hommes la compensent pour la perte de son avenir.

Personne ne la briserait jamais, et surtout pas un duc arrogant.

❅ 4 ❅

e silence qui suivit les paroles d'Émily s'étira durant de longues minutes désagréables. Quand Cédric quitta la table, elle fut soulagée d'avoir l'occasion de penser à autre chose qu'à sa situation présente.

— Il fait soleil. C'est un temps parfait pour faire du cheval.

Cédric contourna deux valets qui retiraient les assiettes de la table du petit-déjeuner.

— Puis-je emprunter un cheval ? Le mien avait mal à la jambe avant gauche hier soir.

Émily se redressa alors qu'Ashton et Lucien prenaient congé. Charles disparut, mais seulement après lui avoir adressé un sourire particulièrement coquin.

— Les écuries vous sont toujours ouvertes, Cédric.

Émily se redressa, enthousiaste à l'idée d'aller chevaucher.

— Puis-je l'accompagner, Votre Grâce ? Cela fait une éternité que je n'ai pas fait du cheval.

Le souvenir de sa dernière chevauchée était encore doux-amer. Oncle Albert avait vendu le cheval d'Émily pour régler une dette durant sa première semaine de séjour chez lui. Elle se souvenait encore de la selle en cuir bien huilée et des poils épais de la crinière de son hongre. Chevaucher lui manquait ; son ancienne vie lui manquait.

Les yeux verts de Godric se rétrécirent. Émily fit de son mieux pour ne pas montrer la moindre défiance. Il devait la soupçonner de vouloir s'échapper. Elle en avait fait mention pas plus de quelques minutes auparavant.

— Mon humeur pourrait s'améliorer si je me sentais moins comme une prisonnière et si j'avais un peu d'air frais, ajouta-t-elle.

— Est-ce là une excuse pour votre emportement ? demanda Godric.

— C'est tout ce que vous aurez si vous me gardez confinée dans cette maison.

— Je suppose que vous pouvez aller chevaucher, mais je viens aussi.

Godric posa une main ferme sur son épaule.

Émily cacha sa déception. Il serait déjà presque impossible de s'échapper si juste l'un d'entre eux l'accompagnait, alors deux ? Pourtant, quand on cherche, on trouve toujours une opportunité.

— Puis-je avoir un moment pour changer de vêtements ?

Godric accepta et l'escorta vers sa chambre, l'attendant au-dehors. Émily passa l'armoire en revue et se décida pour une ravissante amazone de Glengary bleu clair. La veste était bordée de dentelle, de tresses et de grenouilles brodées. Elle drapa la traîne sur un bras et rejoignit Godric dans le vestibule. Il lui adressa un regard approbateur. Même si elle ne *recherchait* pas son approbation, elle pointa le menton avec un peu de fierté.

Alors que Godric lui offrait son bras, Émily prit note de la beauté de la maison. Des statues d'hommes et de femmes vêtus à la grecque ornaient les alcôves qui longeaient le vestibule, telles des observatrices silencieuses.

Émily leva les yeux vers le visage d'une belle femme en marbre. *Tout ce qu'elle a dû voir !* La statue retenait l'ourlet de sa robe prête à glisser de sa poitrine. La timidité séduisante de son regard la ravissait.

Les bottes Hessiennes de Godric claquaient sur les sols en marbre et il éclata aussi de rire. Il résonna dans sa voix alors qu'il l'entraînait à sa suite.

— Que regardez-vous ?

Émily désigna la statue.

— Elle.

Godric jeta un œil à la statue par-dessus son épaule et se fendit d'un large sourire.

— Quand j'étais garçon, je la contemplais et rêvais des femmes. C'était avant de me rendre compte que celles de chair et de sang étaient infiniment meilleures.

Ses yeux passèrent sur le visage d'Émily et s'attardèrent sur ses seins. Elle sentit un picotement d'indignation courir le long de sa peau. Elle n'était pas d'un naturel violent, mais tout ce que Godric faisait lui donnait envie de le gifler.

Au moins une douzaine de chevaux résidaient dans l'écurie d'Essex, des bêtes magnifiques et énergiques, au pelage brillant. Elle avait grandi sur un cheval, mais elle n'en souffla mot. Si Godric l'avait sue aussi compétente, il aurait pu refuser sa demande. Elle allait devoir faire attention.

Le hongre rouan était une belle bête, avec des chevilles minces et des muscles puissants qui se contractaient sous sa peau. Ce n'était pas celui que Godric avait monté la nuit précédente, ce monolithe noir silhouetté par le croissant de lune tel un destrier féroce du Moyen-âge. Ce hongre-ci possédait le pas sautillant et dynamique de la jeunesse. Il se pencha en avant, s'étira le dos, secoua la tête de droite à gauche, comme il l'aurait fait dans les champs sous la chaleur du soleil. Elle devait bien le lui accorder, Godric avait bon goût en matière de chevaux.

Elle tendit le bras pour caresser le cheval avec une timidité feinte. Ce hongre était une créature curieuse qui, comme tous les purs-sangs, montrait de l'arrogance. Ses yeux sombres couleur cannelle la fixèrent d'un air de reproche, mais il ne put résister à l'envie de frotter son nez contre sa paume. Puis il leva brusquement la tête en soufflant et Émily fit un bond en arrière théâtral.

Godric se tenait si près qu'elle entra en collision avec sa

poitrine dure. Il lui saisit la taille en un instant. Émily déglutit quand elle réalisa qu'elle était très petite par rapport à lui. Quand elle se trémoussa, sa poigne se resserra et elle sentit ses fesses le frôler. Surprise, elle eut un sursaut, mais il la garda prisonnière.

Il fit glisser le bout de ses doigts vers ses seins, le long de sa cage thoracique. Ils gonflèrent et ses mamelons durcirent avant de venir frotter contre le tissu de sa robe. Ils étaient sensibles et douloureux, et elle ne comprenait pas la cause de cette sensation. *Je déteste cet homme. Il a ruiné ma réputation.* Alors pourquoi respirait-elle plus vite ? Les doigts de Godric frottèrent le dessous de ses seins, l'excitant davantage et l'attisant par son contact. L'attrait de sa passion était une flamme, et quand elle s'en approcha trop près, elle se reprit enfin. Ils avaient un public. Il tentait de la séduire là, dans les écuries, devant son ami. La colère la laissa pantoise, mais également une sensation étrangère, peu familière, qui ressemblait à de l'excitation.

Ses manières de rebelle sont déjà en train de me corrompre. Elle invoqua l'audace de les défier lui et ses caresses alors qu'elle échappait à son étreinte.

❧

Frustré, Godric observa Émily. Son contact n'avait-il eu donc aucun effet sur elle ? Il surprit Cédric qui l'observait du coin de l'œil. Il avait sans nul doute assisté à toute la scène. Ils échangèrent un regard silencieux et son ami haussa les épaules d'un geste compatissant. Il était vrai que six mois s'étaient écoulés depuis qu'il avait pris une maîtresse. Quand la nouveauté de la relation s'était estompée, il avait été dégoûté du beau sexe pendant un certain temps. Au lit, Évangéline était débridée, mais en dehors, sa personnalité était abrasive. Si elle avait traité leur relation comme un jeu – ce qu'il acceptait volontiers –, elle s'était également montrée méprisante envers le personnel, et cela le dérangeait. Elle avait traité Simkins avec cruauté, le trouvant par trop familier envers Godric pour un homme dans sa position.

C'était impardonnable ! Simkins était comme un oncle favori et mal le traiter encourait à subir la colère de Godric.

Émily était tout le contraire d'Évangéline. Elle n'était pas gâtée, ce qui n'aurait pas dû le surprendre. Il se rappelait parfaitement l'irritation exprimée par Parr à l'idée d'avoir sa nièce sur les bras, et vu la rapidité avec laquelle il accumulait les dettes, il semblait peu probable qu'il ait mis l'accent sur le bien-être et le confort d'Émily. Godric se hérissa à la pensée que Parr ait privé Émily de quoi que ce soit.

Je dois faire attention. Elle va me prendre au piège de sa séduction et je ne m'en libèrerai jamais.

C'était vrai. Godric n'avait jamais ressenti la moindre envie de prendre soin d'une autre femme que sa mère, et certainement pas comme il aurait voulu prendre soin d'Émily. *Non.* Acheter de jolis bijoux et des robes pour sa maîtresse *lui* garantissait des plaisirs physiques, mais pas le confort et des prévenances pour la dame en question. Toutefois, avec Émily, il se comportait déjà différemment. Il ne serait pas approprié de se montrer dur avec elle s'il désirait sa complaisance.

Il voulait s'assurer que son chocolat soit à la bonne température. Il voulait qu'elle porte les robes de soie les plus belles, dorme dans le lit le plus moelleux. Il voulait qu'elle soit en sécurité, au chaud, contentée.

Si elle était heureuse, elle viendrait peut-être à lui, le laisserait l'introduire à la passion qu'elle gardait enfouie au plus profond d'elle-même. Il voulait la connaître, la posséder. Tout ce feu qui brillait dans ses yeux quand elle pensait qu'il ne la regardait pas avait besoin d'être libéré.

Je suis un bel imbécile ! Je ne mérite pas une telle douceur.

Cette sombre pensée se répandit à l'intérieur de sa poitrine, s'accumulant quelque part au fond de son cœur. Il ne s'était pas rendu compte qu'il pouvait y ressentir de la douleur !

— Puis-je la chevaucher ? Émily désigna le hongre.

Godric se retint de sourire.

— Vous pouvez *le* chevaucher.

Émily rougit et enfonça le visage dans ses mains. Cédric se contenta de secouer la tête avec une hilarité silencieuse.

Les femmes... Elles savent si peu de choses.

Les garçons d'écurie firent sortir le hongre pour Émily. Godric et Cédric sellèrent chacun leurs propres chevaux. Il aimait être autosuffisant, du moins sur certains points. Il n'avait jamais demandé à vivre la vie choyée d'un duc et ses valets savaient qu'ils devaient le laisser seller son propre cheval à moins qu'il ne demande le contraire.

Godric montra comment seller le hongre et Émily l'observa avec attention.

— Faites attention, Miss Parr. La selle est orientée dans cette direction. Vous devez vous assurer que cette circonférence, la courroie de la selle, soit bien serrée. Tirez vigoureusement dessus, et ne craignez pas de faire du mal au cheval. Cela n'arrivera pas.

Il sentit le bas de son corps s'éveiller en la voyant mordiller sa lèvre inférieure pulpeuse.

— Comment dois-je lui monter dessus ?

Au moment où les mots eurent quitté sa bouche, Godric s'imagina Émily lui monter dessus sur le lit... *Non !* Il ne devait pas se laisser emporter, mais Dieu ! Il était tellement facile de perdre la tête avec elle.

— Comme ceci, dit-il d'un ton bourru.

Il l'attrapa par la taille et la souleva sur la selle.

— Vous devez vous mettre à califourchon. Je n'ai pas de selle en amazone.

— Ah, oui, je suis bête !

Elle enfourcha le cheval, ce qui l'obligea à retrousser sa jupe suffisamment pour qu'une fois en selle, elle dévoile ses jambes nues. Toutes les pensées rationnelles de Godric dégringolèrent depuis son cerveau vers cet endroit particulièrement insistant sous sa ceinture. Il ne put s'empêcher de se demander comment elle avait bronzé des jambes. Quelle action une jeune femme pouvait-elle faire si souvent qui exigeait de retrousser sa jupe ? Godric ravala un grognement.

— Hum... Miss Parr, pardonnez mon impertinence, mais certains sous-vêtements vous font défaut.

Ses yeux étaient posés sur la peau délicate si près de ses mains. S'il lui frôlait accidentellement la jambe, elle ne le remarquerait peut-être pas. L'humour pétilla dans les yeux violets d'Émily, mais il disparut rapidement, masqué derrière son expression effarée.

— Oh, veuillez m'excuser. Mes bas ont été détruits la nuit dernière.

Cédric rit en arrivant à leur hauteur, admirant ouvertement ses jambes, à la contrariété de Godric.

— Ne vous excusez jamais auprès de deux célibataires d'avoir osé dévoiler une si belle paire de jambes nues.

Godric décocha un regard noir à son ami. Encore un commentaire de ce genre et Cédric allait avoir des problèmes.

❦

Le soleil de septembre brillait fort dans le ciel dégagé. Les insectes craquetaient, un son qui rendait le silence plus agréable. C'était une journée idéale pour chevaucher, pour vivre. Loin des salons étouffants et des soirées mondaines, Émily recommençait à respirer. Elle était ici chez elle, à la campagne, avec des collines verdoyantes et des cieux bleus infinis.

Une légère brise courut le long de sa peau et de son habit d'équitation alors que le trio trottait le long des terres de Godric. Regardant en arrière, elle vit qu'ils avaient parcouru un long chemin. Le manoir n'était qu'un petit tas de pierres au loin. Godric la surprit à admirer le panorama et elle sourit.

— Votre domaine s'étend à perte de vue, Milord.

Elle soupira devant le spectacle enchanteur de la campagne anglaise.

— Ce n'est pas la seule chose qui peut s'éten... commença Cédric.

Godric frappa le flanc du cheval de Cédric avec le bout de sa cravache. La bête partit à un galop d'enfer, entraînant son cavalier qui poussait des jurons. Émily aurait voulu savoir ce qu'il s'apprêtait à dire.

À une quinzaine de mètres devant eux, Cédric ralentit et leur adressa un regard noir et puéril. Il demeura loin en avant, laissant Émily et Godric seuls.

— Depuis combien de temps vivez-vous avec votre oncle, Miss Parr ?

— Je... Je ne crois pas que cela me dérange que vous m'appeliez Émily, Votre Grâce. Je n'aime pas qu'on m'appelle Miss Parr.

C'était déplacé, bien sûr, mais avec tout ce qui s'était passé entre eux, la convenance était le cadet de ses soucis.

— Si vous le souhaitez, Émily, mais alors je dois insister pour que vous arrêtiez de m'appeler « Votre Grâce ».

Le soleil pâlissait face à la luminosité de ses yeux, faisant palpiter le cœur d'Émily.

— J'ai emménagé chez Oncle Albert il y a un an, après la mort de mes parents.

— J'ai entendu dire qu'ils étaient décédés. Puis-je vous demander comment ?

Godric rapprocha son hongre noir de celui d'Émily dont la monture mordilla tendrement le flanc de son cheval.

— Ils ont sombré en mer. Mon père se rendait à New York pour rendre visite à sa compagnie maritime. Ma mère avait insisté pour l'accompagner.

La douleur de la perte de ses parents était profonde, et elle ne l'avait enterrée que récemment.

— Je séjournais chez des amis de la famille quand j'ai reçu la nouvelle. Le lendemain, mon oncle est venu me chercher.

— Comment s'appelaient-ils ?

— Clara et Robert, répondit-elle, la gorge serrée.

— Et vous n'avez pas d'autres frères et sœurs ?

Elle secoua la tête.

— Aucun. Ma mère a connu deux fausses-couches après m'avoir eue. Ils ont cessé d'essayer après cela. C'était trop douloureux.

Elle ne comprenait pas pourquoi elle partageait des détails aussi intimes avec un homme qu'elle connaissait à peine.

Godric détourna le regard.

— Ma mère est morte en couches quand je n'étais qu'un garçon. Le bébé est mort avec elle.

Aucun mot n'aurait pu soulager la douleur d'avoir perdu un être cher, surtout un parent. On se sentait perdu, sans la moindre chance de salut. Rien n'aurait pu remplacer la chaleur et la sécurité protectrices d'un parent. Se le faire arracher revenait à perdre son innocence.

Godric reprit la parole.

— Vous n'avez pas vraiment fait votre deuil, n'est-ce pas ?

C'était moins une question qu'une observation. Elle trouvait étrange que parler à Godric de sa tragédie s'avère aussi facile. C'était un étranger, mais il y avait déjà peu de barrières entre eux.

— Non, en effet.

Ils arrêtèrent leurs montures. Elle laissa ses rênes glisser entre ses doigts tandis que son cheval penchait la tête pour dérober un brin d'herbe.

— Je pense qu'une partie de moi n'acceptera jamais vraiment leur disparition. C'est comme si je m'attendais à ce qu'ils arrivent soudainement en calèche chez l'oncle Albert pour me ramener à la maison.

La voix d'Émily chevrota légèrement.

Le regard de Godric s'obscurcit. Émily remarqua les légères ombres sous ses yeux. Dehors, sous le soleil, loin du rythme de la journée, il avait l'air épuisé.

— Vous devez avoir beaucoup aimé votre mère.

— Je n'ai jamais autant aimé quelqu'un.

Il parla si doucement que cela fit plus l'effet d'une pensée exprimée à haute voix.

Un désir bondit dans le cœur d'Émily. Auparavant, elle avait voulu lui faire mal, comme il l'avait fait par cet enlèvement froid et calculé. Mais à présent... À présent, elle voyait un homme que la vie avait profondément blessé et elle aurait voulu apaiser les inquiétudes qui marquaient son front. Cela lui rappela un blaireau blessé qu'elle et son père avaient trouvé dans le jardin quelques années auparavant. Il s'était cassé la patte et quand ils avaient essayé de l'aider, l'animal l'avait mordu, lui tirant du sang. Godric était très semblable à cet animal. Blessé et frappant à l'aveuglette pour sa propre protection.

— J'imagine qu'elle vous aimait tout autant.

— Je vous remercie, Émily. Je suis certain que, quel que soit l'endroit où ils se trouvent, votre famille se languit de vous.

Il était sincère. Cela se manifesta dans la lueur de ses prunelles et son sourire sombre. Cet homme sur lequel pesaient d'innombrables péchés croyait au ciel et en une vie après la mort. Pendant une brève seconde, elle ne put s'empêcher de se demander si peut-être, l'un des rebelles pouvait se racheter.

Godric leva le bras vers le petit espace entre eux et glissa sa main autour de la sienne. Ni l'un ni l'autre n'avait pris la peine d'enfiler des gants d'équitation. Il lui prit la main, peau à peau. La chaleur de sa main, bien plus grande que la sienne, lui apportait un réconfort auquel elle ne s'était pas attendue. C'était une paix qu'elle avait connue le soir, avec ses parents, devant le feu, assise sur le sol tandis qu'ils riaient en lisant les rubriques d'humour dans le journal. Le pouce de Godric caressa sa paume sensible, mais ce contact apparemment innocent taquina son corps avec le désir de quelque chose qu'elle ne comprenait pas. Avec cette simple vérité, elle ne pensa plus à son oncle ou à ses parents. Son contact lui donnait envie de le suivre aux extrémités de la terre pour voir où cela pourrait conduire.

Cela étant, elle ne devait pas le laisser remporter la partie en lui faisant baisser la garde par des mots et des caresses tendres. Elle ne pouvait pas se permettre de tomber amoureuse de cet homme. Ils vivaient dans des mondes séparés. Il était peu probable qu'il se marie par amour et elle voulait quelqu'un qui puisse l'aimer aussi fort qu'elle le faisait. Elle ne pouvait pas rester, ne pouvait pas prendre le risque de tomber pour lui. Ses parents auraient voulu qu'elle survive ; cela exigeait qu'elle échappe au duc et trouve quelqu'un à épouser.

Émily étudia les terres environnantes. Un muret de pierre, d'environ un mètre cinquante de hauteur, s'élevait à quelques centaines de mètres.

— Qui a-t-il de l'autre côté de ce mur ? demanda-t-elle d'un ton détaché.

— Un étang, un pré ou deux et au-delà, le village de Blackbriar.

Un village ? Cet imbécile aurait tout aussi bien pu lui dessiner une carte pour s'échapper.

Godric garda son attention braquée sur Cédric qui faisait parcourir le champ de long en large à son cheval avant de le faire partir au galop.

La main d'Émily était toujours fermement prisonnière de la poigne de Godric, ce qui compliquerait les choses. Prudemment, elle lui retira sa main et il se tourna pour voir pourquoi elle s'était libérée. Émily se pencha en avant afin de tapoter le cou de son cheval.

— C'est une jolie créature.

Elle enfonça les doigts dans la crinière épaisse de son hongre. Elle n'eut même pas besoin de lever les yeux pour savoir que Godric la regardait.

— Découvrez-vous que vous aimez les chevaux ?

— Oh, oui. Ils sont un peu effrayants, mais celui-ci est très doux.

Elle résista à l'envie de rire. Elle n'avait jamais craint les chevaux de toute sa vie – les chèvres, peut-être, quand ces affreux animaux mordillaient l'ourlet de ses jupes –, mais jamais les chevaux. Godric s'apprêtait à avoir la surprise de sa vie.

Elle leva la tête comme si elle suivait la progression de Cédric en travers du champ. Elle attendit le moment où celui-ci tourna à droite, vers le manoir.

Feignant le choc et l'alarme, elle pointa frénétiquement du doigt dans la direction de Cédric.

— Godric, faites attention ! Des brigands !

Celui-ci se raidit et fit tourner son cheval, se préparant au danger.

Émily enfonça les talons dans les flancs de son hongre et s'enfuit à toute vitesse, droit vers le muret, priant pour que son cheval soit capable de le franchir. Blackbriar se trouvait au-delà. Elle y chercherait de l'aide ou se cacherait le temps qu'elle trouve le moyen de retourner à Londres.

GODRIC MIT QUELQUES SECONDES À INTÉGRER CE QUI VENAIT de se passer. Des brigands ?

Émily traversa pratiquement au vol le champ doré, telle une guerrière en plein cœur d'une bataille. Sa posture baissée et son contrôle naturel sur le cheval étaient évidents. Cette fille était plus intelligente qu'il l'avait cru et il avait été idiot de lui parler de Blackbriar.

— Émily ! cria-t-il.

Elle se dirigeait droit vers le muret et si elle ne s'arrêtait pas, le cheval la jetterait à terre. Elle atterrirait dans le lac de l'autre côté, se briserait le cou ou se noierait.

Il enfonça ses bottes dans les flancs de son cheval, le forçant à avancer.

Quelques instants plus tard, Godric était sur ses talons, à seulement six mètres de distance. Son hongre noir était le plus rapide des écuries. Il ferma presque les yeux quand le cheval d'Émily atteignit le mur.

Elle le franchit en un arc gracieux et quelques secondes plus tard, il fit de même.

Émily contrôlait son cheval mieux qu'il l'avait cru et l'animal avait effectué un atterrissage parfait. Elle avait brusquement tiré sa monture sur le côté, échappant de peu à une chute dans l'étang peu profond.

Godric n'eut pas cette chance. Son cheval paniqua lorsque ses sabots atterrirent dans l'herbe boueuse du bord du lac et il se cambra, le projetant dans l'eau la tête la première.

ÉMILY FIT RALENTIR SON CHEVAL QUAND ELLE ENTENDIT UN autre cri... de peur ! Elle se tourna juste à temps pour voir Godric franchir le muret avant de se faire projeter à bas de son cheval. Son corps frappa la surface du lac avec une grande éclaboussure puis disparut dans les remous. Elle retint son souffle, attendant qu'il refasse surface. Dans quelques secondes, il remonterait, crachotant de l'eau et humilié.

Mais il ne le fit pas.

La peur la saisit, accompagnée par un soupçon de culpabilité à l'idée d'avoir laissé mourir un homme comme lui. Il allait mourir à cause de son plan téméraire ? Impossible ! Elle commençait – juste un peu – à le comprendre et elle ne voulait pas avoir sa mort sur la conscience.

Émily jeta un regard paniqué dans la direction de Blackbriar, le maudit à voix basse et retourna vers l'étang. Elle refusa de se demander pourquoi ; elle ne devait rien à Godric.

Elle se jeta à bas de sa selle et plongea dans l'eau près de l'endroit où il avait disparu. Peu profondes près du bord, les eaux de l'étang étaient sombres. Elle discernait à peine les contours de la chemise blanche de Godric. Elle enroula les bras autour de sa poitrine et donna un grand coup de pied, les propulsant à la surface. Inconscient, il pesait lourdement sur elle, mais elle continua à donner des coups de pied, profondément reconnaissante d'être bonne nageuse. Le temps qu'elle atteigne le rivage, elle inspirait à grandes goulées alors qu'elle luttait pour remonter la berge boueuse, tirant le duc à sa suite. Sa redingote pesait sur elle comme si elle traînait un rocher vers le rivage en plus du corps de Godric.

Elle le fit rouler sur le dos et appuya la tête contre sa poitrine. Il ne respirait pas.

— Oh, mon Dieu, s'il vous plaît, ne mourez pas.

Elle sentait le sang battre dans ses oreilles. Une vague de panique la traversa, l'empêchant de penser. Elle devait se concentrer.

Il y avait une chose qu'elle pouvait essayer. Elle avait vu un serviteur le faire une fois à un garçon qui était tombé dans un étang.

Soulevant le menton de Godric, elle pinça son nez avec une main et prit son menton dans l'autre. Elle plaqua sa bouche sur la sienne, priant pour que cela le fasse revenir à la vie. Elle se retira, attendit une seconde, puis essaya encore et encore. La quatrième fois, il remua, et elle faillit en pleurer de soulagement. Il était vivant.

Elle sentit une main saisir ses cheveux mouillés et la tenir en place, maintenant leurs lèvres collées ensemble. L'autre bras de Godric lui saisit la taille et l'attira à califourchon sur lui. Il l'embrassa profondément avant de rouler sur lui-même pour la plaquer sous lui.

Émily serra les poings et lui battit la poitrine quand les lèvres fermes, mais douces de Godric explorèrent les siennes. Son goût lui fit tout oublier, à part le satin de ses lèvres. Il était chaud, mais tempéré par une séduction à laquelle elle ne s'était pas attendue.

Un moment de lucidité lui rendit la raison. Elle essaya de donner des coups de pied et de libérer ses jambes, et Godric se recula pour reprendre sa respiration.

— Du calme, ma chère. Je souhaitais seulement remercier celle qui m'a sauvé.

Il cessa de parler et l'embrassa sans pitié. Elle ne pouvait pas le laisser faire ! Il ne pouvait... ne pouvait pas... Émily haleta contre sa bouche quand la main de Godric saisit le dessous de son genou droit et caressa la peau nue de sa cuisse tout en arquant les hanches plus profondément dans le berceau des siennes. D'agréables poussées de désir remontèrent en dansant le long de ses jambes. Ils devaient s'arrêter, mais elle se prit à désirer les sensations que ses lèvres et ses mains étaient en train de créer.

Des vagues de chaleur traversèrent le corps d'Émily avec une puissance terrifiante. Son corps tressautait, la confusion luttant contre le désir. Elle n'aimait certes pas cet homme, mais ses baisers et caresses commençaient à avoir un effet complètement lascif sur elle. Cette réalisation lui tira un petit gémissement et l'homme au-dessus d'elle lui répondit d'un grognement de désir.

Le monde disparut en un instant, à l'exception de la cavalcade du sang dans ses oreilles et de ses inspirations haletantes. Inspirer. Expirer. Inspirer. Expirer. La symphonie des soupirs et des halètements qui dansaient entre chaque inspiration dans une valse sans fin la terrifiait. La tentation de lâcher prise, de s'abandonner et de suivre les traces d'Ève. Une bouchée, une chute terrible, et elle serait perdue pour toujours.

La poitrine de Godric trembla d'un rire silencieux alors qu'il s'abreuvait de son goût sucré : une innocence qui évoquait un brandy de qualité, addictif et enivrant. La joie fit bouillir ses sangs et réchauffa son cœur. Elle était revenue pour lui, l'avait sauvé.

Les mains d'Émily se refermèrent sur ses biceps, ses doigts s'enfonçant plus profondément alors qu'il l'embrassait. Le temps qu'il lève la tête pour baisser les yeux vers elle, elle haletait et ses hanches frottaient instinctivement contre les siennes.

Il était fasciné par le délicat rougissement de ses joues, et son nez légèrement retroussé qui lui donnait un charme mutin.

Pourtant, il sentait qu'elle le craignait un peu.

Émily n'avait jamais connu d'hommes, n'avait jamais été embrassée jusqu'à ce qu'il la capture. Une femme plus expérimentée aurait su quoi faire. Il appréciait la petite instruction qu'il lui avait donnée. La tentation qu'elle présentait était trop importante pour qu'il puisse lui résister. Il leva une main pour lui prendre la joue, son pouce caressant les contours de son visage. Un désir à l'état pur tourbillonnait dans les bassins violets de ses yeux, un soupçon de frustration y ajoutant un éclat qui le fit sourire. Qu'elle aime l'embrasser la contrariait.

Il trouvait sa réaction à lui fascinante. D'autres femmes l'auraient regardé avec des yeux langoureux et lui auraient nonchalamment rendu ses baisers... ou dans le cas d'Évangéline, lui aurait rendu sa morsure. Les yeux d'Émily étaient lumineux et pleins d'un émerveillement mâtiné de colère. Il y avait une impatience dans ses lèvres, un désir dans ses mains alors qu'elle caressait ses épaules. C'était comme si elle était déterminée à prendre du plaisir, même si elle ne l'aimait pas. Il aimait cet esprit rebelle en elle. Elle prenait ce qu'elle voulait de lui. Si elle exigeait qu'il arrête, il le ferait, même si cela devait le tuer. Mais en attendant, il lui déroberait autant de baisers qu'il le pouvait.

Godric aurait voulu passer des journées entières avec elle, explorer ses courbes délicates et trouver de nouveaux endroits où la taquiner. Il voulait s'incliner et prier à l'autel de son innocence sensuelle. Elle était en tous points la créature sauvage et sensuelle qu'il cherchait depuis des années. Il l'avait enfin trouvée et il la prendrait sous lui, sur lui, contre le mur, sur le ventre sur le lit... Oh, les possibilités étaient infinies !

Il ne savait pas qu'une femme pouvait avoir ce goût-là, cette sensation-là. Il se sentait comme un scélérat d'avoir simulé sa noyade, mais il avait voulu voir si elle reviendrait en arrière. Ses amis n'auraient eu aucun mal à la retrouver à Blackbriar. Pas un seul des commerçants n'aurait tenu sa présence secrète s'il avait été à sa recherche.

Mais elle était revenue ! À la seconde où elle l'avait traîné hors du lac, il avait voulu l'embrasser plus qu'il n'aurait jamais voulu embrasser une femme. Juste là, sur la rive boueuse, détrempés et glacés. Il l'aurait réchauffée de sa passion et de sa gratitude. La peau humide de sa cuisse était lisse. Ses muscles s'étirèrent contre lui quand elle contracta la jambe. Elle avait des jambes de cavalière. Seigneur, comme il aurait voulu que ces jambes s'enroulent autour de lui de la même façon !

Bientôt. Il se promit de la prendre de mille fois, de toutes les façons possibles, de la chevaucher jusqu'à ce qu'elle ne puisse plus marcher, la laissant encore pantelante de désir.

Ses gestes, son goût... Tout l'embrasait. Le rythme de ses respirations et la sensation de ses courbes l'avaient englouti quand, à travers le brouillard de son désir, il entendit au loin le cri inquiet de Cédric.

Il dut invoquer chaque parcelle de sa volonté pour lâcher

Émily. Elle levait les yeux vers lui avec un désir sourd, certainement étourdie par cet assaut sur ses sens. Elle cligna lentement des paupières, comme si elle était encore perdue dans le sillage d'un rêve qui s'estompait. Ses cils étaient longs et ils se courbaient légèrement aux extrémités, encadrant parfaitement les yeux les plus expressifs qu'il avait jamais vus.

Depuis des années, il n'avait regardé les yeux d'une femme que pour voir s'ils l'invitaient dans son lit et pour savoir s'il lui donnait du plaisir. Mais cette jeune fille étendue sous lui était différente. Ses yeux contenaient une invitation distincte : ils l'invitaient dans son cœur pour qu'il y reste.

Cette vérité douloureuse fit chanceler Godric comme l'uppercut d'un boxeur. Les hommes comme lui ne se posaient jamais, ne se souciaient pas des femmes au-delà des plaisirs du lit.

Il faisait bien du tort à cette jeune femme en corrompant son corps et son avenir. Elle s'attendrait à ce qu'il l'épouse après coup, mais il ne le pouvait pas. Le mariage était pour les imbéciles qui croyaient en l'amour. Il avait même sauvé ses amis de la folie du mariage et ils profitaient tous à présent du célibat. Les membres de la bonne société se mariaient pour des gains politiques et financiers. C'était attendu. Lui, cependant, refusait de se lier à une femme pour toujours à moins qu'il ne l'apprécie. Il était un imbécile endurci et blasé qui évitait l'amour. Il savait que cela le rendait faible.

La bravoure et l'esprit acéré d'Émily étaient admirables, mais elle méritait un homme qui serait un mari digne d'elle. Il ne pouvait rien lui donner d'autre que son corps.

Le désir le plus étrange de justifier son comportement lui fit chercher maladroitement une excuse.

— Comme je l'ai dit, vous m'avez sauvé la vie, Émily. Je voulais simplement dire merci, s'excusa-t-il en la remettant sur ses pieds.

Elle oscilla légèrement et Godric tendit un bras pour la saisir par la taille. Il s'efforça de ne pas baisser les yeux vers les seins généreux qui pressaient contre le fin tissu humide ni vers les hanches amplement mises en valeur par la tenue d'équitation détrempée qui moulait son corps. Cédric chevaucha jusqu'au mur, les dévisageant successivement avec une expression choquée.

— Qu'est-il arrivé, Godric ? J'ai entendu quelqu'un crier, puis je vous ai vu sauter.

Les yeux de son ami dérivèrent vers le corps d'Émily et se réchauffèrent avec une expression que Godric reconnut parfaitement.

— Cédric, pourriez-vous prêter votre manteau à Émily ?

Son ton évapora les attentions déplacées de Cédric. Celui-ci retira rapidement son manteau et le jeta par-dessus le muret où Godric l'attrapa et le passa autour des épaules d'Émily.

— Attendez ici. Je vais prendre nos chevaux et les refaire sauter de l'autre côté du mur, ordonna Godric.

Il comprit à son regard effaré qu'elle lui obéirait.

Cédric parcourut à la hâte la longueur du muret pour assister Godric, et quand ils se retrouvèrent seuls, il exigea de savoir ce qui s'était passé.

— Elle m'a distrait et a filé à bride abattue vers le mur. Je ne pensais pas qu'elle réussirait à le franchir, mais elle l'a fait − par Dieu, elle l'a fait −, et mieux que moi ! Ce satané cheval m'a jeté à l'eau.

— Vous allez bien ? Je vous ai perdu de vue tous les deux.

— Je vais bien. Pauvre Émily ! Elle a cru que je m'étais noyé et a essayé de me ramener à la vie avec ces douces lèvres.

Godric rit doucement.

— Vous n'allez pas lui révéler que vous êtes un excellent nageur ?

— L'eau était peu profonde, elle a cru que je m'étais assommé. En outre, je préfère lui laisser croire qu'elle m'a sauvé. Sans quoi, ce que je lui ai fait par la suite me vaudra une bonne gifle.

— Oh, Godric, vous n'avez pas fait cela ! Cette pauvre fille ! Elle ne vous sauvera plus jamais la mise. Dites-moi que vous n'êtes pas allé trop loin.

— Quelques baisers inoffensifs... Peut-être quelques caresses pas si inoffensives, admit-il.

Il n'avait pourtant aucun regret. Il ne pourrait jamais regretter aucun baiser ni chaque seconde durant laquelle le contact d'Émily avait réveillé le fantôme de l'homme qu'il était autrefois.

Autrefois, il chérissait les baisers, les comptait comme un jeune homme, attendant à bout de souffle de revoir la femme qui lui avait inspiré de telles notions romantiques. Son premier amour, la fille de meunier de Blackbriar, Annabelle, lui avait appris à savourer les baisers. Elle l'avait séduit, l'avait initié au monde des délices de la chair, mais elle l'avait fait lentement, une poursuite et un défi parfaits. Depuis, les actes précipités n'en avaient pas valu la peine.

C'était ce dont il avait envie avec Émily : la chasse patiente, la poursuite régulière. Chaque baiser qu'il prendrait à ses lèvres consentantes serait une douce victoire. À présent, l'amour ressemblait à un voile fin dans le lointain, au lieu d'être enfermé à l'intérieur de lui comme il l'avait toujours cru.

ÉMILY S'APPUYA CONTRE LE MUR DE PIERRE, SE METTANT À trembler quand la brise glaça sa peau humide.

Elle tremblait également pour d'autres raisons. Quand Godric avait placé ses mains sur elle, sa bouche sur la sienne, son corps sur le sien, elle s'était perdue. Pendant quelques brefs instants, elle avait oublié sa colère et son inquiétude concernant le sauvetage de sa vie qui partait en ruines.

Il y avait plus dans son étreinte que l'affection tendre dont elle avait été témoin entre ses parents. Non, c'était un feu de joie, un feu qui l'attirait pour la réduire en cendres. Quand il l'avait embrassée, ils avaient été homme et femme, et non lord et lady.

Ce jeu dangereux d'évasion et de poursuite avait réveillé ses instincts de survie les plus primitifs. Si Cédric n'était pas arrivé,

Godric l'aurait peut-être prise, là, sur la berge verdoyante. Cette pensée la fit rougir.

Les hommes revinrent avec les chevaux et elle masqua ses émotions de cette expression innocente qu'elle avait peaufinée en vivant avec son oncle.

Cette pensée la fit se glacer.

Qu'avait fait son oncle en découvrant sa disparition ? Avait-il remercié les cieux ou bien était-il allé quérir la police, paniqué ? Émily était incapable de se représenter ces deux options.

Des larmes lui brûlaient le coin des yeux. Elle ne voulait pas admettre à quel point elle avait souffert durant l'année qui venait de s'écouler, mais c'était pourtant vrai, car la vie auprès d'un oncle désintéressé était une terrible souffrance. Personne ne méritait de vivre avec une famille qui ne vous aime pas ou ne se préoccupe pas de vous.

Émily se hâta de sécher ses larmes alors que les hommes parvinrent de l'autre côté du mur. Godric lui tendit les deux mains et elle les saisit, surprise par la facilité avec laquelle il la souleva au-dessus du mur puis sur ses genoux.

— Voilà, permettez-moi de me rendre à mon...

Elle tendit le bras vers son cheval, mais Godric resserra sa prise autour de sa taille.

— Si vous pensez que je vais vous laisser remonter à cheval toute seule après votre petite escapade, vous vous trompez.

— Mais...

La poigne de fer de Godric la maintint fermement sur ses genoux alors qu'il poussait sa monture en avant.

— Je pense qu'il est temps de poser des règles de base pour vos futures tentatives d'évasion. Tout ce que vous tenterez sans succès vous sera retiré en tant que privilège. C'est-à-dire qu'il n'y aura plus de chevauchées et pas d'escapades une fois la nuit tombée. Trop dangereux pour vous.

Son ton condescendant lui donnait l'impression d'être une enfant désobéissante. *Pourquoi ne l'ai-je pas laissé se noyer ?*

— Godric.

Elle se tortilla avec irritation contre sa poitrine alors qu'ils se dirigeaient vers le manoir.

— Je marcherai si j'y suis contrainte, merci. Tout ceci n'est pas nécessaire.

La main qui la tenait à la taille glissa plus bas pour venir lui pincer brusquement les fesses. Elle se glaça, le regard enflammé.

— Aïe !

— À cause de vous, j'ai failli me faire me rompre le cou et me noyer.

— *Vous* n'étiez pas obligé de me prendre en chasse, lui répliqua Émily.

— Si j'ai envie de vous donner une bonne fessée, je le ferai et il n'y a pas un homme ici qui va lever la main pour vous l'épargner, gronda Godric.

Sur ce, Émily se réfugia dans le silence. Elle n'avait jamais été encline à minauder ou à bouder, mais le moment semblait propice pour commencer.

Elle continua à bouder d'un air égal jusqu'à ce que les chevaux atteignent les marches avant du manoir. Godric ne sembla pas se rendre compte qu'elle le fusillait d'un regard noir. Il leva simplement les bras pour la faire glisser à bas du cheval et la jeter sur son épaule comme un sac de grain. Il étouffa un rire devant son couinement de surprise.

Elle subit le reste du traitement barbare de Godric avec un silence de reine, même alors que les rires et les railleries des autres menaçaient de décupler sa honte.

— Que diable s'est-il passé, Godric ? Vous êtes trempés tous les deux !

La voix de Lucien résonna.

— Émily a tenté de s'échapper une nouvelle fois.

Lucien fronça les sourcils et sortit un souverain de sa poche, le remettant à Charles.

— Bien joué, Miss Parr, c'est plus facile de parier sur vous que sur un cheval de course.

Charles s'inclina et empocha la pièce.

— Si vous pouviez planifier votre prochaine escapade pour après le dîner, je vous en serais reconnaissant.

Émily ouvrit la bouche pour répondre, mais Godric lui donna deux petites claques sur les fesses, sa main s'y attardant un instant de trop. Le coup de pied qu'elle donna ne délogea pas cette main offensante.

— N'y comptez pas, pas à présent qu'elle a failli me noyer.

— Oh, laissez-moi deviner : elle a essayé de rejoindre la France à la nage ?

Une spéculation suffisante pimentait la voix de Charles.

— Ne lui donnez pas de mauvaise idée, Charles.

Godric continuait à marcher. Les autres lui emboîtèrent le pas.

Émily était lasse de regarder le défilé des bottes sens dessus dessous. Elle posa les mains sur le dos de Godric et essaya de le pousser un peu. Ashton et Charles se pavanaient directement derrière elle, affichant un sourire moqueur. Les yeux de Charles s'attardèrent sur les vêtements mouillés qui soulignaient ses seins.

Charles rit en voyant le regard enflammé qu'elle lui décocha.

— Dites-nous, Émily. Quel était votre plan cette fois-ci ?

L'envie soudaine de frapper le comte aux cheveux blonds en plein visage s'empara d'elle. Elle le fit, lançant un uppercut imprécis que Charles esquiva facilement, suivi par d'autres éclats de rire à ses dépens.

— Ne la contrariez pas. Cette chère fille a été assez courageuse pour sauter par-dessus ce satané muret.

Précédant Godric, Cédric prit la parole.

— Vous plaisantez ! La dernière fois que j'ai tenté ce saut, je suis tombé dans l'étang.

Le ton de Charles s'adoucit d'admiration. Émily refusa de se laisser influencer. Elle ferait payer au comte ses yeux baladeurs.

— C'est exactement ce qui m'est arrivé, mais pas à notre chère Émily. Oh non, elle a simplement pris la peine de revenir et de me sauver quand je suis tombé dans l'eau et que j'ai failli me noyer.

— Mais vous êtes très bon..., commença Charles avant que quelqu'un ne lui écrase le pied, lui tirant un cri de douleur.

Quoi ? La curiosité fit oublier à Émily sa colère. Elle aurait pu parier que Charles allait dire que Godric était un bon nageur. Si c'était vrai... Elle serra le poing et lui donna un coup sur les fesses. Il la récompensa d'une pichenette sous le menton et réagit en lui claquant les fesses. Émily aurait voulu leur cogner la tête à tous pour les briser. Sa fierté blessée était à deux doigts de paralyser sa capacité à gérer et à dissimuler ses émotions. Elle n'aimait pas qu'on se gausse d'elle, pas alors qu'elle luttait pour se libérer.

Ashton lui sourit.

— Émily, je vous félicite pour votre courage. Sans ma loyauté envers Godric, je vous souhaiterais bonne chance pour vos futures tentatives d'évasion. Puissent-elles être aussi rusées que les précédentes.

Son ton ne présentait pas la moindre trace de moquerie, mais une gentillesse tendre émanait de ses paroles. *Peu importe. Il est l'un d'entre eux. On ne peut faire confiance à aucun d'eux.*

— Et pour le bien de mon porte-monnaie, je préférerais que ce soit avant le souper plutôt qu'après, ajouta Lucien comme pour enfoncer le clou.

Godric entra dans l'une des nombreuses pièces du rez-de-chaussée et la fit glisser de son épaule jusque dans un grand fauteuil. Elle s'accrocha au manteau de Cédric afin de protéger son corps humide de tant de regards masculins. Cela l'intimidait qu'ils encerclent sa chaise, baissant les yeux vers elle depuis leurs hauteurs formidables. Elle se laissa glisser de quelques centimètres, puis remonta les genoux sous le menton et détourna le visage. Ses vêtements mouillés la faisaient se sentir collante et mal à l'aise.

— Ne boudez pas, Émily, dit Ashton en écartant ses cheveux humides de son visage. Vous êtes beaucoup trop jolie pour cela.

L'humiliation la serrait entre ses griffes, déchirant son assurance en lambeaux. Qu'avait-elle pensé que cette fuite accomplirait ? Revenir à Londres maintenant n'aurait rien résolu. Seul le désespoir de faire quelque chose, n'importe quoi, pour reprendre le contrôle de sa situation, l'avait motivée.

Elle s'aplatit contre le dossier de la chaise, observant Godric. Il lui avait promis qu'elle serait en sécurité, mais il était difficile de lui faire confiance alors qu'il la regardait avec ces yeux à demi-fermés dont la teinte verte changeait au gré de son humeur. À contrecœur, elle admit que ce détail de lui l'intriguait.

— Nous vous avions avertie que ces évasions seraient futiles. Ne nous en voulez pas de vous l'avoir prouvé.

Godric fit pivoter son fauteuil vers la cheminée. Les autres le laissèrent seul avec elle, prenant place à la table de l'autre côté de la pièce.

— Je *m'étais* échappée. Vous m'avez dupée et je suis revenue.

Émily le fusilla du regard.

— Allons. Réchauffez-vous. Je vais prévenir Mrs Downing que vous aurez besoin de vêtements propres.

Il passa les mains par-dessus le dossier de sa chaise et lui frotta les bras de haut en bas, la réchauffant un peu. Ce contact était différent des précédents. Il n'évoquait pas de bouffée enivrante de désir, ne le mettait pas en rage et ne l'effrayait pas non plus. Il lui offrait tout simplement un peu de chaleur et de la sécurité grâce à une simple caresse délicate.

C'était le genre d'acte qu'aurait fait un bon mari, qui donnait de lui-même jusqu'à ce que sa femme ne manque de rien. Émily ferma les yeux, ne pouvant se retenir de rêvasser au jour de son mariage avec Godric. Pourtant, alors qu'elle était à deux doigts de toucher ce kaléidoscope de lumière qui se manifesta dans son esprit, la réalité le brisa en morceaux. Se marier avec lui serait un désastre. Il était tellement chaud une minute et froid la suivante ! Ses sautes d'humeur lui donnaient la migraine et il se montrait beaucoup trop arrogant. Elle ne pouvait pas épouser un homme imbu d'une aussi haute opinion de lui-même ; elle n'aurait pas pu le supporter !

Émily se détendit et se nicha plus profondément dans le fauteuil, essayant de contrôler ses frissons. Des verres qui tintaient et des bruits liquides attirèrent son attention. Godric préparait à boire, lui tournant le dos. Épuisée, elle ne présenta pratiquement aucune résistance quand il revint à elle et porta le verre à ses lèvres.

— Buvez ceci.

— Qu'est-ce que c'est ? marmonna-t-elle en refermant la bouche sur le verre.

— Juste un peu de brandy. Cela vous réchauffera de l'intérieur.

Émily le regarda à travers ses cils sombres, cherchant le moindre signe de malveillance. Mais les profondeurs de ses yeux étaient insondables.

— Allons, ma chère. Buvez-le pour moi, l'encouragea-t-il en se penchant très bas vers son fauteuil.

Il caressa la joue du revers de la main, écarta de son visage une mèche de cheveux folle.

Émily but, crachotant à cause du choc de la brûlure soudaine dans sa gorge, puis elle avala le reste du verre avec un halète-ment. Godric lui tapota légèrement le dos alors qu'elle étouffait une toux.

— Bonté divine, c'est donc cela, le goût du brandy !

Elle n'en avait jamais essayé avant et trouvait cela bien trop amer. Elle s'étrangla et plissa les narines en se disant, étourdie, qu'il avait un arrière-goût par trop familier.

— Gentille petite.

Il se pencha et frôla son front de ses lèvres.

Elle poussa un profond soupir. La léthargie s'immisça le long de ses membres alors que Godric rejoignait les autres hommes à la table. Lucien parlait de leurs différents amis à Londres. La chaleur du feu et le manteau de Cédric autour d'elle la firent se détendre. Ses paupières tremblèrent et se refermèrent. Elle croisa les doigts pour ne pas rêver de Godric, mais elle sut qu'elle le ferait lorsque ses lèvres douces frôlèrent à son nouveau son front et que le sommeil s'empara d'elle.

❧ 5 ❧

Godric avait ressenti un léger pincement de culpabilité quand il avait versé du laudanum dans le brandy d'Émily. Il avait voulu lui faire confiance, lui redonner sa liberté, mais elle s'était enfuie. Il ne pouvait pas la laisser partir, pas avant que sa vengeance ne soit accomplie. Cela étant, Godric n'était pas prêt à laisser filer sa fascinante petite captive. Cela l'amusait de la voir découvrir sa propre sensualité, même s'il savait qu'il passait pour un beau diable. Il devait persuader Émily de l'accepter, ne pas s'imposer à elle, et rien de cela n'avait à voir avec sa vengeance envers Albert Parr.

Une fois qu'elle eut succombé au sommeil, il se rendit de l'autre côté de la pièce où ses amis étaient rassemblés.

— Ash, pourriez-vous m'aider ?

— De quoi avez-vous besoin ?

Ashton s'écarta de la table et vint le rejoindre.

Godric toucha la joue de la femme, dont la peau était douce comme celle d'un bébé.

— Émily ?

Elle ne bougea pas d'un cil.

Ashton arqua un sourcil.

— Lui avez-vous donné quelque chose ?

— Un peu de laudanum dans son brandy. Trouvez Mrs Downing et demandez-lui d'apporter des vêtements propres pour Émily ainsi que mon peignoir et mes chaussons.

Ashton partit et revint rapidement avec Mrs Downing, qui tenait la grande robe de chambre en velours rouge de Godric ainsi que des pantoufles chaudes. Il considérait la vieille gouvernante comme une ancienne nounou bien-aimée, et son regard de désapprobation lui donnait toujours l'impression d'être un jeune homme désobéissant. Cependant, elle lui remit les vêtements propres sans émettre le moindre commentaire.

— Merci, Mrs Downing.

Godric lui prit les vêtements et se mit au travail avec la gouvernante.

Il souleva Émily du fauteuil tandis que Mrs Downing lui ôtait ses vêtements mouillés.

Le cœur de Godric s'immobilisa devant les courbes magnifiquement sculptées d'Émily. Il se durcit instantanément à la pensée de lécher chaque centimètre d'elle, de lui mordiller les hanches et de fourrer son nez dans les collines appétissantes de ses seins, d'explorer les pentes et les courbes de son luxuriant petit...

Une toux appuyée se fit entendre et le regard de reproche de Mrs Downing interrompit le rêve éveillé de Godric. Se reprenant, il lui enfila une camisole et lui fit passer les bras dans les manches avant d'enrouler Émily dans sa robe de chambre. La gouvernante retira les bottes boueuses et glissa ses pieds délicats dans les pantoufles de Godric, qui semblaient aussi grandes que des pots de chambre. Au moins, elles les garderaient au chaud.

— Aurez-vous besoin d'autre chose, Votre Grâce ? demanda Mrs Downing.

— Non, merci.

Elle hocha la tête et prit congé.

Émily ne remua pas jusqu'à ce que Godric la borde dans une couverture. Et même alors, elle soupira et se blottit plus profondément dans le fauteuil. Il ne s'était pas attendu à apprécier autant l'enlèvement de la jeune femme. Il ne s'était pas non plus attendu à se retrouver aussi épris d'elle. Son intention première avait été de contrecarrer la possibilité de son oncle de la vendre pour éponger ses dettes, mais à présent, la séduction d'Émily était infiniment plus personnelle. Le désir l'emportait sur la vengeance, même si ces deux désirs visaient le même but.

Godric craignait de devenir autant le captif d'Émily qu'elle était sa prisonnière. Ses compagnons en montraient déjà quelques signes : sa nature rebelle les charmait. Il refusait de penser à ce qui se passerait s'ils décidaient qu'ils avaient envie d'Émily autant que lui.

Il ne faudrait pas qu'elle se rende compte de l'étendue du pouvoir qu'elle exerçait sur eux, suffisant pour détruire la Ligue des rebelles par sa douceur et sa vitalité.

❦

ÉMILY SE RÉVEILLA, SURPRISE DE SE RETROUVER DANS SA chambre seulement vêtue de sa camisole, d'une grande robe de chambre et de pantoufles trop grandes. Elle bondit quand une bonne potelée dont les boucles rouges s'échappaient de sa calotte pénétra abruptement dans la pièce et commença à lui faire couler un bain.

Bientôt, Émily plongeait sous la surface chaude de l'eau de son bain. Au début, Libba, la femme de chambre, était trop timide pour parler, mais Émily avait un talent pour s'attirer la confiance des gens. La bonne écouta avec enthousiasme Émily lui décrire son enlèvement.

— Comme c'est romantique ! soupira Libba, en battant des cils.

Émily ne put qu'en rire.

— Romantique ? J'ai été enlevée ! C'était horrible que tous ces hommes me traitent comme une enfant désobéissante.

— Je ne m'en plaindrais pas, Miss. Je donnerais mon âme pour être malmenée par ce séduisant seigneur Lonsdale. J'ai commencé à travailler pour Sa Grâce à l'âge de seize ans. Quand j'ai vu le comte pour la première fois...

Libba pouffa avant de dissimuler ses joues écarlates.

— Disons simplement que j'aurais aimé qu'il me remarque.

— Vous dites cela maintenant. Nous verrons ce que vous ressentirez lorsque cinq hommes vous auront perdu de réputation simplement parce que l'un d'eux a souhaité se venger d'une chose dans laquelle vous n'aviez rien à voir.

Émily se releva dans la baignoire et s'enveloppa dans une serviette.

— C'est irritant !

— Sa Grâce vous traite avec affection, n'est-ce pas ?

— Que voulez-vous dire ?

Émily ne pouvait que songer à cette étreinte sauvage près du lac, à ce pincement aux fesses cruel et à la menace d'une fessée. Avec affection ? Godric était tout sauf affectueux.

Libba désigna la robe de chambre et les pantoufles qu'Émily avait laissé tomber près du lit.

— Sa Grâce vous a enfilé ceci pendant que vous dormiez. Ce sont ses vêtements de nuit personnels.

Le visage rayonnant de Libba exprimait une implication supplémentaire.

Émily se laissa tomber sur la chaise de la commode, se sentant soudainement toute petite d'une manière qui lui était peu familière.

Godric l'avait-il déshabillée ? Avait-il vu son corps pendant qu'elle était sans défense ? Ce diable croyait-il avoir des droits sur elle après seulement quelques baisers ? *Enfin, c'était un peu plus que « quelques » et ils avaient été assez appuyés*, se dit sombrement Émily.

— Pensez-vous que... Il ne s'attend pas à ce que je... Je ne suis pas un objet qu'on vend sur les marchés !

Le sous-entendu fit pâlir Libba.

— Il ne s'imposerait jamais à vous, Miss. Je le jure. C'est un homme bon.

— Un homme bon aurait-il enlevé une jeune femme et détruit son avenir, Libba ?

Elle essaya d'oublier la facilité avec laquelle elle avait réagi à son contact, à son baiser.

Ignorante des réalités du monde, la bonne lui dit qu'elle n'avait certainement rien à craindre et que les choses finiraient bien par s'arranger. Émily revêtit une des nouvelles robes que Simkins avait commandées à Londres. Libba avait disposé une nouvelle paire de bas blancs parmi des jupons propres et une chemise, le tout réalisé en mousseline coûteuse et moins modeste que la robe.

Des sous-vêtements propres et une nouvelle robe bleue firent toute la différence. Cela renforça sa confiance en elle émoussée. Au lieu de se coiffer en chignon, elle demanda à Libba de rassembler ses cheveux sur sa nuque et de les fixer avec un ruban. Ses yeux pétillèrent comme deux joyaux lilas alors qu'elle se regardait avec satisfaction dans le miroir de sa coiffeuse.

— Que vous êtes belle, Miss ! sourit Libba. Vous portez du bleu, la couleur préférée de Sa Grâce. Il sera très content !

Émily fronça les sourcils. Elle ne voulait pas porter la couleur préférée de Godric. La dernière chose dont il avait besoin était de percevoir son comportement comme un encouragement.

Charles pénétra alors dans sa chambre sans frapper, contre toute convenance et logique, tirant d'Émily et de sa femme de chambre des cris de protestation.

— Avez-vous bientôt fini, Ém...

Il s'interrompit et écarquilla les yeux.

— Par le diable ! Ce que je ne donnerais pas pour vous entraîner dans ma chambre. Qu'en dites-vous, Émily ? Vous voulez des petites galipettes de midi ? Cela en vaudra la peine !

Il traversa la pièce et la prit dans ses bras comme un tourbillon fou sous forme humaine.

Émily retrouva ses esprits pendant un bref moment et libéra une main, lui donnant une gifle.

— Lâchez-moi !

Malgré la rougeur qui croissait du côté droit de son visage, Charles continua de lui sourire.

— Si vous pensez que je vais vous abandonner à l'un des

autres en bas, vous vous trompez. J'ai envie de vous embrasser, Émily, déclara Charles, et j'obtiens généralement ce que je veux.

Sous ses plaisanteries, Émily perçut la compétition. *C'est exactement ce dont j'ai besoin : devenir un trophée pour lequel ces grands enfants devront se battre.* Cela dit... si elle parvenait à tourner ce désir à son avantage, elle pourrait trouver un moyen de les dresser les uns contre les autres. À présent que cette réalité avait rattrapé Charles, ses joues rougirent d'une timidité juvénile et son regard gris tomba à terre.

— Euh, Émily, vous serez gentille et ne direz pas à Godric que j'ai demandé à vous embrasser ?

Elle se toucha le menton en réfléchissant.

— Je me demande comment il réagirait. Il me semble légèrement soupe au lait.

Charles grimaça.

— La plupart des femmes adorent... euh... mes attentions.

À côté du comte, Libba parut se pâmer. Parfois, Émily se demandait s'il existait le moindre espoir pour le sexe féminin.

— Comme j'essaye de vous le faire comprendre, satanés gentlemen, je ne suis *pas* comme les autres femmes !

Elle passa devant lui et sortit par la porte, ignorant Libba qui pouffait.

Émily se rendit dans la salle à manger, Charles sur ses talons. Elle espérait que sa menace voilée de l'exposer à Godric l'avait assagi.

Ashton et Lucien se tenaient aux fenêtres, engagés dans une conversation à bâtons rompus. Pour une raison quelconque, ils la regardèrent froidement avant de fusiller Charles du regard. Lucien ouvrit la bouche pour dire quelque chose, mais elle s'interrompit quand Godric et Cédric les rejoignirent dans la salle.

Godric jeta un simple coup d'œil à Émily avant de lancer à Charles regard noir qui aurait pu faire fondre de la pierre. Ce dernier pointa le menton d'un air de défi.

Ashton interrompit cette guerre silencieuse.

— Émily, puis-je vous poser une question un peu inattendue ?

Elle hocha la tête.

— À tout hasard, parlez-vous grec ?

Émily réussit à contrôler son expression pour cacher la vérité. Elle maîtrisait en effet couramment cette langue, ainsi que le latin.

— Non, mentit-elle.

Ashton se tourna vers ses amis et se mit à parler couramment en grec. Elle suivit la discussion qui en résulta avec facilité.

— Charles, que lui avez-vous fait ?

Charles regarda successivement Godric puis le sol d'un air coupable.

— Je lui ai demandé de l'embrasser. Elle m'a giflé. Je jure que cela ne se reproduira pas.

— On dirait que vous perdez la main, plaisanta Lucien.

— Mon enthousiasme m'a fait m'emballer, mais il n'y a pas de mal.

Godric abattit le poing sur la table.

— Pas de mal ? On ne peut pas exiger de telles choses et ne pas s'attendre à ce qu'elles l'affectent !

La tasse d'Émily cliqueta fort et le thé se répandit sur la table. *Hypocrite.* Elle adressa à Godric un regard inquiet, mais aucun des autres n'y prêta attention.

Cédric parla à voix basse.

— Godric... Je ne voudrais pas jouer l'avocat du diable, mais si je m'en souviens bien, vous avez fait plus qu'exiger quelques baisers ce matin.

Exactement. Le visage d'Émily s'embrasa, mais ils ne le remarquèrent pas.

— Si je la veux, Cédric, alors elle est à moi ! s'écria Godric. C'est mon argent que son oncle a volé, ce qui me donne le droit de me repayer !

— Mais ce n'est pas Émily qui a volé votre argent, dit sèchement Lucien. Vous l'avez ruinée juste en l'amenant ici ; vous n'avez vraiment pas à la séduire. Nous ne sommes pas des cheikhs arabes qui la gardent comme esclave pour nos harems.

Ashton s'éclaircit la gorge, réduisant la pièce au silence.

— Il est évident que nous avons tous développé un intérêt

pour Émily qui dépasse celui de ravisseurs pour leur captive. Je propose de faire preuve de plus de prudence et d'essayer de penser avec nos cerveaux, pas notre entrejambe. Si possible, ajouta-t-il avec un coup d'œil à Charles. Il est temps que nous obéissions à la règle quatre de notre code. Si un homme ici souhaite posséder Émily, il doit la convaincre de l'accepter. Une fois revendiquée, personne d'autre ne pourra plus lui faire des avances. Il n'y aura plus de baisers volés de force pas même de votre part, Godric. Je l'interdis.

Cet ordre poussa Émily à se demander s'il n'était peut-être pas le meneur secret du groupe. La hiérarchie des titres n'affectait peut-être pas réellement la politique intérieure de la Ligue.

— Mais, Ash, protesta Charles, vous ne pouvez pas nous demander de ne pas y toucher. Elle est tellement...

— Irrésistible ? dit sombrement Godric. Qui diable est aux commandes, vous ou votre entrejambe ?

— Oui, elle nous a tous enchantés, mais si elle le savait, elle pourrait s'en servir contre nous. Alors je répète que si un homme la désire, il devra la séduire comme il se faut. Et si elle résiste à ses avances, il aura le devoir de cesser de lui faire la cour.

— Et toute discussion supplémentaire sur la question, ajouta Lucien, se fera en grec.

— Excusez-moi, Messieurs, interrompit Émily en anglais, s'attirant tous les regards. Tout va bien ? J'ai l'impression d'avoir causé des problèmes.

Cela désamorça légèrement la tension dans la pièce.

— Pas du tout, Émily, répondit Lucien. Nous nous contentions de dire à Charles qu'il ne pouvait pas réitérer son geste... À moins que vous le souhaitiez, bien sûr.

Charles afficha un large sourire.

— Je...

Elle rougit et se détourna, embarrassée.

— Je ne sais pas ce que je souhaite. On ne m'avait encore jamais adressé de telles attentions. Tout cela me dépasse.

Les expressions coupables qu'ils affichèrent prouvèrent qu'ils la croyaient. *Excellent*. Elle aurait une chance de s'échapper, après tout. Elle n'avait pas réalisé à quel point les femmes pouvaient être convaincantes avant d'avoir rencontré ces cinq hommes qui se battaient pour la comprendre et la séduire. *Quels imbéciles !*

— Alors je dois m'excuser pour ma conduite, Émily.

Charles inclina respectueusement la tête.

— J'accepte vos excuses.

Elle permit à Godric et à Charles, assis de chaque côté d'elle, de lui servir un déjeuner tardif, faisant semblant d'ignorer que même cela était devenu une compétition. Il était drôle de songer que, deux jours auparavant, elle n'aurait jamais imaginé que cinq aristocrates rebelles lui mangeraient dans la paume de la main. Émily sourit en prenant son repas, ne les lâchant pas du regard.

❧

ELLE M'APPARTIENT. JE DOIS LA POSSÉDER.

En rage, Thomas Blankenship gravit les marches de son hôtel particulier. Il savait ce que manigançait cet idiot de Parr. *Il a l'intention de me monter contre Essex dans une guerre de surenchère secrète. Eh bien, je ne jouerai pas le jeu. Elle est à moi.*

Il frappa du poing contre la porte plutôt que d'utiliser le heurtoir.

Baltus, son majordome chenu, apparut à la porte.

— Bienvenue, Monsieur.

Répondant d'un grognement, Blankenship passa devant lui et pénétra d'un pas lourd dans le vestibule. Retirant son manteau d'un coup d'épaule, il le jeta au valet posté près des escaliers.

— Apportez-moi du brandy dans mon étude, Baltus.

L'étude faiblement éclairée reflétait le reste de la maison. Des années de saleté recouvraient les fenêtres et la cheminée. De la poussière s'empilait sur les livres rangés sur les étagères et des taches d'encre maculaient le tapis usé sous son bureau. Il aurait été bien assez riche pour tenir sa maison propre et en bon état, mais il aimait cette décomposition symbolique de son habitation. Cela lui rappelait sa propre vie et l'exhortait à se battre plus fort pour conquérir l'objet de ses désirs : Émily Parr.

Blankenship se jeta sur sa chaise et ferma les paupières. Sa colère était une créature de chair et de sang, nichée profondément dans sa poitrine. Ses griffes sanglantes lui déchiraient les flancs et ses yeux noirs et ronds étaient braqués sur son âme. Il défia la bête, l'épinglant à l'intérieur de cet endroit sombre dans sa tête. Il garderait le contrôle, pendant encore un certain temps.

Le maître d'hôtel entra avec une carafe de brandy et il remplit un verre qu'il plaça sur le comptoir.

— Désirez-vous autre chose ? demanda Baltus d'une voix sifflante.

— Non.

Blankenship referma le poing autour du cristal et fit tournoyer le contenu ambré. Cette couleur riche évoquait la chevelure d'Émily. Ses pensées revinrent à elle. Il fallait qu'il la possède. Si sa mère lui avait échappé, Émily ne le ferait pas.

Dix-neuf ans plus tôt, alors qu'il frôlait la quarantaine, il avait parcouru la société à la recherche d'une épouse. Les fleurs délicates et maniérées de la *bonne société* ne l'avaient guère impressionné jusqu'à ce qu'il rencontre Clara.

Clara Belarmy. Spirituelle, intelligente et un véritable diamant de première classe. Avec des cheveux auburn dorés et des yeux de la couleur de prunes succulentes. Elle était véritablement unique.

Il l'avait aimée, comme tous les autres hommes. Il avait dépensé une fortune pour lui acheter des fleurs, avait dansé plus d'un de ces affreux quadrilles. Pourtant, elle n'avait jamais tourné les yeux vers lui. Elle s'éclipsait toujours au milieu des bals pour retrouver ce jeune idiot idéaliste, Robert Parr.

Cependant, comptant sur sa fortune, Blankenship avait espéré qu'elle envisage de l'épouser. Il s'était présenté à sa porte avec la bague de sa mère qu'il avait fait ajuster à sa taille. Clara ne recevait pas de visiteurs et le majordome l'avait éconduit. Mais alors qu'il passait devant la fenêtre qui donnait sur la rue, il l'avait aperçue nichée dans les bras de Robert, l'embrassant avec un abandon sauvage.

Il savait quelle sorte de femme offrait ses charmes au premier venu. Une gourgandine.

Après cela, il avait complètement déserté les salles de bal de Londres. Il s'était concentré sur ses affaires et avait porté préjudice aux investissements de Robert Parr, forçant le couple de jeunes mariés à déménager à la campagne, où le coût de la vie était moindre.

Cela n'avait pas suffi ! Il avait besoin de blesser Clara autant qu'elle l'avait blessé.

La nouvelle de sa mort et de celle de Robert l'avait laissé froid. Ce souvenir lui fit serrer les dents. Sans le feu de la haine pour l'alimenter, il avait gardé un pistolet chargé dans son étude, prêt à se le fourrer dans la bouche.

Puis il avait eu vent de l'existence d'Émily.

Il ne savait pas comment Clara avait gardé secrète l'existence de cette fille, mais une fois qu'il avait entendu dire qu'elle s'était installée chez son oncle, il avait su qu'il devait la voir.

Il commença par rendre visite à Albert à son club, le convainquant de souscrire des prêts pour des opportunités d'investissement. Il avait été trop facile de convaincre Albert d'investir avec lui et encore plus aisé de s'assurer que ces projets échouent lamentablement. Parr avait été forcé de proposer Émily comme épouse potentielle afin de régler ses dettes. En quelques jours, il avait obtenu une invitation à la résidence des Parr.

Enfin, Blankenship l'aperçut, assise à une table dans la petite bibliothèque, ses cheveux lâchés cascadant sur ses épaules en boucles folles de la couleur du soleil couchant. Elle ressemblait en tous points à la créature dévergondée qu'il rêvait de chevaucher dans son lit.

Pendant une seconde, les passions de sa jeunesse s'étaient ravivées comme une étoile lointaine, avant que la nuit ne tombe lourdement sur son cœur durci.

Elle était exactement comme sa mère. Une allumeuse.

La place de ces femmes était à genoux.

Dans son étude, les lèvres de Blankenship se courbèrent en un lent sourire. Bientôt, elle lui appartiendrait. Émily porterait les robes les plus belles, les bijoux les plus chers. La bonne société saurait qu'il était son maître et, avec elle à ses côtés, il remettrait ces aristocrates à leur place.

Tous les soirs, il arracherait les vêtements du corps d'Émily, la renverserait sur la surface la plus proche et la prendrait jusqu'à ce qu'elle implore sa miséricorde. Il la laisserait conserver son tempérament ardent, juste pour que les choses restent intéressantes. Punir sa rébellion s'avérerait intensément excitant. Avoir Émily sous son contrôle soulagerait la douleur d'avoir perdu sa mère. Ce n'était que justice.

Il prit son excitation douloureuse dans sa paume, grognant à la pensée d'enfoncer ses mains dans les cheveux d'Émily pour s'introduire dans sa bouche. Son corps serait un havre pour ses propres désirs et rattraperait les années d'insatisfaction qu'il avait connues avec d'autres femmes alors qu'il n'avait convoité que Clara. S'il se l'imaginait assez fort, la fille deviendrait la mère, la mère deviendrait la fille. Elles deviendraient la même personne et son désir pour Clara serait satisfait.

Des images de Clara le hantaient même quand il fermait les yeux. Il n'avait pas toujours eu envie de faire du mal, de punir. Si seulement il l'avait possédée, il aurait été doux et aurait pris soin d'elle. Mais elle l'avait refusé, épousé ce jeune niaiseux et anéanti tous ses projets.

Émily était une vengeance pour ses rêves brisés. Elle paierait pour la trahison de sa mère. Elle porterait ses marmots, assurerait sa descendance et remporterait les faveurs de la bonne société pour qu'il puisse se remplir les poches avec leur argent.

Il sirota son verre de brandy et se cala contre le dossier de sa chaise.

❦

Le repas de midi fut beaucoup plus calme que le petit-déjeuner.

Le désir de Charles de l'embrasser avait mis en exergue un problème, et les gentlemen n'avaient pas encore pris la mesure du danger qu'Émily représentait pour eux. Elle réfléchissait à ce tour amusant du karma quand une main se posa sur son genou, dissimulée par la table, pesante et possessive, qui se contracta et remonta le long de sa cuisse, retroussant doucement sa robe.

La rougeur qui lui embrasa le visage répondit à la chaleur qui s'éleva d'entre ses jambes.

Elle baissa le regard en direction de Godric. Sa main droite était ostensiblement absente de la table.

— Allez-vous bien, Émily ? demanda Lucian. Vous avez l'air un peu rouge.

Émily repoussa son bol de soupe.

— Je crois que la soupe m'a donné trop chaud.

Elle essaya de ne pas regarder Godric.

La main, qui s'était arrêtée pendant qu'elle répondait à Lucien, avait recommencé à se déplacer d'avant en arrière le long de sa cuisse, les doigts s'enfonçant dans le tissu froissé de sa robe, cherchant sa peau nue. La sensation était tellement intense qu'elle parvenait à peine à tenir sa tasse de thé sans trembler. Elle n'osa pas essayer de lui faire retirer sa main.

Sa seule pensée était celle du corps de Godric sur le sien, de sa bouche sur la sienne, l'embrassant avec une douce agonie comme il l'avait fait au lac ce matin-là. Serait-elle un jour libérée de tels souvenirs ? Souhaitait-elle l'être ?

À la seconde où le déjeuner prit fin, Émily bondit hors de son siège. Tous les hommes la regardèrent avec inquiétude.

— Excusez-moi !

Elle courut jusqu'à sa chambre. C'était le seul endroit où elle se sentait suffisamment en sécurité pour se cacher alors qu'elle luttait contre le désir importun qu'elle ressentait pour son ravisseur.

Elle grimpa sur l'immense lit et roula sur le côté près de la tête de lit, serrant un oreiller contre sa poitrine. La chaleur s'était propagée à tout son corps et elle avait besoin d'un peu de solitude pour se maîtriser.

Ashton se présenta à la porte, ses larges épaules en remplissant l'encadrement.

— Ne puis-je pas avoir un moment de tranquillité ? demanda-t-elle.

La chambre avait eu l'air de rétrécir quand il était entré. Tous ses mouvements étaient gracieux, mais elle sentait qu'il calculait chaque action. Il s'approcha de la coiffeuse, s'arrêtant pour laisser un doigt parcourir la surface du bois avant de se heurter à une brosse à cheveux en argent. La soulevant, il l'étudia intensément.

Il était le plus raffiné des rebelles, mais malgré toute sa force à peine dissimulée, une vulnérabilité miroitait en lui, dans ses yeux, dans la façon dont ils s'adoucirent en la regardant quand elle leva la tête.

Comme s'il avait deviné ses pensées, Ashton posa la brosse et s'appuya avec désinvolture contre la colonne du pied du lit. Il croisa les bras et la regarda ; un défi silencieux, pas une menace.

— Je ne vais pas m'enfuir, dit-elle. *Pas pour le moment.*

Ashton afficha un demi-sourire.

— Vous êtes trop intelligente pour cela.

Il ne s'en alla pas pour autant et elle poussa un profond soupir.

— Je suis surpris que vous ne m'ayez pas encore posé de questions sur lui, dit Ashton d'un ton cryptique.

— Sur qui ?

— Godric.

— Oh, pardonnez-moi, dit-elle d'un ton détaché, mais sarcastique. Ma curiosité naturelle a tendance à décliner quand je me retrouve emprisonnée contre mon gré.

Ashton ignora son sarcasme.

— Aimeriez-vous en apprendre plus sur lui ?

— Oui.

Elle aurait préféré ne pas avoir répondu. La dernière chose dont elle avait besoin était qu'Ashton pense qu'elle s'intéressait à Godric, car s'il en informait ce dernier, elle devrait repousser encore plus fort ses avances amoureuses.

— Tout duc qu'il l'est, Godric a connu une vie difficile. Sa mère est morte alors qu'il avait six ans à peine.

— Il me l'a dit, précisa Émily.

— Je doute qu'il vous ait tout raconté.

Une pause s'ensuivit, comme si Ashton ressentait la douleur de Godric.

— Ces morts ont tant dévasté son père qu'il s'est tourné vers la boisson. C'était un homme dur quand il était saoul.

— A-t-il fait du mal à Godric ?

Émily roula sur elle-même pour faire face à Ashton, toute sa frustration et sa confusion évaporées. Le récit de la vie tragique de Godric la passionnait.

— Souvent. À Eton, il s'est fait plus punir que tout autre jeune homme de ma connaissance. Il riait lorsque ses professeurs menaçaient de le battre.

— Mais j'ai vu le dos de Godric et il n'a aucune cicatrice.

— Avec une main experte, la bastonnade ne fend pas la peau. Elle laisse simplement des contusions et des os brisés. Le père de Godric était maître en cet art.

Elle frissonna d'une douleur compatissante. Elle n'avait jamais été battue avec une canne ni même fessée. La plupart du temps, elle avait été une enfant sage. Toutefois, à l'âge de neuf ans, elle avait assisté à la bastonnade d'un garçon du voisinage, et ses cris résonnaient encore dans ses cauchemars. Elle ne pouvait pas imaginer ce grand duc musclé se faire brutaliser pendant son enfance. Qu'avait-il ressenti lorsque son seul parent restant l'avait frappé, dévasté par le désespoir et la fureur d'avoir perdu la femme qui les unissait ?

Émily avait eu la chance de n'avoir jamais connu de tel abus, et découvrir que la douleur et la torture avaient marqué l'enfance de Godric l'étouffait. Elle détestait savoir que Godric avait souffert comme aucun enfant n'aurait dû le faire.

— Comment est-il possible qu'il soit aussi doux, du moins la plupart du temps ? demanda Émily.

— Il tient plus de sa mère. Il possède plus de compassion que de cruauté. Il aurait pu devenir une brute comme son père, mais au lieu de cela, il s'est fait le champion de ceux qui sont maltraités. Vous avez personnellement été témoin de sa tendresse.

Elle l'ignora et essaya de changer de sujet.

— Alors, pourquoi m'avoir enlevée ? Où était sa compassion quand vous m'avez tous saisie et plaquée à terre pour me droguer avec cet horrible laudanum ! C'était cruel, très cruel. Pourquoi ne pas s'en être pris à mon oncle ?

— Il ne possède aucune preuve du crime de votre oncle, à l'exception de la perte de son argent. Je crois comprendre qu'il a donné à votre oncle une procuration pour lui permettre d'accéder au compte d'investissement.

— Puis-je demander à quel titre ces fonds ont été versés ?

Amusé, Ashton lui adressa un sourire diabolique.

— Ce n'est pas aussi horrible que vous vous l'imaginez. Il a investi avec votre oncle dans une mine d'argent qui n'existe pas.

— N'est-ce pas là sa preuve ? Démontrer que cette mine n'existe pas ?

— Il existe une parcelle de terre dont on extrayait autrefois de l'argent, mais elle n'est plus rentable. Les documents d'investissement sont liés à cette terre. L'unique preuve réside dans la somme d'argent que Godric a versée à votre oncle et qui a complètement disparu.

Émily se releva brusquement sur son lit. L'image des livres de comptes de son oncle lui traversa l'esprit. Elle avait vu les chiffres de ses propres yeux : ce même crime dont parlait Ashton ! Celui-ci se mit à la scruter, ses yeux bleus cherchant la raison de sa réaction.

— En sauriez-vous plus que nous à ce sujet, à tout hasard ?

Le problème était qu'Émily ne savait pas si ses connaissances serviraient sa cause... ou le contraire.

— Je suis une femme, Ashton. Je ne suis douée ni pour les chiffres ni pour les affaires, mais je me rappelle qu'une fois, mon oncle a mentionné cette mine à un ami à lui. J'ai été choquée par la coïncidence, c'est tout.

— J'ai souvent remarqué que les femmes sont excellentes en affaires. Votre sexe peut souvent s'avérer beaucoup plus compétitif lorsqu'il s'agit de batailles de marchés et de projets financiers.

Son visage afficha une expression étrange alors qu'il prononçait ces paroles. Une lueur calculatrice accentua ses yeux bleus déjà vibrants. Songeait-il à une femme, à une autre personne qu'elle ?

Émily sourit intérieurement. *Lord Lennox, vous aussi possédez des secrets.*

— Ashton, si Godric obtenait la preuve du détournement de fonds de mon oncle... me laisserait-il partir ?

Avant qu'il ne puisse répondre, Lucien et Cédric se précipitèrent dans la pièce.

— Vite, prenez Émily ! Nous devons la cacher ! haleta Cédric.

Émily vit qu'ils respiraient fort. Ils les avaient rejoints en courant. S'était-il passé quelque chose ? S'ils souhaitaient la cacher, c'était que quelqu'un devait être arrivé au domaine et ils ne voulaient pas qu'elle soit vue.

Je dois découvrir qui est là et obtenir leur aide !

Elle sortit du lit à la hâte pour se rendre à la fenêtre, essayant de s'écarter des trois hommes qui s'avançaient.

— Que se passe-t-il, Lucien ? s'enquit Ashton.

— Un magistrat et un autre homme arrivent à cheval par la route et parviendront bientôt à notre porte. Godric pense que Parr a dû alerter les autorités et qu'ils sont venus pour ramener Émily à Londres.

— Enfin ! s'écria Émily d'un ton un peu trop triomphal.

Après tout, ces trois hommes complotaient pour la cacher. Elle se jeta sous le lit alors que les bras de Cédric se refermèrent dans le vide à l'endroit où elle s'était tenue quelques instants auparavant. Glissant sur le ventre, elle se glissa davantage sous le lit, croisant les doigts pour que personne ne puisse l'atteindre.

Les bottes lustrées de Lucien se campèrent devant elle, puis celles d'Ashton de l'autre côté.

Elle était encerclée.

— Allons, Émily, nous n'avons pas le temps pour ces bêtises ! grogna Cédric alors que ses mains lui frôlèrent les chevilles.

Émily lui donna un coup de pied, mais ce faisant, elle s'approcha trop près du côté du lit où se tenait Lucien. Il l'agrippa, la tirant comme un chaton par l'arrière du cou. Un nuage de poussière se dispersa et Lucien et elle éternuèrent. Il faillit la lâcher alors qu'un éternuement s'emparait de son corps.

— Vous êtes incapable de rester propre ne serait-ce qu'une demi-journée ?

Lucien la poussa sur le lit.

Émily lui donna un bon coup de pied dans l'estomac. Il se plia en deux avec un gémissement douloureux, se prenant le ventre et lui laissant une ouverture. Elle se glissa à bas du lit et fila vers la porte. Elle devait descendre pour aller rejoindre le magistrat. Il la sauverait de cette folie, la ramènerait à Londres, et Anne pourrait l'aider à contracter un mariage avec un homme qui ferait fi du scandale.

Elle descendit les escaliers à la hâte et dérapa jusqu'à l'entrée, son cœur remontant haut dans sa gorge, une cavalcade sonore de bottes résonnant derrière elle.

Ayant entendu l'agitation, Godric sortit de son étude. Ses yeux se posèrent sur elle puis sur les hommes qui filaient au bas des escaliers et enfin sur la porte non gardée. Il pâlit.

— Non ! Émily, non !

— Oh, allez au diable !

Elle tourna les talons et passa les bras autour de la porte. Elle l'ouvrit assez grand pour qu'elle vienne frapper le mur, faisant trembler un miroir à proximité. La bouffée d'air frais de la campagne était un soulagement merveilleux. Elle avait réussi, et dès que le magistrat la verrait, elle serait presque délivrée.

Deux silhouettes s'approchaient à cheval. Elle était certaine que l'un d'eux était le magistrat.

— Ici ! Je suis ici ! cria Émily en agitant ses bras pour attirer leur attention.

Un des hommes, un peu plus replet, se redressa sur sa selle et avança la tête. Elle l'aurait reconnu n'importe où. Émily fila à nouveau à l'intérieur et heurta de plein fouet la poitrine de Godric.

— Vite ! Je dois me cacher. Il est à mes trousses !

Godric la considéra avec colère et confusion.

— Alors maintenant vous voulez vous cacher ? Je vais peut-être être trop occupé à faire ma valise, puisque vous m'avez poliment demandé d'aller au diable.

— Cessez de vous montrer aussi têtu et aidez-moi à me cacher, sans quoi nous nous retrouverons tous les deux dans le pétrin.

Godric passa un bras autour d'elle et claqua la porte d'entrée.

— Qui est à vos trousses ?

— Je n'ai pas le temps de vous expliquer. Pouvez-vous trouver un endroit où me cacher ou pas ? demanda Émily.

Il désigna les marches.

— Par là.

Ils retournèrent à sa chambre où le reste de la Ligue les rejoignit.

— Vous devez cacher Émily. Elle a peut-être été vue. Je vais m'occuper du magistrat.

Godric s'en alla, jetant un regard sombre par-dessus son épaule. Émily déglutit.

— Par le diable ! marmonna Ashton.

— Alors, quelqu'un a-t-il un plan ?

— Je m'en charge, dit Lucien en tirant Émily vers l'immense armoire de sa chambre.

Elle n'était qu'à moitié remplie de vêtements et il y restait pas mal de place libre dans le fond. Ils s'y dissimuleraient facilement.

— Grimpez. Je viens vous rejoindre.

Il se nicha au fond de l'armoire avant de l'attirer sur ses genoux, puis les autres refermèrent la porte, les dissimulant dans l'obscurité.

✦

GODRIC N'ARRIVAIT PAS À Y CROIRE.

Cet homme, Thomas Blankenship, avait l'audace de pénétrer chez lui, armé d'un représentant de la cour.

Ce que Blankenship ne savait pas, c'est que M. John Seaton,

le magistrat, connaissait Godric et sa famille depuis des années. D'ailleurs, le père de ce dernier avait refusé le poste de magistrat lorsque la Couronne le lui avait offert et avait recommandé Seaton à sa place.

Godric demanda à Simkins de conduire les deux hommes au salon pendant qu'il s'entretenait avec ses amis.

— Rendez-vous immédiatement dans la chambre d'Émily et veillez à ce que chaque vêtement, chaque bas, soit emporté pour être caché dans les quartiers des servantes. Je veux qu'il ne reste aucun indice de sa présence en ces lieux. Envoyez-moi sa femme de chambre et faites-lui revêtir une des robes d'Émily. Je vais avoir besoin d'une excuse pour expliquer pourquoi ils ont cru voir Émily.

Ashton, Charles et Cédric acquiescèrent avant de remonter l'escalier à toute vitesse.

Godric se tenait seul, serrant les poings contre lui. Il était temps de traiter avec le magistrat et ce Blankenship.

Seaton, le magistrat, était un vieil homme chenu qui possédait les traits raffinés d'un gentleman de la campagne. Il adressa un regard d'excuse à Godric qui le rassura d'un hochement de tête avant de braquer son attention sur l'autre homme.

Thomas Blankenship était grand, mais sa large circonférence et son visage aigri lui ôtaient toute chance d'avoir une apparence décente. Des yeux noirs d'insectes et un nez en bec de faucon contribuaient à lui donner un air prédateur, une apparence qui déstabilisait Godric. Blankenship était plus âgé que lui — la soixantaine, peut-être —, mais l'impression de pouvoir qu'il dégageait le mettait mal à l'aise.

Il leur fit signe de s'asseoir.

— Qu'est-ce qui vous amène, Messieurs ?

Le magistrat se laissa tomber avec reconnaissance dans le fauteuil le plus proche. Blankenship, cependant, regarda Godric pendant un long moment, l'étudiant avant de finir par s'asseoir.

— Mes excuses les plus profondes, Votre Grâce. Je ne voulais pas vous déranger, surtout pas ici...

— Ce n'est pas un problème, Monsieur Seaton.

— Cet homme, Mr Blankenship, soutient que vous détenez une jeune femme captive. J'ai refusé d'écouter de telles absurdités et il m'a dit qu'il se présenterait ici de toute façon. Votre Grâce, je ne viens pas ici en qualité professionnelle, mais simplement pour vous assurer que je sais que ses affirmations sont sans fondement. Je ne mènerai aucune enquête ni recherche dans cette demeure.

— Comment s'appelle cette dame ?

— Il dit que son nom est Émily Parr.

— Qui ?

Godric masqua sa réaction devant le visage de Blankenship. Une possessivité y avait pris racine, un air qui déplaisait à Godric.

Quelle relation Blankenship entretenait-il avec Émily ?

— Miss Émily Parr. C'est la nièce d'un gentleman nommé Albert Parr. Et si je ne me trompe pas, vous vous connaissez ?

— Ah, Parr. Oui. J'ai fait affaire avec lui, mais je ne l'ai pas vu depuis plusieurs mois, dit Godric en étirant ses jambes, cherchant à garder contenance. Et vous me dites que vous souhaitez m'entretenir de sa nièce ? Que lui est-il arrivé ?

Blankenship était prêt à bondir de sa chaise. Une ombre passa sur son visage.

— Ne faites pas l'idiot, Essex ! Je sais que vous l'avez enlevée. Nous l'avons vue sortir par la porte d'entrée, elle criait et nous faisait de grands signes.

— Monsieur ! le coupa le magistrat. Contrôlez-vous en présence de Sa Grâce.

— Pourquoi diable voudrais-je enlever la nièce de Parr ? Que ferais-je d'elle ? Je n'ai pas besoin d'une jeune fille qui vient à peine de quitter les bancs de l'école. Je n'ai certainement pas besoin d'enlever une dame si j'en désire une.

— Vous l'avez enlevée parce que vous croyez que Parr vous est redevable. Nous avons vu la jeune fille de nos propres yeux et j'ai montré votre lettre au magistrat.

— Ma quoi ? Godric rit doucement, sincèrement amusé.

Avec un soupir las, Seaton tira un mot de sa poche et le remit à Godric.

Il parcourut le mot qu'il avait écrit et contint un sourire.

— Ce n'est pas mon écriture.

— Bien sûr que si, répliqua Blankenship. Parr l'a reconnue.

— Allons, cela est facilement démontrable. Venez, je vais vous montrer.

Godric se redressa et se rendit rapidement vers l'écritoire situé dans le coin opposé de la pièce. Les deux visiteurs suivirent.

Il prit une feuille de papier et trempa sa plume dans l'encre. La tenant adroitement dans sa main droite, il griffonna quelques phrases, tamponna le papier et le tendit au magistrat.

Seaton sortit son lorgnon et examina les deux notes côte à côte.

— Mr Blankenship, voyez par vous-même. Cette écriture ne ressemble en rien à ce mot.

— C'est ridicule ! Blankenship arracha les deux lettres de la main du magistrat et les étudia.

Godric réprima le sourire retors qui lui monta aux lèvres. Il avait bien sûr rédigé les deux mots. Le vrai de la main gauche et le dernier de la droite. Enfant, il avait peu d'amis. Pour passer le temps, il avait appris à écrire des deux mains. Il en résultait deux styles d'écriture très différents. Aucun de ses invités ne savait qu'il avait rédigé seulement quelques notes à Parr, toujours de la main gauche, ce qu'il ne faisait jamais pour sa correspondance normale. Il y avait quelque chose chez Parr qui avait toujours éveillé sa méfiance et par conséquent, il n'avait jamais laissé beaucoup de preuves écrites sous forme de lettres.

— Mais... ce n'est pas possible. Je sais qu'il a écrit ce mot. Il nous manipule. Il a demandé à un serviteur de l'écrire pour lui.

Blankenship rendit les deux mots à Godric d'un geste brusque.

— Mr Blankenship, je crois qu'il est temps pour vous de partir. Vous avez dérangé Sa Grâce et en tant que magistrat, je vous dis qu'il n'y a rien à voir ici.

Seaton posa une main sur l'épaule de Blankenship, qui le repoussa.

— Je ne suis pas satisfait. Vous et moi avons tous les deux vu la fille sur la route. Je sais que c'était Miss Parr. Je souhaite visiter chaque pièce de cette satanée maison.

Godric poussa un soupir dramatique. Il aurait été facile de l'envoyer paître, mais il préférerait lui faire faire la visite, simplement pour que ce soit fait. Il ne voulait pas que cet homme s'attarde sous son toit.

— Si cela peut soulager vos inquiétudes quant à cette dame, je serais heureux de vous faire visiter ma demeure. Je pense toutefois que vous allez être déçu. Je suis sûr qu'elle s'est tout simplement enfuie.

Les trois hommes quittèrent le salon.

— Enfuie ?

Cette gamine ne saurait pas où aller. Blankenship fronça les sourcils.

— En plus, personne ne l'accueillerait.

Godric le fusilla du regard. Blankenship parlait comme si Émily n'était pas capable d'utiliser son cerveau. Elle était particulièrement intelligente et avait la ruse de deux personnes.

— Par là, Messieurs.

Godric fit signe aux deux hommes de le suivre et ils partirent faire le tour de la maison. Il ouvrit toutes les portes, et pas une seule pièce ne contenait la moindre trace d'Émily. Sa chambre avait été impeccablement nettoyée. Sa bonne, portant une robe semblable à la sienne, était assise sur le lit et lisait un livre. La servante rougit quand Godric et les deux hommes remarquèrent sa présence.

— Ah, ma douce, vous voilà. Je suis désolé de vous avoir contrariée. Il ne faut plus que nous nous querellions.

Il se pensa pour déposer un baiser sur la main de la bonne qui baissa timidement la tête. Godric se retourna vers deux autres hommes.

— Excusez-moi, Monsieur. Voici Libba, une très chère amie à

moi. C'est la dame que vous avez vue quand vous êtes arrivés. Nous nous sommes disputés, je le crains. Mais tout va bien.

Godric jeta un bref regard à la femme de chambre.

— Vous devriez vous rendre aux cuisines. La cuisinière est en train de préparer les tartes que vous aimez tant.

Reconnaissante, la bonne prit congé des regards appuyés que lui adressaient les trois hommes et prit la poudre d'escampette.

Une fois leur inspection terminée, le magistrat semblait convaincu que Blankenship était bon pour l'asile le plus proche.

— Je vais vous raccompagner. J'ai des questions de succession à régler dans la journée et des locataires à inspecter. Je ne peux plus attendre.

— Bien sûr, Votre Grâce. Seaton sortit et reprit les rênes de son cheval de la main d'un garçon d'écurie.

Blankenship se tourna pour faire face à Godric, se rapprochant trop à son goût.

— Je sais que vous l'avez enlevée. Mais comprenez-moi bien. Elle est à moi. Parr me l'a donnée. Je vais la récupérer et elle sera punie pour avoir séjourné ici avec vous.

— Vous puniriez une femme pour avoir quitté la maison ?

— Je la punirai pour avoir tenté de m'échapper. Sa place est à genoux devant moi et c'est là qu'elle finira... très vite. Et vous, avec votre satanée arrogance et votre maudite fierté, je vous aurai détruit avant cela.

Godric rit doucement.

— Vous allez me détruire ? Vous, mon cher monsieur, ne savez pas à qui vous avez à faire. Votre insolence rivalise avec votre stupidité. C'est vous qui devriez vous inquiéter. J'ai détruit des hommes plus importants pour bien moins que l'insulte de votre présence dans ma maison. Même si j'avais Miss Parr, je la garderais juste pour vous faire la nique.

Blankenship ne se laissa pas intimider aussi facilement.

— Vous devriez demander à votre ami, lord Rochester, ce qui est arrivé à lord Pitherington. Une malchance terrible peut arriver même au plus puissant d'entre nous. Gardez cela à l'esprit.

— Et rappelez-vous de *cela* : je n'aime pas les hommes qui abusent des femmes. Quand vous me menacez, vous menacez quatre hommes largement supérieurs à vous en termes d'intelligence, de pouvoir et de fortune. Si je souhaitais leur rapporter vos paroles hâtives, vous pourriez bien ne pas vous réveiller demain matin. Bonne journée à vous.

Godric acheva son propos sur un grognement si menaçant que Blankenship fit un pas en arrière avant de se précipiter vers son cheval sans regarder en arrière.

— Bon voyage ! s'écria Godric alors que les montures laissaient dans leur sillage une traînée de poussière.

— Et bon débarras, s'écria Ashton derrière lui.

Tous les autres, sauf Lucien, l'accompagnaient.

— On est tirés d'affaire ? demanda Charles.

Godric se tourna vers ses amis.

— J'aimerais pouvoir vous dire le contraire, mais pour être honnête, non. Nous ne sommes pas les seuls à avoir un intérêt pour Émily... et je crois que le nôtre est bien meilleur que l'alternative.

_6_

Seul un petit faisceau de lumière passait à travers la serrure de l'épaisse armoire en bois.

Émily essayait de rester absolument immobile, se concentrant sur les bruits du manoir. Quelques minutes plus tard, la porte s'ouvrit et Godric entra, suivi de Blankenship et du magistrat. Émily se mordit la lèvre jusqu'au sang. Le partenaire d'affaires de son oncle se déplaçait dans la pièce et la scrutait. Elle retenait son souffle, terrifiée à l'idée qu'il entende ses halètements paniqués. Enfin, l'inspection de la chambre fut terminée et les hommes partirent. Soulagée, elle s'affaissa contre Lucien.

— Christ, c'est passé près, murmura Lucien. Mais ils risquent de revenir ! Ne bougez pas.

Au bout d'un quart d'heure, les voix de Godric et d'Ashton gagnèrent en intensité dans le couloir. Lucien lâcha sa prise sur Émily quand la porte de l'armoire s'ouvrit. Ashton et Godric regardèrent le duo pendant une seconde avant que ce dernier ne l'arrache des genoux de Lucien et ne la jette sur son épaule. Malheureusement, elle s'habituait à ce traitement. Il trouvait plus facile de la porter chaque fois qu'on ne pouvait pas lui faire confiance pour marcher. Elle n'était pas un bagage à faire transporter par un serviteur.

— Bonne idée pour le placard, Lucien. L'un des deux a insisté pour voir les chambres.

Godric fit se décaler Émily et elle poussa un grognement gêné.

— Vous pouvez me reposer, maintenant, dit-elle.

Il l'ignora.

— Merci, déclara Lucien, j'ai parfois des éclairs de génie. Mais qui était l'autre homme ? Ce n'était pas Parr, n'est-ce pas ?

— Il s'est présenté comme un Mr Thomas Blankenship. Apparemment, lui et Parr sont amis.

Blankenship. Pourquoi était-il ici ? Pourquoi son oncle n'était-il pas venu la chercher ? Elle s'immobilisa, trop terrifiée pour bouger. Il avait probablement convaincu son oncle de l'autoriser à l'épouser... une pensée tellement abominable qu'elle en eut la nausée. Elle souffla.

— Blankenship ? Lucien grogna. Ce diable me doit trois mille livres. Il appartient à un groupe d'investisseurs qui m'ont acheté des biens.

— Êtes-vous au courant de ce qui est arrivé à lord Pitherington ? demanda Godric. J'avais bien sûr lu des nouvelles sur l'accident, mais Blankenship a suggéré que c'était plus compliqué qu'il n'y paraît.

Lucien plissa le front.

— Oui. Il croulait sous les dettes voilà quelques mois. Certains de mes intérêts étaient liés aux siens et j'ai également subi une petite perte. Il y a eu des rumeurs quant au rôle de Blankenship dans cette histoire. Pitherington... Eh bien... Je crains qu'il ait mis un pistolet dans sa bouche quand il n'a pas pu payer. La chose a été rapportée comme un accident, par égard pour la famille.

— Allons donc, quel gentleman de première ! Nous devrions l'inviter à notre club, dit Godric d'un ton sarcastique.

La pensée que quelqu'un détestait Blankenship autant qu'elle ravit le cœur d'Émily. *L'ennemi de mon ennemi est mon ami... Je l'espère*, songea-t-elle sombrement.

Même si Godric l'avait fait basculer par-dessus son épaule,

ces hommes discutaient comme si elle n'existait pas. Avec un grognement irrité, elle fut déterminée à le leur rappeler. Godric s'avança et la laissa tomber sur le lit de Lucien.

— Et qu'est-ce que Blankenship faisait ici ? demanda Ashton. Pourquoi Parr n'est-il pas venu ?

Godric haussa les épaules.

— Vous souhaitez savoir pourquoi Blankenship est venu ? demanda-t-elle brusquement. Et si vous demandiez à la seule personne ici qui est directement impliquée ?

Ils la regardèrent tous avec surprise.

— Vous connaissez cet homme ? demanda Lucien.

— Oh, oui, je le connais. Il est méprisable. Il hante la porte de mon oncle depuis que j'ai emménagé chez lui. Il a même...

Elle était tellement en colère qu'elle s'étrangla sur ses paroles.

— Il a même quoi ?

Les yeux de Godric étaient aussi acérés que des poignards de jade.

— Il a même pris quelques libertés avec ma personne, des libertés que je ne lui ai pas accordées et que je ne lui accorderai jamais. Il m'a courtisée dans l'intention de m'épouser. Mon oncle pense que je ne le sais pas, mais je suis au courant. Je ne suis pas idiote.

Les trois hommes eurent l'air horrifiés, à juste titre. C'est à cet instant que Charles et Cédric les rejoignirent. Charles vit leurs mines et ouvrit de grands yeux.

— Que s'est-il passé ? Quelqu'un est mort ?

— C'est envisageable dans le futur..., marmonna Godric.

Lucien grimaça.

— Nous allons bien, dit-il. Nous venons d'apprendre des nouvelles désagréables.

— Ah oui ?

Cédric brandissait sa canne comme une épée, sa main reposant fermement sur la tête du lion d'argent.

— Apparemment, Mr Blankenship croit qu'il a des droits sur mon Émily, dit Godric d'un ton dégoûté.

Le ton possessif du duc fit rougir Émily, même si elle en était toujours offensée.

— Oh, pour l'amour du ciel, arrêtez de parler de moi comme si j'étais un bibelot sur votre étagère.

Cependant, appartenir à Godric était une perspective qui la faisait réfléchir.

— Quoi ? Ce vieux crapaud ? Pourquoi..., commença Charles avant que Cédric ne lui tapote l'épaule du bout de sa canne.

Charles décida de ne pas achever sa phrase.

— C'est un vil crapaud et je le déteste, cracha Émily avec tant de répugnance que ses ravisseurs échangèrent des regards d'inquiétude.

— Mais vous ne nous détestez pas ? demanda Lucien en notant son omission.

— Quelle raison aurais-je de vous détester ? En plus d'être kidnappée, bien sûr, ajouta-t-elle en s'autorisant un petit sourire réticent. Je suppose que je vous apprécie tous.

Il était peu logique qu'elle leur fasse autant confiance ; elle pouvait à peine se l'expliquer à elle-même, et encore moins à eux. Bien sûr, l'alternative, qui s'était approchée à un pied d'elle pendant qu'elle se cachait dans l'armoire, était vraiment pire.

— Eh bien, quoi que vous pensiez de nos actes, vous garder ici a été un défi des plus amusants.

Godric éclata de rire.

Les yeux d'Émily devinrent des fentes.

— Je suis contente que ma valeur soit basée sur l'amusement que je vous apporte.

— Bon, soupira Ashton. Au moins, nous avons échappé à un désastre potentiel. Je suppose que la situation est redevenue assez sûre pour qu'on reprenne notre journée.

Les autres étaient d'accord.

— J'ai du travail à faire. Émily, vous allez m'accompagner.

Son ton autoritaire la fit se hérisser, mais elle ne protesta pas. Elle n'aurait pas pu remporter ce débat.

Godric escorta Émily jusqu'au bas des escaliers et lui fit signe de s'asseoir sur un canapé en velours rouge tandis que les autres hommes s'éclipsaient. Elle profita de l'occasion pour examiner l'étude, richement décorée de bibliothèques et d'objets divers. Il devait avoir voyagé dans le monde entier. Des aquarelles d'endroits lointains étaient accrochées au-dessus des fauteuils et des objets inhabituels – comme des défenses d'éléphant, sans aucun doute en provenance d'Afrique – étaient disposés entre elles.

Godric était assis au grand bureau en bois de rose, parcourant des papiers et des lettres.

Elle lui enviait la liberté de pouvoir partir, non seulement de ce sofa, mais également à l'aventure. Si elle était forcée de se marier à Blankenship, elle n'aurait plus l'occasion d'en connaître.

Elle parcourut à nouveau les murs du regard, remarquant un petit portrait d'une femme aux cheveux noir corbeau assise sur une balançoire. La coupe de sa robe était assez démodée pour qu'Émily devine que le portrait devait avoir été commandé de nombreuses années auparavant. Les couches de peinture évoquaient des yeux ensorcelants qui pétillaient. Les yeux de Godric, hormis pour la couleur.

— Godric…, commença-t-elle.

Il lui adressa un regard prudent.

— Oui ?

— Qui est la dame sur ce tableau ?

Émily se pencha contre l'accoudoir le plus proche de son bureau.

— Est-ce votre mère ?

Le regard de Godric s'obscurcit.

— Oui.

— Elle est très belle.

Émily vit à quel point le fils de l'ancienne duchesse d'Essex lui ressemblait. Godric avait la beauté sévère d'une sculpture grecque, mais tous ses traits contenaient des traces de la douce beauté de sa mère. Pas étonnant qu'il l'ait captivée. Ashton avait raison. Godric avait la puissance de son père, mais la douceur et la compassion de sa mère.

Il quitta son siège et se dirigea vers le portrait.

— C'était une femme extraordinaire. Elle n'avait jamais un

mot plus haut que l'autre pour qui ce soit et elle n'a jamais levé la main sur lui. Je...

L'émotion lui donnait une voix rauque.

— J'avais l'habitude de grimper sur ses genoux tous les soirs après le souper et elle me faisait la lecture. Elle sentait toujours le lilas. Sa chambre sent encore son parfum.

La poitrine d'Émily se resserra autour de son cœur. Elle voyait à son regard lointain qu'il était perdu dans ses souvenirs.

— Et votre père ?

Elle craignait de briser le sortilège, mais elle avait envie de le comprendre.

— Il l'aimait comme il ne m'aurait jamais aimé. Je me souviens de la façon dont ils dansaient ensemble. Quand ma mère organisait son bal annuel, je m'échappais de la nursery pour observer la scène entre les barreaux de la balustrade. Ma mère flottait à travers la piste, un rire lui illuminant le regard. Et Père ? Il la serrait contre lui, lui souriant alors que les nuages s'ouvraient pour dévoiler le soleil. Ils pouvaient valser pendant des heures, tourner en cercles délicats, et je les regardais, fasciné par le spectacle.

—Je suis désolée qu'elle soit morte, dit Émily.

Les souvenirs de ses propres parents vinrent s'écraser contre les murs de son cœur, luttant pour se libérer. Elle inspira profondément, se préparant à l'assaut.

Godric éclata de rire, mais c'était sans la moindre hilarité.

— Nous sommes tous les deux orphelins, n'est-ce pas ?

—Je suppose que oui.

Un léger frisson s'imposa sur sa peau. Elle ne s'était pas rendu compte qu'ils avaient quelque chose en commun. Il s'écoula un long moment de silence. Enfin, Godric soupira et retourna à son bureau. Son expression lasse attrista Émily. Elle n'avait pas eu l'intention de le blesser en l'interrogeant sur sa mère. Elle se redressa et se dirigea vers ses étagères.

— Est-ce la tentative d'évasion la plus lente du monde ? Si c'est le cas, dois-je cette fois-ci faire monter du thé avant de vous prendre en chasse ?

Son sarcasme fit se hérisser la fierté personnelle d'Émily.

— Je souhaite simplement trouver quelque chose à lire. Cela m'aidera à passer le temps.

Il ne rompit pas le contact visuel. Elle laissa la sincérité lui illuminer le regard. Elle avait simplement envie de lire.

Sa mère lui avait enseigné le plaisir des livres. Enfant, elle avait été sauvage. Son père lui avait permis tous les divertissements de garçon manqué : chevaucher, monter aux arbres et pêcher. Mais même si elle aimait attraper une perche et la hisser dans le bateau avec son père, quelque chose de magique se produisait quand elle lisait avec sa mère. Elles se blottissaient sur le sofa élimé, sélectionnant un des grands volumes de sciences naturelles, et étudiaient les croquis de toutes les créatures exotiques. Pendant un moment, Émily se perdit dans ce souvenir puis avec une agonie douloureuse, elle revint au moment présent.

Godric se dirigea vers l'étagère sur le côté droit de son bureau et y sélectionna un livre. Elle sentit tous ses sens s'aiguiser quand il s'assit à côté d'elle au bord du canapé. Il plaça le livre sur ses genoux puis il lui prit les mains dans les siennes.

Ses yeux se fermèrent pendant un bref moment alors qu'elle appréciait ses caresses. Godric lui frôla les poignets, baissant les yeux vers elle.

— Émily, j'exige une rétribution. Si vous refusez, je vais reprendre le livre.

Il tendit la main et cala une mèche de cheveux derrière son oreille. Ses doigts s'attardèrent sur l'endroit sensible sous son lobe. Ce contact fit descendre une étincelle électrique subite le long de sa colonne vertébrale.

Émily se mordit la lèvre inférieure. Quelle compensation exigeait-il pour un plaisir aussi médiocre ? Elle craignait que sa compensation ne soit quelque chose qu'elle lui donne sans hésitation. Quand son regard se fixa sur elle, comme des émeraudes enflammées, elle sentit ses mains déjà sur son corps.

— Quel est votre prix ?

Son regard se posa droit sur ses lèvres, et elle fit de même.

Les ridules qui encadraient sa bouche se faisaient souvent dures quand elle le frustrait. C'était l'un de ses défauts, cette dureté qui pouvait rendre si froids ses traits sensuels.

— J'ai envie que vous m'embrassiez.

Sa voix était un chuchotement.

Mais sa formulation n'avait aucun sens. Elle devait l'embrasser ?

— Je vous ai embrassée, mais vous ne m'avez pas rendu mon baiser. Je veux que votre participation soit complète.

❦

— Mais je ne connais rien aux baisers.

Jusqu'à présent, elle profitait simplement de la vague de sensations qu'il abattait sur elle, ne contribuant à rien, se contentant d'accepter. Il n'était pas approprié de parler si ouvertement d'intimité physique.

Godric se contenta de lui adresser un petit sourire qui releva les coins de sa bouche.

— Avec assez d'entraînement, vous apprendrez. Quelques minutes sous ma tutelle et vous passerez maître.

Sa prise se resserra, comme si leur discussion l'avait excité.

— Un baiser ? Vous n'exigerez rien de plus ?

— Un baiser, mais vous ne vous en tirerez pas avec un chaste baiser sur la joue, Émily. J'exige un vrai baiser.

— Vous exigez ?

— C'est une requête, amenda-t-il.

— C'est une requête, ou bien vous allez me refuser mon livre ? On dirait quand même une requête.

— Bon sang, femme, vous mettez ma patience à l'épreuve.

Il parut toutefois réprimer un sourire.

Accepterait-elle un accord avec le diable ? Les baisers de Godric amollissaient sa raison. Et si elle ne pouvait pas prouver qu'elle était meilleure que lui, même embrasser, il l'emporterait. Mais cette question transcendait le simple jeu. L'embrasser était un défi qu'elle voulait relever. Une partie d'elle aspirait à lui montrer qu'elle était une femme qui le désirait, capable d'embrasser aussi bien que toutes celles qu'il avait connues par le passé.

Le cœur valsant dans la poitrine, elle prit la parole :

— Alors je suis d'accord. Un baiser.

Elle ressentit l'impulsion de lui offrir sa main pour conclure l'accord, mais elle savait que cela le ferait rire, aussi se retint-elle.

Émily prit le livre et le mit de côté. Godric posa les paumes en haut de ses cuisses musclées. Il lui céda le contrôle, lui permettant de prendre les devants. Pour une raison quelconque, cela la réconforta et l'excita tout à la fois, et elle trouva le courage de lever les bras pour lui prendre le visage entre les mains.

Le fantôme d'une barbe qui assombrissait la ligne de sa mâchoire était rugueux sous ses paumes. Elle sentit sa peau picoter et sa respiration s'emballa. Elle garda les yeux braqués sur les siens, leur magie l'emprisonnant dans un sortilège. Il était trop loin et elle avait besoin qu'il se rapproche. Elle fit glisser le bout de ses doigts de chaque côté de son cou afin de pouvoir attirer sa bouche sur la sienne. Il baissa la tête, les tendons de son cou se tendant sous les mains d'Émily, vibrant de tension et d'énergie seulement concentrée en un seul endroit : sa bouche.

Juste avant qu'ils s'embrassent, le souffle chaud de Godric dansa sur ses lèvres, se mélangeant avec le sien. L'intimité de cet instant alluma un feu en elle. Pas étonnant que les femmes se compromettent aussi souvent ; il était impossible de résister à quelque chose de ce genre. Ses inspirations excitées, ce moment délicieux juste... avant... un baiser.

Les lèvres de Godric rencontrèrent les siennes dans une grande éclosion de tendre chaleur. Il ne réagit pas tout de suite, mais la laissa explorer sa bouche sans résistance. Elle se fit plus audacieuse, en désirant plus de lui qu'elle ne le comprenait vraiment. Elle imita certains des gestes qu'il avait utilisés sur elle. Sa langue taquina ses lèvres, l'incitant à ouvrir sa bouche pour elle, et quand il le fit enfin, un frisson de triomphe le frappa au plus profond de son ventre.

Elle céda à ces sensations physiques primaires. Cet arôme masculin de bois de santal et d'épices, qui lui appartenait exclusivement, s'imprima en elle. Les battements du cœur d'Émily redoublèrent d'intensité alors que sa langue dansait avec la sienne, mais il ne l'envahit pas comme il l'avait fait près du lac. Apparemment, il voulait tenir sa promesse de la pousser à l'embrasser.

Elle enfonça ses doigts depuis les racines de ses cheveux jusqu'à sa nuque, ébouriffant sa chevelure ténébreuse et brillante, charmée de sentir Godric haleter alors qu'il mêlait leurs bouches. Il tremblait sous sa main et elle fut excitée de découvrir qu'elle avait décelé une faiblesse en lui.

Les récits d'Ashton sur les abus qu'avait subis Godric aux mains de son père ajoutèrent une tendresse inattendue à son baiser. S'appuyant contre lui, elle se redressa, pressant la poitrine contre son corps, enroulant les bras autour de ses épaules pour l'étreindre. Elle s'exprima sans paroles, lui disant qu'elle souhaitait pouvoir effacer ses souvenirs les plus sombres.

❧

Quand le baiser d'Émily changea, cela secoua Godric jusqu'au fond de lui. Il ressentait quelque chose au-delà de sa curiosité et de son innocence. Une tempête d'émotions débordait d'elle : la tendresse, l'instinct de protection, la férocité, mais aussi une autre émotion plus profonde qu'une lame de fond.

Quelque chose de merveilleux était né entre eux durant ce baiser à couper le souffle, et cela le terrifiait. Son cœur battit douloureusement alors qu'elle lui caressait le cou du bout des doigts. Son corps se tendit de désir, mais les lèvres d'Émily le retinrent.

Il tempéra l'impulsion de la dévaster par la violence primaire d'un simple tourbillon de sa langue, et elle se pressa contre lui d'une façon destinée à le réconforter, pas à l'exciter. Puis il enroula les mains autour d'elle, ses doigts s'enfonçant dans ses reins pour l'inciter à se rapprocher. Comment un baiser pouvait-il tout à la fois apaiser et exciter ? Il n'avait jamais connu une telle chose et cela le terrifiait. Il devait se libérer d'Émily, rompre les fils invisibles qui reliaient leurs cœurs. Mais il ne pouvait pas faire cela ; il ne pouvait pas tomber pour elle. C'était déplacé. Ils n'étaient pas faits l'un pour l'autre.

Il leva les mains, retirant ses mains de son cou et écartant ses lèvres hors de sa portée. Émily ouvrit lentement les yeux, aussi surprise qu'un papillon emporté par une brise soudaine.

Il aurait voulu s'excuser, mais il ne parvint pas à trouver les mots. Il en restait sans voix. Ce baiser était plus dangereux qu'elle aurait pu le soupçonner. Il l'avait pénétré jusqu'à la moelle, avait exposé son âme. Si jamais elle l'embrassait à nouveau de la sorte, il serait perdu...

— Godric ?

L'inquiétude teintait le beau visage d'Émily.

Il devait faire quelque chose avant de se perdre dans la tourmente qui faisait rage dans ses yeux violets, avant qu'il ne cherche à la calmer et pour retrouver le confort.

— Je suis désolé. Je n'aurais pas dû demander à une enfant de m'embrasser.

Il se redressa et lui tourna le dos, la laissant seule dans la pièce avec son livre.

❧

Une enfant ? Les paroles de Godric l'avaient blessée et elle ressentait une douleur vive au centre de son âme. Les larmes lui montèrent aux yeux et, consumée par la honte, elle enfonça son visage dans ses mains.

Elle leva la tête quand elle entendit le bruit de bottes souples qui traversaient le tapis.

Ashton se tenait à la porte, avec des yeux sombres comme des saphirs. Il vint à elle sans un mot et la prit dans ses bras tandis que des sanglots silencieux la secouaient.

Comment Godric pouvait-il s'en aller comme cela ? Il pensait qu'elle n'était encore qu'une enfant ? Après tout ce qui s'était passé ? Elle était une femme, avec le cœur et la fierté d'une femme, et elle essayait d'apprendre. Elle voulait tout apprendre de lui. Cependant, il avait raillé le premier véritable baiser qu'elle avait jamais donné à qui que ce soit. La souffrance dans son cœur était si grande qu'elle était certaine qu'il s'était brisé en mille morceaux étincelants.

Émily maudit sa bêtise, sa conviction qu'elle pouvait être désirée par un homme tel que Godric. Elle était la dernière femme sur cette Terre que quelqu'un comme lui pourrait jamais aimer.

Aimer... Désirait-elle son amour ?

L'aimait-elle ? Quand sa colère et sa frustration envers lui s'étaient-elles changées en quelque chose de plus profond et de plus doux ? Que Dieu lui vienne en aide, elle ne pouvait pas l'aimer !

Elle était pourtant certaine que seul l'amour pouvait causer une telle douleur...

❦

ASHTON IGNORAIT CE QUI S'ÉTAIT PASSÉ ENTRE SON AMI ET Émily, mais les larmes de cette dernière l'émurent plus que tout ce qu'il avait pu voir depuis des années.

Depuis qu'Émily était entrée dans leur vie, des parties de lui qu'il avait crues mortes depuis longtemps s'étaient réveillées. Son instinct de protection l'emporta et il ressentit l'envie de punir la cause de ses larmes, même si c'était Godric qui en paierait le prix. Ils avaient tous juré de garantir le bien-être d'Émily et à ses yeux, la situation s'y prêtait.

Malgré ses jeunes années, Émily était une femme forte et jusqu'alors, il ne l'avait pas vue pleurer. Godric devait avoir fait quelque chose de terrible pour la rendre aussi inconsolable.

— Calmez-vous, ma chère, allons...

Ses paroles la calmèrent un peu.

— Allons, allons. Pouvez-vous me dire ce qui s'est passé ?

Ashton lui prit le menton et lui fit lever le visage.

— Je ne sais pas si je peux en parler…

Ses joues adoptèrent une légère rougeur satinée.

— S'il vous plaît, Émily. Je ne veux pas que vous souffriez à nouveau, alors je dois savoir de quoi je dois vous protéger.

Émily prit une lente inspiration tremblante.

— J'ai demandé à Godric si je pouvais lire un livre. Il a dit que si j'en avais envie, je devais le payer d'un baiser.

Une colère grandissante assombrit le cœur d'Ashton.

— Mais je ne suis pas très douée et il a dit qu'il m'enseignerait.

L'animosité d'Ashton s'accrut.

— Vous a-t-il… vous a-t-il forcée ? Vous a-t-il brutalisée ? demanda-t-il d'un ton légèrement dangereux.

Émily secoua la tête.

— Alors pourquoi pleurez-vous ?

— C'est ce qu'il m'a dit après… Il a dit qu'il n'aurait pas dû demander à une enfant de l'embrasser. *Une enfant !*

Elle enfonça à nouveau le visage contre sa poitrine.

Ashton était confus. Il ne comprenait pas ce qui avait mal tourné. Qu'avait pu amener Godric à dire une chose aussi étrange ? Les femmes savaient embrasser naturellement et elles apprenaient rapidement. C'étaient les hommes qui avaient besoin d'entraînement pour maîtriser cet art.

Il n'existait aucune raison pour que Godric dise une chose aussi cruelle, pas alors qu'elle avait fait ce qu'il lui avait demandé.

— Émily, regardez-moi, ma chère.

Elle s'exécuta.

— Qu'avez-vous fait lorsque vous l'avez embrassé ? Pouvez-vous me le dire ?

Il pourrait apprendre ce qui avait dérangé son ami.

— Je l'ai simplement embrassé. J'ai pensé à ce que vous m'aviez dit sur lui, sur son enfance et sur son père, et je l'ai embrassé. J'ai mal fait ?

Les ombres sous les yeux d'Ashton s'éclaircirent légèrement.

— Je suis certain que non.

— Alors pourquoi ?

Ashton posa un doigt sur ses lèvres.

— Je crois que vous avez fait à Godric une chose inhabituelle. Cela lui a fait peur. Il a besoin de temps pour examiner ses sentiments. Pouvez-vous être patiente avec lui ?

— Mais que dois-je faire ?

— Vous ne savez vraiment pas, ma chère ?

Émily secoua la tête.

— Vous l'avez embrassé avec les profondeurs de votre cœur.

Elle fronça les sourcils en réfléchissant à sa réponse.

— N'est-ce pas ainsi que tout le monde est censé embrasser ?

Cela l'attrista de se rendre compte qu'elle était aussi douce et innocente qu'elle paraissait l'être. Aucun homme sous ce toit n'était digne d'un cœur tel que celui de cette jeune femme. Ashton lui prit les mains et les embrassa doucement avant de parler.

— Si tout le monde embrassait comme vous, les hommes ne laisseraient jamais leurs maîtresses pour partir en guerre, les pères ne battraient jamais leurs enfants et les épouses ne s'inquièteraient jamais que leurs maris soient infidèles, car cela n'arriverait jamais. Plus d'hommes devraient embrasser avec leurs cœurs. Qu'importe ce qu'a dit Godric, souvenez-vous de ceci. Ce que vous avez montré avec votre baiser est inestimable.

Et Émily avait rappelé à Ashton qu'autrefois, lui aussi en avait attendu plus de l'existence. Il la remercia silencieusement pour cette épiphanie en l'embrassant sur le front. Puis il l'aida à se redresser et l'escorta hors de l'étude de Godric, la menant jusqu'à sa chambre.

— J'ai une question à régler avec Godric. Puis-je vous demander de rester ici sans surveillance jusqu'à demain ? Charles a parié deux fois notre montant précédent que vous vous échapperiez avant l'aube, et j'aimerais beaucoup le voir perdre.

Ce n'était pas la première fois que ses tentatives d'évasion étaient comparées à un sport, mais la façon dont Ashton l'avait dit faisait rire Émily.

— En fait, nous discutions de la possibilité de vous accorder une avance de dix minutes demain, ajouta-t-il.

— Vraiment ?

— Oh, absolument. À pied, bien entendu. Ensuite, nous utiliserons des chevaux et des chiens pour vous prendre en chasse.

— Vous n'êtes pas sérieux.

Ashton lui adressa un large sourire.

— Bien sûr que non. Mais cela vous a fait rire. Maintenant, allez-vous me donner votre parole d'honneur en tant que fille de gentleman de ne pas essayer de vous échapper avant demain ?

Émily hocha la tête, lasse des assauts émotionnels qu'elle avait subis, mais rassurée par l'humour étrange d'Ashton.

— Sur l'honneur de mon père.

— Je vous remercie.

Il lui caressa les cheveux et pressa les lèvres contre son front avant de la laisser seule. Il s'arrêta à la porte, la regardant retomber sur son lit et rester étendue sans mouvement, comptant ses inspirations.

— Je dois toujours embrasser avec les profondeurs de mon cœur..., se murmura-t-elle après son départ.

❧

GODRIC ENTRA DANS LA SALLE DE BOXE OÙ CHARLES ET Cédric s'étaient rassemblés pour un peu d'action. Charles, un boxeur expert, adorait faire quelques rounds sur le ring quand il était à Londres. Bien sûr, les rings dans lesquels Charles se trouvait étaient souvent moins qu'honorables. Même s'il passait des heures à s'entraîner à la salle de Jackson, il préférait des rings plus rudes, sur lesquels il prouvait sa valeur.

Cédric dansa en arrière alors que Charles attaquait.

— Godric ? Vous semblez d'humeur meurtrière.

— Cette petite chipie vous rend-elle chèvre ? plaisanta Charles en lançant un coup de poing imprécis dans la direction de Cédric, le manquant de plusieurs centimètres.

Godric retira rapidement son gilet et commença à se retrousser les manches. Il hocha le menton vers Cédric qui quitta le ring fermé situé dans un coin de la grande salle de loisirs.

— Arrêtez-vous et combattez-moi, Charles.

Charles sourit, toujours prêt à donner des coups de poing à Godric quand l'occasion se présentait.

Ils ne luttaient que depuis quelques minutes qu'Ashton et Lucien entrèrent, visiblement contrariés. Lucien semblait nerveux tandis qu'une froideur brûlait sur les traits d'Ashton.

Godric fut tellement surpris par cette expression que Charles le prit par surprise et lui colla son poing au visage. Ashton retira sa veste et son gilet, les remettant à Lucien alors qu'il se retroussait les manches.

C'est alors que Godric se rendit compte que tous les cinq étaient là sans Émily.

— Attendez une minute... Qui surveille Émily ?

Lucien répondit.

— Elle est dans sa chambre. Elle a donné sa parole à Ash qu'elle ne s'échapperait plus aujourd'hui.

— Et vous l'avez crue ? s'écria Godric. Elle pourrait déjà être à des kilomètres d'ici !

— Si elle a promis, je pense qu'elle ne bougera pas, dit Lucien avec une douceur qui rendit Godric plus anxieux qu'auparavant.

Ashton, qui était resté muet, vint vers le ring et s'adressa à Charles.

— Puis-je entrer ?

— Certainement pas !

Godric ne voulait pas se battre contre Ashton dans ces circonstances, pas s'il ignorait d'où provenait la colère de son ami. Il avait tous les droits d'être en colère contre Émily pour ce qu'elle avait osé faire et ce qu'il ressentait en conséquence. Quelle était l'excuse d'Ashton ?

Charles regarda successivement Godric et Ashton. Puis comprenant qu'il serait mieux ailleurs, il s'inclina et s'enfuit du ring.

— Peur d'un peu de compétition, Godric ?

Les propos d'Ashton étaient taquins, mais il sentit la menace voilée.

— Vous ne m'avez jamais battu sur le ring, Ash. Cela ne va pas changer aujourd'hui.

Ce serait dommage, mais il serait capable de faire saigner son ami du nez pour prouver qu'il avait raison.

— C'est bon à entendre.

Le sourire froid sur le visage d'Ashton promettait de la douleur. Il leva les poings et attendit Godric.

Celui-ci fit quelques pas vers la droite, Ashton l'imita à gauche et le combat commença. Plutôt que de boxer sur la défensive, comme il le faisait d'habitude, Ashton semblait avoir envie de rendre tous ses coups à Godric. Cela le prit par surprise et Ashton le frappa au ventre. Godric se plia en deux de douleur.

Ashton n'attendit pas qu'il se redresse avant de charger et de le frapper si fort que celui-ci vola en arrière de quelques pas. Charles voulut intervenir, mais Lucien tendit une main pour l'arrêter.

S'adaptant à la férocité d'Ashton, Godric riposta. Il parvint à décocher un crochet de la main gauche et frappa Ashton à l'œil droit. Il aurait un bel œil au beurre noir le lendemain matin, mais sa victoire fut de courte durée puisqu'Ashton lui rendit la pareille.

Le combat continua pendant encore cinq minutes. Ashton se battait comme s'il était possédé. Ses efforts implacables épuisaient Godric. Aucun des autres n'interféra. Certaines choses pouvaient simplement être résolues dans un ring.

Godric recula à nouveau, retrouvant enfin sa respiration.

— Bon sang, mon ami, pourquoi essayez-vous de m'assommer ?

— Pourquoi ?

Ashton ponctua son propos d'un coup porté à la mâchoire de Godric qui saignait de sa lèvre fendue.

— Si j'apprends que vous avez fait verser une larme de plus à cette chère femme, je ne me contiendrai plus, Godric...

Ashton s'exprimait avec un tel venin que Godric baissa les

poings. Il l'acheva d'un uppercut. Godric bascula en arrière, atterrissant sur le tapis avec un grognement sonore. Ashton baissa les mains pour essuyer ses articulations sanglantes sur son pantalon.

— Bon, je crois que je me suis bien fait comprendre.

Il prit quelques inspirations profondes puis s'approcha de Godric et lui tendit une main.

Celui-ci la prit et Ashton aida Godric à se redresser.

— Vous marquez un point, mon ami. Je lui ai fait grand tort et j'avais besoin qu'on me rappelle mon serment.

Ashton plaqua une main sur son épaule en signe d'approbation.

— Désolé, Godric, mais je savais qu'il n'y avait pas d'autre moyen de vous le faire comprendre.

— J'ai juste besoin que vous répondiez à une question. Étais-je fatigué ou bien vous êtes-vous toujours retenu sur le ring avec moi ?

— Vous ne le découvrirez jamais, je le crains.

Il fit volte-face et récupéra ses vêtements auprès de Lucien. Une fois calmés et entièrement rhabillés, Ashton se retourna vers Godric.

— À présent que cette question est derrière nous, je crois que vous devez une grande pile de livres et des excuses à une certaine demoiselle.

— Elle vous a parlé de...

Ashton sourit.

— Elle m'a tout raconté. Elle est tellement traumatisée par votre cruauté qu'elle est convaincue qu'elle ne sait pas embrasser. Vous savez que c'est la pire chose que des hommes comme nous puissent faire à une femme. Nous sommes des rebelles, pas des saligauds. Nous cherchons à aimer les femmes, pas à les rejeter.

— Que diable avez-vous fait à cette gentille petite chatte ? demanda Cédric.

Lorsque l'intéressé ne répondit pas, Ashton soupira.

— Godric a exigé qu'elle l'embrasse et quand elle l'a fait, il a osé lui dire qu'elle embrassait comme une enfant. Vous aurez de la chance si elle vous pardonne un jour.

La honte embrasa le visage de Godric, mais il se remémora qu'il s'était éloigné pour son propre bien et celui d'Émily. Il ne pouvait pas permettre à Émily de tomber amoureuse de lui... et c'était exactement ce que son baiser évoquait.

Comme s'il avait lu dans ses pensées, Ashton posa la main sur l'épaule de son ami.

— Je pense qu'elle a des sentiments pour vous, Godric.

Les hommes quittèrent la salle de boxe et sortirent dans le vestibule. Simkins passait par là et se figea en voyant son maître meurtri et sanglant.

— Votre Grâce ?

— Ne vous inquiétez pas, Simkins, nous nous amusions un peu.

— Très bien. Je vais envoyer une femme de ménage pour nettoyer, Votre Grâce.

Simkins regarda la salle de boxe par-dessus l'épaule de Godric.

— Ou bien peut-être deux ? Et l'un des plus grands seaux ?

Il s'inclina et s'éclipsa.

Godric décida qu'Ashton avait raison. Pour ce simple baiser, Émily avait remporté une pile de livres.

❧

ÉMILY ÉTAIT RECROQUEVILLÉE SUR LA BANQUETTE DE LA fenêtre quand quelqu'un toqua à la porte de sa chambre à coucher.

— Entrez.

Ses yeux étaient braqués sur les jardins en contrebas. Le fantôme de son visage se reflétait dans l'épais panneau de verre. Elle posa sa main sur la vitre et laissa la chaleur du soleil réchauffer sa paume fraîche. Pendant un moment, elle se perdit dans la sensation, laissant tout le reste s'évaporer, avant que le monde n'exige qu'elle l'affronte à nouveau.

— Émily ?

La voix de Godric résonna comme une symphonie interdite. Elle tourna juste assez la tête pour lui présenter son profil, mais elle ne le regarda pas. Elle ne pouvait pas la supporter. Elle voulait recommencer à le mépriser pour ses absurdités entêtées.

L'aimer serait la plus grande erreur de ma vie. Il me briserait le cœur. Il ne me resterait plus rien.

— Émily, je vous ai apporté quelque chose.

Elle entendit un frou-frou derrière elle et des objets tombèrent sur son lit. Puis Godric referma la porte.

— Allez-vous-en, je vous prie, dit-elle.

Mais son cœur le suppliait de rester, de lui demander pardon pour ses paroles cruelles.

— Si c'est ce que vous voulez...

Elle hocha la tête.

— Mais d'abord, j'ai quelque chose à vous dire. Voulez-vous bien me regarder ?

Des pas se rapprochèrent et elle sentit cette odeur qui n'appartenait qu'à lui très près de son dos.

Émily se tourna. Horrifiée, elle demeura bouche bée devant son visage meurtri et sanglant.

— Godric, vous avez été blessé !

Elle leva une main vers son visage, mais ne le toucha pas, craignant de lui faire davantage de mal. Il lui tapota les mains et elle grimaça en avisant ses jointures meurtries. Pendant une longue seconde, ils restèrent silencieux. Quelque chose entre eux avait changé. Elle était forcée d'admettre qu'elle avait des sentiments pour lui et qu'il révélait une tendresse dont elle ne l'avait pas cru capable. Leurs regards se croisèrent, une étincelle passa entre eux et une rougeur lui monta aux joues.

— Que s'est-il passé ?

— Ashton et moi avons eu une discussion. Une discussion plutôt profonde.

Il lui embrassa les mains et les lâcha avant de désigner le lit. Une pile de livres s'était écroulée. Il devait y en avoir au moins huit. La curiosité prit le dessus. Elle grimpa sur le lit pour parcourir les titres. Ce fut un plaisir inattendu de constater qu'il en avait apporté plus qu'elle n'en avait demandé. Émily n'osait pas le regarder, ses yeux encore rougis par le poids des larmes. Au lieu de cela, elle braqua son attention sur le cadeau qu'il avait apporté et sur ce que cela pouvait signifier.

🙰

Lorsqu'elle monta sur le lit, Godric voulut l'attraper par-derrière. Elle était irrésistible avec ses boucles folles sur son cou et l'ondulation de ses hanches. Elle se déplaçait avec la grâce d'une nymphe des bois. Il savait qu'elle serait une partenaire de lit enjouée, enthousiaste et charmante dans ses moments de plaisir. *Qu'est-ce qui ne tourne pas rond chez moi ?*

Il lutta contre la bouffée enivrante de désir et se concentra sur elle. Les mains d'Émily caressaient les couvertures de chaque livre, ses yeux parcourant sa sélection, ayant oublié la présence de Godric. Celui-ci craignait de détruire le moment s'il la rejoignait, mais il décida de tenter le coup. Il s'assit sur le bord du lit, le plus près possible d'elle, pendant qu'elle arrangeait les livres en piles.

— J'ai apporté un peu de tout. Je ne connaissais pas vos préférences.

Émily cala ses jupes autour de ses genoux quand elle replia les jambes pour s'asseoir plus confortablement.

— De la philosophie, de l'art, des romances gothiques, des sciences.

Elle observait les piles avec un tel plaisir que Godric s'attendait à ce qu'il se mette à neiger, puisque ses yeux s'illuminaient comme ceux d'un enfant à Noël. En cet instant, il aurait voulu être poète ou artiste, tant son envie de capturer la beauté de l'âme d'Émily était grande. Elle leva les yeux et croisa les siens, une rougeur s'emparant de son visage. À la lumière de l'après-midi, il discernait quelques taches de rousseur sur l'arête de son nez. La plupart des femmes les auraient dissimulées sous de la poudre, mais pas Émily, qui les arborait sans y penser. Il adorait cela chez elle : le fait qu'elle ne s'attarde pas sur ce que d'autres femmes auraient perçu comme des défauts.

— Je suis intriguée par vos choix. Qu'est-ce qui vous fait penser que je serais intéressée par la science ou la philosophie ?

— Vous m'avez donné l'impression d'être une lectrice intellectuelle, peu encline à lire des choses aussi frivoles que des livres sur la couture ou l'étiquette.

— L'étiquette ? dit Émilie avec un reniflement moqueur. Une affirmation plutôt audacieuse de votre part. Ce sont tous d'excellents choix, mais vous m'en avez trop apporté.

Elle les écarta tous sauf un : *L'Iliade et l'Odyssée*.

Godric se pencha et, d'un mouvement du bras, il ramena les livres vers lui.

— Considérez le reste comme un prélude à mes excuses.

D'une main, il lui saisit le visage, son pouce lui caressant le menton avant de remonter pour tracer les contours de sa lèvre inférieure.

— Vous vous excusez ?

— Oui, et pas seulement pour ce que j'ai dit tantôt, mais pour tout : l'enlèvement, l'étang et le laudanum. Tout !

Et il était sincère. Faire du mal à Émily était comme de se poignarder en plein cœur et il ne pouvait pas le supporter. Elle l'affaiblissait et il aurait dû l'écarter de lui avant qu'elle ne détruise sa vie solitaire. Toutefois, la perspective de ne plus la voir était tout aussi inenvisageable. Elle s'abandonna à sa caresse comme une chatte en recherche d'affection et cette simple action fit s'abattre sur lui une vague de plaisir brûlant.

— Ne vous excusez pas pour tout.

Elle battit des cils en le regardant, un sourire secret sur ses lèvres.

— Alors je ne vous ai pas fait de tort par *toutes* mes actions ? dit-il en éclatant de rire.

— Pas *toutes* vos actions.

Elle étudia le livre qu'elle tenait à la main puis ouvrit les pages et soupira.

— Je suis désolé... J'avais oublié que vous ne saviez pas lire le grec.

Godric voulut lui prendre le livre des mains. Même si le titre était imprimé en anglais, le texte en lui-même était entièrement en grec.

— C'est l'une de mes histoires préférées. Mon père ne s'est jamais intéressé aux romans, mais il aimait les classiques et me lisait souvent celui-ci. Voulez-vous bien me le lire ? demanda-t-elle en le lui tendant.

— Mais vous ne serez pas en mesure de comprendre. Je suppose que je pourrais vous le traduire.

Il accepta le tome avec curiosité.

— Je connais l'histoire par cœur en anglais, alors si vous me la lisez à haute voix en grec, je pourrai me l'imaginer et suivre le mouvement. Considérez ceci comme faisant partie de vos excuses.

Godric s'étira sur le lit et Émily le rejoignit, enroulant son corps contre lui, sa tête sur son épaule. Il laissa le livre s'ouvrir à la première page, inspira profondément et commença la lecture.

L'heure suivante se passa dans la lumière douce du soleil et le murmure d'une langue étrangère. Il était redevenu enfant, se délectant du plaisir d'un récit bien raconté et du réconfort de la présence d'Émily. Il chérit la sensation de sa tête sur son épaule et la plaqua contre lui en enroulant un bras autour de sa taille.

Quand il atteignit un endroit idéal pour s'arrêter, il marqua la plage avec le signet de satin violet et posa le livre, braquant son attention sur Émily. Depuis combien de temps n'avait-il pas passé du temps avec une femme sur un lit, partageant un moment intime qui ne se terminait pas dans la nudité ? Trop longtemps. Ce moment contenait une plénitude, une maturité, qui lui apportaient un sentiment de paix incommensurable. Mais quelque chose d'aussi fantastique et sublimement parfait ne pourrait jamais durer.

Il ne la méritait pas.

Il n'était pas digne d'amour, encore moins celui d'Émily.

Elle retournerait auprès de son oncle et se retrouverait

mariée à cet horrible Blankenship juste pour régler une dette. Il existait certainement un moyen de la sauver d'un tel destin, mais il n'en voyait aucun. Impossible de faire d'elle sa maîtresse ! Elle le trouverait indigne et sa déception le tuerait. Pourrait-il l'épouser ? Lui offrir une vie dans laquelle l'amour était incertain ? Godric se contraignit à ne plus penser à quelque chose d'aussi dévoyé et essaya de songer à autre chose.

— Allons-nous dîner ? demanda-t-il, son souffle faisant remuer les cheveux d'Émily.

Elle inclina le visage vers le haut, ses lèvres effleurant celles de Godric avec une telle légèreté que cela évoquait plutôt le souvenir d'un baiser.

— Oui.

Émily s'éloigna et à cet instant précis, le cœur de Godric eut envie de bondir pour le suivre. Et si elle lui appartenait, pas seulement à présent, mais pour toujours ?

Le désir puissant d'avoir cette vie-là le rongea profondément. Le désespoir qui s'ensuivit exigea que Godric apaise son envie inhabituelle de rager et de pleurer tout à la fois, puis reprenne le contrôle de lui-même.

Il devait quand même s'assurer qu'elle ne tombe pas amoureuse de lui. Cela ne devrait pas être trop difficile : il devait simplement être lui-même.

❧ **7** ❧

Prête à retourner dans sa chambre après le dîner, Émily se redressa.

— Ai-je votre permission de me retirer, Votre Grâce ?

Godric l'attrapa par le bras droit, la faisant s'asseoir sur ses genoux. Elle aurait dû lutter, elle le savait, mais elle trouvait presque impossible d'invoquer la volonté de s'en aller. Apparemment, son cœur avait enfin décidé de faire la guerre à sa raison.

— Allez-vous rester dans votre chambre comme vous l'avez promis ?

— Je vous promets de ne pas m'échapper ce soir.

Elle essaya de se redresser,

— J'ai donné ma parole, réitéra-t-elle.

Il grogna doucement et la saisit par l'arrière du cou, approchant sa bouche de lui. Il l'embrassa profondément, presque primitivement, en la pénétrant fort de sa jambe. Le corps d'Émily fondit contre son feu.

Ashton s'éclaircit la gorge.

Émily détourna son visage de force, embarrassée qu'il la traite ainsi devant les autres. Elle essaya de donner une claque à Godric, mais il lui attrapa la main.

— J'ai eu assez de contusions pour la journée. Je ne vais pas vous laisser me gifler. Souvenez-vous-en, Émily.

— Je ne suis pas une femme dévoyée. Vous ne pouvez pas continuer à me toucher.

— Elle a raison, ricana Ashton dans son verre de vin.

Godric l'ignora, braquant toute son attention sur elle, alors qu'elle levait toujours la main et qu'il la retenait. Il y avait quelque chose dans son regard, une nature sauvage née de son désir de la conquérir.

— Puis-je me retirer, maintenant, Votre Grâce ?

— Vous pouvez.

Elle commença à se libérer, mais il l'en empêcha.

— Si vous me donnez un autre baiser pour me souhaiter bonne nuit.

Il lui adressa ce sourire suffisant et elle eut vraiment envie de le frapper. Émily commençait à mépriser sa confusion à propos de Godric.

— Très bien, même si je suis d'avis que vous avez reçu beaucoup trop de baisers aujourd'hui, Votre Grâce.

Elle se pencha pour l'embrasser sur le front. Il lui saisit le menton et lui abaissa la bouche pour rencontrer la sienne. La main levée d'Émily tomba sur son épaule alors qu'il explorait sa bouche de sa langue. Elle n'avait aucun problème à oublier le monde entier quand il l'embrassait de la sorte. *Qu'il aille au diable !*

Le bras de Godric se resserra autour de sa taille, mais cela la rappela à la réalité et elle se libéra de son étreinte.

— Très bien, allez-y.

La façon dont il la traitait ne faisait que réaffirmer sa conviction qu'elle ne serait rien de plus qu'une maîtresse, un corps pour réchauffer son lit. Il ne la respectait pas comme il aurait respecté une épouse. Cela dit, il n'était pas garanti qu'il respecte sa propre femme. Sa réputation avait été écornée par les rumeurs disant qu'il avait séduit des femmes mariées lasses de leurs lits conjugaux glacés. De toute évidence, il n'avait absolument aucune considération pour le caractère sacré du mariage. Ce qui signifiait que même s'il épousait quelqu'un comme Émily, il ne mettrait probablement pas un terme à ses aventures. Cette perspective était écœurante.

Mais quelque chose pointait le bout de son nez à l'orée du domaine du possible. Et si... et si elle pouvait l'amener à tomber amoureux d'elle ? Si elle trouvait le moyen de lui faire voir qu'elle n'était pas comme les autres femmes, qu'elle était parfaite pour lui... elle aurait eu un homme qui la désirait !

Elle croisa Simkins dans le couloir qui menait à sa chambre.

— Mr Simkins ? Puis-je vous demander de m'envoyer une femme de chambre pour m'aider à me déshabiller ?

— Je vais demander à Mrs Downing d'envoyer quelqu'un, dit le majordome.

Émily le remercia.

Sa chambre était sombre dans la lumière pourpre du soir et elle s'assit à sa coiffeuse pour comploter. La question était de savoir comment séduire un maître séducteur ? La chasse. Il aimait la chasse et si elle était honnête, elle aussi aimait plutôt cela. Était-ce la solution ?

Quelques minutes plus tard, Libba toqua et entra avec un large sourire.

— Bonsoir, Miss.

— Libba, appelez-moi Émily. Je voudrais que nous soyons amies.

Elle pivota sur sa chaise pour sourire à la femme de chambre.

— Mais ce ne serait pas approprié, Miss.

— Rien dans notre situation n'est approprié, Libba. À présent, s'il vous plaît, soyons amies. Je n'ai personne ici à qui parler.

— Parler ? J'en suis capable, Miss... Émily. Maintenant, laissez-moi vous aider à retirer cette robe.

De ses mains agiles, Libba aida Émily à se débarrasser de ses vêtements et à enfiler une camisole en mousseline blanche qui s'évasait sous ses mollets comme les pétales d'une fleur de lune. Sa finesse en dévoilait plus de sa silhouette qu'elle ne l'aurait souhaité.

Se retrouver en présence d'une femme de son âge mettait Émily plus à l'aise. Elle sourit à la bonne.

— Quels ragots circulent parmi le personnel ? J'aimerais en apprendre davantage sur Sa Grâce et ses amis.

Les joues de Libba s'empourprèrent.

— Eh bien, je tiens de Bethany, qui l'a entendu de Jonathan, le valet de Sa Grâce, que lord Lennox a battu Sa Grâce comme plâtre à cause d'une offense qu'il vous aurait faite cet après-midi.

— Quoi... Me dites-vous qu'ils se sont battus pour moi ?

Elle se remémora les jointures meurtries, le visage malmené et la lèvre fendue de Godric. Elle n'avait pas oublié les ecchymoses d'Ashton ni son œil au beurre noir, mais il était clair que celui-ci en était sorti vainqueur.

— Jonathan a également dit qu'il avait entendu lord Lennox menacer de tuer Sa Grâce s'il vous refaisait pleurer !

— Vraiment ? Cela me semble un peu exagéré, mais Ashton est gentil.

Libba pouffa.

— Tous ces hommes ont un faible pour vous. Vous devriez faire attention, sans quoi Sa Grâce accomplira son désir de vous mettre dans son lit juste pour empêcher les autres de vous conquérir.

— Merci pour cet avertissement, Libba.

Elle n'y avait pas pensé. Si elle devait monter les hommes les uns contre les autres, elle risquait de finir dans le lit de Godric plus vite qu'elle ne l'avait prévu.

— Je vais y aller maintenant.

Libba lui adressa un sourire conspirateur avant de partir.

Une fois seule, Émily alla à la fenêtre pour regarder la vue. Le jardin s'étendait en contrebas. Les labyrinthes de haies et de buissons fleuris s'accrochaient encore à leurs pétales en fleurs malgré l'approche de l'automne.

Un treillis recouvert d'une vigne avait été construit à deux mètres sous le rebord de sa fenêtre. À côté de lui, au rez-de-chaussée, une fenêtre donnait sur l'un des salons.

— Admirez-vous la vue ou bien organisez-vous une évasion ?

La voix de Godric traversa la pièce derrière elle. Son sang bouillonna quand elle entendit sa voix sensuelle.

Depuis combien de temps la regardait-il ? Tentant de cacher sa surprise, Émily ne se retourna pas. Il était trop calme ; elle aurait dû s'en souvenir.

Cette fois, il traversa le sol pieds nus.

— J'ai fait une promesse, si vous vous en souvenez. J'étais en train d'admirer le point de vue, à moins que ce ne soit pas permis ?

Elle se tourna pour lui faire face.

— C'est permis, tant que vous admirez le panorama sans basculer par la fenêtre. C'est trop haut pour sauter en toute sécurité. Ce serait une horrible manière de briser vos jolies jambes, dit Godric d'un ton faussement tragique.

— Ma liberté vaut peut-être quelques os brisés.

Elle pointa le menton, dissimulant l'envie de sourire.

— J'aimerais voir quelle distance vous allez parcourir sur des jambes cassées. C'est plutôt douloureux, me dit-on.

Il la contempla avec sérieux.

— Est-ce... Est-ce une menace, Votre Grâce ?

— Quoi ?

Il écarquilla les yeux.

— Non ! Bien sûr que non. Jamais je ne... J'essayais simplement de vous protéger...

Il s'interrompit quand elle émit un petit rire. Elle le taquinait.

Godric ricana et s'approcha d'elle. Il avait retiré quelques couches de vêtements depuis le dîner. Il n'avait plus de gilet, de bottes, ni de cravate. Il se tenait dans sa chambre à coucher seulement vêtu d'une culotte et d'une chemise blanche en linon, les manches retroussées au-dessus des coudes. Il s'approcha d'elle et avec désinvolture, il s'appuya contre le mur à quelques centimètres d'elle, examinant avidement son corps des pieds à la tête.

Elle rougit en réalisant qu'elle ne portait qu'une nuisette. Des mains volèrent sur sa poitrine alors qu'elle lui tournait le dos.

— Détournez les yeux, Monsieur !

Il n'obéit pas.

— Vous avez mis du temps à le remarquer... et puis-je dire que cette vision est tout aussi charmante que de face ? ronronna-t-il d'un peu plus près, un doigt traçant la courbe de sa colonne vertébrale.

Émily réprima un frisson douloureux.

— Vous avez très clairement dit plus tôt que vous n'aviez aucun intérêt à embrasser une enfant ; et si c'est ce que je suis, alors ne vous raillez pas de moi en me menaçant de votre désir.

Son irritation était revenue, pressant contre sa poitrine.

Sa réponse rude avait fait remonter la colère de Godric.

— Bon sang, Émily, je me suis excusé !

Elle se retourna brusquement vers lui, enfonçant un index dans sa poitrine.

— Et j'ai accepté vos excuses, mais cela ne veut pas dire que vous pouvez changer d'avis et entrer ici sans frapper !

— Je le peux parfaitement !

Il lui prit les poignets d'une main, les forçant au-dessus de sa tête alors qu'il la plaquait contre la fenêtre de toute la longueur de son corps.

— Lâchez-moi ou bien je crie !

Elle essaya de desserrer la prise qu'il gardait sur ses poignets, mais sa main les maintenait fermement au-dessus de sa tête.

— Criez. Je vous mets au défi. Qui viendra ?

En quelques heures, le prince était redevenu diabolique. Elle n'était pas effrayée, seulement furieuse. Il croyait qu'il avait des droits sur elle, mais après la façon dont il l'avait traitée dans son étude, il ne méritait aucune coopération de sa part, pas à moins de l'implorer... à genoux... pendant au moins une heure.

Elle se tendit alors qu'il se pressait contre elle. Son autre main s'enfonça dans sa camisole près de ses cuisses, la faisant glisser vers le haut pour pouvoir insérer une de ses cuisses musclées entre ses jambes. Émily lutta pour serrer les genoux, mais il était trop fort.

— Oh ! haleta-t-elle alors qu'il enfonçait la cuisse plus fort contre cette douce fusion entre ses jambes.

Elle bascula la tête en arrière contre le mur alors que son corps frissonnait.

— Godric, s'il vous plaît... s'il vous plaît, je...

Elle essaya de parler, mais il n'était pas d'humeur à écouter. Elle ne savait même pas ce qu'elle essayait de dire. Sa bouche s'abaissa sur celle d'Émily, brusque, inflexible et impatiente. Il la maintint contre le mur, appuyant son front contre le sien alors qu'il inspirait profondément.

— Serait-ce si mal pour vous de simplement profiter du temps que vous passez ici ? Pourquoi continuer à chercher des moyens de s'échapper ?

Il leva les yeux pour croiser son regard. Ils étaient tellement proches que leurs corps étaient presque enchevêtrés. La main qui tenait ses poignets plaqués au mur au-dessus de sa tête se resserra légèrement alors qu'il déplaçait son corps, essayant de se rapprocher davantage.

— Laissez-moi vous montrer une raison de rester...

Godric caressa les contours de son visage du bout du nez jusqu'à ce que ses lèvres trouvent son cou, y plantant des graines de chaleur avec des baisers délicats. Émily leva le menton, offrant à Godric un meilleur angle pour qu'il puisse la torturer par la sensation de ses lèvres sur sa peau. Son excitation s'enfonça contre son ventre, la faisant réagir avec un besoin aigu et palpitant.

— Ce n'est pas juste. Vous me distrayez, haleta-t-elle alors qu'il lui saisissait le sein à travers sa fine camisole, jouant avec son mamelon durci.

— Rien dans la vie n'est juste, ma douce. Continuons-nous ?

Il tourna la tête vers la porte qui conduisait à sa chambre, et ce simple geste moucha tout le désir impuissant en elle.

— Non, dit-elle fermement, s'attendant à ce qu'il la libère.

Quand il ne le fit pas, elle regarda la porte de sa chambre, se demandant combien de temps il faudrait à quelqu'un pour l'abattre si elle était verrouillée.

— Non ? Vous en êtes sûre ?

Il plaça la cuisse entre ses jambes, augmentant la pression sur son intimité douloureuse. Elle réprima un grognement quand il refit ce geste, plus vite cette fois.

— J'ai dit... Vous en êtes sûre ?

Un sourire en coin passa sur ses lèvres quand il se rendit compte qu'il lui avait dérobé la capacité de s'exprimer par mots au lieu de gémissements. La main qu'il avait posée sur sa poitrine glissa le long de son ventre vers la jonction entre ses cuisses, retroussant à nouveau sa camisole de nuit. À l'instant où ses doigts atteignirent le centre palpitant entre ses jambes, elle poussa un cri qui résonna.

Son cri permit à Godric de récupérer un peu de sa raison. Il la relâcha immédiatement et s'écarta alors qu'Ashton entrait en trombe par la porte. Il balaya la scène du regard et s'adressa à Godric en grec.

— Je pensais que vous vous contrôliez. Vous avez dit que vous alliez pouvoir gérer.

Ashton fit un pas vers Godric, qui s'enfonçait les mains dans les cheveux.

— Elle... Je ne me contrôle peut-être pas autant que je l'avais cru.

Plissant les paupières, Ashton avisa la fenêtre soigneusement fermée d'Émily et sa tenue légère.

— Si elle vous avait résisté ?

— Non, elle ne l'a pas fait..., mentit Godric.

— Je n'ai pas donné mon consentement non plus, déclara Émily dans un grec parfait.

Les deux hommes la contemplèrent, la bouche ouverte.

— Vous avez menti pour le grec ? demanda Godric.

— *Erre es Korokas !* lâcha-t-elle.

Allez au diable.

Godric l'arracha au mur contre lequel elle était plaquée.

— À propos de quoi d'autre avez-vous menti ?

Ashton fit un pas en avant, levant la main comme pour dire

non, Godric, lâchez-la. Il semblait toutefois désarçonné par sa duperie.

— Émilie, vous m'avez menti, à moi, la seule personne de cette maison qui ait tenu tête à Godric pour vous. Je vous ai demandé la vérité et vous me repayez par des mensonges ?

— C'était avant que je ne vous fasse confiance... alors que je me sentais toujours en danger !

Les yeux d'Ashton étaient aussi sombres que la mer nocturne.

— Avez-vous cru une seule fois que vous étiez vraiment en danger ? Nous ne voulions pas que vous ressentiez cela.

— Vous m'avez enlevée, vous m'avez droguée. À quoi vous attendiez-vous ? Vous n'êtes peut-être pas mes ennemis, mais pardonnez-moi si je ne considère pas ces actions comme amicales.

Ses yeux brûlèrent, mais elle ne pleura pas.

— Qu'auriez-vous fait à ma place ?

— Étiez-vous... M'avez-vous menti cet après-midi, quand vous m'avez donné votre parole ?

— Non. C'était la vérité, sur la tombe de mon père... où qu'elle se trouve en mer. Je n'essayerai pas de m'échapper ce soir.

Ashton resta silencieux pendant un moment qui se prolongea durant une éternité.

— Je vous crois, mais je ne peux plus me dresser entre vous et Godric, pas ce soir en tout cas. S'il vous plaît... Ne m'appelez plus.

Ashton se tourna et partit, refermant la porte derrière lui.

Les genoux d'Émily tressaillirent. Son seul protecteur l'avait abandonnée.

Godric l'entraîna rapidement vers la petite porte qui menait à sa chambre. Émily enfonça les talons dans le sol et essaya en vain de l'arrêter.

— Allez-y et combattez-moi ! Je vais prendre votre rage et la transformer en passion !

Godric la jeta au sol et referma la petite porte, l'enfermant à l'intérieur de sa chambre.

Allait-il vraiment la forcer ? Elle ne s'attendait pas à la cruauté, mais Godric avait changé. Ce n'était pas l'homme qui lui avait fait la lecture dans l'après-midi.

Le duc l'attrapa par les biceps et la fit se relever de force. Elle le regarda, froid et implacable, alors qu'elle tremblait dans ses bras.

— Allez-y, Godric. Qu'attendez-vous ? Montrez-moi quel genre d'homme vous êtes. Prouvez-moi que vous êtes exactement comme Blankenship.

Il enfonçait les doigts dans ses bras.

— Je ne ressemble en rien à ce vieux crétin, vous m'entendez ?

— Me prendre de force vous rendrait identique à lui aux yeux de la loi et de Dieu.

Le regard de Godric changea.

— Vous prendre de force ? Émily... vous êtes certes tremblante et confuse, mais c'est du désir, pas de la peur. Blankenship ne pourrait jamais évoquer les sentiments que vous êtes en train de ressentir.

Elle savait que c'était la vérité.

— L'homme que je veux est celui qui m'a lu *l'Odyssée* cet après-midi, dit-elle d'un ton qui s'adoucit. Redevenez cet homme et j'y repenserai.

Les yeux de Godric étaient verts comme les feuilles des rosiers anglais.

— Il y a en moi une obscurité que je ne peux pas toujours combattre.

Sa voix était à peine plus élevée qu'un murmure, comme s'il ne la comprenait pas entièrement lui-même.

Émily vit que la compréhension n'était pas très loin.

— Je ne demande pas un saint, Godric. Je demande du temps... Du temps pour que l'on comprenne ce que nous sommes l'un pour l'autre et ce que nous voulons.

Sa prise sur ses bras se desserra et il finit par la lâcher.

— Pourquoi êtes-vous aussi jeune, mais aussi sage ?

— J'ai été élevé par deux parents affectueux qui m'ont bien éduquée.

— Alors vous avez d'autres mensonges à corriger ?

— Oui, je suis très, très bien éduquée. Je parle couramment grec et latin. Vous n'étiez pas au courant pour le latin, alors je vous le dis maintenant, en toute bonne foi. J'ai chevauché toute ma vie et je suis une excellente nageuse.

Cela fit sursauter Godric.

— Sur ce point... J'ai peut-être fait semblant de me noyer dans le lac.

S'il attendait à ce qu'elle explose de rage, il fut déçu.

— Vous saviez ?

— Votre prompt rétablissement avait éveillé mes soupçons. Les personnes récemment noyées ne sont généralement pas aussi animées.

Elle soupira et se recula pour s'asseoir sur le rebord de son lit.

Il s'approcha d'elle et s'assit. Puis d'un geste débonnaire, il glissa la main sur la sienne, entremêlant leurs doigts. Il leva leurs mains jointes et les tint contre sa poitrine. Ce n'était pas une tentative de séduction. Quelque part, au milieu de ces confessions, ils avaient atteint une sorte de compréhension.

— Dormez avec moi ce soir, demanda-t-il.

Émily commença à secouer la tête, mais il ajouta :

— Non, dormir, c'est tout. Laissez-moi vous avoir près de moi. Je veux vous entendre respirer, sentir votre chaleur. S'il vous plaît...

Le mot « s'il vous plaît » frissonna sur ses lèvres et Émily acquiesça, même si elle n'en avait pas eu l'intention. Comment réussissait-il tout le temps ?

Il saisit ses épaules dans les paumes de ses mains et la ramena doucement jusqu'au bord du lit. La plaquant avec ses hanches, il saisit sa bouche surprise dans un long baiser explorateur qui n'avait aucune ressemblance avec le précédent.

Les paroles d'Ashton repassèrent dans l'esprit d'Émily, et elle laissa les émotions qu'elle avait retenues se déverser d'elle et entrer une fois de plus en lui. Il enroula les bras autour du bas de son dos, la pressant fort contre lui avant de s'arrêter.

— Cela va me prendre du temps pour m'habituer à cette façon d'embrasser…, murmura-t-il contre ses lèvres.

Émily faillit sourire.

— Peut-être que si vous vous ajustez à moi, je peux m'ajuster à vous.

Elle songea à sa caresse rude qui contenait un feu sombre et elle réalisa qu'elle en avait envie même si elle était accablante.

— Visiblement, nous serons deux à apprendre.

Godric la prit dans ses bras et l'étendit sur le côté opposé du lit.

Émily sentit une brève inquiétude, mais Godric se contenta de fermer les yeux.

— Bonsoir, ma petite renarde.

Elle resta longtemps allongée sur le dos avant de rouler sur le côté pour plus de confort. Se sentant étrangement protégée, elle s'endormit.

❧

Bien après minuit, Godric se réveilla quand Émily parla dans son sommeil. Elle s'agitait sans relâche, poussant des murmures doux et pitoyables.

— Arrêtez… Je vous en prie. Je vous supplie… Laissez-moi…

L'estomac de Godric se noua en réponse à l'impuissance qu'il entendait dans sa voix. Elle rêvait et il espérait vraiment que ce n'était pas de lui.

— Émily ?

Il se déplaça pour toucher ses épaules. Elle eut un mouvement de recul et frappa son agresseur invisible.

— Émily !

— Je mourrai avant de vous laisser me toucher ! gronda-t-elle.

Godric faillit la lâcher, mais il voulait la tirer de ce rêve.

— Émily, c'est Godric. Je vous en prie, réveillez-vous…

Il passa ses bras autour d'elle et la fit glisser en travers du lit pour l'étreindre de plus près.

— Godric...

— Oui, c'est moi. Vous êtes en sécurité.

Il l'embrassa sur les lèvres, essayant de lui rendre le baiser qu'elle lui avait donné dans l'étude. Il voulait lui promettre qu'il ne lui ferait aucun mal. Ces longs cils sombres s'aplatirent sur ses joues quand elle ouvrit les yeux.

— Émily ? Vous êtes réveillée ?

— Je le suis maintenant... Pourquoi...

Elle regarda sa bouche d'un air confus, sa petite langue sortant pour venir humecter ses lèvres.

— Vous parliez dans votre sommeil. À qui rêviez-vous ?

— À Blankenship. Il me hante même dans mes rêves.

Godric poussa un soupir de soulagement.

— Aviez-vous cru que je rêvais de vous ?

— Après mon récent comportement, je craignais que oui.

Cet aveu le remplit d'inquiétude. Dans l'obscurité de sa chambre et avec la chaleur du corps d'Émily dans ses bras, il voulait seulement la vérité entre eux.

— Vous ne me blesseriez jamais vraiment, Godric. Je le sais à présent. Mais je ne vous céderai pas pour autant.

Émily s'interrompit comme si elle avait eu une idée.

— Cela dit, je suis prête à faire des compromis.

Godric fut vraiment surpris.

— Vos conditions ?

— Je peux promettre de ne pas tenter de m'échapper entre dix heures du soir et six heures du matin. Comme cela, vous et vos amis pourrez dormir en paix sans craindre le moindre dérangement.

— Dormir en paix ? Espèce de petite...

Il lui pinça la taille et elle feignit un petit cri d'indignation.

— Et vous vous attendiez à ce que je sois d'accord ? Qu'obtiendrai-je en retour ?

Il fit descendre une main le long de la courbe de sa hanche, savourant le soupir haletant qui échappa à Émily quand il resserra son étreinte.

— Vous pouvez dormir et je vous promets huit heures sans tentative d'évasion. Un accord équitable, déclara Émily.

Il grogna.

— Et seize autres heures pleines de possibilités d'évasion.

— Si vous insistez pour être pessimiste, cela vous regarde.

Godric se rapprocha, pressant contre elle.

— Dormez avec moi tous les soirs. Promettez-le-moi et j'accepte.

— Et par « dormir », vous voulez parler d'un sommeil innocent et inoffensif ?

La lueur malicieuse dans ses yeux, mêlée aux reflets de la lune, le fascinait.

— Hum... Oui, mais si vous voulez que les choses changent, je suis tout disposé.

— Je n'en doute absolument pas, murmura Émily en bâillant, se couvrant la bouche d'un poing.

Elle essaya de se caler sur le dos, mais Godric la fit rouler pour qu'elle se retrouve lovée contre son ventre. Il enfonça le visage dans ses cheveux, inspirant son parfum doux et floral comme un jardin. Ce jour lointain quand il l'avait vue pour la première fois lui revint... La femme agenouillée dans le jardin dans un cercle de fleurs, un papillon dansant autour de sa tête pendant qu'elle arrachait quelques mauvaises herbes. Les lèvres de Godric se plissèrent. Il se sentait comme ce papillon, cherchant le confort de sa présence.

— Je n'arrive pas à croire que je le permets...

Sa voix était à peine plus élevée qu'un murmure.

— Donnez-moi du temps et vous ne voudrez plus partir.

Il embrassa la peau douce de sa nuque et elle soupira, presque entièrement endormie. Godric la désirait tellement ! Mais il garda le contrôle et fit un décompte en grec, commençant par cent. *Ekato, eneida enia, eneida okto, eneida efta...*

❦ 8 ❦

Godric était en train de faire le rêve le plus merveilleux du monde. Émily était allongée dans ses bras, y trouvant la chaleur et une protection contre ses cauchemars. Il avait rarement dormi avec son ancienne maîtresse, Évangéline. Toute tentatrice séduisante qu'elle était au lit, il était horrible de passer la nuit avec elle. Elle donnait des coups de pied, ronflait et volait les couvertures trop souvent pour qu'il puisse profiter de l'expérience.

Son rêve était trop réel et parfait. Il n'y avait rien de charnel dans l'acte, seulement le confort du corps d'Émily entremêlé au sien. Son visage était pressé dans le creux entre sa gorge et sa poitrine, son corps à moitié allongé sur lui, étiré dans le sommeil avec cette grâce féline que seules les femmes possédaient.

Les boucles de ses cheveux tombaient sur l'oreiller en une cascade rousse, et la lumière du soleil glissait sur leurs vagues dans des motifs attrayants. Un de ses bras s'enroula autour de sa taille, la tenant près de lui. Dans ce monde, Émily lui appartenait. Elle n'appartenait à personne d'autre et il n'avait pas à la partager avec qui que ce soit.

Malheureusement, Émily ne voulait pas lui appartenir. Pourquoi devait-elle donc être aussi indépendante ? Si seulement elle s'abandonnait, Godric aurait pu faire d'elle la femme la plus satisfaite du monde. Il lui achèterait les robes les plus chères, les bijoux les plus précieux et tous les chevaux qu'elle pourrait jamais désirer. Il la désirait plus qu'il avait voulu quoi que ce soit de toute sa vie.

Il aurait aimé qu'elle ne le repousse pas avec une telle détermination. Émily ne semblait pas particulièrement tenir à sa vertu. C'était sa liberté à laquelle elle s'accrochait. Il l'avait détenue, prisonnière dans son manoir et cette pensée l'irritait. Même s'il s'agissait d'une cage, elle n'était que temporaire... et luxueuse, qui plus est. Pourquoi ne pouvait-elle pas être heureuse ?

Émily ne serait jamais satisfaite à moins d'être la seule à contrôler sa propre destinée. Mais en tant que jeune femme célibataire, elle n'en avait pas la moindre opportunité. Un homme détenait les rênes de son sort. La seule question était lequel.

Pourtant, si elle le laissait prendre le contrôle, il promettait de la rendre heureuse.

Godric était toujours en train de réfléchir quand Émily commença à s'éveiller. Elle respirait plus fort et il sentit sa poitrine s'élever plus vite sous sa main. Ses jambes se tendirent légèrement alors que ses muscles reprenaient vie. Émily posa le menton sur sa poitrine alors qu'elle ouvrait les paupières.

— Bonjour, Émily.

Il écarta ses cheveux lâchés de son visage, absorbé par la vue de ses cils battants et de ses lèvres roses entrouvertes. Son expression ensommeillée le réchauffa jusqu'à la pointe des orteils alors qu'elle se blottissait contre lui.

Elle rougit et referma les yeux.

— J'ai vraiment dormi ici, n'est-ce pas ?

— Ne soyez pas désolée. Profitez du fait qu'on a passé une nuit innocente ensemble. C'est quelque chose que je n'ai jamais pu garantir à une autre femme.

Il arqua un sourcil.

— Est-ce parce que je ne suis pas une tentation ou parce que vous avez appris à faire preuve de retenue ?

— C'est parce que je vous respecte suffisamment pour ne pas

rompre ma promesse. Mais maintenant, vous êtes réveillée, tout est possible, ma chère.

— Que voulez-vous dire ?

Elle commença à s'écarter de lui.

— J'ai le droit d'avoir seize heures de séduction durant lesquelles vous distraire de vos projets d'évasion.

Godric la saisit fermement et roula sur lui-même, la couvrant de son corps.

— Laissez-moi vous embrasser pour vous dire bonjour, Émily. Juste un baiser ?

Il n'avait encore jamais partagé de tel moment avec une femme et il en avait envie avec Émily. Il avait besoin de passer les doigts dans ses cheveux ébouriffés par le sommeil et de déposer des baisers sur ses paupières.

Écarquillant les yeux, elle rougit, mais hocha la tête.

— Un... un baiser, Godric, murmura-t-elle.

Il n'avait pas besoin qu'on le lui demande deux fois. Il trouva sa bouche alors qu'il glissait la main à l'intérieur de sa nuisette. La chaleur délicieuse de sa peau sous sa paume décuplait la palpitation entre ses jambes. Il espérait être capable de se contenir durant suffisamment longtemps pour lui donner du plaisir.

❦

Émily eut un mouvement de recul quand la main de Godric se glissa entre ses cuisses. Ses doigts touchèrent ses plis sensibles et caressèrent la chair chaude et humide. Quand la chair de son pouce frôla son mamelon gonflé, elle sursauta. Cette sensation la terrifiait. C'était presque trop pour elle.

Une douce tension s'y rassemblait, reflétant la possessivité grossière de la bouche de Godric sur la sienne.

Elle se concentra sur le mouvement de sa langue dans sa bouche et essaya de l'imiter, d'apprendre le jeu sauvage qu'il cherchait à lui enseigner. Mais elle fut distraite par la longueur dure qui pressait contre sa hanche droite.

Ses doigts continuèrent à caresser doucement son mont de Vénus sensible.

— Brûlez-vous pour moi ? chuchota Godric contre sa bouche.

— Quoi ? Non...

Elle essaya de le nier.

Il sourit et enfonça les dents dans sa lèvre inférieure.

Émily gémit, luttant contre lui.

— S'il vous plaît...

— Quoi donc ?

Elle étouffa un léger sanglot alors que la tension continuait à croître entre ses jambes.

— Je ne sais pas...

L'autre main de Godric s'enfonça dans ses cheveux et il lui tira la tête en arrière. Il exposa sa gorge alors que sa bouche se déplaçait vers son cou, et ses doigts frottèrent ce tendre bourgeon. Émily ne put empêcher ses hanches d'effectuer des petits cercles contre sa main. Le sang déferlait en elle alors que la pression et les picotements se transformaient en douloureuses crampes d'excitation physique. C'était comme de glisser de plus en plus haut sur une balançoire jusqu'à ce qu'elle succombe enfin à cette chute à couper le souffle. Elle poussa un cri.

Le rire de Godric lui réchauffa le cou. Ses baisers revinrent à ses lèvres étonnées quand il retira sa main d'entre ses jambes et la posa sur sa hanche nue. Son contact était à la fois possessif et doux. Elle sentit son pouce effectuer de petits cercles sur sa peau juste en dessous de sa taille et elle résista à l'envie de rire en sentant la chatouille.

Il frotta sa joue contre la sienne, la grattant de sa barbe légère.

— Avez-vous aimé votre petit baiser ?

Émily inhala son odeur, complètement repue.

— Beaucoup, mais je crois que vous avez triché, Votre Grâce.

Avec cette réponse, elle lui donnait un avantage, mais pour l'instant, elle ne parvenait pas à penser assez clairement pour mentir.

— Je ne nie pas avoir triché.

Ce diable eut l'audace de lui adresser un clin d'œil.

— Je vais vous embrasser tous les soirs et tous les matins.

Émily ouvrit la bouche, mais il pressa un index sur ses lèvres.

— Allons, ne protestez pas. Vous serez en sécurité tous les soirs dans mes bras. J'ai assez de retenue pour me contenir.

Il se rassit et la lâcha. Émily aurait dû descendre du lit, mais elle ne pouvait pas. Ses jambes auraient cédé et elle serait retombée dans ses bras.

Il poussa un petit rire.

— J'étais certain que vous vous enfuiriez de mon lit à l'instant où je vous aurai lâchée.

— Je... Je ne vois pas le besoin de me presser.

Émily tenta de dissimuler son émoi. Elle fit descendre sa camisole de nuit pour s'en couvrir et le regarda, espérant qu'il la laisse partir.

Après ce qu'elle venait de connaître, elle avait besoin de passer un long moment seule.

✿

GODRIC PERMIT À ÉMILY DE SE GLISSER DANS SA PROPRE chambre. Il ferma sa porte pour lui offrir un peu d'intimité.

Même s'il n'avait pas atteint son propre sommet, il ressentait un certain plaisir à savoir qu'il avait été le premier homme à toucher Émily de cette façon. Il eut le pas léger alors qu'il s'habillait et descendait vers la salle du petit-déjeuner. Il arrêta Simkins dans le couloir et lui donna l'ordre d'envoyer une femme de ménage à Émily.

— J'en déduis que Miss Parr va bien ?

Godric me manqua pas l'inquiétude sur le visage du vieux majordome.

— Oui, elle va bien. J'en déduis que vous l'avez entendue crier hier soir. Eh bien, rassurez-vous Simkins. La dame se porte bien.

— C'est bien, Votre Grâce. Je suis sûr que rien ne saura

mettre Miss Parr en colère ou lui faire suffisamment peur pour qu'elle s'échappe à nouveau de la sorte.

La voix du maître d'hôtel exprimait un léger reproche. Seul Simkins pouvait prendre ce ton avec lui.

— Je ne peux pas promettre qu'elle ne criera plus. Son tempérament et son indépendance en font une créature fougueuse. Dites aux serviteurs qu'ils ne doivent pas se rendre auprès d'elle, sauf pour Libba qui s'occupera de ses besoins personnels. Émily est ma responsabilité.

— Mais, Votre Grâce...

— Il n'y a pas de « mais », Simkins. Si Émily crie, elle aura ce qu'elle mérite, que ce soit bon ou mauvais.

Godric était ferme sur ce point. La séduction d'Émily exigeait des doses quotidiennes de malice. Il ne voulait pas qu'elle puisse reprendre ses esprits. La logique ruinait toujours les meilleurs moments de passion.

— Très bien, Votre Grâce. Lord Sheridan et lord Lonsdale sont partis à cheval à Londres hier soir, et ils sont rentrés tôt ce matin. Je crois que lord Sheridan souhaitait vous parler d'un présent qu'il a apporté à Miss Parr ?

— À quoi diable joue-t-il ?

Indépendamment de la règle numéro quatre, songer qu'un autre homme essayait de séduire Émily par des cadeaux lui faisait bouillir les sangs.

— Il essaye de me surpasser ? Je lui ai acheté une garde-robe tout entière.

— Peut-être, Votre Grâce, devriez-vous attendre et voir ce que c'est.

Vit-il Simkins sourire en partant ? Godric suivit le maître d'hôtel dans la salle du petit-déjeuner en fronçant les sourcils. Cédric, qui était déjà en train de manger, semblait encore possédé par une énergie sans bornes, malgré le fait qu'il n'avait dormi que durant quelques heures.

— Simkins vous a-t-il parlé de mon cadeau pour Émily ?

Une lueur d'espoir persistant dans les yeux bruns de Cédric mit Godric distinctement mal à l'aise.

Il croisa les bras.

— Que lui avez-vous acheté ?

— Un chiot. Une chienne de chasse anglaise.

Godric ne savait pas s'il devait éclater de rire.

— Un chien ? Quel bien pourra lui faire un chien de chasse ? Elle ne va pas chasser.

Que pourrait bien faire une fille avec un chiot ? En particulier un chien de chasse ? La plupart des femmes ne préféraient-elles pas les chats ? Un chaton aurait été un choix plus intelligent si Cédric voulait faire la cour à cette jeune femme. Cela dit, comme elle aimait le faire remarquer, Émily n'était pas comme la plupart des femmes.

— Je sais ce que vous pensez, Godric, mais c'est plus qu'un simple présent. Le chien aboiera, jappera et la suivra partout. Elle cessera peut-être d'essayer de s'échapper si elle ne veut pas abandonner la chienne.

Godric considéra la chose.

— Vous avez peut-être raison sur ce point, Cédric.

— Fantastique !

Cédric bondit de sa chaise avec enthousiasme.

— Puis-je l'amener dans la salle du petit-déjeuner quand elle descendra ?

— Je suppose.

Godric s'assit et commença à se préparer une assiette alors que Cédric disparaissait.

Ashton arriva à la table sans un mot. Cela troublait profondément Godric de voir les yeux habituellement vibrants de son ami devenir si ternes et sombres, mis à part son œil au beurre noir.

— Ash ? demanda Godric.

Ashton posa sa tasse à café, replia les mains et leva les yeux vers Godric.

— Eh bien ?

— Eh bien, quoi ?

— Avez-vous terminé ce que vous avez commencé avec Émily ou avez-vous trouvé de la miséricorde dans votre cœur noir ?

L'accusation de son ami l'avait blessé, mais comme pendant leur match de boxe, il savait qu'il le méritait.

— Ash, je ne lui ai pas fait de mal après votre départ. Il y a eu quelques cris, je l'admets, mais je me suis calmé... Ou c'est plutôt elle qui a calmé ma colère.

— Pourquoi ai-je du mal à le croire ? marmonna Ashton.

— Je le jure. Elle est toujours aussi innocente qu'au jour de sa naissance... Enfin, plus ou moins.

Les yeux d'Ashton se rétrécirent.

— Jurez-le-moi sur les pierres du collège de Magdalene.

Les pierres de leur université de Cambridge étaient le fondement de la relation de la Ligue. Prêter serment sur elles équivalait à prêter serment sur la Bible.

— Je le jure sur les pierres.

Les épaules d'Ashton s'affaissèrent de soulagement.

— Dieu merci. Je suis resté éveillé toute la nuit. Je craignais d'avoir mal agi en la laissant avec vous. Vous aviez cette lueur dans les yeux.

— Elle a attisé ma colère, mais m'a calmé tout aussi facilement. Nous avons conclu un pacte.

— Oh ?

Ashton fit glisser un plateau de toasts en direction de Godric.

— Émily promet qu'elle ne fera aucune tentative d'évasion entre dix-heures du soir et six heures du matin.

— Et qu'obtient-elle en échange de cet arrangement ?

— Ma promesse solennelle que je n'essayerai pas de la séduire entre ces heures. Le reste de la journée, tout est permis.

— Mon Dieu, Godric, vous avez la main haute dans cet arrangement, n'est-ce pas ?

Ashton avait retrouvé sa jovialité habituelle.

La porte de la salle du petit-déjeuner s'ouvrit à nouveau quand Lucien entra d'un pas nonchalant, Émily à ses côtés. Ashton et Godric se redressèrent alors qu'elle prenait place à côté de ce dernier. Sa robe verte, couleur de l'herbe d'été, faisait ressortir ses yeux lilas. Les manches de la robe étaient légèrement bouffantes autour de ses épaules, et elles se rassemblaient sur son dos avec des plis doux qui n'alourdissaient pas sa silhouette comme d'autres modèles auraient pu le faire. Elle mettait en valeur la beauté naturelle d'Émily en soulignant ses courbes, et sa bonne avait rassemblé les cheveux de la jeune femme en un enchevêtrement lâche retenu par des rubans verts.

— Alors, tout le monde a-t-il passé une bonne soirée ? J'ai cru entendre une petite fête...

Lucien regarda Émily et Godric alors qu'il s'assit à côté d'Ashton de l'autre côté de la table.

— D'ailleurs, si j'aurais pu penser que...

Ashton lui donna un coup de pied bien placé et Lucien grimaça.

— On m'a informé que ce n'est pas le cas.

Émily voulut attraper une assiette posée près du coude d'Ashton. Il la lui passa immédiatement et elle rougit. Godric remarqua son regard et quitta la table, attirant l'attention de Lucien.

— Dites donc, Lucien, avez-vous parlé à Cédric ? Je pensais que nous pourrions aller voir comment il se sent... et réveiller Charles, qui est sans doute encore endormi.

Godric se dirigea vers la porte.

Lucien soupira et le suivit.

— Je suppose.

— Puis-je... puis-je avoir un entretien avec vous, milord ?

Émily essaya d'empêcher sa voix de trembler, peine perdue.

— Bien sûr, Miss Parr, répondit Ashton.

Elle se mordilla la lèvre inférieure. Ashton devait vraiment la détester, s'il refusait de l'appeler par son prénom.

— Milord, à propos d'hier soir...

Elle déglutit fort. Elle détestait devoir s'excuser, surtout pour quelque chose qu'elle avait l'impression d'avoir fait correctement, mais son nouvel ami valait bien quelques excuses. Quelque part depuis sa capture, elle s'était prise d'affection pour le baron calme et serein. Il était gentil, courtois et avait défendu son honneur.

— S'il vous plaît, Miss Parr, ne vous rongez pas les sangs pour un si petit problème.

Son ton était rassurant, mais elle avait besoin qu'il comprenne. Elle devait savoir qu'il ne l'abandonnerait pas à nouveau.

— Je... Je suis désolée de vous avoir menti. Je n'aurais pas dû.

Je devrais les détester. Je devrais souhaiter les voir morts pour ce qu'ils ont fait. Mais la rage ne venait pas. Durant le peu de temps qu'elle avait passé en leur compagnie, elle avait été étrangement heureuse. Godric lui avait montré de la passion et les autres, de la camaraderie. Elle ne pouvait pas laisser des mensonges – même ceux destinés à assurer sa liberté – détruire son lien avec eux. Elle ne savait pas comment une telle chose était possible.

— Miss Parr, c'est moi qui vous demande pardon. Vous avez fait ce qui était nécessaire pour vous protéger de rebelles sans scrupule.

Ashton recula sa chaise et alla la rejoindre. Il lui prit les mains, les tenant contre sa poitrine.

— Dans les mêmes circonstances, j'aurais agi pareillement. Je dirais même que j'aurais fait pire.

— Alors... alors vous n'êtes pas en colère, milord ?

— Miss Parr...

— Je vous en prie, ne m'appelez pas de la sorte !

— Émily, vous étiez pardonnée au moment où j'ai quitté votre chambre hier soir.

Elle vacilla, confuse.

— Alors pourquoi étiez-vous aussi silencieux, ce matin ?

— Je craignais que vous ne m'ayez pas pardonné de vous avoir abandonnée. Vous a-t-il fait du mal ?

Ashton redressa Émily et la fit tourner sur elle-même à la recherche de signes évidents de séquelles, mais il n'en trouva aucun.

— Il a terriblement crié, mais il ne m'a pas fait de mal. Milord...

— Ashton.

— Ashton, si vous me demandez la vérité, vous l'aurez.

Ashton sourit.

— Je n'ai qu'une seule question, ma chère.

— Oui ?

— Combien d'autres langues parlez-vous couramment ?

Émily fut submergée par une vague de bonheur. Contrairement à son oncle, cet homme appréciait son intelligence.

— Je parle couramment le grec et le latin... Et j'ai un niveau passable en français, en allemand et en espagnol.

— Pas d'italien ? dit Ashton avec un sourire en coin.

— L'italien ? Non, je suppose que c'est assez semblable au latin pour que je puisse en comprendre un peu, mais pas assez pour le parler couramment.

— Ah, c'est bien. Il y a une langue que je peux utiliser contre vous, si nécessaire.

Ashton la taquina sous le menton alors que Godric et Lucien revenaient manger.

Acceptant le chocolat chaud que Godric lui servit à nouveau, Émily se cala contre le dossier de son siège et inhala l'arôme profond et exotique. La gentillesse qu'ils lui témoignaient était sincère, et à cause du rapport qu'ils entretenaient, elle leur pardonnait à contrecœur le kidnapping et tout ce qui s'était passé ensuite.

Malgré un traitement parfois difficile, Émily était bien mieux aux soins de la Ligue que sous la gouverne suffocante de son oncle... ou pire : vivant le sort qu'elle subirait aux mains de son associé.

❦

Après le petit-déjeuner, Émily se leva, mais Godric posa une main sur son bras.

— Restez. Cédric va bientôt descendre et il a un cadeau pour vous.

Lucien et Ashton levèrent tous les deux les yeux, surpris.

Les yeux d'Émily se remplirent d'une incrédulité timide.

— Cédric m'a apporté un cadeau ?

— Oui, c'est vrai.

Godric parvint à sourire, mais ce ne fut pas sans difficulté.

Avoir du ressentiment pour l'excitation d'Émily était étrange. Godric avait su que son oncle s'était montré moins que généreux, mais il commençait à remarquer à quel point Albert l'avait mal traitée au cours de l'année précédente. La jeune femme méritait de belles robes et des pelisses brodées, pas des robes élimées et des chaussons usés. Il aurait dû être heureux de voir cette curiosité enfantine s'éveiller dans son Émily... Mais il n'en était pas la cause.

Cinq minutes plus tard, Charles entra, suivi de Cédric, qui tenait un grand carton à chapeau bleu. Charles décocha un sourire malicieux à Émily qui se retenait de faire des bonds sur sa chaise.

Elle regarda Godric. Il hocha la tête et elle bondit.

Cédric s'inclina et tendit la grande boîte, la posant à ses pieds.

— Un cadeau pour vous, chaton.

La boîte tressauta et Émily fit un pas en arrière. Godric passa un bras autour de sa taille pour la réconforter.

— Vient-elle vraiment de bouger ? Que m'avez-vous apporté ?

Ses mains reposaient avec légèreté sur le bras de Godric.

Celui-ci approcha ses lèvres de son oreille.

— Ouvrez pour le découvrir.

Les hommes la regardèrent avec fascination dénouer la corde lâche qui retenait le couvercle du carton.

Le couvercle s'ouvrit brusquement et un chiot sortit la tête, un nœud en satin bleu autour du cou. Sa queue battait si fort que son petit corps tremblait. La fourrure du chiot était blanche, ses oreilles affichaient un brun rougeâtre profond et son museau blanc s'allongeait en une ligne élégante vers son nez et entre ses sourcils broussailleux. La petite chienne était bien trop joufflue, mais elle finirait par devenir un animal élancé aux pattes blanches.

Émily ne dit pas un mot, mais elle se tamponna les yeux. Ses amis parurent sidérés par sa réaction.

— Elle ne vous plait pas ?

Cédric s'agenouilla devant elle, ses poings se serrant sur ses cuisses comme s'il luttait contre une vague de frustration et de déception.

— Si elle ne me plait pas ?

Émily prit le chiot qui battait la queue et le poussa vers Godric qui eut à peine le temps de le prendre avant qu'elle n'étreigne Cédric.

Godric se réjouit alors qu'elle plaçait un baiser léger et excité sur le visage de Cédric. Le temps qu'elle le lâche et reprenne son cadeau des mains de Godric, le pauvre rebelle rougissait profondément. La langue rose du chiot lui lécha le menton quand elle le leva jusqu'à son visage. C'était la première fois de sa vie que Godric était jaloux d'un chien.

Cédric passa la main à travers la fourrure du chiot.

— C'est une chienne de chasse anglaise. Elle aura besoin de beaucoup d'exercice au quotidien, mais elle deviendra une bonne chasseuse et la compagne la plus loyale dont vous pourriez rêver.

— Tu es ravissante, ma petite Pénélope.

Émily déposa un baiser sur la tête du chiot.

— Pénélope ? demanda Charles.

Émily coula à Godric un regard pudique.

— Oui, l'épouse loyale d'Odysseus.

Surpris, il cligna des paupières. Elle avait choisi un nom tiré de l'histoire qu'ils avaient partagée l'après-midi précédent. Une chaleur étrange s'installa dans sa poitrine.

— Voulez-vous l'emmener en promenade tout de suite ? s'enquit Cédric.

— Puis-je, Godric ?

S'il vous plaît ? Émily écarta une main de Pénélope pour tirer sur la manche du duc.

— Si Cédric et Charles vous accompagnent.

Elle ne vit pas le clin d'œil qu'il adressa à Cédric alors qu'ils partageaient un triomphe mutuel avec ce cadeau.

Le chiot avait réprimé le désir d'Émily de s'enfuir. Il était clair qu'elle ne supporterait pas de partir sans sa Pénélope. Le chiot se trémoussa dans les bras d'Émily et celle-ci la regarda avec tellement de bonheur que Godric aurait voulu lui en acheter un millier de plus pour s'assurer que cette expression ne quitte jamais son visage.

D'autres femmes n'auraient peut-être pas été si tendrement éperdues de joie pour un cadeau aussi simple. Elles auraient souhaité des bijoux et des robes, mais Émily chérissait les livres et les animaux fidèles, et pas des bibelots scintillants et des robes en soie fine.

— On y va ? demanda Cédric.

Et, avec un « oui » ravi de la part d'Émily, tous les trois quittèrent la salle du petit-déjeuner.

Lucien et Ashton restèrent et braquèrent leur attention sur Godric.

Lucien afficha un sourire en coin.

— C'est bien du genre de Cédric d'acheter l'affection d'Émily pour l'inciter à rester.

Les autres ricanèrent.

— Oui, je me demande s'il a déjà essayé ce petit truc avec Anne Chessley, se demanda Ashton.

— Il faudrait qu'il achète à cette femme un cheval, et un bon, avant qu'elle ne commence à le prendre au sérieux, dit Godric.

Ils ricanèrent à l'idée que Cédric essaye de séduire une femme qui en savait plus que lui sur les chevaux en lui en achetant un. Cela se terminerait certainement par un désastre.

— Nous devons parler de problèmes plus pressants, j'en ai peur, dit Godric. Je dois retourner à Londres pour au moins le reste de la journée.

— Oh ?

Ashton arqua les sourcils. Godric comprenait la réaction de son ami. Il détestait laisser Émily seule.

— Oui, j'ai besoin d'organiser certaines affaires concernant mes biens. Je dois passer voir mon avocat et je pensais pouvoir rendre une visite discrète à Albert Parr.

— Que voulez-vous lui dire ? demanda Lucien.

— Vous devez être prudent, Godric, maintenant que Blankenship a flairé notre piste, dit Ashton. Ils essayent sûrement tous les deux de prouver que vous avez enlevé Émily. Gardez tout ce que vous direz au sujet d'Émily voilé. Nous ne pouvons pas recevoir une autre visite impromptue du magistrat.

Godric tira sur les bords de son gilet, déjà irrité rien qu'en pensant à cet homme.

— Ash, serait-ce une terrible imposition si je devais vous demander de venir avec moi ? À présent que je sais quel rôle Blankenship joue dans cette affaire, je crains d'avoir besoin de quelqu'un pour m'aider à maîtriser mon tempérament.

— Oui, bien sûr, je viendrai. Lucien, pourriez-vous prendre le contrôle ? Nous savons que Charles est très impulsif et que Cédric se laisse distraire facilement. Je pense que dans ces circonstances, nous ne devrions pas leur confier de responsabilités. Émily aura besoin d'un troisième adversaire autant pour son bien que pour le vôtre.

— Vous pensez qu'elle va tenter de s'échapper ? Même avec la chienne ?

Godric et Ashton hochèrent tous les deux la tête.

— Elle va essayer, ou bien elle manigancera quelque chose. C'est dans sa nature.

Godric n'avait pas ignoré ce qu'elle lui avait dit la veille : que sa liberté était vitale pour elle. Non, cela n'allait pas changer les plans d'évasion d'Émily, seulement les modifier.

— Je les surveillerai tous les trois.

Godric hocha la tête.

— Excellent. Nous reviendrons très tard. Nous manquerons probablement le dîner. Oh, et Lucien, rappelez à Émily sa promesse de rester ici entre dix et dix-huit heures.

— Vous avez convaincu cette petite renarde d'accepter quelques conditions ? demanda Lucien. Avez-vous utilisé la vis ou l'écartèlement ?

Le visage de Godric s'obscurcit.

— Rappelez-lui simplement notre accord avant de la laisser seule, mais... et j'aimerais que ce soit bien clair...

Godric et les deux autres hommes sortirent dans le vestibule.

—... avant dix heures du soir, ne laissez pas Émily échapper à votre surveillance.

— Ne vous inquiétez pas, dit Lucien en donnant une claque sur l'épaule de Godric. Vous la retrouverez à votre retour.

— Il vaudra mieux pour elle, sans quoi elle en paiera le prix.

9

La journée était extrêmement belle, avec un grand soleil et une brise légère. Émily se pencha pour laisser l'herbe soyeuse qui montait jusqu'à ses genoux lui caresser les paumes. Flanquée de Cédric et de Charles, elle écoutait leur conversation. Pénélope, libérée de sa laisse, s'ébattait à quelques mètres en avant. Le petit chiot s'efforçait de sauter à travers l'herbe qui le dépassait d'une bonne dizaine de centimètres. Émily sourit alors que la truffe noire de la chienne était collée au sol. Elle renifla puis fit un bond au-dessus de l'herbe avant de recommencer à renifler.

— À ce moment-là, disait Cédric, j'ai dit au cheikh « je vous parie huit cents livres que je peux gagner cette main ». Et le cheikh, dans son arrogance, a répondu « mettons en jeu quelque chose de plus précieux. Que dites-vous d'un duo de juments arabes ? » Et je lui ai dit que j'accepterai ce pari.

— Sont-ce là les juments que vous voulez croiser avec l'étalon d'Anne Chessley ?

— Précisément ! rit Cédric.

— Alors vous avez remporté les chevaux du cheikh ? demanda Émily avec étonnement. N'était-il pas en colère ?

Elle s'imagina Cédric abattant les cartes gagnantes devant un cheikh basané dont les yeux avaient lancé des éclairs quand il avait perdu ses chevaux.

Cédric battait l'herbe de sa canne tout en avançant.

— En colère ? Il était furieux ! Mais j'ai gagné de manière équitable devant une douzaine de témoins. Honnêtement, les étrangers ne savent pas jouer au whist. Trop d'impulsivité et de bravade.

Un sourire ironique plissa les lèvres de Charles.

—J'en déduis qu'il aimait ses chevaux ?

— Il aimait leur lignée, précisa Cédric. Les deux juments descendent de son meilleur étalon, un Arabe appelé Tempête de Feu. Même moi n'aurais pas pu me permettre de faire une offre pour les lui acheter.

Émily était ébahie. Elle avait vu un Arabe une fois, dans une foire agricole, qui avait fait des bonds et avait battu le sol du sabot en dansant, sa robe blanche comme les premières neiges.

Contrairement à la plupart des chevaux, le nez des Arabes se recourbait un peu au bout. Leur beauté équine était attrayante et mystérieuse et leurs jambes leur donnaient un air délicat tout en leur fournissant beaucoup de force. Leur constitution unique leur permettait également de courir rapidement.

— Pourquoi n'y a-t-il pas plus de purs-sangs arabes en Angleterre ? Je n'en ai vu qu'un seul de toute ma vie.

Beaucoup d'Anglais se vantaient de posséder de bons Arabes, mais ces chevaux avaient été élevés en Angleterre au cours d'innombrables générations. Il était rare que des Arabes arrivent sur les côtes anglaises en provenance directe du Moyen-Orient.

— Les cheikhs gardent jalousement leurs chevaux. Des gens se font tuer pour eux.

— Je suis plutôt surpris que le cheikh vous ait laissés vous en sortir en vie, dit Charles.

— Il m'a laissé quitter la salle de jeux, mais il m'a dit qu'un jour, je connaîtrai une mort atroce et qu'il récupèrerait ses chevaux.

Émily hoqueta, mais les hommes se contentèrent de ricaner. Elle ne voyait pourtant rien de drôle à des menaces de mort !

— Pourquoi dites-vous cela ? demanda Charles.

— Je lui ai dit que s'il voulait avoir une revanche pour une partie de cartes, il ferait mieux d'attendre son tour, parce que j'ai fait bien pire à des hommes bien meilleurs. Il y avait bien peu de choses dans ce monde qui faisait peur à ces deux hommes.

— Vous n'êtes pas sérieux, Cédric ! Vous avez vos défauts comme tout le monde. Mais vous êtes également gentil. Vous ne feriez jamais quoi que ce soit à une personne qui ne le mérite pas. Émily espérait que c'était vrai. Elle savait qu'ils étaient capables de bonté, mais une curiosité malicieuse la poussait à découvrir si ces deux hommes allaient admettre leurs passés dévoyés.

— Prétendez-vous que les femmes n'ont aucun défaut ?

Il y avait une étincelle joyeuse dans les yeux de Cédric.

— Hum. Je connais une de ses failles...

Charles se tourna vivement et attrapa Émily par la taille, la chatouillant jusqu'à ce qu'elle éclate de rire et appelle à l'aide.

— Nous essayons d'être gentils avec vous, chaton, parce que vous êtes si impuissante et si douce.

Cédric croisa les bras et rit alors qu'elle se débattait pour échapper à Charles.

— Oh, je vous en prie ! Cédric, faites-le s'arrêter !

Elle essaya de se libérer, mais Charles ne voulut rien entendre. Cédric donna un coup de canne bien placée à l'arrière des jambes de Charles. Émily se libéra et vint se placer derrière Cédric, se servant de lui comme d'un bouclier humain, tandis que Charles faisait de son mieux pour la poursuivre comme un animal de la jungle.

— Il suffit !

Cédric esquiva les mains de Charles et repoussa Pénélope quand celle-ci rejoignit la mêlée. Enfin, Charles céda et laissa Émily reprendre sa respiration.

Cédric tendit une main.

— Venez, Émily.

Elle fila en avant, glissant une main dans la sienne, alors qu'il racontait à Charles une anecdote amusante sur son dernier match de boxe. C'était une journée parfaite. Presque. Une seule chose manquait. Une personne.

❧

WHITECHAPEL ÉTAIT UN QUARTIER DÉTESTABLE. PENDANT LA journée, des carrioles et des vendeurs de pacotille envahissaient les rues. La nuit, la zone se transformait en un antre pour les prostituées, les marginaux et les meurtriers. Des petites rues fendaient le paysage, créant un labyrinthe mortel rempli d'immoralité et de danger.

Blankenship restait dans l'ombre. Même s'il était grand et plus que capable de se protéger durant un esclandre, il n'envisageait pas qu'elle soit juste. Il gardait la paume à l'intérieur de sa veste, refermée sur un pistolet.

Seul un cri aigu l'avertit de s'écarter avant que quelqu'un ne vide un pot de chambre au-dessus de lui. Il s'avança dans un rond de lumière, se heurtant à une prostituée en haillons.

— Vous voulez un petit coup rapide, mon amour ?

Le visage peinturluré de la femme était un masque de maladies et de souffrances. Blankenship poussa un juron et se réfugia à nouveau dans l'abri qu'offrait la pénombre. Quelque chose remua sous sa botte. Il donna un coup de pied, envoyant bouler un rat. Il tourna alors à l'angle de Dorset Street, les doigts refermés sur la crosse de son pistolet alors qu'il s'approchait d'une taverne appelée *La Tête du Sanglier Noir*.

Le parchemin qu'il avait reçu dans l'après-midi portait le nom de cette taverne ainsi qu'une heure de rendez-vous. Quelqu'un avait appris qu'il avait besoin d'aide pour récupérer la fille Parr et lui avait suggéré de s'y rendre pour discuter d'une alternative aux moyens légaux auxquels il avait eu recours en vain. Il était trop désespéré pour ne pas essayer toutes les méthodes possibles, même si cela signifiait aller rejoindre un inconnu.

Au moment où la porte s'ouvrit, l'odeur du gin et des corps crasseux lui attaqua les narines. Ses yeux se remplirent de larmes et il faillit vomir.

Il esquiva un certain nombre de femmes de la nuit dont les seins manquaient se déverser hors de leurs fins corsages de mousseline. Des créatures aussi basses et sales ne lui provoquaient plus le moindre intérêt. Il avait soif d'une peau douce et laiteuse, de cheveux dorés brunis et de lèvres rose pâle.

Il avait soif d'Émily Parr.

Blankenship commença à se glisser à une table près de la porte quand quelque chose attira son regard. Près du fond, un homme bien habillé était attablé, une main refermée autour d'un verre de gin. L'autre était enfouie dans le désordre emmêlé des cheveux d'une femme dont il faisait aller et venir la tête sur son entrejambe. Blankenship étouffa un gémissement puis il se déplaça maladroitement et ajusta son pantalon. Son plus grand désir était d'avoir Émily à genoux devant lui, enveloppant ses lèvres autour de sa verge et le prenant si profondément qu'elle s'étranglerait.

L'homme assis à la table cambra des hanches dans sa jouissance et repoussa la femme. Celle-ci s'essuya la bouche du revers de la main et se retira dans un coin. L'homme soutint le regard de Blankenship, referma son pantalon et sourit. C'était une expression froide, comme du métal glacial. Il adressa un geste de la main à Blankenship pour lui dire de le rejoindre.

— Vous m'avez regardé.

Blankenship ne put réprimer un froncement de sourcils.

— Vous avez offert un spectacle distrayant.

L'homme éclata de rire. Doucement. Dangereusement.

— Asseyez-vous. Je crois que vous avez besoin d'aide.

La chaise que Blankenship choisit grinça de protestation.

— Alors, c'est vous qui m'avez envoyé ce mot ? Qui êtes-vous ?

Il étudia son interlocuteur. Ses longs doigts étaient manucurés, ses cheveux stylés, ses vêtements impeccables. Un lord, peut-être ?

— Hugo Waverly.

Il avait déjà entendu ce nom, sans pouvoir se rappeler où.

— Pourquoi vous intéressez-vous à cette affaire ?

Sa main reposait toujours sur le pistolet placé dans son manteau.

Waverly braqua sur lui ses yeux bruns froids.

— Nous avons un ennemi en commun, n'est-ce pas ?

Le ventre de Blankenship se serra. Tout homme qui avait connaissance de ses affaires représentait une menace, mais un homme comme celui-ci pourrait être un allié potentiel.

— Je suppose que vous voulez parler du duc d'Essex ?

Blankenship se cala contre le dossier de sa chaise, croisant les bras sur sa poitrine.

— Qu'avez-vous contre lui ?

— C'est personnel. Sachez simplement que j'aimerais vous aider. Je connais un homme.

Les doigts de Waverly dansaient sur son verre à shot alors qu'il le faisait glisser devant lui, les yeux fixés sur Blankenship.

— Il est hautement qualifié. Il a des yeux et des oreilles partout. Il se spécialise dans les extractions de nature délicate. Si vous le payez bien, il pourra récupérer ce qui vous appartient, dit Waverly en souriant. Et j'aurai le plaisir de savoir que quelque chose a été dérobé à Essex, quelque chose qu'il aime.

— Vous pensez qu'il l'aime ?

— Je ne parlais pas d'une femme.

Son regard sournois croisa celui de Blankenship.

— À ma connaissance, cela implique un bien mal acquis, rien de plus. Essex pense qu'il a des droits sur cette propriété, mais vous et moi savons tous les deux que ce n'est pas à lui. Cela ne change pas le fait qu'il se soucie de cette... propriété.

— Qui est cet homme ?

Waverly mit la main dans sa poche et en retira une mince feuille de papier qu'il fit glisser en travers de la table. Blankenship la prit et regarda le nom et l'adresse.

— Je devrais ajouter qu'il y a quelqu'un d'autre que vous pourriez trouver utile. Quelqu'un qui est intimement familier avec les habitudes d'Essex. Il suffit de consulter la rubrique de Madame Société dans *la Gazette de la Lorgnette* pour déterminer son identité.

Satisfait, Blankenship se redressa pour partir.

— Blankenship ?

Ses épaules se raidirent, mais il se tourna vers Waverly.

— Essex déteste particulièrement voir les choses qu'il aime *brisées*.

❧

SA RÉUNION AVEC SON AVOCAT TERMINÉE, GODRIC, ASHTON ET lui se rendirent jusqu'à la petite bijouterie de Regent Street qu'il avait fréquenté durant sa jeunesse. Godric examina les bibelots qui scintillaient dans la vitrine, réfléchissant, décidant, débattant. Après une réflexion intense, il choisit un peigne doré orné d'un papillon, avec un corps de couleur opale et des ailes en nacre.

Émily lui évoquait un papillon. Elle s'envolait vers sa liberté chaque fois qu'il cherchait à la capturer, mais quand il restait très, très immobile, elle le récompensait avec les baisers les plus enchanteurs qui n'étaient destinés qu'à lui.

Godric passa son pouce sur l'opale et la perle lisses, les imaginant nichés dans les vagues de cheveux auburn doré. Il savourerait le moment de l'enlever, le soir, lorsqu'elle monterait dans son lit. Ses cheveux tomberaient sur son dos dans une cascade de couleur.

Il agissait à nouveau comme un jeune homme qui ne savait pas comment s'attacher une femme. Combien d'années s'étaient-elles écoulées depuis que ses amis et lui-même discutaient de la meilleure façon de capturer le cœur d'une jeune fille ?

Godric choisit une brosse à cheveux assortie au peigne, puis il remit au commerçant un collier pour chien en cuir orné d'une plaque d'identification en argent afin qu'il la grave au nom de Pénélope. Une fois les effets emballés, Ashton et lui partirent.

Il était temps de rendre visite à Albert Parr.

Le maître d'hôtel de Parr, le teint pâlichon, les fit entrer avec un comportement des plus raides et des moins accueillants. Il fit simplement un pas de côté pour les laisser passer, et il les guida jusqu'au bout du couloir. Godric fronça les sourcils en voyant l'habitation mal entretenue. Il fit courir un doigt ganté le long de la rampe la plus proche et il plissa le front en avisant la poussière grise qui tachait son gant. La maison n'était qu'à quelques rues de Park Lane, mais il était clair que l'emploi et la supervision des serviteurs n'étaient pas les préoccupations principales d'Albert Parr.

— Pauvre Émily, marmonna Ashton. Ce n'est pas vraiment un endroit chaleureux où vivre.

Godric gronda.

— Mon Émily est à sa place dans un palais, avec des draps en soie et des milliers de serviteurs.

Ashton le regarda en arquant un sourcil.

— Vous voulez dire qu'elle est à sa place dans un endroit comme Essex House ?

Godric y réfléchit en silence.

— Pour le moment, oui.

— Pourquoi pas plus longtemps ? Par exemple... pour toujours ?

— Et que ferais-je d'elle, Ash ?

— Lui faire la cour. Elle ne restera pas un fruit non cueilli pendant très longtemps, mon ami. Ne préférez-vous pas que ce soit vous plutôt qu'un rebelle comme Blankenship ? Elle mérite un homme qui se montrera tendre et passionné avec elle.

— Et alors ? J'ai détruit sa réputation, certes, mais vais-je l'épouser et vivre heureux pour toujours ? Vous savez que c'est ridicule.

Les gens qu'il aimait l'avaient tous quitté ou l'avaient trahi. Il ne voulait pas que cela se produise avec Émily.

— N'est-ce pas ce que les rebelles réformés sont censés faire ?

— Qui a dit que j'étais réformé ?

Ashton se contenta de sourire.

Ils ne dirent plus rien, l'un comme l'autre, alors que le serviteur les guidait vers l'étude de Parr. Le rat qui servait d'oncle à Émily lisait des lettres, penché sur son bureau. Il leva les yeux puis il haussa brusquement la tête, pris par surprise.

Plutôt que de traiter un duc et un baron avec la déférence qu'il méritait, Parr se redressa à contrecœur.

— Qu'est-ce qui vous a pris si longtemps ?

Godric le fixa jusqu'à ce que l'homme ajoute « Votre Grâce ».

Les poings de Godric se serrèrent brusquement contre son corps. Il avait le sentiment des plus étranges d'être en train de se faire rouler.

— Je voudrais discuter de mon investissement avec vous.

Ashton et lui s'approchèrent du bureau de Parr, lui adressant des regards noirs qui auraient fait s'enfuir d'autres hommes comme s'ils avaient le diable aux trousses.

Parr se cala contre le dossier de sa chaise, les mesurant du regard.

— Est-ce ainsi que vous appelez ma nièce, Votre Grâce ?

— Oh ? Vous avez une nièce ?

Godric afficha un sourire dont la chaleur n'atteignit pas ses yeux.

— Ashton, vous avez entendu ? Parr a une nièce. Comme c'est plaisant.

— Vous mentez très mal, Votre Grâce. Je sais que c'est vous qui avez enlevé Émily.

Il fit un pas à droite comme s'il avait l'intention de faire le tour du bureau, mais il se ravisa.

— Je comprends que Mr Blankenship n'a pas réussi à la retrouver, mais je suis sûr que vous l'aviez cachée dans votre cave, ou peut-être dans un placard. J'imagine que vous n'aviez aucune réserve à ce sujet.

Les lèvres minces de Parr s'étirèrent en un sourire aussi froid que celui de Godric.

— Où est mon argent ?

— Votre argent a disparu. Je m'en suis servi pour rembourser des créanciers, chose dont vous avez parfaitement conscience. Il ne reste rien à saisir ou à vendre dans cette maison, sans quoi je vous l'aurais donné. J'en dois aussi beaucoup plus à Mr Blankenship. Émily était mon dernier objet de négociation. Mais bien sûr, vous le saviez déjà, et c'est pour cela que vous l'avez prise.

— Ce n'est pas une monnaie d'échange, c'est une femme !

Godric abattit la main sur le bureau de Parr et Ashton posa une main ferme sur son épaule.

— Si vous ne voulez pas vous servir d'elle pour négocier, alors pourquoi l'avez-vous prise ? Si j'ai été sournois dans l'usage que j'ai fait de cet investissement, soyons au moins honnêtes et admettons que cette malhonnêteté est réciproque, répliqua Parr.

Il aurait voulu bondir par-dessus le bureau et étrangler Parr. Mais cette impulsion luttait contre sa propre culpabilité. C'était vrai. Il ne valait pas mieux que Parr. Il ne s'était pas soucié un instant que ses actes puissent détruire la réputation d'Émily. Cela avait été son objectif. Il avait ri à cette idée, pensant que c'était un jeu.

Il était tout aussi méprisable que son oncle.

Ashton intervint.

— Mr Parr, quels droits possède Blankenship sur Ém... euh... votre nièce ?

Parr redevint sérieux.

— À toute épreuve. Je l'ai échangée contre ma dette. Il a accepté de remplir ses obligations en l'épousant. À moins, bien sûr, qu'elle ne soit plus une jeune fille.

— Et alors elle sera libérée de lui ?

Si c'était le cas, Godric voyait à nouveau la victoire au bout du chemin.

— Non. Si elle devait lui revenir sans son innocence, il la garderait comme maîtresse.

— Et vous avez accepté le marché ?

Godric pâlit, pas d'horreur, mais de rage.

Parr baissa les yeux, incapable de masquer plus longtemps une certaine culpabilité.

— Je l'ai fait... Et c'était un pacte avec le diable. Mais quel choix avais-je ? Si Blankenship exige un paiement, cela me détruira. Je ne suis pas sans sympathie pour cette jeune fille, mais si vous connaissiez Blankenship aussi bien que moi, vous comprendriez.

— Nous avons conscience de son influence, dit Ashton.

— Vraiment ? La ruine financière de ses ennemis n'est qu'une facette de la réputation de cet homme.

— Et qu'en est-il d'Émily ? N'a-t-elle pas son mot à dire ? l'interpella Godric.

— Elle fera le nécessaire. À quoi d'autre servirait-elle ?

Godric lui donna un coup de poing et Parr retomba en arrière sur sa chaise, plaquant ses mains sur sa bouche.

— Cela ne se produira pas.

La langue de Parr explora ses dents, montrant du sang.

— Oh ? Comment cela ?

— Émily n'est plus à votre charge. Vous n'aurez pas besoin de vous servir d'elle pour régler vos dettes.

⁂

Albert savoura la douleur avec une certaine mesure de satisfaction. Essex détenait Émily et, qui plus est, elle lui avait tapé dans l'œil. Il ignorait pendant combien de temps il profiterait d'elle, mais pour le moment du moins, elle était sous sa protection. Blankenship aurait du mal à trouver un moyen de parvenir jusqu'à elle. C'était peut-être pour le mieux. Blankenship ne pouvait certainement pas le lui reprocher. Il pourrait être en mesure de s'en servir à son avantage et de rappeler à sa nièce la gentillesse dont il avait fait preuve en devenant son tuteur. Il espérait qu'à cause du soin qu'il avait pris d'Émily, Essex efface ses dettes.

Ce coup de poing en plein visage lui prouvait qu'Émily était entre de bien meilleures mains que les siennes. Un homme de leur classe n'en aurait tout simplement pas frappé un autre si ses émotions n'avaient pas été profondes.

Albert sourit, grimaça, puis sourit à nouveau. Apparemment, le tempérament doux d'Émily portait ses fruits, mais il espérait pour elle que les ambitions de Blankenship n'étaient pas aussi obsessives qu'elles paraissaient l'être.

❦

JIM TANNER EXPLORA LA RUE OBSCURE QUI S'ÉTENDAIT DEVANT lui. C'était l'un des nombreux itinéraires à connaître à Saint-Giles où il pourrait se dissimuler dans l'obscurité impénétrable, éludant un poursuivant éventuel. Cela constituait également l'endroit idéal pour rencontrer un nouveau client. Le soir se rapprochait et les ombres s'étendaient sur le labyrinthe des taudis, assombrissant les masures et les vitrines des monts-de-piété. Il avait reçu une notice par son réseau qu'un homme était prêt à mettre le prix pour récupérer une jeune dame des griffes d'un groupe de dangereux aristocrates. La perspective l'avait assez intrigué pour qu'il accepte de rencontrer le client potentiel une heure après le coucher du soleil.

Des pas pesants dans l'obscurité le poussèrent à prendre la lame qu'il gardait dans son manteau.

— Allons... êtes-vous là ? demanda une voix basse et rauque. J'ai apporté les informations ainsi qu'un acompte.

Sa voix mourut quand un homme grand et large s'avança dans un cercle de demi-lumière tout près de là.

Tanner prenait son temps, se délectant du halètement et du sursaut d'un client potentiel. Il ne s'était tenu qu'à un mètre et demi de distance, et l'homme ne l'avait même pas remarqué.

— Alors, vous avez besoin de moi pour acquérir une dame ? clarifia-t-il.

— Oui. Elle est actuellement cachée dans la propriété du duc d'Essex. Cinq hommes la gardent en permanence, dit l'homme en lui remettant un bout de parchemin contenant toutes les indications pour rejoindre le domaine.

Tanner lut le papier avant de le déchirer en morceaux qu'il

jeta dans une flaque. L'eau sale ferait couler l'encre, empêchant la lecture.

Il n'avait jamais croisé la route du duc d'Essex, mais il était sûr qu'il était comme tous les autres aristocrates pompeux. Désœuvré, riche et à qui l'on accordait bien trop de pouvoir.

Quand il était jeune, Tanner avait ressenti une véritable loyauté envers ces hommes, en particulier son maître, un vicomte d'âge moyen. En tant que valet, il s'était occupé de tous les besoins de cet individu, ne s'attendant à aucune gentillesse ou faveur particulière pour son travail acharné. Il y avait de la fierté, une grande fierté dans le devoir qu'on accomplissait pour son maître.

Du moins jusqu'à ce que son maître ait découvert la bien-aimée de Tanner et se soit imposé à elle. Lacy... Le sang de Tanner bouillonna alors qu'il se rappelait l'avoir trouvée sur le lit de son maître, les jupes retroussées sur les hanches, prenant ce que son maître voulait bien lui donner. Elle n'avait pas protesté ; c'était impensable pour une femme de service. Repousser leur maître était motif à licenciement.

La colère l'avait poussé à la folie. Il avait tué son maître à mains nues puis s'était enfui. À présent, sept ans plus tard, il s'était établi comme un voleur à gages, l'un des meilleurs qui soient. Des mains adroites et la capacité de rester invisible – des talents de valet – le servaient encore mieux en tant que spécialiste dans l'acquisition d'articles désirés par ses clients.

Cet homme, Thomas Blankenship, promettait certainement une bonne rémunération. Ses sources l'avaient confirmé, mais elles l'avaient également averti qu'il était dangereux et trompeur.

— Je veux cinq cents livres quand je vous ramènerai cette fille. Duper un duc nécessitera que je passe du temps hors de l'Angleterre.

Son client souffla et lui jeta un sac en cuir.

— Voici cent livres d'acompte comme vous l'aviez demandé dans votre mot.

Tanner prit le sac et en testa le poids.

— Bien. Voici ce que vous devez faire pour moi. J'ai besoin

que quelqu'un accède à l'intérieur du domaine d'Essex, qu'il s'agisse d'un ami, d'un confident, d'un serviteur... toute personne que vous pourrez soudoyer pour entrer dans la maison et me donner des détails sur les horaires des routines et des tours de garde. Ce sont des choses que je ne peux pas apprendre tout seul, mais que je dois savoir pour acquérir votre *bien*.

Blankenship se balança d'un pied sur l'autre puis hocha la tête.

— Je connais quelqu'un.

— Excellent, envoyez-le à l'adresse où vous avez envoyé votre note précédente et je le recevrai.

Il attendit, curieux de voir ce que le client allait faire. De toute évidence, cet homme n'aimait pas recevoir des ordres, mais vu la somme versée, il était préférable de laisser Tanner effectuer son travail sans interférence.

— Très bien. Je vous écrirai quand j'aurai plus de détails.

Ils ne se serrèrent pas la main, mais se regardèrent dans les yeux, scellant leur accord par un hochement de tête. Avec un petit ricanement, Tanner empocha son argent et se glissa dans l'obscurité des ruelles secrètes de St Giles.

❧

ÉMILY SE DÉTOURNA DE LA FENÊTRE.

— Quand Ashton et Godric reviendront-ils de Londres ?

— Tard dans la soirée, dit Lucien. Il savait qu'ils rateraient probablement le dîner.

Le cœur d'Émily se serra de déception.

Godric lui manquait, ainsi que leurs échanges de regards embrasés, la tendresse de ses lèvres, le poids de son corps, ces mains qui la rendaient folle. Et puis il y avait le timbre riche de sa voix, la façon dont il s'occupait du moindre de ses besoins. Elle était même nostalgique de son désir de dormir à côté d'elle, juste pour l'entendre respirer.

— Vous avez hâte qu'il rentre ?

Émily acquiesça. Un vide sombre et vaste s'était enraciné à

l'intérieur de son cœur. Malgré le bon temps que lui offraient ces hommes, le futur demeurait tout aussi sombre. Un tremblement secoua son corps alors que la panique et l'appréhension menaçaient de l'engloutir.

— Rassurez-vous, ma belle.

Lucien lui frôla la taille de la main, la chatouillant légèrement.

Ne pouvant empêcher un petit rire de lui échapper, elle le fusilla tout de même du regard.

— Ce n'est pas très gentleman d'utiliser mes faiblesses contre moi de la sorte.

— Alors, c'est bien tombé que je ne me considère pas souvent comme un gentleman.

Simkins entra dans la pièce et annonça le dîner.

Émily s'installa dans la salle à manger entre Lucien et Charles. Cédric était en vis-à-vis.

— Puis-je vous poser une question ?

— Cela dépend, dit Lucien avec des yeux pétillants. Nous ne sommes pas sur le point de vous faire le récit de nos aventures légendaires dans les bras de nos amantes. On sait garder un secret.

Charles lui coula un regard en coin.

— Je croyais qu'on ne faisait rien d'autre de toute la journée ?

— Enfin, pas devant d'autres femmes.

Lucien leva les yeux au ciel.

Cédric haussa les épaules.

— Mes maîtresses m'interrogent toujours sur mes... indiscrétions passées avec une curiosité avide.

— Je n'arrive pas à croire que pour une fois, je suis la voix de la raison, dit Lucien. Émily est une lady comme il faut. Si vous en répétez le moindre mot, je vous réchauffe les oreilles.

Émily pouffa.

— Je voulais seulement demander comment vous êtes tous devenus amis ? Cela ne comprend sûrement pas des ragots sur vos maîtresses ?

Cédric et Charles échangèrent un regard amusé.

— Non, non, notre rencontre tient plus de l'aventure que de la romance, dit Lucien.

— Voulez-vous bien me le raconter ?

Charles répondit.

— L'histoire est mieux racontée lorsque nous sommes tous présents, mais nous pourrions vous raconter comment nous avons rencontré Godric pour la première fois. Ce sont des histoires à part entière.

— Ce serait merveilleux !

Il n'y avait rien qu'elle aimait mieux qu'une bonne histoire, et ces cinq hommes en avaient souvent été les héros.

— Alors, je devrais commencer.

Cédric termina son assiette et chercha l'approbation des autres pour se lancer.

— J'ai été le premier à rencontrer Godric, en 1807, quand lui et moi avions dix-sept ans. Je l'ai convaincu de se glisser en douce hors des dortoirs du collège de Magdalene. Nous avons dîné dans un pub du coin et nous sommes bagarrés avec un étudiant plus âgé nommé Hugo Waverly, pour une femme. J'ai battu Waverly comme plâtre et je lui ai dérobé sa canne pour une question d'honneur. Les doigts de Cédric se refermèrent doucement sur la tige de son verre de vin.

Le regard d'Émily tomba sur la tête de lion en argent de la canne qui était calée contre la table.

— Est-ce sa canne que vous portez maintenant ?

Il la tendit à Émily, qui la prit comme si elle tenait une antiquité hors de prix.

— Oui, dit-il.

Elle devinait au visage tendu de Charles qu'il y avait quelque chose de plus qu'ils ne lui disaient pas. Hugo Waverly a-t-il pris sa revanche ?

Charles laissa tomber la bouteille de vin qu'il était en train d'examiner. Elle s'écrasa au sol avec un bruit révoltant et un jet écarlate tacha ses vêtements. Il se baissa immédiatement pour ramasser les morceaux.

— Charles, vous allez bien ?

Lucien s'agenouilla pour l'aider.

— Qu'est-il arrivé à Hugo Waverly ?

Quelque chose dans son nom, ou peut-être son souvenir, avait fait réagir Charles. Il était clair que cette histoire allait bien au-delà d'une simple bagarre et l'acquisition d'une canne. Il y avait eu des raisons et des conséquences.

— C'est comme vous l'avez dit. Il a juré de prendre sa revanche.

La réponse de Cédric éluda ses questions, mais elle savait qu'elle n'entendrait plus parler de ce mystérieux scélérat.

Elle lui rendit la canne, un soupir timide et mélancolique s'échappant de ses lèvres.

— J'aurais aimé avoir vécu des aventures comme celle-ci.

Ils en restèrent tous bouche bée, comme si sa déclaration les avait choqués.

— Et comment diable appelez-vous cela, Émily ? Enlevée, forcée de repousser les avances de rebelles sans scrupule... Rien de tout cela n'est pour les cœurs fragiles, dit Cédric avec un léger amusement.

— Je sais... mais ce n'est pas vraiment dangereux, n'est-ce pas ?

Elle fit courir l'index à la surface de la nappe blanche puis réprima un frisson.

— À part la visite de Blankenship.

— Ajoutez-y chevaucher comme une Amazone et sauter par-dessus des murets. Vous avez mis notre vie en danger et cela devrait compter pour quelque chose, dit Lucien.

Les lèvres d'Émily adoptèrent un pli déçu. Il ne servirait à rien d'expliquer à ces hommes qu'elle rêvait de voyages dans des contrées étrangères, de panoramas encore vierges et d'œuvres d'art qui n'étaient pas encore nées des mains du maître. Elle ratait tellement de choses.

Si son oncle la mariait à Blankenship, sa vie serait terminée.

Étouffant un bâillement, Émily se demanda quand Godric reviendrait. La conversation du dîner l'avait distraite pendant un petit moment.

— Il est tard. Vous devriez peut-être vous retirer pour la nuit, Émily, dit Cédric.

—Je suppose que vous avez raison. Je suis fatiguée.

Elle se pencha pour récupérer Pénélope qui se frottait contre ses jupes. La petite chienne lui lécha le menton et s'agita avec excitation. Émily ne put s'empêcher de trouver du réconfort dans une affection aussi innocente. Cédric l'escorta à l'étage, lui rappelant brièvement son statut de prisonnière.

— Vous avez vos livres et Pénélope. Pouvons-nous vous laisser pour le reste de la soirée ?

— Oui.

— Très bien, chaton. Je vais demander à Simkins de faire monter des bols de nourriture et d'eau pour Pénélope.

— Et un panier ? N'en aura-t-elle pas besoin d'un pour dormir ?

—Je m'assurerai qu'elle ait tout ce que son petit cœur désire.

— Merci, Cédric.

— Je vous en prie. Nous serons au rez-de-chaussée si vous avez besoin de quoi que ce soit.

Une fois seule, elle s'installa sur le lit, Pénélope sur ses genoux, et tira un des romans de la table de chevet. *Lady Viola et son séduisant duc*. Elle voulait un récit captivant.

Alors qu'elle lisait l'histoire de la courageuse héroïne et de sa première rencontre avec le fringant héros, elle se représenta Godric et son cœur se serra. Pensait-il à elle à l'instant même ? Ou ne serait-ce qu'en général ? Et si elle s'endormait avant son retour ? Viendrait-il quand même lui demander un dernier baiser ?

Elle n'aurait pas dû en avoir envie, mais devant Dieu ! Elle le faisait. Elle aurait voulu qu'il l'entraîne dans sa chambre et la ravisse d'un baiser. Les baisers de Godric étaient comme un feu de forêt sur une prairie sèche, et le désir de ce brasier dépassait tous les autres. C'était de la folie de le désirer autant ! En toute logique, elle connaissait le danger qu'il présentait pour son cœur, mais manifestement, elle ne pouvait pas lui résister.

Émily s'allongea sur son lit et rêva de lui. Pénélope était

blottie contre sa poitrine, ses yeux bruns somnolents, à moitié endormie. Émily demeura dans cet état charmant d'éveil partiel, s'imaginant les mains de Godric sur elle, sa bouche sur ses oreilles, de doux mots d'amour lui chatouillant les oreilles. C'étaient des rêves et rien de plus !

blottie contre sa poitrine, ses yeux bruns somnolents, à moitié endormie. Émily demeura dans cet état charmant d'éveil partiel, s'imaginant les mains de Godric sur elle, sa bouche sur ses oreilles, de doux mots d'amour lui chatouillant les oreilles. C'étaient des rêves et rien de plus !

$\maltese$ 10 $\maltese$

Godric n'avait jamais été aussi impatient de rentrer chez lui.

Il poussa son hongre si fort qu'Ashton lui cria à deux reprises par-dessus le martèlement des sabots qu'il aurait dû ralentir de peur que son cheval ne perde un fer. Cela les aurait réellement retardés. Le trajet avait pris plus de temps qu'ils l'avaient prévu et ils n'arriveraient pas au domaine avant une heure du matin.

Les cadeaux d'Émily étaient dissimulés dans la poche de son habit d'équitation, et il avait terriblement envie de la voir, de la tenir dans ses bras, de l'embrasser, de la chatouiller juste pour entendre ce rire haletant. Il avait envie de goûter à ses lèvres, de voir ses yeux scintiller de plaisir ou brûler des premières affres de la passion. Il aurait voulu lui parler en grec, pour voir à quel point elle le maîtrisait réellement. Il aspirait à tester son esprit et à goûter ses lèvres. Elle était une énigme pour lui, différente de toutes les autres femmes qu'il avait rencontrées auparavant.

Le clair de lune nacré illuminait les pierres pâles du manoir lointain, le tentant comme un mirage dans le désert. Émily attendait-elle son retour ? Il l'espérait. Il voulait la border dans son lit et lui donner un dernier baiser, et à sa surprise, son désir de le faire n'était pas purement charnel.

Comment diable en était-il venu à s'attacher à cette jeune femme comme il ne l'avait jamais fait pour personne, hormis ses amis les plus proches ?

Ashton avait eu raison. Elle l'avait enchanté et il espérait que le sortilège durerait éternellement.

Quand Ashton et lui atteignirent le manoir, ils abandonnèrent leurs chevaux à un garçon d'écurie et entrèrent dans la demeure. Un serviteur avait tamisé les bougies et le vestibule était silencieux. Une fleur de lumière dorée au loin illuminait le chemin menant à la salle à manger. De la fumée de cigare flotta dans le couloir en direction de Godric et Ashton.

Émily n'était pas avec eux. Même des gentlemen comme eux ne fumaient jamais devant une dame.

Godric et Ashton se dirigèrent vers la pièce et trouvèrent Cédric, Charles et Lucien qui se prélassaient dans des fauteuils près du feu. Un nuage de fumée de cigare grise s'attardait audessus de leurs têtes alors qu'ils parlaient à voix basse et jouaient aux cartes.

— Vous êtes de retour. Cédric avait l'air soulagé de les voir.

— Visiblement, notre absence s'est fait sentir.

Une inquiétude discrète colorait le ton d'Ashton.

Godric n'aima pas le soudain pincement de panique dans son ventre. Quelque chose était-il arrivé à Émily ?

— J'ai presque peur de poser la question, mais où est Émily ?

Le cœur de Godric était serré dans sa poitrine.

— Ne vous inquiétez pas, Godric. Elle est dans sa chambre, endormie. Elle y est depuis dix heures.

— Dieu merci ! Excusez-moi !

Godric souhaita bonne nuit aux autres, impatient de s'assurer qu'elle était encore là et lui appartenait toujours.

Il se précipita jusqu'en haut des escaliers, mais il ralentit devant la porte d'Émily. Il testa la poignée de sa chambre. Elle était déverrouillée. Les imbéciles ! Elle aurait pu s'enfuir sans qu'ils s'en rendent compte.

Quelques rayons de lune illuminaient la chambre d'Émily. La silhouette sombre de la jeune femme se découpait sur le lit. Elle était encore entièrement habillée et semblait s'être effondrée de fatigue. Avait-elle voulu l'attendre, mais avait fini par s'endormir ? Une lueur d'espoir naquit dans sa poitrine. Il aurait voulu que cela soit vrai.

Godric hésita avant d'invoquer le courage d'entrer et de verrouiller la porte. Il se baissa, retira ses bottes et les laissa près de la porte.

S'approchant du lit sur la pointe des pieds, il examina Émily. L'expression de douceur sur son visage donnait l'impression qu'elle rêvait de jours plus heureux. Il se pencha doucement et effleura ses lèvres d'un baiser, ne souhaitant pas la réveiller. Elle s'éveilla tout de même.

— Godric ? murmura-t-elle, les yeux toujours fermés.

— Oui ?

Il s'agenouilla à côté du lit alors qu'elle ouvrait les paupières.

— Vous êtes vraiment de retour ?

— Bien sûr, ma chère. Je vis ici, vous savez.

Elle essaya de ne pas rire.

— Vraiment ? Je n'en avais aucune idée, dit-elle en lui décochant un sourire malicieux. Je voulais être réveillée à votre retour, mais j'ai dû m'endormir.

Elle tendit une main pour lui toucher la joue.

Godric tourna ses lèvres vers le centre de sa paume pour y déposer un baiser.

— Qu'avez-vous fait pendant mon absence ?

Il voulait savoir tout ce qu'elle avait fait et s'il lui avait manqué. Il détestait chaque minute qu'il passait loin d'elle et il voulait qu'Émily lui confirme qu'il n'était pas seul.

Il croisa les bras sur le bord de son lit et y posa le menton alors qu'elle lui racontait sa journée, et il sentit sa poitrine se remplir d'une chaleur étrange. Émily était parfois comme un livre ouvert, mais ce soir-là, ses yeux recelaient des profondeurs mystérieuses. Il y sombra de plus en plus profondément, piégé par les émotions merveilleuses qu'il y voyait reflétées.

Elle plissa le nez et sourit. Elle joua machinalement avec sa cravate tout en le regardant, ses yeux écarquillés aussi sombres que des diamants, voilés par des ombres nocturnes.

— Et vous ? Comment s'est passé votre voyage à Londres ?

Sa question fit sourire Godric.

— C'était plutôt agréable, mais...

— Mais ?

Mais vous m'avez terriblement manquée, avait-il envie de dire. Cependant, les mots s'étranglèrent et moururent quelque part entre sa gorge et ses lèvres.

— Peu importe. Je vous ai acheté quelques cadeaux sur place. Voulez-vous les voir ?

— Des cadeaux ?

Un sourire lui envahit le visage, un enchantement irrésistible qui lui coupa le souffle. Il avait attendu toute la journée qu'elle le regarde ainsi, comme s'il avait enfourché un blanc destrier, prêt à se battre pour son cœur.

Godric rechignait toutefois à déceler cette pensée dans ses yeux. Il aurait voulu que cela soit vrai, mais comment pourrait-elle le désirer ? Lui, l'homme qui lui avait dérobé tant de choses ?

— Bien sûr que j'ai apporté des cadeaux. Il n'y a pas que Cédric qui ait le droit de s'amuser.

Il tira les colis de la poche de sa veste d'équitation et Émily les prit. Godric la rejoignit sur le lit. Elle ouvrit le papier violet foncé et découvrit les deux premiers articles : la brosse et le peigne orné de papillons. La perle des ailes des papillons attirait le clair de lune et l'opale avait des reflets sombres, comme la mer à minuit. Elle passa un doigt à la surface du papillon et tourna le visage vers Godric, ne s'étant pas rendu compte qu'il était aussi proche. Leurs nez se frôlèrent et elle sourit avant de lui donner un baiser sur la joue. Un baiser papillon, si délicat qu'il se demanda s'il se l'était imaginé.

— C'est tellement beau. Je n'ai jamais rien possédé d'aussi charmant. Je vous remercie.

Godric rougit. Il n'avait jamais vu une femme accepter des cadeaux aussi simples avec autant de révérence et de joie. Il aurait pu jeter les joyaux de la Couronne aux pieds d'Évangéline qu'elle n'aurait jamais exprimée la même gratitude. Cette pensée le touchait d'une manière qu'il n'aurait pas crue possible.

— Je les ai choisis moi-même. Les papillons m'ont fait penser à vous.

Elle l'embrassa sur l'autre joue et le regarda à travers des sourcils épais.

— Je vous fais penser à un papillon ?

— Oui. Ils sont beaux, mystérieux, séduisants et faciles à attraper si vous prenez un filet assez grand...

Sa voix était basse et rauque, et il observait ses lèvres.

— Godric, je crois que vous essayez de me séduire.

Ses mots étaient taquins, mais la chaleur dans ses yeux n'était pas une plaisanterie.

— Toujours, ma chère. Toujours.

Leurs lèvres étaient si proches... Il avait envie de l'embrasser, avait *besoin* de l'embrasser. Il se dit qu'il devait l'aveugler par la lumière du feu qui brûlait dans son cœur, et que c'était mutuel.

— Allez-vous m'embrasser pour me souhaiter bonne nuit ?

Une question innocente, mais le ton d'Émily contenait quelque chose de plus.

— Pas encore, dit-il en désignant le colis qu'elle tenait entre les mains. Il y a encore un cadeau pour vous.

Émily explora l'emballage plus profondément et trouva le collier en cuir avec la plaque gravée en argent.

— Pénélope, lut-elle dans un murmure excité avant de bondir hors du lit.

Elle traversa la chambre vers le petit panier installé près de la coiffeuse. Le chiot était profondément endormi, coupé du monde qui l'entourait. Émily glissa le collier autour de son cou. Elle attacha la boucle et tapota la tête de Pénélope avant de revenir vers Godric.

— Je suis sûr qu'elle sera contente demain quand elle se réveillera.

Godric éclata de rire.

— J'imagine.

Il se redressa, prenant Émily par le bras.

— Allons-nous nous coucher, ma chère ?

Un éclair de panique entacha le visage ravissant de la jeune femme.

— Quel est le problème ?

Les joues d'Émily s'empourprèrent.

— Je...

Godric comprit sa peur et chercha à la rassurer.

— Nous allons dormir ; rien de plus. J'ai trop de respect pour vous pour faire autre chose que de vous étreindre ce soir.

Du fond de son cœur noir, il le pensait vraiment. Ce soir, il voulait la rassurer sur ses intentions honorables.

Ses intentions honorables. Quelle folie traversait donc son âme comme du mercure ? Godric était incapable d'aimer. Combien de fois son père le lui avait-il répété ? Lui avait dit que s'il avait été capable d'amour, sa mère ne serait pas morte ? Rationnellement, Godric savait que son père avait essayé de soulager son propre chagrin en lui faisant endosser le fardeau de cette mort, mais il ne pouvait pas s'empêcher d'être d'accord. À l'époque, s'il avait été plus âgé – ou plus fort –, il aurait pu se rendre en ville pour aller quérir le médecin, pendant que Père s'occupait d'elle. Mais il ne l'avait pas fait. Il s'était caché dans la salle à manger, ses petits genoux repliés sous son menton, écoutant les cris de sa mère... suivis par un silence terrible qu'il avait sentir battre dans ses oreilles !

Ma faute. Toujours ma faute.

Peut-être était-il capable d'aimer. Il s'en empêchait simplement parce que le risque était trop grand. Il avait perdu sa mère, son père, la sœur qui n'avait jamais eu la chance de voir le jour. Et s'il perdait Émily ? Cette perspective lui serra les entrailles. Il n'aurait pas dû se préoccuper d'Émily, n'aurait rien dû ressentir pour elle. C'était mieux ainsi.

C'était pourtant un mensonge. Il avait des sentiments pour elle.

Des sentiments puissants...

❦

LES INQUIÉTUDES D'ÉMILY DISPARURENT DANS LE SILLAGE DE l'excitation alors qu'il la conduisait à travers la porte adjacente, jusque dans sa chambre. Il ouvrit les couvertures de son lit, mais la retint un instant en la saisissant lourdement par les épaules.

— Laissez-moi vous déshabiller, dit-il d'une voix basse et ténébreuse.

Émily aurait dû refuser, mais le regard appuyé de Godric lui noua la langue.

Elle avait l'impression de regarder directement dans les yeux du captivant maraudeur devenu duc dont parlait son roman.

Godric prit son silence comme un consentement et la fit se retourner vers lui alors qu'il défaisait ses lacets. La robe glissa à ses pieds.

Ses doigts aussi habiles que ceux d'un harpiste professionnel dénouèrent son corsage et l'en libérèrent.

L'intimité de ce déshabillage fit frissonner Émily.

— Avez-vous eu beaucoup d'entraînement, Votre Grâce ?

Elle se rendit immédiatement compte que c'était une question stupide.

— Vous connaissez ma réputation, ma chère, poursuivit-il après avoir pris une inspiration. Mais cela ne m'avait jamais autant ravi.

Émily crut qu'elle allait fondre.

Il se pencha en avant et l'embrassa, la mordillant là où son épaule rencontrait son cou. Impuissante, elle s'enfonça dans son étreinte. Godric la rattrapa avant qu'elle ne s'écroule à terre.

— Attention. Nous n'avons pas encore terminé.

Il la poussa en arrière pour qu'elle s'appuie contre le rebord du lit.

Elle n'avait plus que sa camisole et ses bas.

Godric s'agenouilla devant elle et lui tapota la cuisse droite.

— Placez votre pied gauche ici.

Elle lui obéit, affaiblie par la faim qu'elle ressentait alors que ses mains remontaient le long de sa cuisse, détachaient la jarretière et saisissaient le haut de son bas. Il le fit glisser le long de sa jambe et déposa de petits baisers chauds sur chaque centimètre de peau jusqu'à ce qu'il ait entièrement libéré son pied. Puis Godric reproduisit le rituel avec son pied droit.

Il fit remonter ses mains jusqu'en haut de sa jambe et écarta la chemise afin de pouvoir se pencher vers l'avant pour lui embrasser l'intérieur de la jambe, près de son genou.

Émilie frissonna. Elle n'était pas femme à s'évanouir, mais quand Godric suça sa peau et fit aller et venir sa langue, elle chancela.

— Vous allez bien ?

Elle répondit d'un petit rire.

— Si vous continuez à m'embrasser de la sorte, je vais oublier comment je m'appelle...

— C'est un signe que mes gestes sont parfaits, le taquina-t-il. Je crois que vous en avez eu assez pour une journée. Même moi ne suis pas assez dévoyé pour en exiger plus ce soir.

Godric retourna dans sa chambre et en revint avec sa chemise de nuit. Émily lui tourna le dos et ôta sa camisole avant de faire descendre la chemise de nuit le long de son corps. Quand elle se retourna, elle vit que Godric la regardait, les poings serrés.

Il désigna son lit du menton.

— Allez-y, avant que je ne change d'avis et exige qu'on fasse plus que dormir.

Elle se glissa entre les draps et le regarda se déshabiller avec fascination.

— Aurai-je l'occasion de vous déshabiller un jour ?

Il lui rendit longuement son regard, une expression illisible dans les prunelles.

— Demain soir.

Il dénuda sa poitrine, ôta ses culottes et enfila sa chemise de nuit. Émily, soudainement embarrassée, s'éloigna de lui quand il vint la rejoindre sous les couvertures, mais le matelas se creusa sous son poids et elle roula contre lui.

— Bon, qu'en est-il de ce baiser de bonne nuit ?

Il la prit dans ses bras et l'embrassa.

Émily aurait voulu que ce baiser ne se termine jamais, ce mouvement doux de leurs lèvres, cette danse de leurs langues, les inspirations tendues échangées dans l'obscurité silencieuse... Elle ne pourrait jamais quitter ce lit et serait à jamais contentée tant qu'il continuait à l'embrasser.

GODRIC COLLA SON CORPS AU SIEN ALORS QU'IL L'EMBRASSAIT avec fougue et tendresse. La déshabiller avait été une mauvaise idée. Il ne songeait qu'au goût de sa peau, aux soupirs tremblants qu'elle poussait alors qu'il retirait chaque article de vêtement. C'était le cadeau qu'elle lui avait offert, et elle n'en avait même pas eu conscience. À présent, il tenait entre ses bras Émily, qui l'embrassait de sa bouche douce et inexpérimentée. Il avait hâte de lui apprendre toutes les choses que ses années d'expérience lui avaient enseignées. Aimerait-elle qu'il colle sa bouche entre ses jambes ? Voudrait-elle faire de même pour lui ? Ce serait glorieux qu'elle le torture de la sorte. Désespérément, il contint sa faim et se concentra sur la bouche douce et insistante d'Émily qui rencontrait la sienne avec un abandon sauvage.

Que lui avait dit Ashton ? « Émily l'embrassait de tout son cœur ».

Pourrait-il faire de même ? Ce soir, il avait envie d'essayer...

Vous m'avez manquée, aujourd'hui ; je n'ai pensé à rien d'autre, je... je crois que je suis amou...

Cette dernière pensée était inconsidérée, mais il était trop faible pour nier ce qui lui semblait si fort et vrai. Il voulait la conquérir, mais aussi la protéger. Il aurait fait n'importe quoi pour la garder, comme cela. Douce. Innocente. À lui.

Lui, Godric Saint-Laurent, était-il enfin devenu un imbécile amoureux ? Que Dieu lui vienne en aide !

L'HORLOGE DORÉE DU COULOIR À L'ÉTAGE SONNA SEPT COUPS, réveillant Godric. Le feu crépitait, des brindilles et des morceaux de rondins éclatants. Il était allongé sur le dos tandis qu'Émily, toujours endormie, était blottie contre lui. La sentir entre ses bras était merveilleux. Ils s'emboîtaient parfaitement. Il aurait voulu l'étreindre plus souvent, la garder près de lui afin de pouvoir sentir le parfum fleuri dans ses cheveux, savourer sa peau satinée sous ses paumes.

Ils pourraient rester ainsi pour toujours, réalisa-t-il. Émily et lui pourraient vieillir de la sorte, passant des années à s'explorer mutuellement. Il avait soif de ce futur insaisissable et impossible. Mais vouloir quelque chose, savoir qu'on pouvait l'obtenir, et une fois qu'on l'avait, le perdre... Il n'était pas prêt pour cela, ne le serait peut-être jamais. Toutefois, quel mal cela ferait-il de faire semblant, pendant au moins quelques jours, qu'il avait ce qu'il voulait ? Godric glissa une main sous les couvertures, cherchant le rebord de sa camisole. Ses doigts rencontrèrent la peau nue près des mollets d'Émily et il fit glisser le tissu vers le haut afin d'exposer ses hanches à sa main. Elle tourna légèrement la tête puis frotta le nez contre sa poitrine tandis que Godric étouffait un grognement.

Séduire cette femme était un processus incroyablement lent, mais il n'osa pas la précipiter. Il voulait savourer la première fois d'Émily et savoir sans l'ombre d'un doute que ses mains l'avaient véritablement contentée. Il s'était trop habitué aux galipettes délicieusement bestiales durant lesquelles il déchaînait ses pulsions primitives et libérait sa maîtresse de ses propres inhibitions, mais avec Émily, cela viendrait plus tard. La question était de savoir s'il saurait se restreindre durant cette première fois. La dernière chose qu'il aurait souhaitée était de lui faire mal.

Godric roula sur le côté, faisant face à Émily alors qu'il remontait la main plus haut pour saisir le globe arrondi de son derrière. La peau satinée sous sa paume lui provoqua une pointe d'excitation. Il frotta la main de haut en bas sur son derrière, appréciant le petit ronronnement de plaisir qui sortit de la gorge d'Émily. Godric poussa sa main plus fort, l'exhortant à se presser contre lui.

Elle remua, arquant les hanches contre les siennes, laissant son érection la rencontrer.

— Hum...

Godric frotta ses hanches contre les siennes, simulant la pression et le rythme d'être réellement à l'intérieur d'elle. Elle faillit tourner de l'œil quand son érection frôla son humidité croissante. Elle se réveilla enfin. Il embrassa ses lèvres ouvertes, réduisant au silence la moindre protestation qu'elle aurait pu émettre. Émily leva les bras, mais il les piégea dans les oreillers de chaque côté de sa tête lorsqu'il grimpa sur elle. Elle n'allait pas s'échapper, pas encore. Godric lui écarta les genoux et se glissa entre ses cuisses. Il interrompit son baiser pour la regarder.

— Godric, que faites-vous ? demanda Émily dans un souffle.

— J'essaye de vous enseigner, à un coût conséquent pour ma satisfaction personnelle, ce qu'on ressent à faire l'amour.

Il lui embrassa de nouveau les lèvres, glissant lentement la langue entre elles et la faisant onduler contre la sienne avant de se retirer et de lui mordiller la lèvre inférieure.

— Vous n'abandonnez jamais, n'est-ce pas ?

Elle essaya de paraître irritée, mais elle cédait déjà au désir.

— Je suis un Saint-Laurent. Nous n'abandonnons jamais une fois qu'on a décidé de posséder quelque chose, et je vous désire, Émily. J'ai désespérément envie de vous. Maintenant, allongez-vous et profitez.

Il espérait que son ton ferme la ferait se soumettre. Elle écarta les lèvres et ses cils sombres battirent contre ses joues. Il abattit les lèvres sur les siennes. Émily gémit, un son ample, profond et sauvage qui l'excitait au-delà de toute raison.

— Sentez-vous à quel point je vous désire ? À quel point j'ai besoin de vous, Émily ?

Il frotta les lèvres le long de sa mâchoire jusqu'à son oreille, puis il lui mordit le lobe avant d'embrasser la peau douce et sensible qui se trouvait derrière.

— Oui...

Sa voix était à peine plus qu'un souffle étranglé alors qu'il se frottait contre elle. Elle arqua le dos et referma les jambes autour de ses hanches.

Garde le contrôle, bon sang ! Mais elle recommença à gémir et ce fut quasiment impossible. Il se déplaça contre elle et elle se délita entre ses bras avec un grand cri de surprise. Il jouit dans ses vêtements de nuit comme un adolescent inexpérimenté. Mollement étendue sous lui, Émily tentait de reprendre sa respiration, le regardant avec émerveillement.

Godric essaya de se calmer, son corps entier affaibli par les suites tremblantes de sa jouissance.

— Bon sang !

— Qu'avez-vous dit ?

Émily s'appuya sur les coudes.

— Vous tremblez.

Elle n'en avait aucune idée. Il ne perdait jamais le contrôle. Quel genre d'homme était-il s'il ne valait pas mieux qu'un jeune garçon auprès de sa première conquête ? Le duc d'Essex, tirant un coup de semonce sur l'arc d'Émily. Seigneur ! Si les autres venaient à l'apprendre, il en entendrait parler jusqu'à la fin de ses jours. Godric essaya de se dégager, mais dans sa hâte de dissimuler son embarras, il s'arracha pratiquement des bras d'Émily. Il posa les coudes sur ses genoux, baissant la tête pour se passer les doigts à travers les cheveux. Elle s'avança vers lui, mais il la repoussa d'un geste de la main.

— Godric, qu'est-ce qui ne va pas ?

— Rien. Allez-y, avant que les bonnes ne viennent vous chercher.

Il essaya de ne pas se montrer froid, mais peine perdue.

— Ai-je... Ai-je fait quelque chose de mal ?

Elle tendit les mains vers lui, mais il se leva et regagna son armoire pour prendre sa robe de chambre.

— Godric ?

Les yeux d'Émily se remplirent de larmes.

Il se maudit silencieusement et revint vers elle, lui prenant le visage entre les mains et l'embrassant tendrement.

— Vous étiez parfaite, Émily. C'était moi. C'est... compliqué. Allez-y maintenant et habillez-vous si vous le souhaitez.

Il traça le contour de ses lèvres du bout du doigt.

— Vous n'êtes pas en colère ?

Le pincement dans sa voix lui fit prendre conscience de la façon dont son comportement l'affectait. Elle ne savait rien des hommes et elle n'aurait pas compris qu'il était en colère contre lui-même et non contre elle.

— Je serai triste de vous voir pleurer, ma petite diablesse.

Il baissa les mains jusqu'à sa taille, la chatouillant jusqu'à ce qu'elle ne puisse se retenir de rire.

— Très bien ! Très bien, je me rends, haleta-t-elle.

— Maintenant, retournez dans votre chambre.

Il la souleva du lit, la redressa et lui claqua les fesses, la pressant vers la porte. Elle s'y rendit, mais regarda en arrière, affichant un mélange d'émotions qu'il ne parvenait pas à déchiffrer. Il y avait une curiosité qui brillait au fond de ses yeux, comme si elle avait senti qu'elle l'avait conquis d'une manière ou d'une autre. Que Dieu lui vienne en aide si elle découvrait à quel point elle avait eu raison. Il aurait pu éclater de rire. L'emprise qu'avait Émily sur lui était si puissante qu'il pourrait bien accepter tout ce qu'elle lui demandait. Quelle pensée horrible ! De savoir qu'il était prisonnier de ses baisers et de ses caresses, alors qu'il n'avait jamais été le captif de personne par le passé.

❧

Émily ferma la porte de sa chambre et s'appuya contre l'encadrement, prenant une longue inspiration profonde. Son corps se convulsait encore de petits spasmes de plaisir. Était-ce cela qu'on ressentait quand on faisait l'amour ? Quel genre de Dieu pécheur était Godric s'il pouvait lui donner de telles sensations sans être à l'intérieur d'elle ? Elle frissonna. Elle avait trop changé au cours des derniers jours. Sa résistance au charme de Godric s'effritait. Après juste quelques baisers chauffés et des caresses dévoyées, elle avait complètement perdu la maîtrise d'elle-même.

C'était injuste qu'elle soit tombée trop facilement pour lui, qu'elle soit ravie de l'entendre prononcer son nom, d'espérer qu'à tout moment, il pense à elle. Posséder des sentiments pour Godric était une faiblesse dangereuse. Elle devait récupérer sa fierté, réanimer son feu intérieur, si elle voulait survivre à cette captivité. Elle ne serait pas réduite à l'état de maîtresse négligeable qu'on pouvait rejeter et oublier.

Son esprit se repassa ce qu'il venait de faire, la manière dont il avait tremblé au-dessus d'elle, la façon dont il s'était écarté, comme un animal sauvage. L'éclair de vulnérabilité sur son visage lui avait montré quelque chose d'incroyablement important. Il avait aussi perdu le contrôle... avec elle. Était-ce possible ? Comment avait-elle réussi à le faire la désirer autant qu'elle le désirait ? Serait-ce suffisant, s'il tombait amoureux d'elle et l'épousait ? Si c'était possible, elle devrait jouer à ce jeu comme elle jouait aux échecs ; passivement, avec une agression subtile. Puis effectuer les sacrifices nécessaires pour parvenir à l'échec et mat.

On frappa doucement à la porte et Libba entra.

— Bonjour, Libba.

— Bonjour.

La bonne alla lui choisir une robe puis rejoignit Émily à la coiffeuse. Celle-ci étudia le reflet de la femme de chambre dans le miroir, la regardant ordonner sa coiffeuse.

— Qu'est-ce qui vous a amenée au manoir des Saint-Laurent ? Pour travailler, je veux dire. Être servante n'était certainement pas votre rêve.

— J'ai été élevé pour servir, mais j'ai toujours rêvé de devenir chanteuse. Maman dit que j'ai une voix merveilleuse.

— Voulez-vous bien chanter pour moi ?

Libba émit un petit rire.

— Peut-être plus tard, Miss.

— Alors pourquoi ici ? Pourquoi avoir choisi de travailler pour Sa Grâce ?

— Ma mère était femme de chambre de la comtesse. Elle m'a préparée au service depuis que j'ai cinq ans.

Émily ne savait que trop bien ce que c'était que d'avoir un monde qui vous appartenait entièrement. Parfois, quitter ce monde privé était effrayant. Emménager avec son oncle avait été terrifiant, mais le monde de Godric était un rêve sans pareil.

Elle tendit la main pour toucher le bras de Libba.

— Je suis contente que vous soyez ici.

— Vous êtes gentille. Aucune autre maîtresse de Sa Grâce ne l'a été.

— Des maîtresses ? Mais ce n'est pas le cas... Je veux dire, nous ne... Enfin, pas exactement. Pas comme vous le pensez. Je veux dire...

Cette hypothèse lui tordit l'estomac. Elle ne pouvait pas être sa maîtresse... Sa femme, oui, mais une maîtresse... non ! Elle ne pouvait pas laisser cela arriver.

Libba rougit et tendit l'index vers la porte où se trouvait une paire de bottes noires... Celles de Godric !

— Je suis désolée, Mademoiselle, j'ai vu les bottes de Sa Grâce et...

— Ne vous en faites pas, Libba. Cet homme a la terrible habitude de jeter ses vêtements partout et de les laisser là où il ne le devrait pas. Il n'est pas surprenant qu'il les ait abandonnées dans ma chambre.

Il ne serait pas facile de manipuler le duc pour qu'il la chérisse plus qu'une simple maîtresse. Afin de le faire suffisamment tomber amoureux d'elle pour qu'il l'épouse, elle devrait découvrir ce qui le faisait réagir.

❧ 11 ❧

Au lieu de Godric, c'était Ashton qui attendait devant la porte d'Émily afin de l'escorter pour le petit-déjeuner. Aujourd'hui, le baron était particulièrement à la mode dans une redingote bleu foncé, des culottes couleur biscuit et une cravate parfaitement nouée.

Il sourit et lui prit le bras.

— Émily.

— Bonjour, Ashton.

Elle ne put réprimer l'envie de sourire.

Seule avec Ashton, elle se sentait comme une reine. Il était dommage que Charles ne possède pas le charme subtil de son ami. Il deviendrait vraiment dangereux pour toutes les femmes de la bonne société s'il développait cette compétence.

Elle descendit avec Ashton à la salle à manger, où seul Cédric était présent. Celui-ci se redressa, s'inclina et se rassit en même temps qu'elle.

— Lucien et Charles sont partis pour Londres il y a environ dix minutes. Je crois qu'ils reviendront ce soir, dit Ashton.

— Godric descend-il ?

Elle ne pouvait pas oublier la tension qui était passée entre eux. Émily avait le sentiment déchirant qu'il essayait peut-être de l'éviter.

— Oui, il essaye de trouver un vieil habit de chasse.

— Un habit de chasse ? Il n'en a pas ?

Tout homme sensible avait au moins un habit de chasse.

— Si, bien sûr, dit Cédric. Il essaye d'en trouver un pour vous.

— Pour moi ?

Elle était ravie qu'ils la laissent les accompagner pour une activité à laquelle les femmes n'étaient généralement pas conviées.

— Oui, chaton. Vous nous accompagnez aujourd'hui. Pourquoi pensez-vous que votre femme de chambre vous ait disposé une robe en sergé et des bottes noires ? lui demanda Cédric avec un petit sourire.

Émily baissa les yeux vers sa robe. Elle ne posait presque plus de questions quand les femmes de chambre lui sortaient ses vêtements. Elle était habillée pour une journée à pied, pas à cheval.

— J'en déduis que nous ne chasserons pas le renard ?

Ashton éclata de rire.

— Seigneur, non. Vous êtes la seule renarde que nous ayons chassée récemment. Nous voulons quelque chose de moins difficile, aussi traquerons-nous le faisan.

Émily faillit bondir de son siège.

— Je vais pouvoir en tuer un ?

Cédric haussa des sourcils surpris.

— Je n'aurais jamais deviné que vous chassiez, Émily.

— Apparemment, je ne cesse jamais de vous surprendre. Je vais pouvoir tirer ?

— Si vous pensez que nous sommes assez stupides pour vous donner une arme à feu...

— J'en ai déjà utilisé une ! Je sais chasser.

Ashton joignit les doigts.

— Notre crainte n'est pas que vous n'ayez jamais touché une arme...

Le sous-entendu révéla sa véritable inquiétude, qui n'était pas pour les volatiles.

Émily jeta aux hommes un regard de reproche.

— Honnêtement, vous pensez que je vais vous tirer dessus ? Sur l'un d'entre vous ? Sur Charles, peut-être, mais seulement s'il tente à nouveau de me chatouiller.

Cédric redressa l'échine et se pencha vers elle.

— Vous serez responsable de Pénélope. Elle doit apprendre à ramener les oiseaux une fois qu'on les aura abattus. Mieux vaut commencer jeune, vous savez.

— Je suppose que cela ne me dérangera pas.

Émily mordilla dans un scone. Qu'ils limitent son plaisir à cause de la peur stupide qu'elle leur tire dessus l'irritait. Enfin, ce n'était peut-être pas si stupide que cela… S'imaginer là dehors dans l'herbe, avec cinq hommes qui levaient les bras en l'air pour se rendre, la fit sourire.

Quelques minutes plus tard, Godric les rejoignit, l'air viril dans sa veste de chasse et ses culottes en daim. Il lui tendit un manteau noir.

— C'est une vieille veste à moi, Émily. Laissez-moi vous l'enfiler.

Émily s'éloigna de sa chaise et passa les bras dans le manteau qu'il lui tendait, puis il la fit tourner vers lui pour pouvoir le boutonner. Elle aurait voulu lui écarter les mains et le faire toute seule, mais elle savait qu'elle allait perdre cette bataille.

— Tenez.

Il lui tapota les épaules si rudement qu'Émily tituba. La veste était large et dissimulait sa silhouette.

Godric la fit se rasseoir dans son fauteuil et il s'assit à côté d'elle.

— Maintenant, finissez votre petit-déjeuner.

Émily avait une riposte puérile au bout de la langue, mais pour une fois, elle se retint.

Une fois que tout le monde eut mangé, Ashton et Cédric allèrent chercher leurs armes tandis que Godric s'attardait dans le vestibule avec Émily. Il semblait indécis, mais il prit enfin la parole.

— Vous savez, je ne pense pas que vous m'ayez donné un baiser digne de ce nom, ce matin.

Ses yeux se réchauffèrent quand ils se posèrent sur elle.

— Vous vous trompez. Vous m'avez dérobé bon nombre de baisers ce matin.

Quelque chose dans son visage avait changé ; son côté sombre revenant en force, cherchant à rétablir le contrôle. Elle ne pouvait pas le permettre, pas si elle voulait qu'il tombe amoureux d'elle.

— Ce matin était une introduction à un autre type de plaisir.

— Eh bien, je déteste vous décevoir, Godric, mais vos opportunités sont épuisées.

Émily fit un grand pas en arrière, se plaçant hors de sa portée.

Il s'avança.

— C'est l'avantage de vous garder captive. Je n'ai pas besoin de m'inquiéter des opportunités.

Ah oui ? Il pensait qu'elle ne pouvait pas jouer le jeu ? Eh bien, il était sur le point de mériter ses baisers. Elle réprima un sourire et balaya la pièce du regard. Parviendrait-elle à monter les escaliers jusqu'à une chambre ? Non, il la rattraperait à mi-chemin.

Elle fila, songeant seulement à atteindre la première porte qu'elle pouvait trouver : son étude. Elle claqua la porte, tourna la clé dans la serrure et s'appuya contre la porte.

Godric la martela de l'autre côté.

— Émily, ouvrez immédiatement cette porte ! Je ne suis pas d'humeur à vous prendre en chasse.

Elle souffla.

— Mais c'est un jour tellement beau pour la chasse, ne pensez-vous pas ?

Elle aimait le faire mariner.

— Simkins, donnez-moi la clé de rechange !

— Oh, Seigneur !

Elle étudia la fenêtre : elle était à guillotine. La vue de l'autre côté de la vitre révéla un petit jardin latéral à l'extrémité gauche du manoir.

Elle souleva le rebord jusqu'à ce que la partie inférieure se retrouve grand ouverte. Rassemblant ses jupes dans une main, elle replia les jambes et se laissa tomber par-dessus le rebord, directement dans un parterre de fleurs.

L'espoir qu'avait Émily d'échapper à Godric sans se faire voir vola en éclats. Non loin, un jardinier taillait avec une paire de cisailles une rangée de buissons d'ifs. Ce jeune homme incroyablement beau devait avoir une vingtaine d'années. Il fit courir une main à travers des cheveux blonds sablonneux qui lui ombrageaient les yeux alors qu'il regardait les buissons sur lesquels il travaillait. Espérant passer sans être vue, elle se mit en mouvement, mais il se tourna pile alors qu'elle levait le pied. Son regard accrocha le sien, un piège émeraude ensorcelant qu'elle connaissait intimement.

Son ventre se serra et elle comprit : cet homme devait être un parent de Godric. L'homme qui se dressait devant elle était sa copie conforme... en blond.

Mais Godric était fils unique...

L'homme laissa tomber ses ciseaux et ôta ses gants de jardinage.

— Je devine que vous ne devriez pas vous trouver seule ici. Sa Grâce doit être en train de vous chercher.

— Je... Je prenais un peu l'air.

Il l'étudia avec un intérêt amusé, ses yeux affichant le même vert ensorcelant. Un cousin éloigné, peut-être ? Il devait certainement être un parent.

— Vous preniez l'air ? Vous ne pouviez pas simplement sortir par la porte d'entrée, comme une jeune femme bien élevée ? Se glisser par la fenêtre d'une étude est particulièrement suspicieux.

Elle effectua un mouvement de la main aérien.

— Oh, c'est la grande mode à Londres, je vous assure. Une excellente source d'exercice quand on n'a pas l'occasion d'aller se promener à Hyde Park.

L'homme sourit.

— La grande mode ? Quoi qu'il en soit, je crains de devoir vous escorter jusqu'à Sa Grâce.

Il aurait pu lui prendre le bras pour l'escorter jusqu'à ses ravisseurs de façon civilisée, mais non ! Il la saisit par la taille et la jeta par-dessus son épaule. Apparemment, ils avaient également cela en commun.

— Par le ciel ! Reposez-moi immédiatement ! Je vous assure que c'est juste un jeu que je joue avec Sa Grâce. Il m'aurait vite retrouvée.

— J'en suis certain, Miss. Cela étant...

Il parlait même comme Godric. Sans ses cheveux blonds sablonneux, elle aurait pu jurer que... mais c'était impossible.

Le jeune homme la transporta jusqu'à l'avant du manoir. Cédric et Ashton attendaient, des pistolets à la main.

Cédric ricana.

— Bon après-midi, Jonathan ! Je suppose que nous chassons la renarde, après tout.

— Et le chien l'a déjà attrapée, ajouta Ashton.

Émily savait qu'elle devait être en train d'offrir aux rebelles une vue dégagée sur son postérieur et de ses jambes qui donnaient des coups de pied. Jonathan posa une main ferme sur son derrière et Émily poussa un grognement indigné. N'existait-il pas un homme dans ce monde qui la traiterait avec le respect qu'elle méritait ?

— Reposez-moi immédiatement !

Émily serra un poing et s'en servit pour battre l'arrière-train de Jonathan.

— Vous prenez du bon temps ?

Jonathan eut un sursaut de surprise.

— Elle a un tempérament de feu !

Ashton éclata de rire.

— Vous n'en avez aucune idée.

Bien qu'il soit un serviteur, celui-ci semblait à l'aise avec les amis de Godric, encore plus que Simkins. Émily se dit qu'elle devrait y penser plus tard.

— Comment avez-vous attrapé cette renarde ?

Cédric vint se positionner derrière Jonathan pour la regarder. Émily afficha un regard noir, sentant le sang se précipiter vers sa tête.

— Elle était en train de sortir par la fenêtre de l'étude de Sa Grâce. Je pensais que Sa Grâce l'avait peut-être égarée.

En parlant du loup, Godric déboula de derrière l'angle du bâtiment. Il était sans doute sorti par la même fenêtre. Le soulagement adoucit la colère qui pointait dans ses yeux.

— Ah, Helprin, vous l'avez trouvée. Je ne savais pas si elle était allée très loin.

— Pas très. Elle s'est à peine débattue. Elle m'a juste regardé sans rien faire.

Jonathan fit glisser Émily de son épaule, la posant dans les bras tendus de Godric.

Celui-ci la tint fermement en place alors qu'elle détournait le regard des hommes qui souriaient. Ils avaient à nouveau blessé sa fierté et les choses continuaient de s'aggraver.

Godric déroula une longueur de la corde qu'il tenait au bras.

Cédric et Ashton la gardèrent plaquée à terre alors que Godric l'attachait. Avec un nœud complexe autour de la taille, Émily se retrouva attachée au duc, seulement séparé par deux mètres, puis ses amis la libérèrent. Elle tira sur la corde et leva les yeux vers Godric avec un manque d'amusement évident.

— Ce n'est pas humiliant du tout, dit-elle d'une voix mâtinée de sarcasme.

— Ne boudez pas, Émily. Maintenant, vous ne pourrez plus m'échapper. J'obtiens toujours ce que je veux et il est temps que vous l'acceptiez.

— Puisque nous discutons de choses que nous devons apprendre à accepter, vous devriez accepter que je ne battrai pas en retraite et ne fondrai pas dans vos bras chaque fois que vous me l'ordonnerez ! J'ai d'autres choses à faire dans la vie que de devenir votre jouet !

Godric ne montra pas la moindre contrariété. Il la saisit par les bras, la plaqua contre sa poitrine et couvrit la bouche de la sienne. Il enfonça directement la langue entre ses lèvres, et le corps d'Émily réagit comme il le faisait toujours, avec des genoux tremblants et une chaleur qui défiait toute pensée rationnelle. Que la raison aille au diable !

Elle restait debout seulement parce que Godric maintenait une prise ferme sur ses bras. Sans lui, elle se serait effondrée comme un poulain qui venait de naître, tremblant et innocent.

— Que disiez-vous à propos de ne pas fondre dans mes bras ?

Émily se rappela vaguement qu'il n'était pas seul. Plonger dans les yeux de Godric était comme d'être engloutie par un champ d'herbe haute, un paradis personnel qui n'était fait que pour elle.

— Je...

Elle ne parvint pas à proférer une phrase cohérente. Godric afficha le sourire d'un chat repu par un bol de crème. Elle se hérissa d'indignation. Il aimait détruire sa résistance. S'il voulait jouer avec elle, l'utiliser comme il l'aurait fait pour n'importe quelle femme... Eh bien ! Cela ne se produirait pas.

— Vous m'attachez comme un chien en laisse, puis vous prenez ce que vous désirez sans la moindre considération pour moi. Touchez-moi encore une fois sans ma permission...

Sa voix se transforma en un sifflement glacial.

—... et vous y perdrez une partie du corps. Celle à laquelle vous tenez le plus. Pensez-y. Je n'ai pas demandé à être là. Je ne suis pas une fille légère, et quand vous me traitez comme si je l'étais, c'est humiliant.

Godric cligna des paupières. Il ne s'était clairement pas attendu à cette réaction.

— Mais, ma chère...

— Ne me donnez pas du « ma chère », Votre Grâce.

Émily fit glisser son index vers le bas, comme une ligne dangereuse allant de sa poitrine jusqu'à sa taille, et elle fit un mouvement de cisaille avec les doigts.

— Je vous castrerai comme un cheval si vous continuez à me traiter de la sorte.

Ses paroles auraient pu faire une meilleure impression si les autres rebelles n'avaient pas ri aussi fort.

— Sommes-nous prêts à partir ? s'enquit Cédric. Même si j'apprécie un bon baiser, quand je n'y participe pas, j'ai tendance à m'ennuyer. Nous perdons notre journée à vous regarder vous amuser, tous les deux.

Godric étudia le visage d'Émily pendant un long moment, puis il écarta de sa joue une boucle égarée.

— Nous sommes prêts, Cédric. Partez devant.

Le groupe de chasseurs se mit en mouvement. Pénélope bondissait devant eux, guidée par ses jeunes instincts. Cédric, le chasseur le plus féru, cala son fusil au creux de son bras, observant les champs et les bois. Ils escaladèrent le muret de pierre et pénétrèrent dans la forêt. Le temps était beau. Une brise fraîche s'engouffrait joyeusement dans les cheveux lâches d'Émily.

Elle n'avait pas mis le peigne à papillons de Godric. Libba lui avait dit qu'il n'était pas assorti à sa tenue. Elle avait eu raison, mais Émily l'avait apporté afin de pouvoir relever ses cheveux plus tard.

Alors qu'elle marchait d'un pas lourd derrière Godric et Ashton, Émily le glissa dans ses cheveux. Elle le sortit de la poche cachée dans sa jupe et rassembla ses cheveux en un chignon désordonné dans lequel elle enfonça les dents du peigne afin de le maintenir en place.

Godric la précéda. Avant qu'elle ne puisse rattraper son retard, la longueur de la corde se tendit entre eux et lui fit faire un bond en avant. Il se tourna quand la corde se tendit, juste à temps pour la rattraper quand elle trébucha dans ses bras.

Il l'attira aisément contre lui, la gardant d'une mauvaise chute.

— Que faisiez-vous, ma petite renarde ? Vous vous échappiez à nouveau ?

— Et vous donnez une raison de me prendre en chasse ? Pas la moindre chance.

Elle espérait qu'il remarque le peigne, mais elle n'allait pas le lui faire remarquer. Elle n'avait pas besoin d'exagérer son ego déjà démesuré.

Ashton passa devant eux.

— C'est un joli peigne que vous avez dans les cheveux, Émily.

Il se précipita pour rattraper Cédric.

Godric saisit le bras d'Émily et la fit se retourner.

— Vous ne la portiez pas lorsque nous sommes partis.

Émily baissa les cils.

— Libba m'avait dit qu'il n'allait pas avec ma tenue, mais je m'attendais à ce qu'il y ait du vent, alors je l'ai emporté en secret.

Godric sourit avec tant de chaleur et de fierté qu'Émily en eut des palpitations. Il lui saisit à nouveau la taille, l'attirant contre lui. Son corps était dur et chaud, contrairement à l'air froid qui dansait, évoluait et s'ébattait autour d'eux. Émily n'y voyait aucun inconvénient.

— Vous trouvez toujours le moyen d'obtenir ce que vous voulez, même si vous continuez à agir comme si ce n'était pas le cas, ricana-t-il.

— Les petites victoires, Votre Grâce, ne valent pas la peine d'être comptabilisées.

— Tout ce que vous faites vaut la peine d'être comptabilisé.

Il ne s'avança pas pour l'embrasser comme elle s'y attendait. Il déplaça simplement ses mains de haut en bas par-dessus son ample veste de chasse.

Elle frissonna sous ses mains.

— Avez-vous assez chaud, ma chère ?

— J'ai chaud chaque fois que vous me touchez.

Réalisant qu'elle en avait trop admis, elle ajouta rapidement :

— C'est-à-dire, quand je souhaite être touchée.

— Hum, je m'en souviendrai.

Il relâcha sa prise sur sa taille et passa un bras autour de ses épaules alors qu'ils suivaient les autres.

Émily se rendit compte que Godric ne portait pas de fusil.

— Vous ne chassez pas, aujourd'hui ?

— Je n'ai pas besoin de chasser. Je vous ai déjà attrapée.

Il lui embrassa le haut du crâne.

— Il est particulièrement injuste que Pénélope puisse courir librement alors que je suis en laisse.

Godric y songea.

— Vous avez tout à fait raison. Cédric, attachez la chienne pour qu'elle ne s'enfuie pas.

Il tourna les yeux vers Émily.

— Vous voyez, ma chère, l'injustice a été réparée.

Cédric grommela.

— Voudriez-vous bien arrêter de roucouler comme un duo de colombes ? Vous effrayez les faisans.

— Jaloux, Sheridan ?

C'était la première fois qu'Émily avait entendu un des cinq hommes l'appeler par son nom de famille. Cela évoquait un défi d'écoliers, et elle faillit éclater de rire. Quelque part, les hommes resteraient toujours des garçons ; cela ne changerait jamais.

— Jaloux de vous ? renifla Cédric d'un air moqueur. Vous pensez que j'ai envie de passer mon temps à poursuivre et ligoter une petite renarde comme elle ? Absolument pas, Saint-Laurent. C'est beaucoup trop de travail. Aucune femme n'en vaut la peine.

Émily retroussa ses jupes avant de monter sur une grande pierre.

— Pas même Anne Chessley ?

Cédric s'immobilisa, le pied appuyé sur un tronc couché, regardant la chienne.

Pénélope renifla autour de l'ouverture du tronc avant de plonger à l'intérieur.

— Penny, viens ! lui ordonna Cédric en tirant sur sa laisse.

La petite chienne rampa de sous le tronc, l'air parée et attentive.

— Penny, assise.

Elle lui obéit, sa queue battant contre l'herbe, déplaçant les feuilles de son va-et-vient énergique.

— Gentille chienne.

Cédric tira un biscuit de sa poche et lui en lança un morceau. Pénélope attrapa la miette et s'humecta les lèvres.

— Elle apprend vite. Vous ne devriez avoir aucun problème avec elle, Émily.

— Cédric, vous n'avez pas répondu à ma question.

— Je n'avais pas prévu de le faire.

— Mais...

— Non, Émily.

Il donna le change en vérifiant son arme puis il sauta par-dessus le tronc, s'éloignant d'eux. Émily le regarda battre en retraite, déçue.

Ashton se pensa pour caresser la tête de Pénélope.

— Il est un peu têtu en ce qui concerne les femmes.

— Vraiment ? Quand il m'a dit comment il avait rencontré Godric...

Godric et Ashton la regardèrent.

— Il vous a raconté cette histoire ?

Le visage de Godric était rouge. Émily ne parvint pas à contenir son sourire. C'était agréable de le voir désarçonné, pour une fois.

— Oh, oui. Il m'a dit que vous vous étiez battus avec un étudiant plus âgé à propos d'une femme.

Godric trébucha.

— Vraiment ?

Émily songea à l'homme avec la canne.

— Connaissiez-vous bien Waverly ?

— Hugo était un étudiant plus âgé. Un garçon désagréable. C'est le moins qu'on puisse dire, dit Ashton. Il nous a causé pas mal de problèmes, mais sans lui, nous n'aurions jamais rencontré Charles.

— Comment avez-vous rencontré Charles ?

Godric et Ashton éclatèrent de rire. Leur réaction ne contenait pas d'humour, seulement une étrange froideur.

Ashton répondit vaguement.

— Quelle nuit ! Disons seulement que nous l'avons secouru d'une situation plutôt délicate dans laquelle l'avait fourré Waverly. C'est son sauvetage qui a donné naissance à la Ligue.

— Oh, mais vous devez m'en dire plus, Ashton !

Émily tira sur sa manche, agacée qu'il la prive de ce qui devait certainement être une histoire fantastique.

— Peut-être au dîner. Il vaudrait mieux que Charles soit là. Après tout, c'est plus son histoire que la nôtre.

Ils parvinrent à un autre tronc. Ashton l'enjamba prudemment. Émily essaya de retrousser ses jupes, mais Godric se contenta de la prendre dans ses bras, d'escalader le tronc et de la reposer sur ses pieds. Elle secoua ses jupons, essayant de récupérer une certaine dignité, mais aucun des autres n'y prêtait attention. Ils prenaient la chasse très au sérieux.

Loin devant, un coup de feu résonna quand Cédric tua un faisan. Émily, surprise par le son, fit un pas vers Godric. Les armes ne l'effrayaient pas, mais il y avait quelque chose dans ces premiers coups, alors qu'elle ne voyait pas le tireur, qui la rendait nerveuse.

— Vous ne parvenez pas à rester loin de moi après tout, hein ?

— Pour être honnête, votre taille et votre gabarit constituent un excellent bouclier.

Ashton ricana, mais Godric se reprit rapidement et passa un bras autour des épaules d'Émily, la gardant collée contre lui.

— Cédric est un bon tireur. Il ne me touchera pas, même si vous souhaitez de toutes vos forces qu'il prenne mon cœur noir pour cible.

Elle lui adressa un sourire coquin.

— Il me suffirait qu'il vous décoche une balle dans le derrière.

— Faites attention, ma chère, j'ai le sang chaud, aujourd'hui.

Elle avait une riposte toute prête, mais le silence était probablement la meilleure solution.

— Allons, regardez-moi cela.

Ashton désigna Pénélope. Trop petite pour porter son trophée, le chiot traînait le faisan à terre, l'effort lui tirant des grognements. Cédric suivait la chienne, lançant un regard noir en direction d'Émily.

— Ici, Pénélope.

Émily se tapota les cuisses. La chienne lâcha l'oiseau et

courut à elle, ses yeux clairs intensément braqués sur sa maîtresse. Elle avait l'air de sourire, avec sa minuscule langue rose qui pointait entre ses petites dents blanches.

— Gentille chienne.

Émily la prit dans ses bras, la serra contre elle et la reposa.

Ashton ramassa le faisan et le laissa tomber dans son sac en jute.

Cédric regarda Pénélope d'un air revêche.

— Cette petite Penny est tout aussi obstinée que sa maîtresse. Elle m'a échappée, puis elle a refusé de me ramener l'oiseau que j'avais tué. Il continua à braquer un regard noir sur le chien, mais sans véritable malice.

Godric sourit.

— Elle est loyale. On ne peut pas le lui reprocher.

Cédric fronça les sourcils et rechargea son pistolet à silex. Émily se dit que l'irritation de charger une arme était une des raisons pour lesquelles Cédric avait appris à bien tirer. Recharger son arme prenait une éternité.

— Je crois que je vais tenter ma chance.

Ashton leva son fusil et s'en alla. Pénélope le suivit de près.

Se retrouvant seule avec le duc, Émily songea à autre chose.

— Godric, puis-je vous poser une question ?

Il hocha la tête.

— Qu'est Mr Helprin pour vous ?

Elle avait formulé la question avec soin, au cas où la réponse s'avérerait troublante.

— Jonathan ? C'est mon valet.

— Votre valet ? Je ne l'ai pas vu vous assister...

Godric l'arrêta et lui saisit les épaules.

— Pourquoi cet intérêt soudain pour mon valet ? Vous n'essayez pas de me rendre jaloux, n'est-ce pas ?

Il sourit, mais ses yeux étaient glacés.

Elle ne put s'empêcher de le taquiner.

— Êtes-vous capable de jalousie ? J'ai supposé qu'avec vos centaines de maîtresses, cela ne vous ferait rien si je braquais mon attention ailleurs.

— Ne plaisantez pas à ce sujet, Ém.

Ce nouveau surnom sortit dans un grognement.

— J'ai seulement envie de vous. Je n'ai pas d'autre femme.

Il n'avait pas déclaré son amour, n'avait promis aucune relation permanente, mais c'était un bon début.

Émily se pencha contre lui et céda à l'impulsion de l'étreindre brièvement par la taille.

— Allez-vous me délier, maintenant ? Je n'ai pas la moindre envie de m'enfuir.

— Non. J'aime vous savoir liée à moi.

Ses propos semblaient remplis d'une signification plus profonde.

La forêt était calme et belle. Une plénitude s'installa dans l'air et les bois, comme si un Dieu endormi résidait dans un arbre à proximité. Les arbres soupirèrent et ondulèrent dans la brise. De la magie recouvrait le sol de la forêt, et à intervalles réguliers, des feuilles tombaient dans une tempête d'or et de rouge.

Tout était parfait. Elle possédait un chien loyal et marchait en présence d'un homme qui ne la laisserait pas quitter son côté – quoique d'une manière bien trop littérale –, et la compagnie de nouveaux amis faisait monter en elle un sentiment de paix et une ferveur joyeuse. Les mots étaient inutiles. Au lieu de cela, elle parlait à Godric avec des sourires et en serrant sa main dans la sienne.

La vie avec son oncle avait été froide. Il n'y avait pas de plaisanteries, pas de rire, pas même de larmes, juste un silence terrible et le grattement des plumes sur le papier. Pourquoi le temps ne pouvait-il pas s'arrêter pour quelques jours seulement ? Quelques semaines ? Elle pourrait rester ici pour toujours avec Godric et les autres.

— À quoi pensez-vous ? demanda Godric.

Émily reprit ses esprits, tentant de dissoudre la mélancolie soudaine.

— Ce n'est rien.

Elle essaya d'effacer la preuve de ses larmes.

Godric plissa le front.

— Vous êtes malheureuse ? La corde vous fait-elle mal ?

Le ton prévenant démentait ses paroles d'une telle façon que cela tira à Émily un rire qui sonna comme un sanglot.

— Malheureuse ?

Il lui massa la taille, mais elle secoua la tête et se détourna, honteuse. Quand elle trébucha sur une branche cassée, Godric la rattrapa. Il la saisit entre ses bras et la serra fort contre sa poitrine.

— Que... Que puis-je faire ?

Il ne pouvait pas deviner ce qu'elle voulait ou ce dont elle avait besoin, mais ses intentions lui réchauffaient le cœur.

— S'il vous plaît, Godric, prenez-moi dans vos bras pendant un moment.

Ses lèvres frôlèrent la gorge de Godric alors qu'elle se blottit contre lui.

Il les ramena au tronc le plus proche et s'y assit, la prenant sur ses genoux. Depuis la mort de ses parents, personne ne l'avait étreinte ou réconfortée. Elle s'était retrouvée de force dans la maison de son oncle où son cœur avait flétri et s'était éteint.

Godric n'offrait pas de l'amour, mais au moins était-il prévenant et elle trouvait cela mille fois plus pur que tout ce que son oncle lui avait offert.

À ce moment-là, Émily avait besoin de la chaleur de Godric, de sa force, de son étreinte, plus qu'elle avait besoin de respirer.

Elle eut une réalisation soudaine. Ses parents étaient morts et ils ne reviendraient jamais. Elle était seule.

Les larmes lui montèrent aux yeux. Des larmes dures et douloureuses qu'elle laissa couler, les autorisant à s'imposer. Elles disparurent rapidement et elle se retrouva vide, comme un simple squelette.

— Émily, vous allez bien ? demanda Godric en lui caressant l'oreille de ses lèvres chaudes.

— Je... Ça va aller. Je suis désolée d'avoir pleuré. Cela doit être ennuyeux de m'écouter.

— La seule chose qui me dérange est de savoir que je vous ai fait pleurer.

— Vous ? Oh, Godric, ce n'était pas cela... Je pleurais pour mes parents. Je viens enfin de réaliser que mes parents sont morts... qu'ils ne reviendront jamais.

Sa voix se brisa.

— Je ne peux m'empêcher de me demander comment se sont déroulés leurs derniers instants. Ma mère ne savait pas nager... Elle a dû avoir tellement peur !

Émily fut incapable de respirer, songeant aux eaux froides et sombres. Une tension s'empara de son esprit et lui pressa le crâne, et elle eut du mal à réfléchir.

— Respirez, Émily. Respirez.

Les bras de Godric se serrèrent autour de son corps alors qu'il la plaquait plus près de lui. Plutôt que de se sentir étouffée, son étreinte la protégeait par sa force. Elle sentit qu'il l'embrassait sur la tempe. Émily prit une inspiration lente et douloureuse.

— Ma pauvre chérie, murmura-t-il entre quelques doux baisers qui descendirent de sa tempe à sa joue.

Il lui caressa le cou avec le bout du nez et son parfum inonda ses narines. C'était apaisant, onirique et pourtant excitant.

— Je sais quoi faire pour vous refaire sourire.

— Quoi ? Non, pas ça !

— Oh, si.

Sur la défensive, Émily se protégea de ses bras, mais il était trop tard et Godric commença à la chatouiller.

Quelques secondes plus tard, elle riait à nouveau. Il était trop étrange de croire qu'elle et le tristement célèbre duc d'Essex étaient enlacés, à rire et se taquiner. C'était toujours ainsi qu'elle s'était représenté l'amour.

La passion tempétueuse dans les prunelles de Godric s'adoucit quand elle lui sourit.

— Allons. On devrait rattraper les autres.

Émily descendit de ses genoux.

Ils commencèrent à marcher et, sans un mot, Godric glissa sa main dans la sienne, leurs doigts se mêlant comme si l'univers avait toujours eu l'intention de les réunir.

12

Thomas Blankenship se trouvait dans le salon de l'hôtel particulier d'Évangéline Mirabeau, admirant la demoiselle. Étendue sur une méridienne, elle l'observait, ses paupières à demi-fermées peintes d'une couleur noisette rare, riche, matinée de miel. Ses courbes – des seins lourds et des jambes bien formées, révélées par une robe en mousseline bleu humide – pouvaient facilement faire bander un homme. Ses cheveux blond pâle tombaient en boucles parfaites sur son cou et son dos.

Blankenship sourit. Il n'était pas surprenant que cette courtisane ait été l'amante du duc d'Essex pendant plus d'un an. Si Blankenship n'entretenait pas une telle haine pour les prostituées, il aurait été tenté de céder à ses désirs entre les cuisses de cette femme. Évangéline avait le corps d'une sirène qui invitait les hommes à périr sur les rochers en pleine mer, mais elle ne possédait pas l'innocence et la nature douce d'Émily. Il en avait envie, avait besoin de s'y baigner, de la laisser apaiser la bête qui s'ébattait dans sa tête.

— Monsieur Blankenship, nous ne nous sommes pas rencontrés, n'est-ce pas ?

L'accent français d'Évangéline, chantant et sensuel, aurait

suffi à influencer la plupart des hommes. Au lit, elle devait avoir fourni au duc d'Essex des divertissements dont Émily Parr n'aurait jamais été capable, à moins que le duc n'ait pris le temps de lui donner des leçons. Blankenship espérait sincèrement qu'il le ferait. Cela rendrait sa propre conquête plus agréable.

— Non, Mademoiselle Mirabeau, nous n'avons pas encore eu ce plaisir. Mais nous avons une connaissance en commun : le duc d'Essex.

Les yeux d'Évangéline se rétrécirent.

— Oh ? Et comment avez-vous rencontré Sa Grâce ?

Elle cracha ces paroles avec toute la gentillesse d'une vipère. Le duc avait brûlé ce joli pont et Blankenship bénéficierait de la destruction.

— Nos chemins se sont croisés quand il m'a dérobé quelque chose qui m'appartient.

Elle rit durement.

— Sa Grâce ? Vous dérober quelque chose ? Impossible, Monsieur. Il est capable d'acquérir tout ce qu'il veut, soit par le charme, soit par l'argent. Vous voler ? Impossible.

— Ah, mais il a changé, Mademoiselle Mirabeau. Ce qu'il m'a volé est la raison pour laquelle je suis venu vous trouver.

Évangéline leva une main pour regarder ses ongles d'un geste nonchalant, mais la légère rougeur de ses joues révélait son intérêt.

— Moi ? Pourquoi ? Je n'ai pas été avec Sa Grâce depuis six mois. Que vous a-t-il dérobé, Monsieur ?

— Une jeune dame.

L'ex-maîtresse d'Essex sursauta.

— Il m'a volé une jeune dame, répéta-t-il.

— Une jeune dame ?

— Oui. Son nom est Émily Parr et son oncle nous doit de l'argent, à moi et à Sa Grâce. Essex a décidé d'enlever Miss Parr à son oncle, qui a refusé de payer. Puisqu'elle est ma propriété, j'ai envie de la récupérer.

Évangéline posa la main sur sa hanche, lissant la soie dans le même mouvement.

— Comment savez-vous qu'il a enlevé cette jeune fille ?

— Il a écrit un mot à son oncle.

Blankenship s'approcha d'elle et lui donna un bout de papier, qu'elle étudia.

— C'est l'écriture de Godric, de la main gauche. Une astuce d'écolier, révéla-t-elle.

— Effectivement. J'ai emmené le magistrat jusqu'à son domaine, mais nous n'avons pas pu la trouver. Ils ont dû l'avoir cachée.

— Ils ?

Évangéline haussa un sourcil curieux.

— Il avait sa Ligue – il retint l'envie de cracher – avec lui.

— Vraiment ? Alors ce n'est pas entièrement une surprise.

Ces hommes sont liés par une loyauté inaltérable. Son ton ironique et la pointe d'amertume dans ses yeux étaient une agréable surprise.

Elle ferait une excellente alliée.

— Que voulez-vous de moi, Monsieur ?

— Je voudrais vous employer pour une combine qui me permettrait de retrouver Miss Parr et vous donnerait peut-être l'occasion de récupérer Essex.

— Le récupérer ? Je ne l'ai jamais perdu !

— Ah, oui, bien entendu.

Il réprima l'envie de sourire. Elle avait révélé son point faible : la fierté.

Évangéline fit la moue pendant une seconde avant de reprendre la parole.

— Quelle serait cette combine ?

— Je vous confie cette lettre dont l'écriture imite celle d'Essex et qui vous invite à venir à son domaine pour passer du temps avec lui. Cela implique qu'il ne trouve pas satisfaction auprès d'Émily. Vous confirmerez mon soupçon qu'Émily s'y trouve et vous m'enverrez une lettre par la poste à ce nom et cette adresse. Attention, cela ne devrait pas provoquer les soup-çons d'Essex au cas où il surveillerait votre correspondance. Fournissez-moi tous les détails concernant son emplacement exact au sein de la demeure, où ils la détiennent, les routines des serviteurs, tout ce que vous pouvez me dire qui me permettra de la retrouver.

— Et une fois que vous aurez confirmation de sa présence ?

— J'emploie un homme particulièrement dangereux, qui ne s'arrêtera à rien pour récupérer la fille. Si le duc et ses amis ne s'en mêlent pas, il ne leur arrivera rien. Une fois que j'aurai la jeune fille, Essex sera libre et vous pourrez le récupérer.

Le sourire de Blankenship ne contenait aucune chaleur.

Un soupçon de méfiance trahit la Française.

— Ce mercenaire... Est-il capable de tuer Godric ?

— Si Essex tente de l'empêcher de ramener la jeune fille alors oui. Il est très compétent. J'ai d'autres hommes pour le soutenir, tout aussi impitoyables dans leurs actes.

Si Évangéline devait se faire prendre et interroger, mieux vaudrait qu'elle conduise les hommes de Godric à penser qu'il avait une armée à sa disposition.

Pendant un long moment, Miss Mirabeau garda le silence. Il ne doutait pas qu'elle avait toujours des sentiments pour Essex. Penser qu'elle pourrait épargner son amant et le récupérer ne la rendrait que plus susceptible de l'aider.

— Votre plan est ridicule. Sa Grâce saura qu'il n'a pas écrit ce mot. Comment vais-je expliquer mon apparition soudaine ?

— Dites-lui qu'on a dû vous jouer un tour. Montrez-lui le mot, dites que vous avez donné congé à votre personnel et qu'il serait incommode de revenir aussi vite. Essex est un gentleman et il ne fait aucun doute qu'il vous donnera asile. Je vous paierai généreusement pour cette petite mission.

Elle eut une lueur de cupidité dans le regard.

— Quelle est l'étendue de votre générosité, Monsieur ?

— Elle est immense.

Elle prit le chèque qu'il lui tendait et écarquilla les yeux en voyant le montant.

— Monsieur ! dit-elle en affichant un sourire qui n'en était pas un.

— Et plus encore à votre retour, ajouta-t-il.

— Nous voici devenus associés.

Bientôt, Émily serait de retour chez Parr et Évangéline réinvestirait le lit d'Essex. Blankenship effacerait gracieusement les dettes de Parr dès qu'Émily lui appartiendrait. Il la possèderait et Essex ne serait plus un problème.

⁂

LA PARTIE DE CHASSE AVAIT PRESQUE ATTEINT LE BORD DES jardins, les sacs pleins de faisans, quand Émily trébucha sur une pierre et se tordit la cheville. Les hommes se tournèrent quand ils l'entendirent crier. Cela lui faisait terriblement mal et elle eut du mal à étouffer un gémissement. Godric évalua immédiatement la blessure, retroussant sa jupe du bout des doigts. Il toucha sa cheville à travers son bas avec des doigts doux, mais fermes.

— Cela vous fait-il mal ?

Émily répondit d'une grimace. Elle avait du mal à rester debout.

— Ne soyez pas bête. Je vais vous porter.

Godric glissa un bras derrière son dos et l'autre sous ses genoux pour la soulever. Pénélope suivait de près, geignant doucement. Ashton et Cédric restèrent devant pour aider à ouvrir le portail du jardin et la porte du manoir.

— Votre Grâce ! Que s'est-il passé ?

Simkins s'approcha, les rides de son visage s'approfondissant.

— Émily s'est tordu la cheville. Faites monter un dîner pour deux dans mes appartements. Je ne veux pas que cela s'aggrave.

Détournant les yeux d'elle, le majordome regarda Godric et répondit « bien sûr, Votre Grâce », avant de repartir.

— Allons, qu'est-ce que tout cela ?

Une voix familière les interpella depuis les escaliers. Charles et Lucien étaient apparemment revenus de Londres.

— Quand êtes-vous rentrés ? demanda Ashton.

— Il y a une demi-heure. Simkins nous a dit que vous étiez partis à la chasse.

Lucien jeta un regard inquiet à Émily.

— C'est un drôle de faisan que vous avez là, Godric. Vous lui avez tiré dans la jambe ?

Charles, malheureusement, était toujours aussi effronté.

— Absolument pas. J'ai trébuché sur une pierre en revenant dans le jardin, dit Émily.

— Vous n'êtes pas blessée ? demanda Lucien.

Cédric ramassa Pénélope qui était en train de flairer les bottes de Charles.

— Elle s'est peut-être foulé la cheville.

Godric ignora la conversation et porta Émily jusqu'en haut des escaliers. Il l'allongea sur son lit et délia la corde de sa taille sans la libérer. Il saisit l'extrémité lâche de la corde et noua le même nœud complexe à la colonne de son lit.

— Godric, honnêtement, est-ce vraiment nécessaire ?

Il lui saisit le menton dans une main, levant les lèvres vers lui jusqu'à ce qu'il puisse l'embrasser.

— Il n'est pas encore dix heures et je n'ai pas envie de vous donner la moindre chance. Je serai vite revenu.

Il l'embrassa à nouveau, tiraillant ses lèvres, frôlant sa langue de la sienne avant de la laisser enfin seule.

Émily se frotta la cheville et la fit pivoter lentement plusieurs fois dans toutes les directions, essayant de faire se dissiper la douleur. Quand elle était enfant, elle se tordait souvent la cheville et n'avait jamais mal longtemps. La raideur avait déjà commencé à s'estomper.

Godric avait raison de la ligoter, mais était stupide de penser qu'elle était impuissante. Émily étudia le nœud de la corde qui entourait sa taille. C'était une création à plusieurs boucles qu'elle finirait bien par comprendre comment défaire. Bataillant avec le nœud pendant quelques minutes, elle réussit à le desserrer, mais en entendant des bruits de pas à l'extérieur, elle laissa retomber ses mains sur son giron. Godric, Simkins et Libba portaient deux plateaux de nourriture, une bouteille de vin et deux verres. La femme de chambre adressa un clin d'œil conspirateur à Émily alors qu'elle s'en allait avec Simkins.

Godric poussa un des plateaux vers Émily, désignant les plats du bout du doigt avant de délier la corde à sa taille. Elle se dit qu'à présent qu'il était revenu, il pouvait la surveiller lui-même.

— Du lièvre, du pudding aux alouettes et, sourit-il en désignant le petit bol froid recouvert d'une cloche argentée, de la crème glacée au gingembre.

— De la crème glacée ?

L'estomac d'Émily se serra. La crème glacée était un luxe que seuls ceux qui possédaient une glacière pouvaient se permettre.

Godric sourit.

— J'aurais peut-être dû vous servir de la crème glacée plus tôt pour vous convaincre d'être une gentille petite prisonnière...

Émily prit le petit bol, ayant hâte de sentir la douceur froide fondre dans sa bouche. Godric lui écarta la main avec un claquement de langue.

— Vous devez d'abord manger les autres plats. Simkins me tuerait s'il apprenait que vous m'avez séduit pour pouvoir manger votre dessert en premier.

— Vraiment ? s'étonna-t-elle.

— Pas totalement. Il me regarderait simplement d'un air déçu, ce qui est encore pire.

— Pouvez-vous être séduit pour de la glace ?

Elle afficha une petite moue suggestive et le sourire qu'il lui adressa faillit la faire fondre.

— Vous seriez surprise.

Godric lui tendit un couteau, une fourchette et une cuillère. Émily sourit d'un air chagriné quand elle le vit clore et verrouiller la porte de sa chambre à coucher, les enfermant ensemble.

— Vais-je manger ici sur votre lit ?

— *Nous* allons manger sur mon lit, la corrigea-t-il en s'asseyant à côté d'elle.

— Mais...

C'était trop gentil, trop beau, de penser qu'il voulait partager un repas avec elle de façon aussi intime. Émily s'écarta de lui, sachant que s'il la touchait, elle perdrait le contrôle. Une moitié d'elle aurait voulu jeter la nourriture à bas du lit et le goûter *lui*. L'autre moitié savait que chaque moment qu'elle passait à ses côtés lui en dérobait plus de son cœur.

— Mangez, ma chère, ou vous n'aurez pas la crème glacée.

Émily soupira et entama sa soupe et son pudding.

Godric mangea avec elle dans un silence étonnamment agréable. C'était une joie pure que d'avoir la jeune femme si près de lui et d'exister dans un espace aussi proche d'elle.

— Comment va votre cheville ?

Godric posa son plateau sur le sol et tendit la main vers la jambe d'Émily. Il retroussa ses jupes au-dessus de son genou et elle sentit des frissons lui remonter le long de l'épine dorsale.

— Elle va beaucoup mieux. Je crois qu'elle sera très vite guérie. Je me faisais souvent mal de la sorte quand j'étais enfant. Je n'arrivais jamais à rester posée pendant très longtemps. Ma mère disait que j'étais un véritable garçon manqué. C'est pour cela qu'elle a commencé à m'enseigner toutes ces langues.

Émily se recula contre les oreillers du lit, calant ses épaules pour adopter la meilleure position de relaxation possible. Les souvenirs de son enfance se déployèrent comme des drapeaux aux couleurs vives qui battaient dans le vent.

Godric l'écoutait parler en lui caressant la jambe avec la paume de la main. Émily savait qu'elle aurait dû avoir honte de le laisser la toucher avec autant d'audace, mais ils avaient déjà fait tellement de choses ensemble qu'elle ne pouvait pas s'opposer à une caresse aussi simple et douce.

— Étudier était sa seule astuce pour me faire rester en place. On se terrait dans la bibliothèque pendant des heures, à lire des histoires dans d'autres langues. Elle me mettait au défi et me récompensait lorsque j'avais de bons résultats.

Émily sourit. Que sa mère ait réussi à la persuader d'abandonner le plein air pendant au moins une heure afin de pouvoir lire tenait du miracle.

— On se cachait de Père quand il venait nous chercher pour le déjeuner. Je n'oublierai jamais la fois où nous nous sommes cachées sous la table près de la porte et qu'on s'est enfuies sans qu'il nous voie. Il est revenu dans la salle à manger et nous a trouvées déjà attablées. Je crois qu'il n'a jamais compris comment on avait fait. Mère était tellement intelligente !

Elle essuya une larme.

— J'imagine qu'elle était une femme merveilleuse.

Godric caressa à nouveau la jambe d'Émily, jouant avec le rebord du bas près du genou, comme s'il avait envie de le lui retirer. Émily sentit son souffle s'accélérer, mais elle lutta pour rester calme.

— C'était une femme extraordinaire. Mon père disait que le monde avait toujours besoin de plus de femmes comme elle. Il voulait que je sois aussi intelligente qu'elle l'était.

Les larmes montèrent aux yeux d'Émily, mais elles ne la brûlèrent pas. C'étaient des larmes d'acceptation alors qu'elle se souvenait de jours plus heureux. Referait-elle un jour l'expérience de ces sensations ?

Godric captura son attention en l'attirant sur ses genoux, prit le bol de glace, et en porta une cuillerée à ses lèvres. Il avait abandonné sa cravate et son gilet, et sa chemise blanche épousait la forme de son corps. Il reposa le menton sur son épaule tout en la regardant manger. S'asseoir sur ses genoux, le sentir pleinement alors qu'il l'étreignait aussi fort, émerveilla Émily.

— Je veux tout savoir sur vous, Émily. Racontez-moi l'histoire de votre vie.

— L'histoire de ma vie ? Il n'y a pas grand-chose à dire. J'ai passé plus de temps à rêver d'une vie qui n'a pas encore été vécue qu'à la vivre. Mon père n'était pas ambitieux et détestait la ville. Nous sommes rarement allés à Londres et je n'ai jamais mis le pied hors de l'Angleterre. Mes parents, cependant, étaient souvent absents. Mon père possédait en partie une compagnie de transport maritime et il se rendait dans les différents ports pour voir comment l'entreprise tournait. Il emmenait toujours ma mère... Ils étaient si amoureux !

Des souvenirs fugitifs ; son père qui souriait brièvement à sa mère pendant qu'elle enfilait sa cape de voyage. Le frôlement de lèvres sur sa petite joue potelée avant de les voir partir vers leur calèche de location. Elle qui s'accrochait aux jupons de Mrs Danvers. Si seulement elle avait su que ce serait leur dernier voyage ! Quand ses parents étaient partis, elle avait été au plus profond des bois derrière leur cottage, à faire des croquis de fleurs sauvages et d'oiseaux pour un devoir qu'elle rédigeait. Elle était arrivée une heure trop tard pour leur dire au revoir et cela la hantait.

Émily aurait donné son âme pour pouvoir revenir en arrière et se forcer à reporter ses esquisses au lendemain pour rentrer à la maison plus tôt. Elle aurait serré sa mère contre elle, se serait accrochée à son père et les aurait suppliés de ne pas partir. On ne savait jamais à l'avance quelles erreurs on pouvait commettre, ni le prix à payer, jusqu'à ce qu'il soit trop tard !

Godric parut sentir qu'elle prenait ses distances et il lui écarta une mèche de cheveux du visage.

— Vous souhaitez voyager ?

De sa main libre, il enfonça la cuillère dans le bol d'Émily et lui vola un peu de glace.

— Plus que tout, j'ai envie de...

— De quoi avez-vous envie ?

— C'est bête.

Godric abandonna sa cuillère pour venir lui caresser la joue du revers de la main.

— Dites-moi.

Il était tellement facile de céder, de s'abandonner à tout ce qu'il lui demandait, quand il la touchait de la sorte.

— En guise d'héritage, mon père m'a laissé ses parts dans la société. Cela a produit une somme d'argent conséquente qui serait revenue à mon mari à notre mariage. J'avais espéré épouser quelqu'un qui m'aurait permis de m'occuper de mes intérêts dans la société et de gérer les livres de comptes. J'aurais pu voyager, voir le monde quand j'en aurais l'occasion. Ne serait-il pas glorieux d'avoir l'occasion de vivre ? Je veux me baigner dans la mer Méditerranée, sentir le soleil de l'Égypte sur ma peau et jeter des boules de neige dans les Pyrénées. J'ai envie de goûter les currys indiens et de voir les temples de l'Orient...

Le regard de Godric s'adoucit.

— Ce ne sont pas des désirs stupides.

La main de Godric contre sa joue descendit le long de son cou, le bout de son doigt traçant une ligne vers sa clavicule. En cet instant, Émily n'aurait rien désiré de plus que de vivre ses rêves avec lui.

— Peut-être pas, mais je suis stupide d'espérer qu'ils se réalisent un jour.

Elle reposa sa cuillère et son bol.

Quand il devint évident qu'il ne la lâcherait pas, elle se cala entre ses bras. Il s'enroula autour d'elle, enfonçant le visage dans l'espace entre son cou et son épaule, plaquant les lèvres contre sa peau. La tête d'Émily retomba contre son épaule alors qu'il déplaçait sa bouche le long de son cou, en direction de son oreille, lui mordillant le lobe. Elle soupira en sentant une vague de chaleur l'envelopper. Elle aurait pu sombrer dans le sommeil, protégée entre ses bras. La grande horloge du vestibule sonna neuf heures. Les coups lointains animèrent Godric et il la fit descendre de ses genoux.

— Je dois descendre parler aux autres. Je reviendrai vite et nous irons nous coucher.

Il n'attendit pas qu'elle proteste et la laissa seule à attendre.

Dans le salon, les cinq hommes étaient debout autour de la table de billard. Cédric se préparait à tirer tandis que Lucien et Charles parlaient aux autres de leur passage à Londres.

— Nous avons croisé Blankenship à Hyde Park, dit Charles en faisant tournoyer un verre de brandy.

Les yeux d'Ashton étincelèrent.

— Vraiment ?

— Oui, j'ai pris le temps de lui rappeler sa dette envers moi, dit Lucien. Manifestement, ses pratiques financières sont plutôt rusées. Il reçoit des investissements d'hommes comme moi et s'en sert pour briser des hommes comme... Albert Parr. J'ai posé quelques questions aujourd'hui et il semble qu'il y ait des indices ici et là qui indiquent que Blankenship soit responsable des problèmes d'argent de Parr.

Godric tira une queue d'un des portants disposés contre le mur.

— Je me demande si Blankenship a mis Parr en banqueroute juste pour avoir Émily...

Il étudia la table de billard puis regarda Lucien.

— Comment Blankenship s'est-il endetté envers vous ?

Lucien prit son temps avant de lui répondre. Une fois qu'il eut empoché deux billes, il répondit à la question de Godric.

— Je ne l'ai rencontré qu'une seule fois. Je lui ai vendu une de mes plus petites propriétés en France. La petite maison près du château de Chenonceau.

Charles soupira avec nostalgie.

— J'aimais bien cet endroit...

— Eh bien, Blankenship a l'acte de propriété, mais il ne m'a versé que l'acompte.

Le visage de Lucien s'obscurcit, ses traits devenant froids.

— Il ne m'a pas fait parvenir la somme restante pour la propriété.

Godric eut presque pitié de Blankenship. Ceux qui oseraient dérober quoi que ce soit à Lucien risquaient de se retrouver dans la ligne de mire d'un pistolet de duel.

— Vous ne pensez quand même pas qu'il va essayer de vous escroquer ? demanda Ashton.

— Non, je suis bien trop prudent pour tomber dans de tels pièges, tout comme il l'est pour éviter toute détection. Il ne fait que retarder le paiement jusqu'au dernier moment possible pour des raisons d'intérêt.

— Que faisait-il à Hyde Park ?

C'était le tour de Godric. Il saisit sa queue et joua, ratant le trou de deux centimètres. Il avait résolument la tête ailleurs et son jeu en souffrait.

— Pas certain. Ce mécréant a paru terriblement suffisant de nous voir, gronda Charles.

Godric étouffa un rire. Ils détestaient tous Blankenship pour la simple raison qu'il pensait qu'Émily lui appartenait. Il essaya de ne pas s'attarder sur cette pensée. Cela lui rappelait seulement son propre comportement moins que respectueux.

— Cela ne présage rien de bon. J'ai des doutes à son sujet depuis qu'il s'est présenté ici avec le magistrat, dit Ashton.

— Il n'arrêtera à rien tant qu'Émily ne lui appartiendra pas, dit Cédric.

— Alors il ne s'arrêtera jamais.

Godric lutta contre l'envie de faire les cent pas à travers les pièces de la maison jusqu'à ce que toute son énergie soit dépensée.

— Nous devons être vigilants, dit-il, ce à quoi les autres acquiescèrent.

— Mais après être tombés sur Blankenship, sourit Cédric, je suppose que vous avez passé un bon moment ?

— En effet ! Lucien a un véritable talent pour choisir des femmes qui aiment expérimenter. Elles avaient des jouets magnifiques importés de...

— Hum ! toussa Ashton. Même si nous apprécions tous les récits de votre dépravation et de celle de Lucien, il y a sous ce toit une jeune dame innocente qui ne devrait pas vous entendre vous vanter de vos conquêtes.

Godric étouffa un rire. Encore une fois, ses pensées allèrent vers Émily. Il l'avait laissée dans sa chambre, incapable de se contenir un instant de plus en sa présence. Pourtant, il ne recherchait pas simplement les plaisirs de la chair. Il voulait être avec elle complètement, de corps et d'âme. Avait-il déjà été avec une femme de cette façon-là ? S'il l'avait fait, cela avait dû être des années en arrière... Il posa la queue sur la table, attirant l'attention des autres hommes. Il n'était plus temps d'attendre. Il la désirait et s'il connaissait les femmes, elle le désirait tout autant.

— Excusez-moi. Je dois aller voir si Émily va bien.

— Bien sûr..., ricana Charles. Et j'imagine que cela lui prendra toute la nuit.

Godric ignora le rire qui le suivit hors de la pièce.

❧

QUAND GODRIC ENTRA, ÉMILY ÉTAIT ALLONGÉE SUR LE ventre, lisant une collection d'essais philosophiques. Elle leva les yeux alors qu'il refermait la porte et s'y appuyait, les bras croisés. Il arqua un sourcil sombre et afficha un sourire en coin, et elle sentit son cœur faire un bond. Elle ressentit l'envie de se cacher et de se dissimuler dans le sous-bois comme un faon effrayé. Les braises entre eux avaient couvé sous la surface depuis bien trop longtemps, et elles seraient enfin attisées. Ils ne pourraient plus revenir en arrière. Lui faisait-elle confiance ?

Oui. Bien plus qu'elle n'aurait dû le faire, mais il était trop tard pour remettre en question la partie de son cœur qui s'était donnée à lui.

— Venez à moi, ma chère.

Comme le serpent lui offrant une pomme, son ton lui promettait de l'éduquer sur toutes les choses qu'une jeune femme innocente n'aurait pas dû savoir.

Le livre tomba de ses mains et elle se remit en position assise. Son esprit était obscurci par un désir grisant. Il devait en avoir envie tout autant qu'elle. Émily laissa ses jambes pendre par-dessus le rebord du lit et elle se pencha en arrière, les mains derrière les hanches et le menton relevé, lui adressant ce qu'elle espérait être un regard d'invitation.

— Si c'est moi que vous voulez, alors venez.

La lueur animale dans les yeux du duc lui révéla qu'il savait qu'elle essayait de contrôler la situation. Enfin, il s'éloigna de la porte fermée et vint la rejoindre.

Godric prit son visage dans une main et posa les yeux sur ses lèvres.

— Émily, vous me rendez fou.

— Vous pensez que cela a été facile pour moi ? Vous savez ce que je ressens, mais pour vous, le choix est aisé et sans conséquence. Pour moi ? J'abandonne tellement de choses pour être avec vous. S'il vous plaît, dites-moi que vous comprenez...

Elle ne voulait pas mendier, mais le tremblement de sa voix la trahit.

— Je le fais…

Godric déplaça ses mains de ses épaules jusqu'au col de sa chemise, dont il saisit les rebords. D'un mouvement rapide, il la déchira en deux puis la fit glisser le long de ses bras et le jeta de côté. Elle tomba légèrement à terre, un symbole blanc de sa capitulation.

— Vous ne regretterez jamais ce choix. Je vous le jure.

Il lui empoigna les épaules et s'exprima d'une voix rude.

— Godric…

Elle voulut tendre une main pour le calmer. Il sentit tout son corps trembler alors que ses doigts déliaient promptement son corset.

— Pas un autre mot, renarde. Le limier est là et il n'y a pas d'évasion possible.

Émily se représenta l'image d'un renard couvert de sang pris entre les dents d'un chien. Elle avait toujours été une proie pour lui, et il avait gagné.

Les mains de Godric se déplacèrent vers ses pieds, délaçant ses bottines et les déposant sur le sol. Il lui ôta ensuite ses bas. Émily resta étendue immobile, la regardant dégrafer sa jupe avant de la faire glisser à terre. Il se recula, retirant lentement sa chemise et jetant ses bottes de côté. Il commença à ouvrir ses culottes, mais il s'arrêta quand elle s'agita sur le lit, mal à l'aise.

— Vous me craignez, maintenant ?

Émily crut entendre un soupçon de préoccupation dans sa voix. *Bien sûr que je vous crains. Vous prenez le contrôle de tout et exigez que je vous donne tout, pas seulement mon corps.* La peur dansa dans son ventre, la faisant reculer. Son souffle se fit court, son cœur battant à un rythme vague et irrégulier. Et s'il la blessait accidentellement ?

Il l'avait enlevée dans sa calèche par la force et l'avait soumise. Mais au fil des journées, il avait également montré une douceur qu'il n'était pas en mesure de cacher. Serait-ce le rebelle sans cœur ou bien l'âme meurtrie qui prendrait possession d'elle ?

La détermination dans son regard lui disait que ce rebelle avait le contrôle, mais l'ombre au sein de cette âme douce se faisait voir sous ses cils longs et sombres.

Ce qui restait de ses craintes s'évanouit tandis qu'une tension nerveuse tout aussi grisante pour ses sens les remplaça. Elle ne savait pas comment se comporter avec Godric en tant qu'amant.

— Je... Je n'ai pas peur.

Cette affirmation ne les convainquit ni l'un ni l'autre.

🙵

GODRIC OBSERVA L'APPARENCE D'ÉMILY : UNE CRÉATURE effarée dans une fine nuisette transparente, sa chevelure relevée en chignon. Il tendit les mains vers elle, mais seulement pour lui ôter son peigne et le placer sur la table de chevet. Ses cheveux se répandirent sur ses épaules. Il les parcourut de ses mains, admirant leur douceur.

Elle l'hypnotisait telle une déesse des temps jadis. Il avait connu quelques-unes des femmes les plus belles et les plus convoitées de toute l'Angleterre, mais jamais l'une d'elles ne l'avait tenu captif comme celle-ci. C'était à cause de la façon dont elle chuchotait son nom et dont elle souriait, et des choses qui lui passaient par la tête quand elle parlait de ses rêves. Elle n'était pas seulement un corps chaud avec lequel coucher. Émily signifiait infiniment plus pour lui. Elle était réelle.

Il leva les mains pour lui prendre le visage entre les paumes, puis il lui inclina la tête vers l'arrière et dévasta sa bouche tremblante avant de l'attirer plus près de lui.

Il l'étreignait, la chaleur qui émanait d'elle à la fois excitante et apaisante. La dernière chose qu'il aurait voulue était de l'effrayer, mais voilà qu'il déchirait ses vêtements et grognait comme un loup. Son besoin de l'avoir, de la faire sienne l'emportait rapidement sur sa raison. Mais ses actions étaient également enracinées dans une nouvelle peur : celle de perdre Émily. Il avait oublié comment vivre sans elle. Les bras de Godric se resserrèrent autour d'elle, comme si la lâcher dissoudrait sa protection.

Le parfum de ses cheveux, évoquant des fleurs fraîchement cueillies, l'enveloppait et l'apaisait. Elle était ici, dans ses bras, en sécurité.

— N'ayez pas peur, murmura-t-il.

Sa bouche frôla les contours de la ligne de sa mâchoire jusqu'à son cou.

Émily soupira, refermant les bras autour de lui pour essayer de le rapprocher. Il profita de sa distraction afin de faire glisser sa chemise vers le haut. Il continua de l'embrasser jusqu'à ce que le tissu fin se retrouve près de son cou, puis il le tira au-dessus de sa tête. Un petit cri lui échappa alors qu'elle essayait de se couvrir les seins. Godric lui attrapa les poignets et les plaqua lentement sur le lit près de sa taille.

— Godric… Je ne pense pas être prête à faire cela.

— Je ne vous ferai jamais de mal, ma chère. Je vous prie de me croire.

Il déposa un léger baiser au coin de sa bouche, la taquinant. Il voulait seulement la protéger, la rendre heureuse. Il n'oserait pas risquer de la perdre maintenant.

❧

ÉMILY S'AGITA, PRISE D'UN PLAISIR CROISSANT ALORS QU'IL glissait ses hanches dans le berceau de ses cuisses. Il conquit sa bouche et la chaleur de son baiser la fit frémir. Elle avait entendu dans le ton de sa voix qu'il ne lui ferait aucun mal, mais son cœur rechignait à le croire.

— Je vous en prie, Émily, laissez-moi prendre soin de vous. J'ai besoin de vous.

Émily repoussa sa poitrine.

— Vous avez besoin de mon corps.

Godric se recula, ses yeux émeraude l'engloutissant dans leurs éclats infinis.

— C'est plus que cela. Cela a toujours été plus. Dès le premier moment, j'ai su que vous m'apparteniez, corps et âme. À jamais.

Il enroula autour d'un doigt une mèche de ses cheveux, jouant avec la boucle étincelante avec un mélange d'espièglerie et de tendresse qui la désarçonna.

— Vous m'avez ensorcelé, Émily. Vous m'ensorcelez et je ne souhaite pas me réveiller. Ne me refusez pas le droit de vous adorer, ma déesse.

Il scella son plaidoyer d'un léger baiser qui attisait l'envie d'Émily d'en connaître davantage.

Son corps reprit vie. Chaque nerf, chaque muscle tressaillirent dans l'attente d'un plaisir dont elle n'avait pas encore fait l'expérience. C'était un cadeau qu'elle n'osait pas demander. Rien d'autre n'importait plus que Godric : la puissance de son corps, la danse de sa langue et le désir qui croissait entre ses jambes.

Godric se blottit contre elle, se balançant en avant, se pressant contre son corps. Émily eut du mal à respirer, ses lèvres encore prisonnières des siennes alors qu'il inclinait la bouche vers elle. Il lui mordilla les lèvres en faisant glisser les mains sur toute la longueur de ses cuisses, y appliquant une légère pression. Quand il baissa enfin les yeux vers ses seins, il gémit en voyant les mamelons roses durcir pour lui.

— J'attends de vous goûter depuis si longtemps !

Il fit descendre une ligne de baisers qui allèrent de son cou à ses seins. Quand il prit son sein dans sa bouche, Émily s'arqua contre lui, ressentant de violents fourmillements le long de son dos.

Il saisit son mamelon entre ses lèvres, sa langue caressant la pointe tendue jusqu'à ce qu'Émily enfonce ses mains dans les cheveux de Godric, l'exhortant à continuer. Il abandonna alors son sein et lui attrapa les mains, les replaçant sur le lit près de ses hanches.

— Je vais attendre un peu pour vous donner ce que vous désirez.

— Non ? haleta-t-elle.

Il émit un petit rire en lui embrassant la clavicule.

— Non. Il est temps que je vous punisse pour vos tentatives d'évasion.

Il sortit la langue et lui lécha la peau. Émily gémit.

— Si c'est une punition, permettez-moi d'admettre d'autres péchés pour que je puisse les expier aussi.

Son rire passionné la captivait par sa douceur brûlante.

Godric fit descendre sa bouche dans la vallée de ses seins, sous son nombril et vers le triangle sombre de son bas-ventre. Il se glissa hors du lit, s'accroupissant entre ses jambes, se servant de ses épaules afin de garder ses genoux ouverts pendant qu'il embrassait l'intérieur de sa cuisse droite. La vision d'Émily se brouilla alors qu'il se déplaçait lentement vers la moiteur de son intimité.

❧

— Godric..., gémit-elle enfin, sa bouche venant se déplacer entre ses jambes.

Alors que sa langue créait des motifs dévoyés et tourbillonnants sur sa peau palpitante, elle cria à nouveau son nom. Il grogna, adorant entendre son nom sortir de ses lèvres avec désarroi.

Godric était tellement à l'étroit dans ses culottes qu'il parvenait à peine à penser. Il savait qu'il ne devrait pas coucher avec Émily. Qu'il devait s'arrêter de la goûter, s'arrêter avant qu'il n'aille trop loin et s'enfonce profondément en elle. Elle était vierge, innocente, et la première fois serait douloureuse. Elle avait besoin des baisers calmes et doux d'un amant, pas de la violence d'un homme possédé. Godric était sur le point de reprendre le contrôle quand Émily gémit bruyamment pour l'exhorter à continuer.

Il mordilla le bourgeon sensible de son excitation, haletant lui-même quand elle poussa un cri de plaisir. Godric libéra ses mains quand il se redressa pour se libérer de ses pantalons. S'il ne la pénétrait pas rapidement, il basculerait comme il l'avait fait ce matin-là.

Elle écarquilla les yeux quand il se débarrassa de ses culottes et se dressa devant elle, complètement nu.

Émily observait son érection, les yeux pétillants de fascination.

— Godric, allez-vous...

— Émily, je sais que cela sera douloureux, mais je serai aussi doux que possible, dit-il d'une voix tendue en lui écartant doucement les genoux.

Émily se tortilla alors qu'il s'installa sur elle.

— Me le promettez-vous ?

— Je vous le promets.

Il n'avait jamais fait de promesse aussi sincère.

Il glissa les mains sous ses fesses et lui leva les hanches. Il s'enfonça profondément en elle d'un mouvement lent. Le mur de son hymen se déchira sous la force de sa pénétration. Le cri aigu de douleur d'Émily suivit le cambrement de ses hanches alors qu'elle tentait de se libérer, mais le mouvement ne fit que l'attirer plus profondément.

Godric se glaça en entendant sa douleur.

— Devrais-je m'arrêter ?

La voix de Godric était à vif, éraillant ses propres oreilles.

Elle déposa de légers baisers le long de sa mâchoire et haussa les hanches pour l'encourager.

— Non, ne vous arrêtez pas.

Se penchant, il saisit sa bouche dans un baiser profond. La tension s'atténua. Il l'invita à se déplacer avec lui et à imiter ses va-et-vient. Il se perdit rapidement dans la pression de son intimité et dans le mouvement de ses seins quand elle respirait. Et chaque fois, les lèvres d'Émily laissaient échapper un petit son. Elle roula les jambes autour de ses cuisses alors qu'il se redressa au bord du lit, se pencha vers elle et la pénétra. Il ne s'était encore jamais senti aussi consumé par une femme, si désespéré d'imprimer son âme dans le noyau même de son être.

À moi. Vous êtes à moi, dit-il à travers le jeu rude de sa langue contre la sienne, ses mains serrant ses hanches plus fort tandis que ses seins frottaient contre sa poitrine.

UNE MER ÉCARLATE DE DÉSIR ENVELOPPA ÉMILY ALORS QUE Godric s'enfonçait de plus en plus profondément en elle. Chaque fois qu'il se retirait, elle percevait les profondeurs de son propre vide. Seuls les coups de reins que donnait Godric en retour comblaient son désir. Rien n'existait, n'avait plus de forme ou de matière, au-delà de son corps qui s'unissait à celui de Godric. Elle contracta les jambes, le faisant sien alors que sa langue luttait pour entrer dans sa bouche, y goûtant le gingembre de leur glace et des effluves du brandy.

L'inconfort et les éclairs de douleur devinrent des accès de plaisir. Elle était en roue libre vers une falaise et une fois qu'elle aurait basculé, elle ne retrouverait jamais la raison. Le plaisir de leur union était beau et dévastateur.

— Prenez-moi plus profondément, l'encouragea-t-il à l'oreille avant de lui mordiller le cou.

Émily plaqua ses hanches contre les siennes aussi fort qu'elle le put. Tout en lui fit un bond en avant, s'étirant vers sa matrice alors que la pression en elle atteignait son comble. Émily nageait sur un rivage inconnu de désir, un coucher de soleil écarlate qui éclaboussait son monde de teintes de feu et de plaisir. Godric était là avec elle, tendant la main pour la saisir, la faisant sienne pour toujours.

Elle était à lui. Son corps partit en flammes à partir de ce point de connexion entre eux et l'explosion s'abattit sur elle comme des déferlantes. Émily cria à nouveau – de plaisir, cette fois-ci – puis Godric lui donna deux autres coups de reins, plus forts que jamais, avant de s'écrouler sur elle avec un grognement.

Elle lutta pour reprendre son souffle. Sa chaleur se propagea profondément entre ses jambes alors qu'il basculait hors d'elle de quelques centimètres avant de se glisser à nouveau à l'intérieur. Émily gémit, son intimité se contractant autour de lui, l'accueillant toujours. Leurs corps étaient humides et il glissait contre elle, lui frottant le cou avec le bout du nez. Émily enroula les bras autour de son corps, sentant sous ses mains que les muscles de Godric se contractaient sous ce mouvement. Il posa la main sur elle et la souleva légèrement, la faisant glisser un peu plus bas sur le lit pour pouvoir s'allonger à côté d'elle.

Quand il se retira enfin d'elle, Émily trembla et essaya de se reconnecter à lui, souhaitant être étreinte. Godric l'attira contre lui, ses mains lui caressant le dos, les fesses, les cuisses, puis à nouveau ses cheveux, lui maintenant la nuque afin de pouvoir l'embrasser. Émily reposa la joue contre sa poitrine, savourant sa chaleur et le rythme régulier de son cœur.

— Vous allez bien, Émily ?

L'inquiétude rendait sa voix rauque.

Elle ferma les yeux, appréciant la chaleur de sa peau sous sa joue.

— Oui.

Elle aimait le sentir respirer, savoir que la vie l'animait et que, ne serait-ce que pendant un bref moment, il lui appartenait exclusivement.

Il lui embrassa les cheveux.

— Je ne voulais pas vous faire de mal, ma chère. La première fois est toujours douloureuse, mais j'aurais dû y aller plus doucement.

— Chut...

Elle leva une main pour se couvrir sa bouche. Il lui embrassa tendrement le bout des doigts et sourit.

— Et quand on pense que vous aviez l'intention de me punir.

Émily émit un petit rire de gorge qui attisa son désir.

— Ne me mettez pas au défi d'être plus créatif. Lucien a appris quelques idées fascinantes venues d'Extrême-Orient, notamment des techniques d'attachement avec des liens de soie rouge...

— Vous n'oseriez pas !

Elle leva brusquement la tête, le regard assombri, et elle poussa un petit cri quand il la pinça. Elle lui battit alors la poitrine d'un poing mollement fermé.

— Espèce de rebelle ! siffla-t-elle, mais seul le rire emplissait ses yeux à présent.

— Je n'ai jamais affirmé être autre chose.

Émily se détendit, se lovant contre lui, absorbant sa chaleur. Godric, plutôt que de continuer à l'étreindre, se désengagea et ouvrit les couvertures.

— Grimpez, murmura-t-il.

Il la borda et commença à s'habiller. Elle leva les yeux, les couvertures fermement remontées jusqu'au menton. Il venait de faire d'elle une femme et pourtant, il l'abandonnait.

— Où allez-vous ? demanda-t-elle d'une voix dont le tremblement lui fit honte.

— En bas. Je serai vite revenu.

Il enfila sa chemise, attendant sa réponse.

Émily ouvrit la bouche, mais la pendule dans le couloir se mit à sonner.

— Ah, dix heures.

Il se pencha et l'embrassa sur le front.

Elle demeura sans bouger dans son lit pendant une longue minute. Elle aurait voulu rire et crier de joie. Elle ne s'était jamais sentie aussi bien. Pendant un moment, Godric et elle avaient été une seule entité vivante sans commencement ni fin. Il avait été perdu en elle, et elle en lui. Dès qu'elle s'en rendit compte, elle réalisa quelque chose de plus important : elle n'aurait jamais voulu le quitter.

— Je l'aime...

Cette épiphanie l'excita et lui tordit le cœur tout à la fois.

Elle était amoureuse d'un homme qui ne l'aimerait jamais en retour. Il n'était pas du genre à aimer. Les hommes comme lui ne le faisaient jamais.

Son plan pour le séduire était devenu encore plus crucial. Elle devait faire l'impossible pour conquérir son cœur. C'était la seule façon de les rendre heureux tous les deux.

Émily se blottit plus profondément dans les couvertures. Entourée et réconfortée par le parfum de Godric, elle rêva de cette unité.

13

Godric retourna au salon, où il trouva ses quatre amis particulièrement investis dans leur partie de billard. Ils lui jetèrent un regard, mais détournèrent rapidement les yeux. Puis, pendant une longue minute, personne ne dit mot.

Charles jeta sa queue sur la table sans ménagement, gâchant le jeu en déplaçant les boules.

— Par le diable, si personne ne va poser la question, alors je le ferai. Comment cela s'est-il passé ?

— De quoi ?

Godric feignit l'innocence.

— Nous savons tous qu'Émily et vous...

Pour un homme qui ne perdait jamais ses mots, Charles se retrouvait plutôt à court.

— Eh bien, vous savez... Oh, pour l'amour de Dieu, nous avons des oreilles, mon vieux !

— Bon sang, vous voulez nous faire tuer ? siffla Cédric.

Godric n'était absolument pas contrarié. En fait, il trouvait cela plutôt amusant de se souvenir de ses amis qui se précipitaient dans le couloir comme des écoliers juste pour jeter un œil à travers un trou de serrure... Comment n'aurait-il pas pu trouver cela drôle ?

— Personne ne va se faire tuer, à moins qu'un des hommes présents tente de la séduire. Souvenez-vous de la règle numéro quatre. Elle m'a choisi. C'est compris ?

Ils répondirent tous par des hochements de menton.

— Vous ne lui avez pas fait de mal ? demanda Ashton après un moment, le visage légèrement rouge.

Cédric reflétait la préoccupation d'Ashton alors qu'il s'appuyait contre la table de billard.

— Elle va bien maintenant. Je n'ai pas été aussi doux que j'aurais pu l'être... Mais je sais comment distraire une femme de la douleur et la remplacer par le plaisir. Elle a été courageuse, mon Émily.

Il n'avait couché qu'avec deux vierges durant sa longue vie de conquêtes. Elles n'avaient cessé de pleurer et depuis, il avait juré d'éviter les innocentes. Aucun homme n'aimait passer une nuit entière à amadouer une femme pour qu'elle accepte vaguement de continuer.

Émily avait cependant réagi avec une passion surprenante qui rivalisait avec la sienne.

Ashton lui lança un regard.

— Elle vous aime, Godric. Une femme amoureuse peut endurer plus de douleur et de souffrance que l'homme le plus fort du monde. Leurs cœurs sont des créations uniques, solides et loyales, mais sensibles à une faiblesse capitale.

La chaleur soudaine dans la poitrine de Godric le surprit. Émily l'aimait. Il aimait savoir qu'elle l'aimait. Il lutta pour garder son sang-froid.

— Et quelle faiblesse est-ce donc ?

Ashton plissa le front.

— Il se brise aisément si elle n'est pas aimée en retour. Vous devez forcer votre cœur à l'aimer, Godric, sans quoi vous lui aurez fait une grande injustice.

Godric soupira et se passa une main dans les cheveux.

— Vous avez peut-être raison, Ash. En tous les cas, je l'ai

ravagée et elle mérite qu'on s'occupe d'elle. On ne peut vraiment pas la rendre à son oncle.

Le visage de Godric s'obscurcit.

— Ce serait tout aussi mal que de la rendre à Blankenship.

— Alors c'est entendu. À la fin de la semaine, je retournerai à Londres pour dire à Parr qu'Émily ne lui appartient plus. Si elle reste ici avec moi, sa dette sera réglée et nous n'aurons plus le moindre contact.

— Et qu'en est-il d'Émily ? demanda Cédric.

— Je la garderai ici.

— Est-ce avisé ? demanda Lucien.

— Elle sera liée par son honneur. En outre, je doute qu'elle tente de partir, pas après ce qui s'est passé ce soir.

Godric tenta de se retenir, mais il ne put s'empêcher de sourire.

— C'était si bien que cela ? Charles ricana.

Godric secoua la tête.

— Je ne vais certainement pas vous le dire.

Elle avait compensé son manque d'expérience par sa confiance, son enthousiasme et − si Ashton avait raison − son amour.

Il se demanda si cette émotion, si insaisissable dans son propre cœur, avait empli ces moments de feu et de tendresse. Il avait vécu une vie de plaisir dans laquelle l'amour n'avait aucune place. Ses maîtresses l'avaient apprécié comme il les appréciait, mais il n'y avait eu rien de plus.

Mais avec Émily... Cela avait été quelque chose de complètement différent.

— Godric, vous ferez attention la prochaine fois, n'est-ce pas ? dit Ashton au bout d'une minute. Je n'aimerais pas voir Émily avec un bébé sur les bras aussi jeune.

Godric grimaça. Il n'y avait même pas songé. Seigneur ! Elle était peut-être enceinte à cet instant, car il ne s'était pas contrôlé.

— Je prendrai les précautions nécessaires.

Il existait plusieurs solutions, mais la meilleure était l'usage d'un préservatif, une de ses préférées. La prochaine fois, il serait prêt. Bien entendu, il allait passer un mois éprouvant, priant Dieu pour que cette première fois avec Émily ne se solde pas par un désastre.

Malgré tout, il savait qu'un enfant né de ce singulier moment de plaisir affectueusement tendre serait beau. Avec ses cheveux sombres et les yeux violets expressifs de sa mère. Sa sensibilité aux chatouilles. Son audace. Cet enfant serait magnifique ! L'image de ce charmant bambin fantasmatique le choqua. Un enfant ? Il finirait bien par avoir besoin d'un héritier.

Il avait besoin d'effacer de son esprit Émily et cet enfant imaginaire.

— Et si nous faisions une nouvelle partie ?

Les autres hommes le rejoignirent à la table de billard.

Quand Godric retourna enfin dans sa chambre, il portait une Pénélope endormie sous un bras et un panier dans l'autre. Il posa le panier près de sa table de chevet et tapota les couvertures pour le chiot avant de l'y déposer. Pénélope lui lécha la main avec un soupir de contentement.

— Gentille chienne.

Il caressa sa tête élancée et la gratta derrière les oreilles. Les paupières de l'animal se fermèrent et Godric se déshabilla rapidement, abandonnant ses vêtements en une pile désordonnée au pied du lit avant de se glisser entre les couvertures. Son corps se réchauffa instantanément lorsqu'il entra en contact avec celui d'Émily.

— Godric..., murmura-t-elle en se retournant vers lui.

— Je suis là, ma chère. Il glissa les bras autour de sa taille, l'attirant contre lui.

Elle soupira, un peu comme Pénélope, pas vraiment réveillée. Il en profita et l'embrassa sur les lèvres. Dans l'obscurité, avec leurs corps entremêlés, sans autre témoin que le clair de lune, il se croyait quasiment capable de l'aimer. Et quand il s'écarta de ses lèvres pour frotter son nez contre son cou, c'était comme si Émily avait lu dans ses pensées.

— Je vous aime, murmura-t-elle, parlant à un prince ténébreux qui vivait dans ses rêves.

Elle ne paraissait pas s'attendre à une réponse.

— Je sais, chuchota-t-il alors qu'elle s'endormait dans ses bras.

Peu de temps après, Godric la suivit au pays des rêves, dans un endroit entouré de champs de magnifiques papillons. Il ne parvint pas à en attraper un seul...

ÉMILY S'ÉVEILLA À UN MONDE NOUVEAU.

Son corps était alangui et détendu, baigné d'une nouvelle compréhension d'elle-même. Il n'existait plus de barrière entre elle et cette insaisissable féminité.

L'homme qui avait tout changé était allongé à côté d'elle, sa peau chaude contre la sienne. Jusqu'à présent, son corps n'avait été source que d'embarras et de timidité, mais Godric avait vu et goûté chaque partie d'elle. Lui aussi avait partagé quelque chose de lui. Elle avait ressenti la passion dans la tendresse de son baiser et la lueur de vulnérabilité de son regard.

Émily rassembla ses cheveux sur sa nuque en un chignon lâche tandis qu'elle se rapprochait de Godric. Sa poitrine se souleva et retomba dans le rythme lent du sommeil, et elle fut incapable de lui résister, tout exposé qu'il l'était à ce moment-là.

Elle lui embrassa le menton et fit courir ses lèvres le long de la poitrine jusqu'à ce qu'elle atteigne son mamelon gauche, le taquinant avec sa bouche. Godric poussa un gémissement léthargique alors que son corps endormi réagissait.

Émily avait passé une jambe entre les siennes, sentant sa virilité remuer contre sa cuisse.

Elle suça plus fort avant de descendre le long de son abdomen.

Il lui attrapa la tête d'une main, tenant sa bouche contre son corps. Il était bien éveillé à présent.

— Que faites-vous, ma petite renarde ?

— Je me suis dit que je devrais vous réveiller. J'ai envie de mon baiser du matin.

— Votre baiser ? Ma chérie, nous n'en sommes plus là depuis longtemps.

Son ton rauque alluma un feu palpitant entre ses cuisses.

Il n'attendit aucune invitation, mais il la fit glisser vers le haut et la fit rouler sous lui. Capturant sa bouche dans un baiser tendre et coupable, il tendit le bras gauche vers le petit tiroir de sa table de chevet.

— Que faites-vous ? demanda-t-elle entre deux baisers.

Il reposa la main vers leur corps sous les couvertures.

— Ne vous inquiétez pas, ma chère. Je vous protège, c'est tout.

La chaleur de leur baiser suivant leur déroba toute pensée rationnelle.

Un peu plus tard, Godric et elle haletaient dans les bras l'un de l'autre alors que le plaisir envahissait leurs membres. Le corps de Godric trembla et Émily lui pressa la tête contre ses seins tout en lui caressant les cheveux. Elle ne pouvait qu'admirer les nuances profondes de brun que la lumière du matin faisait naître dans son épaisse crinière.

— Pourquoi tremblez-vous ?

— Faire l'amour avec vous...

La voix de Godric était à peine plus forte qu'un murmure.

— Oui ?

Elle embrassa ses cheveux sombres, inhalant son parfum masculin.

— J'ai l'impression d'être redevenu un garçon.

Émily ne savait pas quoi en penser.

— Et... c'est une bonne chose ?

— C'est une chose merveilleuse, Émily. Chaque sensation, chaque baiser... Tout semble nouveau. Je n'aurais jamais cru que j'aurais pu ressentir cela un jour.

Allongé sur elle, Godric s'appuya sur les coudes, toujours profondément en elle, ressentant une connexion intense entre eux. Ses longs cils s'étendirent sur ses joues quand il ferma les yeux. Cette confession parut le faire s'ouvrir, le rendre vulnérable. Elle ne connaissait que trop bien cette expression torturée et hésitante.

— Émily, il y a une chose dont je voudrais discuter avec vous.

Il se retira doucement et s'assit près d'elle.

— Quoi donc ?

Le soupçon obscurcissait la chaleur ensoleillée de son cœur.

— En raison de ce nouveau développement, dit-il en agitant une main au-dessus des draps froissés, vous rendre à votre oncle est hors de question. Je ne veux pas en entendre un mot ! Mais à présent, c'est à vous de voir ce que vous voulez faire.

Émily se rassit, remontant le drap pour se couvrir.

— Vous voulez me chasser maintenant ?

Le chagrin qui s'abattit sur elle comme une épaisse couverture de laine l'asphyxia.

— Quoi ? dit-il en fronçant les sourcils. Vous chasser ? Êtes-vous folle ? Je veux que vous restiez ici, avec moi. Vous n'aurez plus jamais besoin de vous préoccuper de votre oncle.

Ses pouces lui caressèrent les joues. Le geste la calma, mais sa poitrine était toujours serrée, anticipant le coup mortel qu'elle savait qu'il assenerait un jour à son cœur.

— Vous voulez que je reste ici avec vous ? Pendant combien de temps ?

Aussi douloureuses que seraient les réponses, elle devait les obtenir.

— Oui.

Il répondit à la première question sans la moindre hésitation, mais prit le temps de réfléchir à la deuxième.

— Une fois que cette histoire avec votre oncle sera réglée, vous pourrez rester ici aussi longtemps que vous le voudrez.

Émily s'efforça de ravaler ses larmes. Il n'offrait ni le mariage ni l'amour, mais du temps. Si c'était tout ce qu'elle pouvait avoir de lui, elle s'en contenterait pour le moment.

Je réfléchirai aux conséquences demain.

— Alors je vais rester.

Son accord le fit se rapprocher d'elle avec des baisers avides.

La pendule sonna neuf coups. Le matin s'écoula alors qu'ils restaient allongés parmi les draps et les oreillers en désordre.

— Allons-nous prendre le petit-déjeuner ? demanda-t-elle dans une brume de contentement.

— Le petit-déjeuner ?

La main de Godric traçait des dessins sur sa clavicule et Émily s'étendit à nouveau contre sa poitrine. Il avait un bras passé autour de son torse et elle sentait ses doigts danser sur sa peau. Elle en regarda un tracer le même motif précis, encore et encore.

— Que faites-vous ?

Elle le sentit sourire contre sa joue.

— J'écris mon nom sur vous.

— Si je dois être à vous, alors je mérite quelque chose d'équitable en retour.

Émily lui attrapa la main et tourna la paume vers elle. Elle se servit alors de son index droit pour dessiner son propre nom avec une signature invisible, puis elle porta sa paume à ses lèvres et scella son nom d'un baiser. Godric couvrit sa main de la sienne et nicha leurs mains rassemblées sur sa taille. Le silence éthéré entre eux était rassurant et protecteur. Au-delà de Godric et de leur lit, rien d'autre n'existait.

Pouvait-il exister un meilleur moment que celui-ci ? Blottie dans ses bras puissants, elle se sentait forte. Elle ne pouvait pas s'empêcher d'imaginer ce que pourrait être la vie avec le séduisant duc d'Essex, qui souriait juste pour elle et la faisait rire ou crier de plaisir. Chaque souffle, chaque baiser partagé, liait son cœur avec des cordes qui l'attachaient à lui. Elle ressentirait toujours cette attraction cosmique qui la poussait vers lui et resterait captivée par la gravité de son être. Quoi qu'il advienne, ce moment, cette occasion parfaite, existerait toujours, comme un souvenir ensoleillé baigné d'amour et préservé dans son cœur. Ce ne serait jamais suffisant, mais elle allait accepter tout ce qui lui arriverait jusqu'à ce que cela se termine.

Le grondement de l'estomac d'Émily brisa le silence.

— C'est cela ! Le petit-déjeuner ! Vous devez être affamée !

Godric s'enfuit rapidement du lit pour aller s'habiller. Émily rassembla ses vêtements déchirés avant de se diriger vers sa chambre.

Quand ils parvinrent enfin à la salle à manger, les autres étaient en train de terminer leurs repas. Émily vit instantanément leurs regards entendus et elle rougit, ses yeux tombant à terre alors qu'elle se remémora ses cris de plaisir. Tout le manoir devait les avoir entendus, Godric et elle, la veille... et ce matin-là.

L'intéressé les salua sans un soupçon d'embarras.

— Bonjour.

— Bonjour.

Lucien avait son journal habituel, qu'il abaissa d'un doigt pour les regarder, Godric et elle, avant de se dissimuler à nouveau derrière. Émily vit qu'il essayait plus de dissimuler son expression que de lire son journal. Elle repéra un sourire satisfait avant que la feuille de papier ne lui bloque la vue.

Charles étouffa un bâillement, faisant courir sa main dans ses cheveux blonds ébouriffés. C'était un homme tellement étrange. Ses vêtements étaient toujours propres, bien taillés et entretenus, mais Charles lui-même était toujours à moitié endormi et chiffonné, comme s'il venait de sortir du lit.

Cédric était occupé à offrir à Pénélope les miettes des restes de son toast. Un serviteur devait être venu chercher la chienne avant que Godric et elle se réveillent.

Ashton considérait Émily avec la même attention intense qu'elle braquait sur les autres.

— Vous avez l'air vraiment charmante ce matin, Émily.

Le compliment la surprit et la ravit.

— Je vous remercie.

Ashton sourit, puis se tourna vers Godric et – qu'il aille au diable ! – s'exprima en italien. Quelle que soit la réponse qu'il fit, elle sembla apaiser Ashton et amuser les autres, à l'exception de Cédric. Il regarda plus d'une fois dans sa direction avec un regard de pitié et d'inquiétude. L'estomac d'Émily se serra. Elle mangea son petit-déjeuner, devant cependant se forcer à mastiquer. Du coin de l'œil, elle regarda Godric parler et manger avec ses amis.

Voyant qu'il ne se passait rien de pénible, elle se détendit.

Cédric se cala à nouveau contre le dossier de sa chaise.

— Dites, Godric, cela mord-il dans votre lac ? Y a-t-il quelque chose qui vaut la peine d'être attrapé à cette période de l'année ?

— Cela fait des mois que je ne m'y suis pas rendu pour pêcher. Je vous en prie... et n'hésitez pas à emmener les autres avec vous.

Godric plaça sa main sur le genou d'Émily sous la table. Voulait-il qu'elle y aille aussi ?

Émily se mordit la lèvre un moment, se demandant avant de parler ce que sa caresse signifiait.

— Puis-je y aller aussi ? J'adorais la pêche quand j'étais enfant.

Cédric et Charles échangèrent un regard amusé. La main de Godric se contracta sur sa jambe.

— Puis-je, Godric ?

— Vous voulez passer la journée à pêcher ?

La contrariété assombrit son regard.

— Eh bien, si vous préférez que je ne le fasse pas...

Elle aurait voulu mieux comprendre ces hommes. Ils étaient des créatures si secrètes, gardées et aux motivations tout à fait imprévisibles. Ils étaient frustrants.

— Laissez-la venir, Godric. L'air frais est bénéfique pour une femme comme Émily, dit Cédric.

— Vous désirez vraiment rester assise au soleil, dans un bateau, pendant plusieurs heures ?

Les yeux de Godric s'élargirent de surprise.

— Vous seriez là avec moi, n'est-ce pas ?

Sous la table, elle lui prit doucement la main.

— Et si vous tombez et que vous faites semblant de vous noyer, je peux faire semblant de vous sauver à nouveau.

Godric poussa un soupir de défaite et décocha un regard rebelle à Cédric.

— Bon, allons pêcher. Laissez-moi passer une heure dans mon étude. Je dois m'occuper de quelques petites choses.

Godric quitta la table et laissa Émily seule avec les quatre autres lords.

Celle-ci finit son chocolat chaud avant de se lever d'un bond pour suivre Godric.

◈

CHARLES SE REDRESSA À MOITIÉ, PRÊT À LA SUIVRE, MAIS Ashton posa une main sur son avant-bras.

— Rassurez-vous, Charles. Elle n'ira nulle part.

— Comment pouvez-vous en être certain ? Cette petite renarde nous a bien fait courir au cours des derniers jours ! Comment savez-vous qu'elle n'est pas en train de réessayer ?

— Il est évident que vous n'avez jamais été amoureux auparavant. Émily ne souhaite pas que Godric la quitte un instant. Elle lui est plus attachée que jamais.

Charles se rassit.

— Vous dites qu'elle ne s'enfuira pas parce qu'elle est éprise de lui ?

— Certaines personnes passent toute leur vie à tomber amoureuses à répétition. D'autres tombent amoureux la première fois et c'est une véritable étincelle d'amour plus qu'une fantaisie passagère. Ce dont Émily fait preuve à l'égard de Godric n'est pas un simple béguin.

Ashton soupira et avala une grande gorgée de café.

— Et c'est ce qui m'inquiète, acheva-t-il.

Il priait Dieu pour que Godric sache ce qu'il faisait. Si Émily venait à être blessée physiquement ou émotionnellement, cela leur ferait du mal à tous.

Qui aurait cru que la Ligue des rebelles dépendrait un jour du bonheur d'une jeune femme !

◈

ÉMILY S'ARRÊTA DEVANT LA PORTE OUVERTE DE L'ÉTUDE DE Godric. Il était assis à son bureau, étudiant des registres et des lettres. Elle profita de l'occasion pour mémoriser ses caractéristiques, les peindre sur la toile de son esprit et les graver dans son cœur : la façon dont ses cheveux foncés lui tombaient devant les yeux, les mains fortes qui saisissaient les pages, les jambes minces et musclées qui s'étiraient et se croisaient aux chevilles.

D'un pas prudent, elle franchit le seuil de l'étude. Le parquet de bois craqua. Godric leva les yeux vers elle, sourit et reprit son travail. Une autre femme aurait peut-être été contrariée de n'avoir pas été saluée, mais que Godric accepte poliment son intrusion avait une signification tout à fait différente. Cela représentait la confiance. Elle ne voulait pas gâcher le moment en se montrant gênante et distrayante. Elle choisit un livre sur les étagères, une discussion botanique sur les plantes indigènes du Kent, puis elle s'installa près de lui sur le canapé.

Un quart d'heure plus tard, elle leva les yeux et vit que Godric braquait un regard noir sur son livre de comptes, les lèvres retroussées en un grognement silencieux. Émily posa son traité et se redressa, venant se placer derrière Godric pour regarder ce qui l'avait contrarié. C'était un livre de comptes désordonné, très mal tenu et confus. L'œil vif d'Émily repéra immédiatement l'endroit où il y avait eu erreur de calcul.

Elle posa une main sur son épaule gauche et referma les doigts sur sa chemise.

— Oh, ma chère. Puis-je vous aider ?

Surpris, il tourna la tête, comme s'il n'avait pas même été conscient de sa présence.

— Quoi ?

Elle désigna les registres.

— Est-ce ainsi que vous tenez tous vos livres ?

— C'est ainsi qu'on me l'a enseigné.

— Mais la façon dont vous avez configuré vos colonnes de chiffres est tellement déroutante !

Godric sourit.

— C'est comme cela qu'on fait des affaires, ma chère.

Cette fois-ci, elle arqua un sourcil.

— Oui, je sais, j'ai déjà vu cela. *Dans des affaires qui ont échoué.*

Votre structure est incorrecte. Il est même étonnant que vous puissiez suivre vos rubriques.

— Vous maîtrisez la comptabilité ?

— Absolument. Voulez-vous que je corrige les erreurs pour vous ? Je peux réorganiser tout cela dans un nouveau registre si vous en avez un vierge...

Il la regarda, la bouche ouverte.

— Vous êtes sérieuse ?

— J'aidais mon père avec ses comptes.

Émily le chassa hors de sa chaise et s'y installa, rapprochant le livre de comptes et prenant le registre vierge qu'il était allé lui chercher. Elle revint à la première page de l'ancien livre et recommença ses comptes depuis le début.

— Les chiffres sont beaucoup moins déroutants lorsque vous les organisez correctement, déclara-t-elle. Laissez les nombres s'ajouter tout seuls, si vous voulez.

En moins d'une heure, elle avait corrigé toutes les erreurs de calcul et mis en évidence ses investissements les moins profitables, y compris l'affaire minière de l'oncle Albert. Godric s'appuya sur le bureau à côté d'elle.

— Juste alors que j'étais convaincu de tout savoir sur vous, vous me surprenez.

Il enroula une mèche de ses cheveux autour de son doigt, braquant sur elle un regard enflammé.

Émily se pavana.

— Alors vous êtes satisfait de moi ?

Elle voulait être certaine qu'elle n'avait pas blessé sa fierté masculine. Les hommes étaient des créatures si fragiles !

— Qu'en pensez-vous ?

Godric la souleva dans ses bras. Il déposa sur elle un baiser languissant, ses doigts s'enfonçant dans le creux de son dos alors qu'il l'attirait plus près de lui.

— Je suppose que c'est un oui.

Godric garda ses bras autour de sa taille, enfonçant son nez contre son cou, une étreinte plus douce que sensuelle.

— Souhaitez-vous vraiment aller pêcher, ma chérie ? Nous

pourrions chasser les autres de la maison et l'avoir pour nous tous seuls.

Il fit glisser sa langue à l'intérieur de son oreille.

Le désir la traversa comme un coup de foudre. Malgré son envie de retourner au lit, de s'unir avec lui, elle craignait qu'il se lasse d'elle. Elle avait besoin qu'il passe du temps avec elle hors de la chambre.

Cela étant, elle aurait voulu qu'il la désire toujours parce que, dès qu'il s'arrêterait de le faire, son cœur se briserait et elle devrait prendre Pénélope et partir. Elle désirerait ou n'aimerait jamais un autre homme comme elle le faisait avec Godric. Il ne s'était pas contenté de dessiner son nom sur son corps, il l'avait gravé dans son cœur.

— J'ai envie d'aller pêcher.

Elle joua avec les plis de sa cravate et il lui attrapa les mains, les soulevant jusqu'à sa bouche pour les embrasser.

— Je pourrais certainement vous faire changer d'avis.

Le timbre riche de sa voix la réchauffait.

Je sais que vous le pouvez, mais nous ne devons pas négliger vos amis. Ils sont si gentils de vous tenir compagnie pendant que vous me gardez captive. Vous devriez les repayer par votre présence, au moins durant la journée.

— Vous vous percevez toujours comme une prisonnière ? demanda Godric.

Elle y songea. Elle se sentait prisonnière de la situation, mais durant la journée précédente, elle s'était vraiment sentie moins comme une captive que comme quelque chose de bien plus.

— Non, mais nous devrions être plus sociables. Je ne peux pas passer toute la journée au lit avec vous... même si c'est très agréable.

Godric sourit et cala le bras d'Émily sous le sien.

— Vous, ma chère, avez une résolution d'acier et la langue bien pendue.

Il soupira, et ils partirent rejoindre les autres.

Cédric et Lucien tenaient les cannes à pêche et Charles une boîte de leurres. Pénélope était patiemment assise aux pieds d'Ashton, retroussant son petit museau noir alors qu'elle regardait successivement chacun des hommes, attendant et observant, comprenant que quelque chose se préparait.

— Prêts ?

Cédric ne fit pas le moindre effort pour dissimuler son excitation juvénile alors qu'il écartait ses cheveux bruns de son front. Ses yeux bruns pétillaient d'enthousiasme dans l'attente de la partie de pêche à venir.

— Oui, nous le sommes.

Émily s'écarta de Godric pour rattraper Cédric et Lucien.

❧

— ÉMILY VOUS A REJOINT DANS VOTRE ÉTUDE APRÈS LE PETIT-déjeuner ? demanda Ashton à Godric, alors qu'ils regardaient Émily et les autres.

— Oui, et vous savez quoi ? Elle m'a aidé à ordonner mes relevés d'investissements. Vous savez que ce n'est vraiment pas mon fort. Elle est une excellente mathématicienne. Elle m'a tout arrangé.

— Visiblement, elle nous fait encore des cachoteries. Elle m'avait dit qu'elle ne comprenait rien aux affaires.

— En effet, acquiesça Godric. Mais avoir parlé italien ce matin était intelligent. Je suis certain qu'elle n'a rien compris à nos propos. Elle aurait certainement rougi.

— J'étais sincère. Faites attention avec elle. Elle est trop jeune pour devenir mère.

— Ash, pas aujourd'hui, je vous en prie. Je suis las de vos réprimandes. Ne puis-je pas simplement apprécier Émily ? Elle est heureuse, je suis heureux, vous devriez être heureux.

Quand Ashton ne baissa pas les yeux, Godric poursuivit.

— Même si Émily avait une douzaine de bébés qui tiraient sur son tablier, elle ne perdrait jamais son innocence. C'est une chose que même un passage au lit ne saurait lui ôter, et j'en suis reconnaissant. Cela rend chaque moment précieux.

C'était la première fois qu'il admettait une telle émotion à haute voix et Ashton lui répondit d'un sourire.

— Tant que vous en comprenez la valeur, c'est-à-dire qu'Émily est en effet précieuse, il y a encore de l'espoir pour vous.

Les yeux bleus d'Ashton étaient plus gris aujourd'hui, songeurs et inquiets.

Godric tapota l'épaule de son ami.

— Je ne lui ferai pas de mal, Ash. Vous avez ma parole.

— C'est bon à entendre. Tant que vous la traitez avec gentillesse, vous serez heureux tous les deux.

— Peut-être.

Au fil des jours, Godric apprenait à connaître Émily, et même si elle était la douceur personnifiée, son côté rebelle n'était pas tant un ruisseau qu'une rivière incroyablement profonde, une rivière qui ne s'assècherait jamais et ne changerait jamais de cours.

La vérité était qu'il ne pouvait pas vivre sans elle. Être avec elle était comme avoir remporté le droit de respirer. Il avait envie de la posséder tout entière aussi longtemps qu'il le pourrait.

❧

La sortie avait été agréable. Ravi qu'ils aient attrapé des perches, Cédric aurait voulu rester dehors plus longtemps, mais quand le ciel au-dessus du manoir s'obscurcit, le groupe décida de retourner au rivage.

Lucien étudia les nuages.

— Le temps a grandement empiré.

Émily coula un regard au marquis.

— Pensez-vous qu'il y ait une tempête ce soir ? demanda-t-elle.

— Nous aurions bien besoin d'un peu de pluie, mais cela rendra les routes horribles pour tous types de voyageurs.

Alors qu'ils revenaient au manoir, un faible coup de tonnerre résonna à travers la plaine. Ce déchirement des cieux serra le ventre de Godric. Au fond de lui, il sentait que quelque chose n'allait pas.

Les traits tendus, Simkins les rejoignit dans le couloir.

— Votre Grâce, vous avez de la visite.

— De la visite ?

D'un signe de tête, Godric demanda à Cédric et à Lucien d'emmener Émily au salon.

— Je ne serai pas long.

Simkins lutta pour conserver son sang-froid.

— Oui, Votre Grâce. Elle est dans le salon.

— Elle ?

— Miss Mirabeau souhaite vous voir.

Godric jura. Que diable faisait-elle là ? Il lui avait clairement fait comprendre qu'elle ne franchirait plus jamais le seuil de sa porte.

Godric tapota l'épaule de Simkins.

— Merci, Simkins. Je vais la voir tout de suite.

Autrefois, ils avaient été amants, mais elle ne l'avait jamais compris, lui ou la façon dont il traitait son personnel. Il avait subi son attitude outrageuse envers ses serviteurs. Issue d'une famille d'aristocrates français exilés, sa perception des classes sociales était différente. Godric considérait quelques-uns de ses serviteurs comme des membres de sa famille, et Évangéline avait violemment protesté contre une telle familiarité. Le souvenir de leur dernière dispute concernant la façon dont elle avait traité Simkins lui avait laissé un goût amer dans la bouche.

Évangéline était gracieusement assise sur le canapé près de la cheminée, son expression pudique ne dupant cependant pas Godric. Elle aimait jouer à la lady, mais durant le temps qu'ils avaient passé ensemble, il n'avait pas voulu une lady.

— Miss Mirabeau, bonsoir !

Elle se redressa, lui offrant sa main. Il l'ignora et s'inclina sèchement.

— Allons, Godric, nous sommes amis. Pas besoin d'être aussi formel.

Elle rit comme si cet accueil froid l'amusait. Son accent français s'adoucissait lorsqu'elle lui adressait la parole. Autrefois, il aimait l'entendre souffler son nom dans les affres de la passion.

— Je serais ravi d'abandonner les formalités. D'ailleurs, soyons brefs. Vous n'êtes pas la bienvenue dans ma maison. Que faites-vous ici ?

Il voulait qu'elle parte, immédiatement. Elle n'avait pas le droit de venir ici et de perturber sa vie. Godric n'avait en particulier pas envie qu'Émily ait vent de sa présence.

Évangéline se détourna de lui le temps de récupérer son éventail, faisant onduler ses hanches généreuses. Sa robe saumon clair dévoilait généreusement son corps, un spectacle qui ne le touchait pas.

Elle tira une lettre de son réticule et la lui remit, le dévorant des yeux alors qu'il en faisait lecture.

Il lui replaça le mot entre les mains.

— Je ne vous ai jamais envoyé une telle chose.

Elle avait l'air confuse et tendit le bras, posant une main sur son avant-bras.

— Mais... mais, mon amour, c'est votre écriture. Après toutes ces lettres que vous m'avez écrites, comment pourrais-je ne pas la reconnaître ? Vous vous rappelez... ? Vous aviez l'habitude de me dire toutes ces choses coquines que vous vouliez me faire ?

Elle pointait la poitrine en avant, un geste bien futile.

La pensée de coucher avec cette femme ne présentait plus le moindre intérêt.

— Ces jours-là sont loin derrière nous et je n'ai écrit aucune lettre vous demandant de venir ici. Je vais faire venir votre cocher.

Il devait s'agir d'une autre de ses machineries. Elle l'avait probablement inventé elle-même afin de se donner une raison de revenir pour raviver leur relation.

— Mon Dieu ! Je n'ai pas pris le mien. J'avais loué un fiacre. Il est parti juste avant le début de la tempête. Je ne peux absolument ment pas m'en aller.

Godric ouvrit la bouche puis la referma. À quoi diable jouait-elle ?

— Qui plus est, j'ai donné quelques jours de congé à mon personnel. Ce serait impossible de trouver des substituts appropriés en attendant leur retour.

Il s'écarta d'elle. Il voulait désespérément effacer la tache noire qu'elle représentait sur sa vie.

— Vous pouvez rester une nuit et dîner dans votre chambre. Je veux que vous partiez au plus tard demain à midi. Ne nous incommodez pas, ni moi ni mes invités.

Elle battit des cils.

— Incommoder ? *Moi ?* Godric, vous ai-je jamais incommodé ?

Il serra les mains derrière son dos pour résister à la tentation d'étrangler cette femme.

— Voyons voir. Il y a eu la fois où vous avez versé du thé sur toute ma collection de cravates quand je n'ai pas voulu vous acheter ce collier d'émeraudes dont vous aviez envie.

— Un accident, comme je vous l'ai dit à l'époque.

— Ou peut-être la fois où vous avez exigé d'avoir votre propre calèche, ornée des armoiries de ma famille.

— Certes. J'admets que c'était légèrement présomptueux.

— Et n'oublions pas la raison pour laquelle je vous ai demandé de partir. Vous avez exigé que je renvoie Simkins.

Elle fit la moue, n'ayant rien à dire à ce sujet.

— Vais-je rester dans mon ancienne chambre ?

Son ton plein d'espoir donna à Godric la chair de poule. Quelque chose ne sonnait pas juste, mais il ne parvenait pas à mettre le doigt dessus.

— Non. Je reçois des amis, comme vous l'avez deviné.

— En effet. J'ai rencontré lord Lennox et lord Lonsdale tantôt alors qu'ils revenaient de... Comment dit-on ? Une partie de pêche ?

Elle parut réprimer l'envie de se gausser de l'usage rustique qu'il faisait de son propre domaine. Cela n'aurait pas été la première fois.

— Ne me dites pas que vous forcez un lord à dormir dans ma jolie petite chambre ?

— Une invitée.

Évangéline haussa un sourcil curieux.

— Une invitée ?

— Oui. Une amie de Londres. Elle restera ici un moment avant de poursuivre sa route jusqu'en Écosse.

— Très bien. Si vous ne voulez pas me le dire et que vous ne souhaitez clairement pas me donner du bon temps, je suppose que le moment est venu de me retirer.

Elle sourit tandis qu'il l'accompagnait hors du salon. Godric donna à Mrs Downing l'ordre de l'installer et de faire monter ses affaires dans la chambre au bout du couloir de l'étage supérieur : la pièce la plus éloignée de celle qu'il partageait avec Émily.

Une fois Évangéline partie, Godric alla au salon. Il y trouva Lucien, Cédric et Charles autour d'une table en bois de rose, en pleine partie de whist. Émily était recroquevillée sur un canapé à côté d'Ashton, l'écoutant faire la lecture. Elle mit un poing devant sa bouche pour étouffer un bâillement et caressa Pénélope. La jalousie lui serra le cœur. Il aurait voulu que ce soit contre lui qu'elle se pelotonne, son épaule lui offrant un point de repos. Émily leva les yeux vers Godric et fit un pas dans la chambre.

L'étincelle dans ses prunelles le fit fondre. Il se délecta de cette simple expression de joie et la dissimula dans la partie la plus sacrée de son cœur.

Elle reposa immédiatement Pénélope et se laissa glisser du canapé pour s'approcher de lui.

— Vous vous êtes occupé de votre visiteur ?

Ashton se leva et vint se positionner derrière Émily. Elle regarda curieusement les deux hommes. Godric qu'elle devait être rongée par la curiosité.

Il jeta un regard à Ashton.

— Elle dînera seule. Elle sait qu'elle devra être partie demain à midi.

Un sentiment croissant de malaise lui contracta les entrailles. Émily haussa un sourcil, et il soupira.

— Miss Évangéline Mirabeau, une ancienne connaissance. Elle a cru par erreur que je l'avais invitée.

Émily cligna rapidement des paupières. Ses prunelles violettes s'obscurcirent d'une émotion indéchiffrable.

— Évangéline ? Votre maîtresse est ici ?

La question d'Émily lui échappa un peu plus fort et plus nettement qu'elle l'aurait souhaité.

Godric eut un mouvement de recul.

— Comment saviez-vous qu'elle était ma maîtresse ?

Les trois autres hommes se tournèrent pour la regarder.

Émily hésita puis dit :

— Regardez la compagnie dans laquelle je me trouve. Ce n'était pas vraiment une devinette.

Il lui prit le menton dans la main pour lui lever la tête.

— Ancienne maîtresse, admit-il. Elle n'est plus la bienvenue ici.

Émily s'accrocha au bras de Godric, cherchant sur son visage la moindre trace de tromperie.

Il l'embrassa sur le front.

— Faites-moi confiance, ma chérie. Elle n'est rien pour moi. Il n'y a que vous.

Il fut ébahi de se rendre compte qu'il le pensait. Pour lui, Émily était la seule. Il n'y avait que son rire, son sourire, ses rêveries ensoleillées et sa passion féroce. Tout le reste était sans conséquence, sans importance.

Émily ne se détendit pas. Elle était innocente, mais pas dénuée de l'instinct féminin naturel de défendre et de protéger ce qui était à elle. Et Godric, du moins pour l'instant, lui appartenait. Si Miss Mirabeau décidait de lui déclarer la guerre pour le récupérer, Émily se révélerait être une ennemie dangereuse. La sévère détermination de son visage l'enthousiasmait. Il la serra plus fort contre lui.

Ashton fronça les sourcils.

— Vous avez dit qu'elle pensait que vous l'aviez invitée ?

— Oui. Elle m'a montré une lettre qu'elle avait reçue. Cela ressemblait effectivement à mon écriture. Elle a affirmé que quelqu'un avait dû lui faire une mauvaise blague.

L'expression d'Ashton s'intensifia.

— Peut-être, mais son timing ne pourrait pas être plus suspect. Nous ferions mieux de nous prémunir de toute malice.

Charles hocha la tête.

— Je suis d'accord. Évangéline est une sale petite...

Lucien écrasa le pied de Charles pour le faire taire.

— Quand dînerons-nous ? demanda Émily à Godric, toujours appuyée sur lui.

— Dans quelques heures, j'imagine. Pourquoi ?

— Puis-je prendre un bain ? Je n'en ai pas eu l'occasion ce matin.

Elle lui pressa le bras et Godric sourit.

— Bien sûr, je suis désolé d'avoir oublié. Suivez-vous.

Il l'accompagna hors du salon, laissant derrière lui quatre hommes qui en savaient décidément beaucoup trop sur sa vie personnelle. Cela dit, la Ligue n'avait rien de convenant, ce qui n'allait pas changer.

❧

Avant qu'ils ne parviennent aux escaliers, Émily avait oublié la peur que lui avait provoquée l'arrivée inattendue d'Évangéline, mais son soulagement fut de courte durée. Une porte s'ouvrit à l'extrémité du vestibule et elle sentit le bras de Godric se contracter.

— Ah, bonsoir, Godric !

La femme la plus attirante qu'Émily avait jamais vue traversa le vestibule. Elle était rayonnante dans sa robe rose saumon, avec une poitrine généreuse et des hanches larges. Des anglaises blondes cascadaient le long de son dos dans des proportions parfaites.

La poitrine d'Émily se serra. Elle s'était attendue à ce que Godric ait pris comme maîtresse une femme magnifique, mais voir cette Aphrodite en personne était trop pour elle. Par comparaison, *elle* était jeune et inexpérimentée. Elle ne pourrait jamais égaler Évangéline en termes d'apparence ni imiter ce regard sensuel ou l'ondulation de ses hanches. Elle fut mortifiée de se rendre compte qu'elle ne lui arrivait pas à la cheville. Si Godric voulait une vraie femme, il pourrait absolument reprendre Évangéline.

Godric fronça les sourcils, clairement gêné d'être obligé de faire les présentations.

— Retournez immédiatement dans votre chambre.

Le ton aigu de sa voix fit grimacer les deux femmes.

— Mais, Godric…, commenta Évangéline dans un accent français rauque et mélodieux.

Émily était reconnaissante de ne pas avoir à échanger des politesses avec cette femme. Elle aurait eu envie de la jeter par la fenêtre la plus proche, de préférence au-dessus d'un buisson de roses épineux. Cela détruirait complètement son teint parfait.

Évangéline posa une main manucurée sur son bras.

— Je cherchais à me divertir. Godric, êtes-vous sûr que vous ne voulez pas vous joindre à moi ?

Godric glissa son autre bras autour d'Émily.

— J'ai des choses à faire. Mes autres invités sont dans le salon. Je vous suggère d'aller les rejoindre.

Une injonction claire sous-tendait ses paroles. Une injonction qu'Évangéline ignora.

— Vous n'allez pas me jeter à ces loups que vous appelez vos amis ?

Émily faillit rugir.

— Des loups ? Ces quatre hommes en bas comptent parmi les hommes les plus généreux et les plus charitables de toute l'Angleterre. N'osez pas les insulter !

Émily prononça son discours avec un tel venin qu'elle espérait qu'Évangéline se ratatine. Au lieu de cela, la femme éclata de rire.

— Je plaisantais.

L'étincelle dans ses prunelles démentait pourtant ses paroles et elle se tourna à nouveau vers Godric.

— Où avez-vous trouvé une créature aussi naïve et charmante, Godric ? Les enfants sont très mignonnes lorsqu'ils comprennent mal les choses.

Une enfant ? Le ressentiment déchira les entrailles d'Émily. Si Godric n'avait pas été là, elle aurait peut-être fait quelque chose de vraiment puéril... comme tirer les cheveux de cette femme, boucle après boucle.

Godric épargna à Émily un surcroit d'embarras.

— Excusez-nous. Cela ressemblait plus à une retraite lâche qu'à un sauvetage.

Une fois seuls dans la sécurité de sa chambre, Émily s'écarta de lui.

— Pourquoi ne m'avez-vous pas défendue ? Pourquoi n'avez-vous pas... fait quelque chose ?

Émily réprima l'envie de lui crier dessus. Elle percevait sa passivité comme une trahison.

Godric s'assit sur le rebord du lit alors qu'elle faisait les cent pas.

— J'avais terriblement envie de vous prendre dans mes bras et vous embrasser passionnément, pour prouver que vous étiez à moi.

Cette perspective fit bouillir le sang d'Émily.

— Alors pourquoi ne l'avez-vous pas fait ?

Godric semblait déconcerté.

— Parce qu'elle peut se montrer jalouse et alors, d'autres personnes en souffrent, ma chère.

— Vous voulez dire que vous avez envie de me protéger ?

C'était amusant de la part de l'homme qui avait détruit sa réputation.

Les lèvres de Godric se plissèrent, mais il poursuivit.

— Je ne veux pas qu'elle aille chez le magistrat et lui raconte que je vous détiens en secret. Pas avant que je puisse à nouveau rendre visite à votre oncle. Cela pourrait ramener Blankenship sur nos têtes.

— Elle ne sait sûrement pas pourquoi je suis ici.

— Pour le moment, non, mais elle est intelligente et pourrait le deviner. Il serait préférable pour vous de l'éviter.

Elle savait qu'il était risqué de mentionner la vérité de ses sentiments, mais elle le fit quand même.

— Godric, je ne me soucie plus de ma réputation. C'est vous qui m'êtes cher.

Les bras de Godric s'enroulèrent autour de sa taille. Émily se rendit, se penchant en arrière contre lui. Il lui déposa un léger baiser sur le cou, la taquinant.

— Vous le pensez vraiment ?

Le souffle de Godric lui caressa les cheveux.

— Oui. Ce qu'elle pense de moi m'importe peu.

Il la fit tourner dans ses bras et baissa la tête, collant son front contre le sien.

— Non, ma petite renarde... Je voulais dire : voulez-vous dire que vous ressentez quelque chose pour moi ?

— Bien sûr. Vous m'êtes cher.

Les joues d'Émily s'empourprèrent. Elle l'avait admis une fois, à moitié endormie, mais à présent, c'était différent. Elle n'était pas aveuglée par la passion. C'était là son cœur, exposé et désireux de lui rendre son amour.

Les mains de Godric s'installèrent sur ses reins, l'attirant plus près de lui. Il embrassa le coin de sa bouche puis le bout de son nez et enfin le menton.

— M'aimez-vous, Émily ?

Il la serra plus fort, le plaisir de son contact lui faisant tourner la tête de désir.

— Je...

— Répondez à ma question.

C'était un grondement sensuel, pas un ordre.

Émilie frissonna.

— Oui. Oui, je vous aime !

Un amusement bienveillant brillait dans les yeux émeraude de Godric. Il était un sorcier, jetant des sortilèges d'amour sur son cœur, dérobant son âme avec des baisers doux comme du miel et des rêves chuchotés.

Il lui leva le menton et posa les yeux sur elle.

— Alors, soyez rassurée. Tant que vous m'aimez, vous n'avez pas besoin de vous inquiéter à propos d'une autre femme. Vous comprenez ?

— Je comprends. M

C'était un mensonge ! Il ne lui avait pas dit qu'il l'aimait, mais il avait promis de lui être fidèle tant qu'elle l'aimait... Qu'est-ce que cela signifiait ? La parole d'un rebelle valait-elle quelque chose ?

Godric la lâcha et se dirigea vers la porte.

— Je vais faire monter Libba pour préparer votre bain.

— Godric...

Émily n'aurait pas dû parler et elle se prépara à être déçue. Godric marqua un temps d'arrêt, sa main reposant sur la poignée de la porte. Puis il se retourna pour la regarder.

— M'aimez-vous ?

Dieu, elle se trouvait pitoyable.

L'expression douce et heureuse qui s'était confortablement installée sur le visage de Godric disparut.

— Émily...

Il prononça son nom dans un soupir déchirant.

— Pour moi, ce n'est pas une question facile.

Je ne dois pas pleurer... Je ne vais pas pleurer. Elle essaya de se rappeler que c'était là l'homme qui l'avait enlevée et l'avait séduite. Elle se concentra sur ces souvenirs plus sombres, sans quoi la douleur dans son cœur menacerait certainement de lui couper le souffle.

— Vous exigez une réponse de ma part, mais vous ne pouvez pas me rendre la pareille ?

Quand il ne répondit pas, elle se jeta sur lui pour l'embrasser. Émily referma les doigts sur sa cravate, le faisant s'incliner pour mieux atteindre sa bouche.

L'épinglant contre la porte, elle conquit sa bouche étonnée. Cela lui faisait mal qu'il ne l'aime pas, mais elle-même ne pouvait pas s'empêcher de l'aimer. Quoi qu'il advienne, elle aimait vraiment et profondément Godric Saint-Laurent.

Émily rompit le baiser et se détourna, plaçant entre eux une certaine distance. Le plancher craqua quand il fit un pas vers elle, mais il ne s'approcha pas davantage. La tête d'Émily retomba, les yeux fixés sur un point au sol, et elle attendit qu'il dise ou fasse quelque chose.

— Je... J'ai beaucoup de sentiments pour vous.

Puis il partit, emportant son cœur avec lui. Elle savait avec une certitude doulourcuse qu'elle ne pourrait jamais le récupérer.

❧ 14 ❧

Le dîner de ce soir-là fut une affaire beaucoup plus formelle qu'en toute autre occasion depuis l'enlèvement d'Émily. Avant l'arrivée d'Évangéline, les cinq lords avaient oublié toute forme de politesse et de formalité, mais à présent, ils respectaient l'étiquette à la lettre, même si Évangéline n'était pas présente. Libba avait rapporté à Émily que Godric avait ordonné à son ancienne maîtresse de prendre ses repas dans sa chambre. Cela, cependant, réconforta légèrement la jeune femme de savoir que Godric ne lui permettrait pas de dîner avec eux.

Il s'assit en tête de table, Émily directement à sa droite. Des deux côtés, le reste des hommes étaient alignés selon leur rang. Bien mis, tous les gentlemen portaient des culottes noires et des redingotes assorties bien taillées. Émily était vêtue d'une robe de soie bleu glacé recouverte d'une résille argentée. Des étoiles pâles étaient brodées sur ses chaussons assortis et des perles étaient filées dans ses cheveux comme des gouttes de rosée glacées. Elle n'arrivait pas à croire que Libba ait réussi à produire un tel résultat. Elle n'avait jamais eu l'air aussi belle, ne s'était jamais sentie aussi belle. Le peigne à papillons était niché parmi les perles qui ornaient ses cheveux et les yeux de Godric s'étaient enflammés lorsqu'il était venu l'escorter pour dîner. Il avait affiché un bref sourire fier, ce qui avait fait sourire Émily.

Autour de la table, la conversation se déroula agréablement alors qu'ils dégustaient leur faisan rôti et leur carpe. La plus belle porcelaine Wedgwood était de sortie et la meilleure bouteille de Bordeaux remplissait leurs verres.

Émily avait Godric et Charles comme partenaires de conversation. Godric parlait peu, ses yeux se posant brièvement sur elle avant de danser le long de la table sur les autres invités.

Cependant, Charles était dans son élément alors qu'il régalait Émily de récits amusants sur ses autres aventures. Il reposa sa fourchette et prit son verre de vin.

— Avez-vous déjà visité les jardins de Vauxhall ?

— Pas encore. Ma sortie dans le monde a été écourtée. Vous en avez peut-être entendu eu vent.

Elle haussa un sourcil sardonique.

— Alors je vous emmènerai, ma chère. C'est un spectacle à ne pas manquer ! Des feux d'artifice, des galas, et ils ont le meilleur punch...

Un ricanement bas interrompit Charles et Godric planta sa fourchette dans un morceau de faisan.

— Rien au monde ne pourrait me convaincre de vous laisser emmener Émily seule dans ces jardins. N'oubliez pas que j'étais présent la dernière fois où vous y avez bu trop de punch.

— Vous me gâchez mon plaisir.

Charles arborait un sourire, mais ses paroles étaient discrètement acérées. Un défi !

— Émily passerait un moment merveilleux en ma compagnie. N'est-ce pas, Émily ?

— J'imagine, Charles. Si tant est que vous demeuriez gentleman.

— Pour vous, je m'efforcerais d'être le parfait gentleman. Je pourrais même y parvenir.

Émily rougit et essaya de changer de sujet.

— Vous me flattez, Charles. À présent, dites-moi ce qui s'est passé lorsque vous avez bu trop de punch ?

Godric lui répondit.

— Je crois que Charles a déçu plus d'une jeune femme venue seule cette nuit-là et qui se faisait l'illusion qu'elle épouserait bientôt un comte.

Charles reposa son verre de vin.

— Ce n'est pas ma faute si je deviens trop romantique quand je suis un peu gris. Toutes les femmes ont l'air plus jolies et ont un goût plus doux, et même la perspective redoutée du mariage ne me semble pas aussi terrible que d'habitude.

Godric éclata de rire.

— J'aimerais rencontrer une femme qui vous épouserait et tiendrait la journée.

Charles mima le geste théâtral d'être poignardé en plein cœur.

— Vous me faites mal, Godric ! gémit-il en feignant l'agonie.

Émily se mordilla la lèvre inférieure pour réprimer un rire.

— Vous n'avez jamais ressenti assez d'affection envers une femme pour vouloir l'épouser ?

Instantanément ressuscité, Charles lui répondit :

— Je suis un homme actif, ma chère. J'ai besoin de quelqu'un qui serait en mesure de suivre le rythme effréné de ma vie et, à ce jour, je n'ai jamais rencontré une telle femme. Je n'épouserai une femme que si elle est capable de comprendre que je ne peux pas, en toute bonne foi, me poser.

— Je vous trouverai quelqu'un, Charles, promit Émily.

Par moments, elle décelait chez lui une mélancolie saisissante.

— Je vous remercie, Émily, mais je préférerais de loin vous dérober à cet odieux duc ici présent.

Charles désigna Godric du menton.

Dissimulée sous la table, la main de ce dernier s'installa sur le genou d'Émily. La chaleur de sa grande paume réchauffa sa peau à travers la soie fine, mais sa main lui tapota doucement le genou avant de disparaître à nouveau. Elle dut invoquer toute sa maîtrise d'elle-même pour retenir un soupir en se voyant retirer sa caresse, la chaleur de son contact.

Après le dîner, les convives se retirèrent au salon où les hommes se versèrent des verres de Porto. Choisissant ce moment pour s'éclipser, Émily prit congé et laissa les hommes à leur boisson.

Émily avait atteint les escaliers quand un frou-frou soyeux sur le plancher la fit se raidir.

Derrière l'escalier, Évangéline émergea des ombres.

— Dites-moi. Comment trouvez-vous votre séjour ici ? Votre ravisseur vous traite-t-il bien ?

Émily, prise au dépourvu par cette remarque, pâlit.

— Pardon ?

— N'ayez pas l'air aussi surprise. Je sais que Godric et ses amis vous ont enlevée.

Émily se reprit rapidement.

— Je ne sais pas de quoi vous parlez.

— Mentir ne vous va pas, Miss Parr.

Évangéline sourit et Émily comprit que la peur qu'elle ressentait dans sa poitrine se reflétait sur son visage.

— Je suis ici de mon propre gré.

— Bien sûr. Vous appréciez sans nul doute la chaleur du lit de Godric. Vous ne seriez pas la première. Il aime séduire les petites créatures innocentes. Cela attise sa fierté, vous comprenez ?

Les mots d'Évangéline tranchèrent les défenses d'Émily.

— Vous avez tort à son propos, dit Émily.

Mais les mots lui semblèrent maladroits et lourds.

— Puis-je vous offrir un conseil, Miss Parr ? Quittez l'hôtel et retournez à Londres. Godric ne fera que briser votre petit cœur délicat ou bien vous laissera avec un enfant sur les bras. Même s'il ressentait quelque chose pour vous... je crains que cela n'empêche pas Monsieur Blankenship de vous convoiter. C'est un homme très dévoué.

— Quoi ?

Comment Évangéline savait-elle pour Blankenship ?

Évangéline hésita et le premier signe d'une émotion véritable passa sur ses traits.

— Je vais être honnête avec vous. Je crois que cela nous

conviendra mieux. Monsieur Blankenship s'est présenté chez moi. Il m'a parlé de votre enlèvement. J'ai senti tout de suite qu'il était... J'oublie le mot...

Un petit pli sillonna son front.

— Fou ? proposa Émily.

— Oui. Aussi fou que Robespierre. Il m'a payée pour venir ici et lui fournir des informations sur vous. Il a plus de pouvoir que vous le pensez. Peu importent les conséquences ; il veut seulement obtenir ce qu'il veut. Mais vous le savez déjà.

— Oui, avoua Émily.

— Ce que vous ne savez pas, c'est qu'il a embauché des hommes pour vous récupérer. Des mercenaires, m'a-t-on dit. Ce sont les hommes les plus répugnants et les plus vils qui soient. Des hommes qui n'hésiteraient pas à tuer Godric et ses amis s'ils tentaient de vous protéger.

Émily sentit le sang quitter son visage.

— Comment le savez-vous ?

— Monsieur Blankenship s'est vanté de ses manigances. Je ne souhaite pas voir un bain de sang. C'est dégoûtant et même moi ne souhaite pas qu'il arrive du mal à Godric ou ses compagnons. Vous devez quitter ce lieu et convaincre Monsieur Blankenship de votre départ, sans quoi je suis certaine qu'il fera du mal à Godric et aux autres.

Évangéline jouait avec une de ses manches en soie blanche, et ses mains tremblaient légèrement. Elle disait la vérité !

— Il... Non... Je ne peux pas partir, même si je le voulais, dit Émily, plus pour elle-même que son interlocutrice.

Elle savait qu'entre son amour pour Godric et la main de fer qu'il maintenait sur sa liberté, elle ne pourrait jamais partir. Ce serait impossible.

— Ce n'est pas une décision facile, je le comprends. Vous êtes un pion dans le jeu d'autres hommes. Et même s'il m'en coûte de l'admettre, pour l'instant, je le suis aussi. Les pions sont toujours sacrifiés. Ce n'est pas juste, mais c'est notre lot, n'est-ce pas ? Si vous ne partez pas, Godric mourra.

Évangéline avait raison. Godric serait tué s'il essayait de la protéger. Quel choix avait-elle ? Elle était un pion.

— Faites attention avec les pions, dit Émily presque pour elle-même. S'ils atteignent l'autre côté de l'échiquier, ils deviennent reines.

Un sourire passa sur les lèvres d'Évangéline.

— Vous jouez aux échecs. Très bien. Monsieur Blankenship s'attend à ce que vous vous rendiez immédiatement à lui, et bien que je ne sois pas en droit de dire quoi que ce soit, je pense que vous ne devriez pas aller le rejoindre. J'aimerais que vous quittiez la vie de Godric ; je ne souhaite pas pour autant que vous tombiez entre les mains d'un fou. Trouvez quelqu'un pour vous accueillir. Vous êtes ravissante et je ne vous pense pas imbécile. Vous êtes capable de trouver un protecteur.

Une fois encore, elle s'interrompit, comme perdue dans ses souvenirs.

— C'est ainsi que j'ai survécu. Mais je n'ai pas encore traversé l'échiquier, pour ainsi dire.

Émily ne savait pas comment réagir. Elle acceptait les conseils de l'ancienne maîtresse de Godric et découvrait qu'elle l'admirait malgré elle.

—Je... je vous remercie, Miss Mirabeau.

Évangéline hocha la tête et la laissa seule.

Émily ne pouvait pas laisser quelque chose arriver à Godric ou aux autres, ce qui signifiait qu'elle devait partir immédiatement ! Mais d'abord, elle avait besoin de trouver Jonathan Helprin. Elle savait que Jonathan conduisait la charrette jusqu'à Blackbriar pour faire les emplettes. La convivialité sincère de Jonathan avec les amis de Godric était inappropriée, voire presque rebelle. C'était dans ce soupçon de rébellion qu'elle plaçait tous ses espoirs. Si elle pouvait convaincre cet homme de l'aider à s'échapper, elle aurait peut-être une chance, pour le bien de Godric.

Elle se tourna et entra en collision avec le majordome.

—Simkins !

Celui-ci s'inclina et fit un pas en arrière.

— Mille pardons, Miss Parr. Je ne m'attendais pas à ce que quelqu'un quitte le salon aussi tôt.

— Ne vous excusez pas, Simkins ! C'est ma faute. Pourriez-vous me dire où se trouve Mr Helprin ?

Les sourcils blancs du majordome se haussèrent de surprise.

— Le valet de Sa Grâce ?

Émily acquiesça.

— Oui.

— Je pense qu'il se trouve dans les quartiers des serviteurs.

Il eut l'air de se douter de quelque chose.

— A-t-il encouru votre mécontentement ?

— Non. Je voulais simplement le voir brièvement.

Si Simkins ne lui faisait pas confiance, son plan d'évasion se désagrégerait en quelques minutes.

— Très bien. Bonne nuit, Miss Parr.

Simkins sourit, s'inclina, puis se glissa dans le salon, la laissant seule dans le couloir.

Émily se précipita vers l'escalier de service. Après avoir demandé son chemin à un valet, elle trouva la chambre de Jonathan et ouvrit la porte. Il était assis sur le rebord de son lit. Sa chemise blanche en linon était à moitié déboutonnée et sur ses genoux reposait une des belles bottes hessiennes de Godric, qu'il était en train de polir.

Il leva des yeux surpris. Ses yeux verts se rétrécirent quand il la vit seule. Pendant une seconde, Émily regretta d'avoir décidé de lui demander son aide. Elle n'avait pas oublié la façon dont il l'avait jetée sur ses épaules pour la ramener à Godric quand elle s'était glissée par la fenêtre de l'étude.

Il posa la botte et se redressa.

— Vous ne devriez pas être seule, Miss Parr. Je suis obligé de vous ramener à Sa Grâce.

— Non, attendez ! J'ai à vous parler...

Elle commença fort, mais son ton se fit incertain. Son cœur fit un bond alors que Jonathan avançait vers elle. S'était-elle trompée en pensant qu'elle pouvait lui faire confiance et le persuader de l'aider ?

— À moi ? Qu'est-ce qu'une jeune dame comme il faut aurait à dire à un valet ?

Il lui adressa ce même demi-sourire dévastateur que Godric lui décochait souvent. La saisissant par la taille, il claqua la porte de sa chambre derrière elle. Elle était à présent prise au piège, de plus d'une façon. Inspirant profondément, elle se força à se rappeler que cet homme appréciait le duc, et elle espérait que cette loyauté sauverait la vie de Godric.

— J'ai besoin de votre aide.

Elle se rendit compte qu'en parlant avec Jonathan seule à seul, elle risquait de lui donner une mauvaise impression. Il était cependant trop tard pour revenir en arrière. Il se penchait déjà légèrement vers elle. Il était même aussi imposant que son maître. Même si elle n'avait pas réussi à convaincre Godric de parler de Jonathan, elle n'était pas bête. Certains traits ne pouvaient être que de famille. Il avait soutenu qu'il n'avait pas de frères ou de sœurs et n'avait jamais parlé de cousins, alors les options étaient limitées. Qui était Jonathan pour lui ?

— Je serais heureux de vous aider.

Il leva son autre main, la faisant courir sur le bras nu d'Émily. De la chair de poule apparut dans le sillage de cette lente caresse interdite. Seigneur, s'il n'était pas un parent de Godric, elle n'était pas une femme ! Elle lui écarta la main d'une tape.

Elle garda son attention braquée sur la question qui l'intéressait.

— Pouvez-vous m'emmener demain à Blackbriar ? Je dois m'échapper. Je serai habillée en servante et il vous suffira de me laisser monter dans la charrette, rien de plus.

— Vous me demandez de trahir mon maître ?

Plutôt que de paraître scandalisé, comme elle s'y était attendue, ce diable aux cheveux cendrés avait l'aplomb de sourire.

Émily inspira profondément.

— Pour autant que je sache, il ne vous a pas interdit de m'emmener à Blackbriar, n'est-ce pas ? Si besoin est, je peux vous échapper dans le village et me cacher pour que vous puissiez dire avec honnêteté que vous n'avez pas pu me ramener.

Jonathan la dévisagea d'un œil critique.

— Très bien, Miss Parr. Mais d'abord, vous devez me dire pourquoi vous partez. J'ai vu la façon dont vous regardez Sa Grâce. Je ne comprends absolument pas pourquoi vous souhaitez vous enfuir.

Émily inspira profondément, espérant avoir pris la bonne décision.

— Je dois partir pour lui sauver la vie.

Jonathan haussa les sourcils.

— Quoi ?

— C'est Blankenship, l'homme qui est venu ici avec le magistrat. Pour me récupérer, il a l'intention de tuer Godric et tous ceux qui se dresseront en travers de sa route. Si je pars, il n'aura plus de raison de s'en prendre à ceux qui résident ici.

Le valet rétrécit les paupières d'un air soupçonneux.

— Comment le savez-vous ?

— Par Évangéline, la maîtresse de Godric. Elle m'a avertie, m'a expliqué ce qui arriverait si je ne partais pas. Blankenship est fou. Il a déjà engagé des hommes pour ce travail.

— Vous êtes sérieuse, n'est-ce pas ? Sa Grâce est vraiment en danger ?

Émily acquiesça.

— Je ne veux pas risquer qu'il lui arrive quelque chose.

— Avez-vous envisagé de lui répéter ce qu'Évangéline vous a dit ?

— Bien sûr, mais vous savez comment il est. Pensez-vous qu'il subirait ce genre de menaces sans rien faire ? Même s'ils sont de force égale ?

Le valet réfléchit à ses paroles.

— Non, cet imbécile alerterait ses amis et courrait se faire tuer.

Les épaules d'Émily s'affaissèrent.

— Vous comprenez donc pourquoi je dois partir. Il ne doit pas connaître la vérité de peur qu'il fasse quelque chose de stupidement noble.

— Vous vous rendez compte que c'est un plan particulièrement mal pensé. Sa colère est légendaire. Il ne sera pas content que vous partiez.

Elle n'avait pas besoin de la mise en garde de Jonathan, ayant conscience du risque qu'elle prenait.

— C'est un choix entre lui faire du mal et causer sa perte, alors ce n'est pas vraiment un choix, n'est-ce pas ?

Jonathan réfléchit pendant un long moment.

— Très bien. Je vous emmènerai jusqu'au village si vous acceptez mon prix.

Elle était coincée contre la porte, sans moyen de s'échapper, et il lui soufflait son haleine chaude au visage.

Elle leva légèrement le menton, espérant ainsi renforcer sa détermination.

— Quel prix ?

— Hum...

Il l'étudia, à la recherche de ce qu'elle ne savait pas.

— Je déciderai plus tard. Soyez prête à partir demain.

Il la poussa doucement dans le couloir.

Elle remonta précipitamment l'escalier de service puis l'escalier principal. Une fois parvenue à sa chambre à coucher du deuxième étage, elle y entra discrètement.

— Vous êtes là, petite renarde ! Je vous attendais.

La voix de Godric la fit sursauter.

— Vous pensiez pouvoir me filer entre les doigts ? rit Godric en refermant ses mains autour de sa taille.

Elle se détendit quand elle se rendit compte qu'il ignorait tout de sa conversation avec Jonathan.

— Non, bien sûr que non. Je devais simplement m'arranger les cheveux. Quelques épingles s'étaient détachées.

Elle leva la main vers ses cheveux comme pour montrer qu'elle avait résolu le problème.

Ce regard de prédateur qu'il lui adressa l'excitait profondément.

— Je ne vous crois pas, ma chère. Je pensais que nous nous étions entendus.

Malgré son mensonge, elle était irritée qu'il ne la croie pas.

— C'est le cas. Lâchez-moi, Godric.

— Allons, allons, j'ai dû jouer au gentleman toute la soirée et je ne tiendrai pas une seconde de plus à me comporter comme un saint.

Il fit remonter ses mains sur son dos puis elles glissèrent plus bas sur la courbe de son derrière. Il la serra fort, la soulevant contre lui.

Émily poussa un petit cri.

Il la pressa contre sa porte. Essayant de le repousser, elle sentit les tendons puissants de ses bras musclés se contracter sous ses mains. Elle devait garder l'esprit clair si elle voulait s'échapper le lendemain, chose quasi impossible.

Godric enfonça une cuisse entre ses jambes, la pression reprenant vie comme une flamme. La tête d'Émily bascula en arrière, lui offrant sa gorge. Il fit courir sa bouche de sa mâchoire jusqu'à son épaule.

Émily avait à peine eu le temps de se préparer avant qu'il ne lui fasse perdre le contrôle, assaillant son esprit et son cœur par un baiser profond. Ils s'éloignèrent de la porte et il la fit tourner de sorte que l'arrière de ses genoux heurta le lit avant qu'ils ne s'écroulent, Godric sur elle. Avec un petit rire, il lui caressa la joue avec le nez et les fit rouler jusqu'à ce qu'elle se retrouve étendue sur sa poitrine. Il leva les yeux vers elle, une lueur chaude dans les prunelles, ses doigts traçant tendrement les contours de son épine dorsale avec des caresses apaisantes.

— Pourquoi me regardez-vous ainsi, ma chère ? Vous avez l'air inquiète.

Il rit et déplaça la tête vers le haut pour lui mordiller affectueusement la clavicule.

Il la fascinait. Un instant passionné et possessif, et l'autre, tendre et terriblement doux. Le cœur d'Émily fit un bond. Serait-ce le dernier moment qu'elle partagerait avec lui ? Si elle devait s'échapper le lendemain, ce serait le cas.

Les larmes lui brûlèrent les yeux et elle se mordilla la lèvre inférieure, espérant que la douleur la distraie de cette plaie ouverte dans sa poitrine. Il n'y aurait plus jamais de moments comme celui-ci.

— Ne pleurez pas... je vous en prie, ne pleurez pas. Nous irons doucement. Je ne voulais pas vous effrayer.

Godric redressa l'échine, la gardant à califourchon sur ses genoux. Il essuya ses larmes avec ses pouces et apaisa sa douleur avec une pluie de petits baisers le long de ses joues, le bout de son nez, son front.

Enfin, il la serra contre lui et Émily se rendit, enfonçant son visage dans le creux entre son cou et son épaule. Ils restèrent enlacés de la sorte pendant un moment, cette simple pression suffisant à la calmer.

Quand enfin, elle cessa de s'effondrer intérieurement, elle plaça un baiser sur son épaule. Puis en dépit de ses larmes et de sa tristesse, ayant désespérément envie de lui, elle le mordilla. Il grogna quand elle fit danser sa langue sur l'endroit qu'elle venait de mordre.

— Petite coquine !

Il rit et lui prit le menton entre les mains, levant son visage vers lui.

— Vous savez que je vous le ferai payer.

Il posa la paume sur sa poitrine et quand son mamelon durcit sous sa main, il le pinça.

— Et si je commençais ici ? Ou bien...

Il fit descendre la main le long de sa cuisse et jusque sous son derrière.

—... ici, peut-être ?

Il resserra la main sur ses fesses et Émily se tortilla alors que le désir se déversait entre ses cuisses.

Elle leva les yeux vers lui, le défiant du regard.

— Je pense que vous êtes un beau parleur, Votre Grâce.

— Ah oui, vraiment ?

Il grogna et la fit rouler sous lui. Plutôt que de défaire sa robe, il la retourna sur le ventre et prit un oreiller près de sa tête. Lui soulevant les hanches, il le plaça sous son bassin. Tremblante, Émily le regarda par-dessus son épaule, ne sachant pas ce qu'il voulait faire. Il s'agenouilla entre ses jambes écartées et défit ses culottes. Le sourire malicieux qu'il lui adressa quand il la surprit à le regarder lui provoqua une nouvelle vague de frissons le long des jambes.

Godric glissa les paumes sous sa robe retroussée jusqu'à ses genoux, écartant la robe et les jupons pour la dénuder. Il lui caressa le derrière, ses doigts descendant jusqu'à ce qu'ils atteignent son sexe.

— Si chaude ; vous êtes tellement moite, ma chère. Vous me défaites. Je ne peux pas attendre une seconde de plus.

Il se positionna devant son intimité et s'appuyant d'une main sur le lit près de son épaule, il s'enfonça.

Cette connexion leur tira un cri de bonheur à l'unisson. Elle ressentit un peu de plaisir et un pincement de douleur quand il glissa hors d'elle puis lui donna un profond coup de reins. Elle poussa un cri d'extase. Godric continua, passant la pointe de son excitation le long de son intimité, heurtant un endroit au plus profond d'elle qui l'enivrait de passion. Le désespoir la déchira. Elle avait besoin de lui plus qu'elle avait besoin de son corps. Et ce choc des corps et des âmes pourrait bien être leur dernière fois. La panique lui tira un sanglot, mais le plaisir lui coupa le souffle.

— Ém... Oh, Ém. Ma chère... C'est tellement bon... reculez les hanches... OUI !

Les halètements irréguliers de Godric et ses compliments rauques défaisaient son cœur et son âme. Elle succomba et explosa autour de lui en un million de morceaux.

Elle eut vaguement conscience du cri qu'il lui rendit et de son poids lourd sur son dos. Sa respiration essoufflée contre son cou était une récompense sensuelle.

Au bout de quelques instants, il se maîtrisa, reprenant sa respiration alors qu'il basculait sur le côté. Il tendit la main vers elle et Émily colla son corps contre le sien, peut-être pour la dernière fois. Des larmes se déversèrent sur ses joues, mais Godric ne les vit pas. Ses yeux étaient fermés, ses cils sombres reposant contre ses joues.

— Je vous aime. Quoi qu'il arrive. Je vous aime, murmura-t-elle.

Il ne bougea pas.

Elle embrassa sa poitrine à l'endroit où elle sentait son cœur battre le plus fort. S'il l'avait entendue, elle n'aurait pas voulu qu'il lui dise quoi que ce soit en retour. S'il ne l'aimait pas, la réalité la blesserait. S'il l'aimait, cela la tuerait.

GODRIC SERRAIT MOLLEMENT LE CORPS D'ÉMILY CONTRE LUI. Une de ses jambes nues était étendue sur son abdomen et il posa une main possessive sur la peau douce de l'extérieur de sa cuisse. Elle posa la tête sur sa poitrine, ses inspirations légères trahissant la profondeur de son sommeil. Il l'avait fatiguée ce soir ; elle n'était pas encore ajustée à son appétit vorace. Si elle était aussi plus audacieuse, elle faisait toujours l'amour avec cet étrange mélange d'innocence et de luxure.

Il mentirait en niant sa joie devant l'enthousiasme et l'audace de ses réactions. Elle l'aimait ; il l'avait entendue le murmurer une fois en dormant, et ce soir-là, elle l'avait dit sans l'influence de la passion. Elle n'était pas revenue dessus, ce qui le ravissait.

Personne ne lui avait encore dit « je t'aime », aucune femme sauf sa mère. Il était aimé de Simkins et de la Ligue, mais Émily était différente. Il avait toujours supposé que l'amour d'une femme serait un fardeau, mais ce n'était pas le cas. L'affection et la loyauté d'Émily le renforçaient. Elle le connaissait tel qu'il était, mais elle l'aimait quand même, l'aimait assez pour sacrifier sa réputation, mais elle n'en comptait pas moins pour Godric. La pensée que quiconque puisse mal parler d'Émily lui serrait le ventre.

Il ferait tout ce qui était nécessaire pour protéger son honneur, même si cela signifiait renoncer à elle. Il lui avait dit qu'elle pourrait rester tant qu'elle l'aimait, mais la vérité était qu'elle ne pourrait jamais le quitter. Il ne restait qu'une seule option pour elle... et pour lui.

Le mariage. Il devait épouser Émily pour sauver sa réputation. En retour, elle aurait une vie qu'elle souhaitait vivre, et il donnerait tout pour la voir heureuse.

À la lumière du jour, il admettait que le mariage avec Émily était une idée horrible. Sa propre réputation au sein de la société était loin d'être sans tâche et même si cela n'avait jamais compté pour lui, *elle* serait affectée. Serait-elle un jour acceptée en tant qu'épouse de duc, ou simplement considérée comme une maîtresse glorifiée ? La nuit, cependant, il ne pouvait s'empêcher de se dire qu'ils pourraient être très heureux.

Il s'autorisa à imaginer une vie remplie de nuits au cours desquelles Émily enroulait son corps chaud autour du sien, les cheveux répandus sur son oreiller comme du blé ambré. Dans ses rêves, elle serait toujours là, sa petite renarde rusée. Dans quelques années, des bébés dans leurs berceaux rempliraient les coins vides et peuplés de fantômes de sa vie, et il aurait la famille qu'il n'avait jamais espérée. Il achèterait à Émily une écurie pleine de chevaux, un millier de chiens de chasse, tout ce qu'elle désirait.

Émily se déplaça contre lui, remuant légèrement. Godric remonta les couvertures autour d'eux pour les tenir au chaud. Ce n'est que lorsqu'elle était endormie qu'il pouvait la savourer ; les seins lourds pressés contre sa poitrine, les cuisses et les mollets musclés satinés. Ces jambes serraient fort ses hanches chaque fois qu'il lui grimpait dessus. Elle était douce... et réelle. C'était totalement différent de la perfection sculptée d'Évangéline qui n'aimait jamais avoir un cheveu décoiffé ou une robe froissée. Elle ne vivait pas vraiment, pas comme Émily. Il adorait la façon dont celle-ci dévorait la vie.

Il fit glisser une main vers la fourche de ses cuisses. Il enfonça un doigt en elle et elle remua de nouveau. Godric sourit, jouant doucement avec elle. Elle émit ce bruit adorable de plaisir endormi. Il invoqua toute sa volonté pour cesser de la taquiner et de se torturer lui-même. Elle avait besoin de dormir après la journée qu'elle avait passée.

Émily se blottit contre sa poitrine, frottant contre lui alors qu'elle se calait à nouveau. Godric fut frappé par l'idée que ce moment lui paraissait bon, terriblement bon. Tout ce qu'il avait toujours connu avait changé quand il avait déposé cette jeune femme inconsciente sur son lit ce premier soir. Était-il possible qu'elle ne soit entrée dans sa vie qu'une semaine auparavant ? Que se passerait-il lorsqu'ils seraient forcés d'accepter leur situation ? Il ne voulait pas y penser. Sa poitrine se contracta et ses poings se serrèrent.

Il n'était pas le seul que l'enlèvement d'Émily Parr ait changé. Les liens de la Ligue incarnaient l'amour revêche que les hommes se portaient mutuellement, mais devant Émily, ils étaient tous impuissants. Ashton admirait la pureté de l'âme d'Émily, Charles, son espièglerie, Cédric son amour pour la nature, Lucien son intelligence et Godric ? Il aimait *tout* en elle.

Cette pensée le choqua. S'il pouvait tout aimer chez quelqu'un, cela ne voulait-il pas dire qu'il aimait cette personne ? La question le tarauda.

Il fit courir une main à travers les cheveux d'Émily, enroulant une mèche soyeuse entre ses doigts. Jamais de toute sa vie, il ne s'était attendu à ce qu'une telle créature, si différente de lui, le rende aussi heureux. Il ne vivait que pour voir son sourire, la faire rire, l'embrasser. Il voulait passer toutes les journées à lire avec elle et toutes les nuits à l'aimer. Trouver chaque point chatouilleux et chaque endroit qui la faisaient gémir et soupirer. Il voulait une vie avec elle, mais ce n'était pas possible.

— Godric ?

La voix d'Émily interrompit ses réflexions. Il ne s'était pas rendu compte qu'elle était éveillée.

— Je suis désolée, vous ai-je réveillée ?

— J'ai le sommeil léger.

Elle leva un peu la tête, le clair de lune rendant ses yeux violets pâles et argentés.

— Puis-je vous demander quelque chose ?

Godric réprima l'envie de sourire.

— Euh, je le suppose, oui.

— Ashton a mentionné votre père et la façon dont il...

Le sourire de Godric s'évanouit.

— Dont il me disciplinait ?

— Oui.

— Que voulez-vous savoir ?

Son ton était plus dur qu'il ne l'avait escompté. La douleur de cette vieille plaie le tiraillait toujours.

Émily posa une main sur sa poitrine, juste au-dessus de son cœur.

— Je regrette qu'il vous ait fait du mal.

— Ce n'est pas une question.

Elle plissa le front.

— Non, je suppose que non, mais... mais j'aurais aimé qu'il ne vous ait pas fait de mal. Je ne sais pas comment quiconque pourrait avoir envie de vous blesser.

Elle pressa les lèvres contre sa poitrine en un baiser séduisant. Il était si pur dans son affection, dans sa tendresse, que la gorge de Godric se contracta. Il ne savait pas comment lui exprimer que ses paroles signifiaient tout pour lui.

Au lieu de cela, il enroula les bras autour de sa taille et la fit remonter de plusieurs centimètres, jusqu'à sa bouche. Elle écarta les lèvres. Il lui caressa la joue du bout des doigts, et elle poussa un soupir de contentement.

— J'ai une autre question, dit-elle enfin. Une vraie.

Il fut amusé par la lueur astucieuse dans ses yeux.

— Très bien, ma chère. Écoutons-la.

— Quand vous et les autres m'avez enlevée, comment saviez-vous que j'étais dans la voiture ? Je pensais vous avoir dupés avec le double fond de la banquette...

Elle posa les paumes à plat sur sa poitrine et se redressa légèrement, offrant à Godric le spectacle plaisant de ses seins.

— Vous m'aviez dupé. Ashton, cependant, a remarqué qu'un coin de votre robe de soirée dépassait. Il a conçu le plan de vous attendre.

Godric afficha un large sourire quand le souvenir de cette nuit s'imposa à lui : l'adrénaline, l'exaltation pure de l'avoir traquée, combattue, capturée...

Émily fronça les sourcils.

— Et si je n'étais pas sortie de la calèche ? J'étais peut-être en train de suffoquer.

— Je ne pense pas que le compartiment ait été hermétique.

Godric essaya de lever les hanches, mais Émily recula d'un centimètre hors de sa portée.

— Aviez-vous vraiment eu besoin de vous servir du laudanum ? C'était méprisable.

Elle fronçait à présent les sourcils, évoquant un chiot qui grondait.

— Nous nous en sommes servis à la recommandation d'Ashton. Nous avions craint que vous n'appeliez à l'aide.

— Pourquoi ne pas m'avoir simplement bâillonnée ?

— Et étiez-vous forcée de vous tortiller sur mes genoux durant tout le trajet ? Vous auriez pu tomber et vous blesser.

— Vos genoux ?

Ses yeux étaient chaleureux, mais elle plissait le nez avec consternation.

— Vous m'avez portée ?

Godric tira sur une mèche de ses cheveux, l'enroulant autour de son doigt.

— Absolument. Une fois que j'ai posé les yeux sur vous, j'ai refusé qu'un autre homme soit responsable de vous. Je voulais vous avoir pour moi. Et laissez-moi vous assurer que cela a été une véritable bataille. J'ai dû supporter pendant près d'une heure les protestations de Charles. Il est extrêmement mauvais perdant, acheva-t-il avec un petit rire.

Émily digéra cette information en silence.

— Aviez-vous prévu de me séduire avant de me voir ?

C'était une question explosive et Godric décida qu'il valait mieux dire la vérité.

— Je voulais seulement vous perdre de réputation en vous amenant ici. Je n'avais pas vraiment l'intention de vous... euh... dévaster physiquement... Je n'avais pas songé à vous séduire avant de vous déposer dans ce lit. Vous étiez si sale et poussiéreuse après vos tentatives d'évasion, mais quand je vous ai étendue... J'ai été ensorcelé... Il fallait que je vous touche... alors je l'ai fait.

— Vraiment ?

— Seulement un contact, j'ai tenu votre visage dans mes mains. Vos joues étaient couvertes de crasse et je les ai essuyées. J'ai dû invoquer tout mon contrôle pour ne pas vous embrasser. C'est là que j'ai su que vous m'aviez ensorcelé.

⌘

ÉMILY ÉTAIT AGRÉABLEMENT SURPRISE. ELLE NE GARDAIT QUE peu de souvenirs de ce soir-là, mais elle avait l'image vague d'un beau prince qui lui avait caressé le visage et l'avait presque embrassée. Un rêve fantaisiste et féerique, avait-elle cru.

Émily descendit du corps de Godric et se nicha dans la chaleur de son étreinte. Partager un lit avec lui lui faisait entrevoir sa solitude du lendemain. Il n'y aurait plus de baisers du matin ni d'après-midis tranquilles dans son étude. Il n'y aurait pas de corps masculin chaud contre lequel se blottir durant la nuit alors que les ombres s'allongeaient sur son lit.

Plus ils passaient de temps ensemble, plus son amour pour lui brûlait plus chaud et plus fort, mais cet amour le tuerait si elle ne partait pas. Les hommes de Blankenship arriveraient et il y aurait un bain de sang des deux côtés.

Elle songea à lui dire la vérité, à lui répéter ce qu'Évangéline avait dit, mais elle ne pouvait pas. Lui et les autres lords étaient particulièrement fiers et têtus. Ils jureraient de la défendre et quelqu'un risquerait d'être blessé ou tué. Elle ne pouvait pas avoir leur sang sur les mains ; ils étaient devenus comme de la famille pour elle. Elle devait partir. Peut-être pourrait-elle envoyer une lettre à Blankenship une fois qu'elle serait parvenue à Blackbriar, pour lui dire qu'elle s'était échappée et qu'il ne trouverait rien au domaine d'Essex. Elle pouvait seulement espérer que cela fonctionne et garantisse à tous leur sécurité.

La main de Godric lui caressa doucement les cheveux, une

sensation si apaisante et calmante qu'elle parvenait à peine à rester éveillée. Elle avait besoin d'un moment supplémentaire.

— Godric...

— Hum ?

Sa réponse fit vibrer son corps d'un doux grondement.

— Je vous remercie.

— Qu'ai-je donc fait ?

— Vous m'avez montré une partie de la vie que j'aurais pu rater autrement.

Il lui caressa la joue du revers de la main.

— Si vous étiez une chance, ma chère, alors c'est une bénédiction que je vous aie saisie.

Les larmes lui brûlaient les yeux. Elle ne pouvait pas pleurer, pas maintenant.

— Je sais que je ne devrais pas vous le dire, puisque cela gâche nos moments ensemble... mais je vous aime.

Après quoi, elle pourrait bien ne plus jamais le revoir, et elle aurait voulu avoir le courage de le lui dire, une dernière fois.

— Vous ne pourriez rien gâcher, ma chère.

Godric lui fit lever la tête vers lui et inclina la bouche vers la sienne. Peu importe comment il l'embrassait, que ce soit de façon chaste ou vigoureuse, ses caresses l'éveillaient à la vie. Sa langue dansa entre les lèvres de Godric. Il grogna doucement, resserrant le poing dans ses cheveux. Il lui massa le cuir chevelu du bout des doigts et les mains d'Émily glissèrent le long de sa poitrine, se délectant de la peau chaude sous ses doigts.

— Faites-moi l'amour, plaida-t-elle entre des baisers profonds et languissants.

— Vos désirs sont des ordres.

La maison se trouva débarrassée d'Évangéline Mirabeau bien avant que le petit-déjeuner ne soit servi. Quelqu'un s'était assuré qu'elle parte tôt, sans que le reste de la maison le sache. Il semblerait qu'ayant joué son rôle, elle ait judicieusement choisi de partir, de peur qu'elle ne soit toujours là quand les hommes de Blankenship arriveraient. Le soulagement parmi les lords était tangible. Le petit-déjeuner était gai et, malgré les projets d'évasion d'Émily, elle profita de ces dernières heures avec ses amis… car c'était ce qu'ils étaient. Le côté mère poule d'Ashton lui manquerait. Les tentatives de Lucien de se cacher derrière son journal tout en taquinant les autres lui manqueraient. Elle n'irait pas pêcher ou chasser avec Cédric, et n'entendrait pas les récits extravagants de Charles.

Et Godric… La *vie* avec lui lui manquerait, mais elle n'avait pas le choix.

— Des toasts, Émily ?

Charles lui offrit une assiette de toast quand elle arriva près d'elle, interrompant ses sombres pensées.

— Merci, Charles, dit-elle.

— Je vous en prie.

Le comte cligna de l'œil et quand elle prit une tranche de pain grillé, il passa l'assiette à Ashton par-dessus sa tête.

— Qu'avez-vous tous prévu pour la journée ? demanda Ashton à la cantonade.

Charles se mit dangereusement en équilibre sur les deux pieds arrière de sa chaise.

— J'ai de la correspondance en retard.

— Ah oui ? Vous répondez bien à vos lettres, n'est-ce pas ? commenta Lucien derrière son journal.

— Bien sûr. Ce n'est pas parce que je ne donne jamais suite aux lettres de votre mère que je laisse les autres en suspens.

Lucien plia son journal et décocha à Charles un regard sévère.

— Ma mère vous écrit et vous ne lui répondez pas ?

— Attendez, l'interrompit Cédric. Lucien, votre mère écrit à Charles ?

L'air soudain sombre de Lucien le fit rire.

— Poursuivez, Charles. Que vous raconte-t-elle ? insista Godric.

— C'est privé.

— Rien ne reste privé bien longtemps avec vous, Charles, alors vous pourriez tout aussi bien nous le dire.

Les lèvres d'Ashton affichèrent un sourire des plus ténus et Charles eut un regard noir.

— Vous voulez tout savoir ? Très bien. La mère de Lucien est convaincue que je ferai un mari idéal pour Lysandra.

— Ma sœur ! s'étrangla Lucien. Dieu du ciel, mon ami, vous feriez mieux de ne jamais répondre à ces lettres, sans quoi...

— Calmez-vous ! Lysandra n'est pas mon type. Vous le savez parfaitement.

Charles jeta un regard autour de la table.

— En plus, nous avons nos règles, n'est-ce pas ?

— Des règles ? Émily secoua la tête, confuse.

Ashton lui adressa un regard.

— Même la soi-disant Ligue des rebelles a des règles, ma chère.

Ils avaient des règles ? Cette pensée la fit rire.

— Même les rebelles ont une limite à ne pas dépasser, ajouta-t-il.

— Et présentement, aucun membre de la Ligue ne séduira la sœur d'un autre membre, déclara Lucien.

Charles hocha la tête.

— La règle huit, pour être exact.

— Je me demande toujours pourquoi vous vous appelez la Ligue, pouffa Émily.

Bien entendu, elle avait déjà entendu ce nom, murmuré par les matrones de la bonne société et souvent suivi d'exclamations horrifiées.

Godric afficha un sourire carnassier.

— En réalité, ce curieux surnom nous a été imposé par *la Gazette de la Lorgnette,* dans la rubrique de Madame Société. Elle divertit la bonne société par les récits de nos exploits... ou plutôt ce qu'elle pense que nous avons fait. Elle exagère souvent, mais nous trouvons ce nom plutôt exact. Nous avons fini par l'accepter et nous nous en servons. Avec un grand plaisir, dois-je ajouter.

— Cela sonne plutôt bien, dit Émily.

Ashton ramena la conversation aux événements de la journée.

— Alors, Charles fait sa correspondance. Et vous, Cédric ?

— J'envisageais d'aller faire un tour à cheval.

Émily se redressa sur sa chaise. Peut-être pourrait-elle aller faire un tour à cheval avant de mettre son plan d'évasion à exécution. Un dernier bon souvenir...

— Et vous, Lucien ?

— J'ai une petite affaire à régler à Londres. Je devrais être de retour à la tombée de la nuit.

Émily ne manqua pas le regard qu'il adressa à Godric. Elle doutait qu'il soit volontaire.

— Peut-être devrais-je vous accompagner ? suggéra Ashton.

— Je ne serais pas contre un peu de compagnie.

Ils avaient l'air de communiquer par code et Émily se demanda ce qu'ils mijotaient.

Après le petit-déjeuner, Émily suivit Cédric hors de la pièce, impatiente de le voir à cheval, mais Godric saisit le dos de sa robe et l'arrêta brutalement.

Il lui caressa tendrement le cou avec le bout du nez et lui dit :

— Où allez-vous donc ?

Émily soupira et regarda le dos de Cédric qui s'éloignait.

— J'ai pensé que je pouvais aller regarder Cédric chevaucher.

L'étreignant par-derrière, Godric lui enroula les bras autour de la taille. Ses lèvres lui frôlèrent l'oreille droite et il lui mordilla le lobe. Elle étouffa un petit gémissement.

— Nous pourrions rester ici...

Chaque mot était empreint de la promesse de la passion.

Il était vraiment difficile de résister, mais le second soupir qui lui échappa exprimait la défaite et Godric le remarqua.

— Tout va bien, ma chère ? demanda-t-il en lui caressant le menton avec le pouce.

Elle fut à deux doigts de lui révéler toutes ses craintes, mais elle les ravala.

Il l'étudia en silence.

— Cela vous manque-t-il vraiment de chevaucher ?

Émily s'illumina légèrement.

— Oh, oui. Vraiment.

— Je vous laisserais chevaucher...

Il marqua un temps d'arrêt alors que ses yeux s'illuminaient d'espoir.

— Si vous le faites avec moi.

— Oh, Godric, merci !

Elle lui passa les bras autour du cou et le couvrit de baisers.

Cédric venait juste de sortir au trot des écuries quand ils parvinrent à sa hauteur. La jument grise pommelée qu'il montait semblait impatiente de galoper, comme son cavalier.

— Dois-je vous attendre ? les appela-t-il quand ils passèrent devant lui.

— Auriez-vous cette gentillesse ? demanda Émily.

Godric entra pour aller chercher son hongre tandis qu'Émily patientait.

Cédric baissa les yeux vers elle.

— Émily, quand vous reviendrez à Londres, pourrais-je vous présenter à mes sœurs ? Horatia et Audrey vous adoreraient.

— Cela me plairait beaucoup. Je connais si peu de membres de la bonne société ! Nos connexions se limitent à la campagne.

— Ne vous inquiétez pas, chaton. La majeure partie du temps, mes sœurs ont la tête sur les épaules. Je crois qu'Horatia vous plaira particulièrement. Elle vous ressemble beaucoup.

Cédric se prit à sourire comme s'il se souvenait d'une plaisanterie personnelle.

— Audrey... est une petite chipie. Elle s'attire toujours des ennuis.

— Aiment-elles passer du temps dehors, comme vous ?

Cédric hocha la tête.

— Horatia aime l'équitation presque autant que moi. Audrey aime l'air frais, sans avoir une passion pour les chevaux. Un poney mal léché l'a mordue quand elle avait huit ans et cette pauvre petite ne l'a jamais pardonné à la race équine.

Émily caressa la robe noire de sa jument.

— Mon père m'a toujours dit qu'ils avaient tendance à mordre, alors j'ai eu de la chance de n'avoir jamais été victime du tempérament d'un poney. Les chevaux sont différents. Il avait un fantastique duo de purs-sangs qu'il m'a appris à chevaucher.

— Votre père était un homme intelligent.

Cédric tendit le bras pour tapoter avec affection le cou de la jument.

C'est alors que Godric sortit, tirant à sa suite son magnifique hongre noir, une main reposant sur le cou du cheval, l'autre mêlant les doigts aux rênes qui pendaient.

— Tenez-le un instant, Cédric.

Godric lui remit les rênes puis saisit Émily à la taille pour la hisser sur la selle avant de se hisser derrière elle. Il lui passa un bras autour de la taille, la tirant vers l'arrière dans le berceau de ses hanches.

Ils quittèrent les écuries au trot, Cédric les précédant de quelques pas. Les chevaux adoptèrent un rythme naturel.

Ils chevauchèrent pendant une heure avant que Godric ne

décide que les chances de se faire prendre par la tempête étaient trop grandes. Émily braqua son attention vers le ciel où s'attardaient quelques nuages de pluie. Il n'en était pas tombé une seule goutte pendant la nuit, mais elle pouvait goûter l'épaisseur de l'air, et le parfum délicieux et propre d'un orage mâtinait l'air d'un soupçon de danger. Elle ne protesta pas quand ils mirent fin à leur sortie. Elle aurait vite besoin de revenir au manoir pour faire les préparatifs.

Une heure plus tard, Charles se joignit à Godric, Cédric et Émily pour un déjeuner léger, mais cette dernière put à peine manger. Son estomac se contractait nerveusement et elle ne dit pas grand-chose.

— Tout va bien ?

Godric posa le revers de sa main sur son front.

Émily ferma les yeux, appréciant la chaleur de sa peau sous sa joue. Ce serait la dernière fois qu'il la touchait. La douleur lui déchira le cœur, le fendant en deux. C'était ainsi qu'elle se souviendrait de lui, affectueux et prévenant. Un tendre voyou qui lui dissimulait son cœur de peur d'être blessé. Toutefois, c'est elle qui souffrirait le plus. Au moins, *lui* ne l'aimait pas, et il lui serait plus facile d'accepter son départ.

— Vous avez l'air d'avoir un peu froid, dit-il d'un ton légèrement inquiet.

— Je crains d'être plutôt fatiguée.

C'était l'occasion de prendre congé.

— Dois-je faire quérir un médecin ? demanda Godric en voulant se redresser.

— Non ! Non, ne prenez pas cette peine. Je pense que je vais faire une sieste. Cela me restaurera peut-être.

Émily se leva, posa une main sur l'épaule de Godric et le força doucement à se rasseoir.

— Alors je passerai vous voir dans quelques heures, ma chère.

Godric embrassa la main qui reposait sur son épaule. Savoir que c'était son dernier baiser faisait saigner son cœur. Ce ne pouvait pas être la dernière fois... Pas quelque chose d'aussi insignifiant et chaste qu'un baiser sur sa main...

Émily se pencha et captura sa bouche. Elle ne pouvait pas respirer... ne parvenait pas à penser. Rien n'existait que ce dernier baiser éternel et pourtant éphémère. C'était son dernier souvenir, celui qu'elle devrait faire durer pour le reste de sa vie solitaire.

Je vous rends votre liberté parce que je vous aime et que c'est la seule façon de vous sauver. Elle pria en silence de tout son cœur qu'il le comprenne. Quand il sourit contre sa bouche et lui passa une main sur la joue en partant, cela faillit lui briser le cœur.

Que penserait-il quand il entrerait dans sa chambre et découvrirait qu'elle était partie ? Se demanderait-il pourquoi elle l'avait abandonné ? Son départ serait-il pire que les abus qu'il avait subis aux mains de son père ?

Un jour, il comprendrait. Elle trouverait le moyen de lui dire la vérité quand elle pourrait le faire en toute sécurité. Même alors, elle doutait cependant qu'il lui pardonne un jour. En entendant, elle mourrait à petit feu, lentement, d'un cœur sanglant.

Avec une force qu'elle ignorait posséder, elle pointa le menton et quitta avec grâce la salle à manger.

Une fois dans sa chambre, elle s'adossa à la porte. Sa poitrine se gonfla alors qu'elle ravalait des sanglots silencieux. Cette perte rétrécissait son monde. Sa gorge se serra et elle eut du mal à déglutir.

Descendant le long du panneau de bois de la porte, Émily replia les jambes jusque sous son menton, des larmes lui roulant sur le visage. Elle avait été vraiment imbécile de tomber amoureuse, mais elle ne commettrait plus jamais cette erreur. Son cœur durcirait et elle vivrait seule sans Godric et sans amour. Elle devait le faire.

Plusieurs années dans le futur, elle serait quelque part dans le monde, se souvenant de ce dernier jour, de cette dernière heure, quand elle avait perdu son premier et unique amour. Le souvenir s'imposerait à elle comme un voleur dans la nuit et lui provoquerait en pleine poitrine une douleur primitive et lancinante que le temps n'avait pas émoussée. Les larmes formèrent des ruisseaux salés sur ses joues et sculptèrent des rigoles comme de puissants fleuves dans de la pierre.

C'était le bon choix. Si elle partait, Blankenship n'aurait pas de raison de faire du mal aux autres. C'était plus important que ses larmes. Cette résolution la renforça. Elle se remémora ce que son père avait l'habitude de dire. « La peur est aussi forte que la faiblesse dans ton sein ».

Son choix était clair et l'avait toujours été. Au fond de ses os, elle avait toujours su qu'elle finirait un jour par partir. Plus vite elle l'accepterait, plus vite elle pourrait tourner la page.

Une fois que ses yeux n'eurent plus de larmes à verser, elle contrôla son chagrin et fit appeler Libba.

En attendant la femme de chambre, elle écrivit un mot à Godric. Elle ne pouvait pas se permettre de lui révéler la vérité, mais elle devait bien dire quelque chose.

Quand Libba arriva, celle-ci fut choquée par le visage maculé de larmes d'Émily. Avant qu'elle ne puisse dire un mot, celle-ci la mit dans la confidence.

— L'individu que vous avez vu tantôt avec le magistrat va revenir avec des hommes armés. Beaucoup. Ils vont faire du mal à tous ceux qui se dresseront sur leur chemin. Je dois partir. La vie de Sa Grâce en dépend. Vous devez me faire confiance. J'ai besoin d'emprunter votre uniforme. Je pars à Blackbriar avec Jonathan.

À la surprise d'Émily, la bonne ne protesta pas, lui adressant seulement un hochement de tête compréhensif.

— Quand cet homme m'a vue dans votre chambre, il a cru que j'étais vous pendant un instant. Je sais comment il vous regarde, Miss.

Les mains de Libba se tordaient dans ses jupes.

— Je vais aller chercher mon uniforme de rechange.

— Après mon départ, fourrez des oreillers sous mes couvertures. C'est pour faire croire que je dors. Quand ils découvriront la vérité, dites-leur que vous m'avez vue traverser la prairie. Cela me permettra peut-être de gagner du temps. Quoi qu'il arrive, ne leur dites pas que je suis partie avec Jonathan.

Promettez-moi, Libba. La vie de Godric dépend de votre silence.

— Je vous le promets. Mais... Miss... Vous auriez envie de rester ici, non ?

Même si elle avait cru ses larmes taries, un sanglot sec lui échappa.

— On ne peut pas toujours avoir ce que l'on veut, Libba.

LUCIEN ET ASHTON ÉTAIENT ACCROUPIS SOUS LA FENÊTRE ouverte d'un hôtel particulier de Bloomsbury Street, juste à la sortie de Mayfair. Les deux hommes échangèrent un regard inquiet alors qu'ils surprenaient la conversation qui se déroulait dans le salon, juste devant la fenêtre.

Ils étaient arrivés à Londres une heure auparavant et s'étaient rendus directement à l'hôtel particulier d'Évangéline dans l'intention de lui parler. Elle était partie pour la journée, mais la fille de cuisine de la maison voisine révéla à Lucien dans quelle direction elle l'avait vue partir, une fois qu'il l'eut fait parler grâce à un baiser qui n'avait rien d'innocent et quelques caresses bien placées. Après quoi, la pauvre fille aurait pu lui raconter n'importe quoi, sous condition qu'il reste pour la divertir. Seule la toux polie d'Ashton lui avait rappelé sa mission.

La lettre contrefaite donnée par Évangéline suggéra à Ashton qu'elle n'était pas un pion sans défense, mais un joueur actif dans ce jeu de duperie, et il était impératif, pour protéger Émily, qu'ils découvrent qui menait la danse.

Lucien soutint qu'Émily n'était pas la cause de la venue d'Évangéline, mais comme toujours, seul Ashton avait une vue d'ensemble de la situation. Il ne croyait pas aux coïncidences et l'apparition d'Évangéline ne tenait pas au hasard.

La calèche de la jeune femme les avait menés à cette adresse, confirmant les soupçons d'Ashton. Au moment où ils pénétrèrent dans une rue transversale, Lucien pâlit puis devint fou de rage.

— Je sais où elle est allée, grogna-t-il. Blankenship ne vit pas loin d'ici.

Ils se glissèrent dans la rue latérale et s'accroupirent sous la fenêtre du salon du scélérat.

— Miss Mirabeau. Vous voilà de retour à Londres aussi vite ?

La voix de Blankenship se faisait entendre jusque dans la ruelle.

Ashton leva la tête de quelques centimètres au-dessus du rebord de la fenêtre, apercevant Évangéline et Blankenship. Elle était tournée vers lui et écarquilla les yeux en le voyant. Il retint sa respiration, craignant qu'elle ne révèle sa présence.

Elle n'en fit pourtant rien. Elle regarda à nouveau Blankenship comme si rien ne s'était produit.

— On m'a chassée en moins d'une journée, Monsieur ! Mais puisque vous m'avez payée, je vous apporte les informations que vous désirez.

— Et ?

Un bref moment de silence rongea l'atmosphère.

— Votre agneau perdu est bien là, comme vous le soupçonniez. Je l'ai rencontrée. Elle est très jolie ! Vous ne me l'aviez pas dit, Monsieur.

— Est-ce important ? cracha rudement Blankenship.

— Pour moi, bien sûr. Essex est trop attaché à elle. Il surveille le moindre de ses mouvements.

Blankenship baissa la voix.

— Est-elle toujours pure ?

Évangéline ricana.

— Non, Monsieur. Je crois que Sa Grâce a depuis longtemps cueilli le fruit de cette vigne. Elle est follement amoureuse de lui.

— Son amour n'a aucune importance pour moi. Ce n'est pas ce que l'on recherche chez une maîtresse.

Lucien découvrit les dents et Ashton serra les poings, mais tous les deux maîtrisèrent leur colère.

— Très bien. Voici un petit bonus, comme convenu, Miss Mirabeau. C'est moi qui prends les commandes à partir de maintenant.

Blankenship sortit de leur champ de vision.

Évangéline croisa le regard d'Ashton et lui adressa un imperceptible geste de reconnaissance avant de reprendre la parole.

— Vous devriez savoir, Monsieur Blankenship, j'ai convaincu l'agneau de partir. Je lui ai dit que si elle ne retournait pas à Londres, vous tueriez Godric et ses amis.

— Pourquoi diable avez-vous fait cela ? La dernière chose dont j'ai besoin est qu'ils soient mis au courant.

— Je voulais seulement vous épargner la peine de la récupérer par la force comme vous aviez prévu de le faire.

Sa voix était sincère, mais Ashton savait bien qu'il ne fallait pas tenir son ton pour acquis. Elle parlait trop fort pour que ses paroles ne soient destinées qu'à Blankenship.

— Vous ne savez rien de mes plans ! Cependant, vous m'avez peut-être épargné bien des efforts si elle obéit.

Blankenship fredonna d'un air satisfait, une note cruelle dans sa gorge.

— Je ne doute pas qu'elle le fasse, Monsieur. Absolument pas.

Lorsque le volume de la conversation diminua d'intensité, les deux hommes traversèrent la rue, hélant une calèche pour retourner à l'hôtel particulier de Lucien.

— Nous devons revenir auprès de Godric sur-le-champ, dit-il.

— Je suis d'accord. Émily va encore essayer de s'enfuir, et je soupçonne que cette fois-ci, elle pourrait réussir. Godric ne tolèrera pas une autre tentative. Il sera furieux.

— Je sais, et je préférerais arriver avant qu'il ne la punisse.

Ashton le regarda puis détourna les yeux.

— Vous pensez qu'il lui fera du mal ?

— La frapper, vous voulez dire ? Non, mais sa colère... Nous savons tous qu'il peine à se contenir. J'ai peur de ce qu'il pourrait lui dire. Elle ne le connaît pas comme nous. Les mots peuvent frapper plus profondément que n'importe quel coup, et protéger son cœur, il serait capable de dire des choses qu'il ne pense pas.

— N'est-ce pas le cas de tout le monde ?

Lucien tira un pistolet de sa veste.

— Ce vieux Lucien ! dit Ashton dans un souffle.

Son ami sourit.

— Les vieilles habitudes ont la vie dure.

Ashton éclata de rire. De vieilles habitudes en effet...

— Pensez-vous que nous arriverons à temps pour arrêter Émily ?

Ashton baissa la tête.

— Pour l'instant, je m'inquiète plus pour les hommes de Blankenship, quel qu'ils soient, et de ce qu'il a l'intention d'en faire.

Il regarda Lucien armer le pistolet.

— Dans un futur proche, nous pourrions tous avoir besoin d'en porter un sur nous en permanence, mon ami. Je n'ai jamais été religieux, mais je crois que c'est le moment de prier.

❦

ÉMILY PASSA SES DERNIÈRES HEURES À RASSEMBLER SON MAIGRE baluchon dans le petit sac en tissu que Libba avait laissé sous son lit. Elle avait pris son peigne et sa brosse à papillons, sa camisole de nuit et une tenue de rechange qu'elle enfilerait quand elle pourrait ôter l'uniforme de Libba. La partie la plus délicate serait Pénélope. Elle ne pouvait pas abandonner la chienne. Libba irait chercher l'animal et l'emmènerait à la carriole. Bientôt, elle serait la seule compagne d'Émily.

Libba revint et aida Émily à enfiler son uniforme de rechange. Celle-ci cala son petit bagage dans ses bras tandis que la bonne fixait la toque blanche sur ses cheveux. Si elle gardait la tête baissée, elle parviendrait peut-être à s'échapper.

Libba jeta un œil par la porte puis adressa un signe à Émily pour lui dire que les couloirs étaient libres. Il n'y avait aucun signe de vie ; cet étage du manoir était silencieux. Elle marcha rapidement, la tête courbée vers le sol, tendant l'oreille pour entendre le moindre bruit.

Dans le parloir, Cédric et Godric riaient de quelque chose. Elle s'attarda pendant une brève seconde douloureuse.

Au revoir, ma Ligue des rebelles.

Elle descendit rapidement l'escalier de service et sortit par une porte qui conduisait aux écuries. L'envie de regarder une dernière fois en arrière était forte, mais elle y résista. Elle n'emporterait que des souvenirs. Durant les nuits froides, elle plongerait dans ces moments enchanteurs et se retrouverait ici, même si ce n'était que dans ses rêves.

Impatient, Jonathan était assis sur la banquette de la carriole, le visage sombre. Il adopta un air noir en la regardant, comme s'il aurait préféré qu'elle ne vienne pas. Il leva la main, lui faisant signe de se dépêcher. Posé à côté de lui, un panier contenait une Pénélope somnolente.

— Qu'est-ce qui lui arrive ? siffla Émily en grimpant sur le siège à côté de lui.

— Rien. Quand Libba l'a descendue, je lui ai donné du lait chaud. Cela va la tenir tranquille jusqu'à ce qu'on arrive au village.

Émily se détendit, mais la chienne était bien plus que simplement somnolente.

— Juste du lait chaud ?

— Bon, il y a peut-être une pincée de quelque chose de plus fort pour être sûr qu'elle ne s'enfuie pas. Aux grands maux, les grands remèdes.

Émily le comprenait parfaitement.

Jonathan fit claquer les longues rênes sur le dos du cheval bai et la carriole démarra. Lorsqu'ils atteignirent la route, Émily poussa un soupir de soulagement empreint de tristesse.

En route vers Blackbriar...

La pluie battait le visage d'Émily, détrempant ses vêtements. Elle se maudit de ne pas avoir pris une cape en laine à capuche.

— C'est encore loin ?

Le parfum enivrant de l'herbe et de la laine mouillées flottait dans l'air. Elle tremblait et la pluie lui glaçait la peau.

— Pas très, répondit Jonathan. Nous allons devoir prendre

une chambre à l'auberge. Vous ne pouvez pas voyager par ce temps et je ne peux pas rentrer ce soir. La nourriture risque de se gâter.

La bouche séduisante de Jonathan afficha un rictus déplaisant et elle se remit à trembler.

— Je suppose que vous avez raison.

Jonathan passa son bras autour de ses épaules pour la rapprocher de lui. Il était tout aussi humide, mais beaucoup plus chaud.

— M-Merci.

Elle claqua des dents quand un frisson s'imprégna jusque dans la moelle de ses os.

— De rien, Miss Parr.

Ses yeux étaient braqués sur la route, pas sur elle.

Émily se détendit un peu et Pénélope s'agita sous les jupes noires de sa maîtresse. Elle baissa une main vers la chienne qui lui lécha avidement les doigts.

— Allons, allons, ma chérie, murmura-t-elle.

Ils parcoururent le reste du chemin en silence. Le trajet jusqu'au village leur prit beaucoup de temps, puisque la route faisait le tour des terres de Godric et du lac.

Le village en lui-même semblait presque déserté. La charrette craquait et grognait sur les pierres brutes et irrégulières de la rue principale, faisant naître des échos au milieu des grondements de la tempête. Jonathan guidait le cheval vers la haute grange qui flanquait une auberge appelée *Le Brochet*.

— Emmenez Pénélope à l'intérieur. Attendez-moi près du bar.

Jonathan n'attendit pas qu'elle proteste.

Elle prit la chienne et son sac en tissu puis elle entra dans l'auberge en esquivant la pluie. Des lampes à huile étaient allumées sur les tables et plusieurs villageois étaient entassés autour de la cheminée principale, se réchauffant les mains. Ils tournèrent tous la tête en la voyant entrer. Une femme potelée qui essuyait le bar avec un chiffon sourit, mais dès qu'elle vit Émily, trempée et tremblante, elle se fit immédiatement inquiète.

— Ma pauvre petite !

Elle fit rapidement le tour du comptoir pour mieux la voir.

— P-Puis-je attendre ici ?

Ses dents claquaient tellement fort qu'elle avait mal à la mâchoire.

— Bien sûr, ma chère !

La femme prit une serviette propre et sécha Pénélope.

— Vous vous êtes retrouvée prise dans la tempête sans vête-ment digne de ce nom ? Tenez, laissez-moi vous aider.

— M-Merci.

Jonathan entra, secouant ses cheveux cendrés.

— Johnny, mon amour ! le salua la femme.

Jonathan leva les bras.

— Lucy, vous êtes de plus en plus jolie chaque fois que je vous vois.

La quadragénaire rougit :

— Oh, petit rebelle ! lui dit-elle en lui donnant une tape sur l'épaule.

— Pourrions-nous avoir une chambre, Lucy ?

Jonathan inclina la tête dans la direction d'Émily.

— Ah, alors elle est à vous, n'est-ce pas ?

— Ce n'est pas ce que vous croyez, Lucy.

— Ce n'est jamais ce que je crois, mon amour, mais je ne me trompe jamais.

Lucy lui adressa un clin d'œil, mais elle n'ajouta rien. Elle décrocha un jeu de clés d'un clou dans le mur, puis les conduisit à l'étage par un escalier étroit, et enfin vers un couloir qui donnait sur quatre chambres. Elle choisit la dernière porte à droite et la leur ouvrit. À l'intérieur se trouvaient un lit étroit, une petite table et un bassin d'eau à côté de quelques serviettes.

Émily déposa Pénélope et ses sacs, tandis que Jonathan se débarrassait de sa cape et de son manteau qui dégoulinaient d'eau.

— Je vais vous faire monter de la soupe.

Lucy les laissa seuls.

Glacée et trempée, Émily resta indécise pendant un moment, regardant Jonathan avec circonspection.

— Devrions-nous partager une chambre ?

Le beau diable se contenta de rire.

— Cela fait partie de ma rémunération... et une chambre est moins chère que deux.

— Mais vous ne m'avez pas précisé votre rémunération.

Jonathan, qui ne la regardait toujours pas, arracha sa chemise blanche en linon et la suspendit sur le bord de la chaise située près de la table pour la laisser sécher. Des muscles puissants et bronzés bosselaient sa poitrine large. Même si Godric faisait quelques centimètres de plus, Jonathan semblait plus musclé, probablement à cause de nombreuses années à travailler sur le domaine. Elle fut tout de même frappée par la similitude.

Il vint la rejoindre et, sans un mot, retira de sa tête cette ridicule calotte blanche. Les cheveux d'Émily tombèrent en cascade.

— C'est mieux. Il tendit la main pour la toucher.

Émily fit un autre pas en arrière.

— Que faites-vous ?

— Ma récompense, Miss Parr. Je suis venu la récupérer.

Les yeux verts de Jonathan brûlaient.

Émily faillit paniquer, mais un coup à la porte les interrompit. Jonathan ouvrit la porte et prit les deux bols de soupe des mains de Lucy avant de lui claquer la porte au nez.

— Asseyez-vous et mangez, puis nous parlerons rémunération.

Apparemment, ses craintes concernant le prix à payer n'étaient pas sans fondement. La soupe l'avait considérablement réchauffée, mais sa robe mouillée ne retint pas le frisson qui l'envahit. *Je devrais me changer*, songea Émily. Elle ne pouvait pourtant pas se déshabiller dans la même pièce que Jonathan ! Elle laissa Pénélope lécher son bol et manger la croûte de son pain. Pendant ce temps, Jonathan n'avait cessé de l'observer.

— Mr Helprin, puis-je vous poser une question étrange ?

Jonathan agita une main en l'air, l'exhortant à continuer.

— Êtes-vous parent de Godric ?

Il cracha sa soupe en travers de la table puis se figea et prit soin de s'essuyer la bouche avec une serviette.

— Pourquoi me demandez-vous cela ?

— Vous l'êtes ? insista-t-elle.

— Bien sûr que non.

Émily reposa sa cuillère.

— Je suis désolée de vous avoir offensé. C'est juste que... eh bien, vous lui ressemblez beaucoup. Vous vous comportez même comme lui.

Quand elle leva le visage, leurs regards s'accrochèrent.

Jonathan appuya les coudes sur la table, posant son menton entre ses mains.

— Je ne suis pas vexé, vous m'avez simplement surpris.

Personne ne lui avait jamais dit une telle chose. Il s'interrompit, ses yeux reposant sur le visage d'Émily, la regardant d'un air indéchiffrable. Au bout d'un moment, il fit reculer sa chaise qui racla contre le parquet. Plutôt que de s'approcher d'elle, il s'éloigna, la grâce élancée de ses mouvements reproduisant à l'identique celle de son maître.

Lorsqu'il se tourna, elle fut frappée par son profil. Il possédait le corps élancé et musclé d'un domestique, mais avec un certain raffinement. La moitié de la bonne société ne possédait pas les traits raffinés et les manières innées qui venaient si naturellement à Jonathan. Quelque chose jusque dans sa manière de respirer le distinguait des autres serviteurs.

— Vous lui ressemblez tant, murmura-t-elle. La façon dont vous bougez, dont vous parlez.

— Je suppose que c'est parce qu'en grandissant, je voulais être comme lui. Je suis né et j'ai grandi dans cette maison. Ma mère était la femme de chambre de sa mère. J'avais l'habitude de le suivre partout quand j'étais petit. Il a huit ans de plus que moi.

Était-ce aussi simple ? Elle se dit que c'était possible, et elle se sentait bête d'avoir pensé autrement. Ils n'étaient pas parents. Il imitait simplement son maître comme tout homme l'aurait fait avec un être admiré. Ses instincts lui criaient pourtant le contraire, alors elle devait en être certaine...

— Votre mère avait-elle les yeux verts ?

— Non.

— Et votre père ?

— Je ne l'ai jamais connu.

Une réponse qui n'en était pas vraiment une, comme pour Godric. Il était temps de changer de sujet.

— Qu'allez-vous faire après mon départ ? Allez-vous retourner au manoir ?

Les lèvres de Jonathan se pincèrent un moment.

— En supposant que Sa Grâce n'ait pas découvert que c'est moi qui vous ai aidée, alors oui, je rentrerai.

— Libba a promis qu'elle ne raconterait à personne comment je me suis enfuie. Je suis certaine qu'il ne vous arrivera rien.

Jonathan éclata de rire, un son riche, sombre, dangereux.

— Vous vous inquiétez pour moi ?

— Je m'inquiète pour tout le monde. Blankenship n'est pas un homme à prendre à la légère.

Elle se redressa et contempla la petite chambre.

— Puis-je rester seule un moment pour changer de vêtements ?

Émily trouvait plus sûr de ne pas se dévêtir en sa présence, mais ses vêtements mouillés étaient épais et la suffoquaient.

— Cela ne sera pas nécessaire, Miss Parr. Je serais ravi de vous aider.

Il s'avança vers elle.

Émily fit un pas en arrière et son dos heurta le mur en bois.

— Mr Helprin, s'il vous plaît, ne vous rapprochez pas davantage.

— Je sais que c'est un jeu, Miss Parr. Ce n'est pas la première fois que je joue des rôles dramatiques pour une femme. Tout comme la dernière maîtresse de Sa Grâce, vous cherchez à vous faire plaisir avec un jeune homme de temps en temps. Évangéline aimait prétendre que les révolutionnaires l'avaient capturée. Mais *vous* n'aviez pas besoin d'une ruse élaborée pour m'avoir. Je sais que Godric n'est pas vraiment en danger.

Il tendit la main vers les boutons du devant de sa robe. Elle eut soudain particulièrement conscience de la taille de ses mains, de la largeur de ses épaules et de la puissance de sa carrure musclée.

Elle montra les dents comme un animal pris au piège. Si elle devait lutter, elle le ferait.

— Lâchez-moi.

— Chut... calmez-vous, Miss Parr. Ce sera agréable, je vous l'assure. Je sais que c'est pour cela que vous m'avez demandé de vous aider. C'est évident, vous êtes ici pour être avec moi. Personne ne s'est jamais plaint... et nous aurons très, très chaud après.

Sa voix était douce comme du miel.

Émilie, épuisée et affligée, lui écarta maladroitement les mains, essayant de le repousser.

— Je vous dis que votre maître est en danger et que je m'enfuis pour lui sauver la vie, et vous supposez que cela fait partie d'une ruse élaborée pour vous mettre dans mon lit ? Votre crâne est-il trop épais pour que la logique puisse y pénétrer ?

Ce qu'elle avait espéré être une tirade amère se termina par un éternuement peu raffiné et un soudain mal de tête.

Le bruit de chevaux qui chevauchaient à l'extérieur sous la pluie se fit entendre.

— Faites attention ! s'écria-t-il. Ce sont les hommes de Blankenship. Nous sommes entourés ! Ce n'est qu'une question de temps avant qu'ils nous rattrapent. Nous devrions profiter de ce bref moment tant qu'on en a l'occasion.

— Ce n'est pas un jeu, Mr Helprin !

Émily tituba quand un vertige la saisit. Voyant qu'elle avait du mal à rester debout, il plaqua les mains sur épaules.

Jonathan la souleva et la porta jusqu'au lit.

— Fermez les yeux. Je suis sûr que ce sera comme avec votre maître.

Émily lutta, poussant de toutes ses forces pour tenter de tenir Jonathan à une distance respectable.

— Lâchez-moi, espèce d'imbécile ! Je n'arrive pas à croire que vous soyez aussi bête ! Je n'ai pas envie de vous !

Mais il n'écouta pas sa protestation et elle éternua à nouveau.

Jonathan la plaqua sur le lit étroit, insérant ses hanches entre ses jambes.

— C'est ce qu'Évangéline avait dit aussi, puis elle m'a embrassé et m'a quasiment traîné jusqu'au lit. Elle disait qu'elle aimait jouer, comme la plupart des femmes. Vous ne pouvez pas être si différente que cela, Miss Parr.

Il abattit sa bouche sur la sienne.

Je jure que quand j'en aurai l'occasion, je lui donnerai un coup de pied là où cela fait mal, jura-t-elle. Émily lui griffa la poitrine, mais elle était si fatiguée et sa tête était tellement lourde et embrouillée que cela l'effrayait. Des larmes lui brûlèrent le coin des yeux.

La bouche de Jonathan se déplaça jusqu'à son cou et à la seconde où ses lèvres se retrouvèrent libres, un pitoyable petit sanglot s'échappa de la gorge d'Émily.

Jonathan se glaça quand elle recommença à sangloter. Il s'écarta, surpris.

— Mon Dieu. Vous ne me désirez vraiment pas.

Son expression choquée la soulagea. Il semblait complètement horrifié par ses propres actes.

Émily s'affaissa dans ses bras, mais elle réussit à hocher faiblement la tête avant d'éternuer à nouveau.

— Je suis vraiment désolé, Miss Parr, je pensais que... Cela n'a aucune importance. Est-ce que... je vous ai fait mal ?

Il se décolla d'elle et se rassit. Lui tournant le dos, Émily roula sur le côté et éclata en sanglots. Jonathan lui tapota maladroitement le dos. Il ne pouvait pas comprendre que son cœur venait d'être arraché à son âme, brisant son essence en mille morceaux. Elle pleura pour la vie qu'elle avait laissée derrière elle, l'amour qu'elle ne connaîtrait plus jamais.

— Allons, allons. Il essaya de la réconforter.

Ses sanglots ralentirent et elle ne hoqueta plus qu'une ou deux fois en tremblant.

— Je... je crois que je ne me sens pas bien, commença-t-elle à dire.

Un coup énergique à la porte interrompit le flot de ses paroles.

— On est occupés !

Le coup se transforma en une série de cognements furieux. Jonathan se leva avec un grognement et s'avança, toujours torse nu.

Lorsqu'il ouvrit la porte, un silence absolu s'installa pendant deux secondes. Puis quelqu'un se mit à hurler et Jonathan demanda hâtivement le droit de s'expliquer. Un poing passa à travers l'encadrement et atteignit le valet en plein visage.

16

Laissant Cédric seul dans le salon, Godric partit voir comment allait Émily. Son air pâlichon l'avait inquiété. *Je vais lui faire la lecture ! Elle appréciera.*

Son empressement le surprit. La tentation d'abandonner ses amis pour se rendre auprès d'elle était grande, mais la demoiselle avait probablement besoin d'un peu de temps seule. C'était souvent le cas pour les femmes, qui étaient des créatures plutôt mystérieuses. Le savoir n'apaisait cependant pas le manque qu'elle avait provoqué en lui. Il alla prendre un livre dans son étude et se précipita à l'étage.

En allant à sa chambre, il passa devant une pièce dans laquelle il n'était pas entré depuis des années. Curieusement tenté, il ouvrit la porte. La nursery était une pièce charmante, qu'elle soit obscurcie par les ombres de l'après-midi ou rendue plus chaleureuse par ses murs jaunes couverts de peintures : des scènes peintes par le père de Godric un mois avant sa naissance.

Il se souvint de son père qui pointait du doigt une immense frégate tirant à boulets rouges sur un bateau pirate, racontant des histoires immémoriales d'une voix grondante.

Le regard de Godric était fixé sur une autre scène, celle d'un bébé dans un berceau logé contre un mur de roseaux, alors qu'une femme égyptienne s'agenouillait pour observer sa découverte. L'histoire de Moïse... le récit préféré de sa mère. Un enfant perdu aimé par deux mères.

Sa gorge se serra quand il s'approcha du berceau vide. Les couvertures décolorées étaient parfaitement pliées et la poussière s'accumulait sur les bords lisses du berceau. Il fit courir un doigt le long du bois blanc, admirant sa conception. Les fantômes de ses parents étaient tellement vivants dans cette pièce, comme ils ne l'avaient plus été depuis longtemps ! Même si son père avait survécu à sa mère, Godric avait toujours eu l'impression qu'il était mort avec elle, du moins à l'intérieur.

Ces souvenirs étaient doux-amers. Après l'avoir perdue, son père avait profondément changé. Cet homme dont les mains talentueuses avaient créé des rêves si vivaces les avait refermées en poings avec lesquels battre son unique enfant.

Aucun enfant n'aurait jamais dû avoir à choisir entre le désir que son père disparaisse et la crainte d'être abandonné. Pendant la moitié de sa vie, un véritable cauchemar l'avait tenu au piège d'une relation irréparable avec le seul parent qu'il lui restait.

Godric se demanda s'il pourrait retrouver la douce magie de ces premiers jours, lorsque sa mère était encore vivante et que la joie pétillait dans les yeux de son père. Ces heures sacrées d'amour et de sécurité reviendraient-elles un jour ? Cela semblait impossible.

Il n'était pas parvenu à effacer le désespoir profond et monotone des jours qui avaient suivi la mort de sa mère. Il regardait au loin par la fenêtre de la nursery, attendant que son père quitte sa tombe. Avec la patience tranquille d'un enfant effrayé, il s'attardait tous les soirs à la porte de son père, espérant qu'il le rassure. Une étreinte, un sourire, la moindre trace d'affection, la moindre preuve qu'il n'avait pas été oublié. Quelques mois plus tard, l'indifférence de son père se mua en violence.

C'est alors que Godric avait désespérément essayé de se cacher, de faire semblant qu'il n'avait jamais existé. Il avait d'ailleurs été facile de vivre comme un fantôme dans ce manoir solitaire.

Une vision prit soudain forme devant lui, dissipant ses souvenirs sombres par un rayon de lumière, illuminant la pièce comme des lampes à huile. Une femme aux cheveux auburn regardait dans le berceau et chantonnait doucement. Elle se tourna vers lui, ses yeux violets ébahis par le miracle du nourrisson qui y était allongé. Un miracle auquel ils avaient donné vie ensemble.

La vision s'estompa. Émily et un enfant. Un rêve encore réalisable. Il toucha le coton délicat de la couverture de bébé, déchiré par le désir de rendre réel cet enfant dont il rêvait. Garçon ou fille, il l'aimerait, le chérirait et l'élèverait pour qu'il soit parfait, comme sa mère. La femme qu'il aimait. *Qu'il aimait...*

Il était amoureux d'Émily !

S'en rendre compte ne le choqua pas autant qu'il l'aurait cru. Son amour avait plutôt grandi comme une graine, lentement, planté la nuit où il l'avait prise dans ses bras. Le rire d'Émily, ses sourires, ses rêves et ses délicieuses caresses l'avaient nourri jusqu'à ce que l'amour recouvre son cœur comme un lierre luxuriant. Durant toutes ces années, il avait été convaincu qu'aimer quelqu'un l'aurait rendu vulnérable. Quel idiot il avait été !

L'amour rendait les gens plus forts. Il fortifiait leur cœur, les rendant capables de défaire n'importe quel ennemi, survivre à n'importe quelle épreuve, réaliser n'importe quel rêve.

Godric remit la couverture de bébé en place et quitta la nursery, le visage joyeux. Il allait en parler à Émily sur-le-champ, lui avouer son amour et lui demander de rester et de l'épouser, en dépit du scandale. Il devait la posséder, passer le reste de sa vie à l'autel de son amour, adorer la femme qui lui avait appris à se faire confiance et à écouter son cœur.

Il toqua très légèrement à sa porte. Il était quinze heures trente. Elle avait sûrement dormi – ou s'était du moins reposée –, depuis le déjeuner. En l'absence de réponse, il toqua plus fort. Puis il fronça les sourcils, saisit la poignée et la fit tourner. La porte d'Émily s'ouvrit, révélant une pièce sombre aux rideaux tirés. La jeune femme semblait profondément nichée sous ses couvertures.

— Émily ? Tout va bien ?

Toujours pas de réponse.

— Je songeais à vous faire la lecture...

Il se précipita vers le lit et rabattit les couvertures, ses lèvres murmurant « Émily » alors que sa voix gagnait en intensité.

Le spectacle qui s'offrit à lui le glaça.

Quelqu'un – Émily – avait aligné des coussins sous les couvertures pour suggérer un corps humain. Elle avait épinglé un morceau de papier blanc sur l'oreiller. Il le récupéra avec des doigts engourdis, ne sentant même pas la piqûre de l'épingle quand elle s'enfonça dans son pouce. Clignant des paupières, il ouvrit le bout de papier et lut la lettre d'Émily.

GODRIC, JE SUIS DÉSOLÉE D'ÊTRE PARTIE DE LA SORTE, MAIS IL N'Y avait pas d'autre solution. Vous devez me croire. Nous sommes deux personnes très différentes aux modes de vie contradictoires. Je vous aime, mais je ne peux pas rester avec vous. Je suis désolée.

ÉMILY ÉTAIT PARTIE.

Plutôt que de froisser le mot dans son poing, il le posa sur l'oreiller. C'était la dernière chose qu'il lui restait d'elle, la dernière chose de son monde qu'elle avait touchée. Il ne pouvait pas supporter de la détruire et était trop faible pour déchirer ce douloureux rappel.

Il trébucha, vacillant alors que la réalité s'imposa à lui.

— Oh Dieu... Émily !

Elle ne pouvait pas être partie... Elle ne pouvait pas l'avoir laissé...

Une rage froide l'engloutit dans des flammes verglacées, lui rendant les forces que l'amour avait émoussées.

Jamais plus !

— Cédric, Charles ! hurla-t-il alors que la colère s'emparait de lui, annihilant le désespoir qui noircissait son cœur et lui fournissant un objectif.

Godric quitta la pièce en courant et retrouva ses amis qui gravissaient l'escalier quatre à quatre.

— Quoi ? Que s'est-il passé ? demanda Cédric.

— Quelqu'un a-t-il vu Émily ?

Il tremblait de rage et, étrangement, de peur.

Charles secoua la tête.

— Non...

— Je n'ai pas vu Pénélope non plus..., ajouta Cédric. Ne pensez-vous pas que...

— Trouvez Simkins et Mrs Downing ! gronda Godric. Dites-leur de demander aux serviteurs de fouiller le manoir du sol au plafond. Charles, vous chercherez dans les écuries et les jardins. Cédric, vous parcourrez le terrain avec moi. Nous allons prendre des chevaux et également faire le tour du lac.

Charles leva un sourcil.

— Et si on la retrouve ?

— Maîtrisez-la par tous les moyens nécessaires. Cédric, prenez du laudanum.

Charles eut un mouvement de recul.

— Mais elle déteste...

— Je sais. J'ai commis une erreur en lui accordant la moindre liberté.

Godric affichait un air sombre et aucun des deux hommes n'osa protester, pas tant que ses yeux brûlaient d'une fureur infernale.

Dix minutes plus tard, Godric et Cédric galopaient à travers la prairie sous un ciel menaçant. Cédric s'arrêta bien avant le muret et voulut descendre pour l'escalader, mais Godric enfonça les talons dans le flanc de son cheval. Il sauta par-dessus sans difficulté. Faisant brusquement tourner son cheval vers la gauche, comme il avait vu Émily le faire, il s'épargna un autre plongeon déplaisant.

Il n'attendit pas Cédric.

Ses yeux balayaient le sol à la recherche du moindre signe de son passage.

Rien... C'était comme si elle s'était volatilisée.

Cédric étudia la prairie.

— Vous croyez qu'elle avait prévu le coup depuis longtemps ?

— Je crois. Je pense qu'elle a pris son mal en patience, me donnant un faux sentiment de sécurité.

— Alors elle nous a tous dupés.

La déception assombrit la voix de Cédric.

— Et maintenant ?

Godric se passa une main dans les cheveux.

— Où a-t-elle pu aller ?

Cédric haussa les épaules.

— Elle pourrait être n'importe où. Elle doit avoir pris une bonne longueur d'avance.

— Non, elle n'ira pas très loin avec la tempête qui se prépare. Nous la retrouverons, peu importe le temps que cela prendra. Je vais la retrouver.

La voix de Cédric était calme.

— Peut-être devriez-vous la laisser partir ?

— Partir ?

La mâchoire de Cédric se serra, mais il ne recula pas.

— Vous et moi savons tous les deux qu'il n'est pas sain de s'accrocher à des choses que nous ne méritons pas. C'est peut-être mieux ainsi.

— Je me fiche de savoir ce qui est mieux ! rugit Godric. Elle est à moi.

Il ne pouvait pas vivre sans elle. Elle était imprimée sur son cœur, sur son âme. Elle lui avait dit qu'elle l'aimait. Il ne la laisserait pas s'échapper.

Quand ils rentrèrent au manoir, Charles apparut dans l'encadrement de la porte, un éclair d'appréhension s'emparant de ses traits.

— Aucun signe d'elle ?

Cédric fronça les sourcils.

— Non. J'en déduis qu'elle n'était pas dans les jardins.

Charles secoua la tête.

— Non. Pas aux écuries non plus, et il ne manque aucun cheval.

Ils retournèrent à la maison, aidant les serviteurs à parcourir toutes les pièces. La pluie battait les fenêtres et la foudre fendait le ciel de ses doigts blancs. L'horloge du couloir affichait seize heures trente. Une autre heure précieuse venait de s'écouler.

Godric se tenait sur le palier, observant par la grande fenêtre le lac au bout de la prairie.

— Pourquoi m'avez-vous quitté ?

Sa voix se brisa. S'il n'avait pas autant souffert, il en aurait ri. Le duc d'Essex avait enfin trouvé son cœur... seulement pour qu'on le lui brise.

Qu'elle le quitte avait été infiniment plus douloureux que n'importe quelle raclée que son père lui avait donnée.

Sa chère Émily, douce et innocente, l'avait trahi. Elle n'était pas différente d'Évangéline. Cela étant, il la ramènerait sous son toit et la garderait prisonnière aussi longtemps qu'il en aurait envie. Que la société et les lois aillent au diable ! Elle avait meurtri sa fierté, son cœur. Elle allait en payer le prix.

— Votre Grâce ?

Mrs Downing interrompit ses sombres pensées.

Il se tourna pour faire face à sa gouvernante au pied des escaliers. Une des servantes se dissimulait derrière elle, évitant le regard de Godric.

— Qu'y a-t-il ?

— Cette jeune femme a des informations sur Miss Parr.

Mrs Downing s'écarta et exposa la fille à la colère de son maître.

Celui-ci dévala les marches et saisit la femme de chambre par les épaules.

— Parlez, Mademoiselle !

La bonne jeta un coup d'œil furtif vers la gouvernante, cherchant de l'aide.

Godric la secoua.

— Parlez sur-le-champ, sans quoi vous trouverez un emploi ailleurs.

— Elle est partie avec Jonathan Helprin pour le village de

Blackbriar. Elle portait mon uniforme de rechange. Elle a dit que votre vie était en dang...

Godric la lâcha.

— Silence !

Il se tourna vers les autres, à la recherche de son majordome.

— Simkins ! Demandez aux garçons d'écurie de seller trois chevaux. Charles ! Cédric !

Ils émergèrent tous des pièces qu'ils étaient en train de fouiller.

Godric se dirigea vers la porte d'un pas énergique.

— Elle est allée au village de Blackbriar. Nous partons immédiatement. En pressant nos montures, nous pourrons y être dans une heure.

Godric se jeta en selle.

— Je suis de nouveau à vos trousses, petite renarde !

Il allait rattraper Émily Parr une dernière fois, puis elle ne lui échapperait plus jamais.

⁂

Jonathan trébucha en arrière, portant une main à sa mâchoire alors que Godric prenait la pièce d'assaut.

Émily quitta le lit à la hâte, comprenant ce que la situation paraissait suggérer à Godric : elle, en larmes dans sa camisole et Jonathan à moitié déshabillé.

— Que lui avez-vous fait ? Espèce de saligaud !

Godric se jeta sur Jonathan qui leva les mains au ciel.

— Rien ! Je n'ai rien fait, je le jure !

Le duc lui décocha un second coup de poing violent et conclut l'affaire.

Jonathan s'écroula à terre, assommé.

Pénélope montra des dents à Godric et se jeta sur ses bottes quand il se tourna vers Émily. La petite chienne était déterminée à protéger sa maîtresse.

Cédric et Charles se précipitèrent à l'intérieur. Leurs visages s'illuminèrent de soulagement.

— Émily, Dieu merci, nous vous avons trouvée ! dit Cédric.

— Attendez dehors, prenez ce sale chien avec vous... ainsi que Pénélope.

Cédric ramassa le chiot pendant que Charles entraînait le valet à l'extérieur.

Godric claqua la porte derrière eux, tourna le verrou et fit face à Émily. Ses vêtements dégoulinaient et ses cheveux foncés bouclaient contre son col.

Le monde cessa de bouger. Des étoiles clignotaient dans le cosmos lointain puis le vent et la pluie cédèrent la place à la brume. Émergeant de l'obscurité, Godric était son phare, son refuge contre les tempêtes.

Émily se rendit compte qu'elle ne pourrait jamais vivre sans lui, jamais le quitter. Sans lui, elle se serait estompée, devenant l'ombre de celle qu'elle était vraiment. Cela avait déjà commencé avant qu'il la retrouve.

Elle étouffa un sanglot.

Mais elle l'avait abandonné. Quels que soient ses raisons personnelles, l'amour qui l'inspirait, l'espoir qui l'animait, il ne le lui pardonnerait pas de sitôt... et peut-être jamais. La douleur dans ses prunelles lui révélait précisément ce que son départ lui avait coûté.

Elle devrait s'expliquer. Il l'écouterait et, si elle avait de la chance, il lui pardonnerait peut-être. Il en aurait besoin, une fois qu'il apprendrait ce qu'Évangéline lui avait dit.

Il ôta son manteau, son pardessus et sa chemise, puis s'avança vers elle en inspirant profondément à plusieurs reprises. Le cœur d'Émily s'emballa. Elle lut dans ses yeux un désir animal qu'elle sentait aussi brûler dans son propre regard.

Sans y songer à deux fois, Émily se jeta sur lui, se plaquant fermement contre son corps, lui étreignant le cou. Mais il ne lui rendit pas son étreinte. Ses bras restèrent immobiles. Il était crispé, rigide et très froid.

— Godric, je suis vraiment heureuse que vous soyez là, mais...

Il arracha ses bras qui l'étreignaient et l'écarta fermement de lui, créant entre eux une distance aussi vaste qu'un océan sombre et sans fond. Il faudrait qu'elle s'explique. Elle n'avait pas d'autre choix.

— Vous n'auriez pas dû venir. Cela m'empêche de vous protéger.

— Ne... dites... rien.

Comme un lapin immobilisé par le regard d'un serpent, Émily était hypnotisée, incapable de bouger. Il la fit reculer vers un mur contre lequel il lui plaqua les épaules avec les paumes.

— Vous m'avez quitté. Vous m'avez menti.

— Écoutez-moi ! J'ai été contrainte de le faire.

— Vous m'avez *abandonné*. Et vous me parliez d'amour ?

Sa voix était dure et il serrait les dents.

— Vous ne comprenez pas, Blankenship allait...

D'une main, il lui saisit le menton et conquit sa bouche. Il prit tout ce qu'elle lui offrait. Il ne lui laissa pas le temps de respirer ou de penser. Émily céda. Le baiser féroce se fit doux et profond. Godric parcourut son corps d'une caresse pleine de tendresse. Il lui avait pardonné, c'était forcé, sans quoi il ne se serait pas montré aussi doux.

Ses seins se firent lourds, appelant ses gestes et la chaleur soyeuse de sa bouche. Tout ce qu'elle avait juré être capable de connaître sans lui revint avec précipitation. Elle n'aurait pas pu le quitter, pas plus que la lune aurait pu abandonner la Terre. Il la reprendrait, lui pardonnerait de lui avoir brisé le cœur. C'était là dans son baiser, cette douce émotion dont elle avait envie.

— Godric, je vous en prie... J'ai besoin de vous.

Il sentit sa supplique comme un chuchotement plein de désir contre son cou.

Sa respiration se fit haletante alors qu'il tirait sur ses culottes pour se libérer. Il fourra une main entre les jambes d'Émily, y trouvant la moiteur qui y était née pour lui, et il enfonça profondément deux doigts entre ses plis. Émily gémit. Il continua de la caresser et chaque fois qu'elle essayait de fermer les yeux, il exigeait qu'elle le regarde. Elle lui obéit. Des ongles assombrissaient le visage de son amant.

— Vous m'avez quitté. Votre chambre était vide. Avez-vous la moindre idée de ce que cela m'a fait ?

Les grognements vibrèrent contre sa gorge alors qu'il frottait le nez contre elle.

— Vous êtes à moi. Vous comprenez ? Je ne vous laisserai jamais partir. Jamais.

Enfin, alors que le désir manqua abattre Émily à terre, il lui saisit la cuisse gauche et l'enroula autour de sa hanche. Il se positionna devant son intimité, son gland la pénétrant légèrement. Pendant une seconde tendue, alors que leurs souffles se mélangeaient, leurs regards s'entrelacèrent et il plongea en elle. Émily poussa un cri. Sa tête bascula en arrière contre le mur et Godric referma sa main libre dans les cheveux à la base de son cou, la maintenant en place. Les doigts de son autre main s'enfoncèrent dans la peau de sa cuisse alors qu'il l'empalait contre le mur. Il l'embrassa à nouveau, subjuguant ses lèvres tel un guerrier conquérant.

Émily l'accepta entièrement, déplaçant ses hanches contre les siennes, aspirant à cette nouvelle nature sauvage. Puis elle lui griffa le dos, y laissant des marques. Des vagues de plaisir balayèrent son corps alors qu'elle approchait de l'orgasme.

Émily passa la main dans les cheveux de Godric. À contre-cœur, celui-ci interrompit leur baiser afin de pouvoir plaquer son visage contre son cou. Il accéléra le mouvement et ses coups de reins la firent basculer dans l'extase. Des volutes cramoisies d'un plaisir ténébreux voilèrent les prunelles d'Émily. Elle chuchota son nom comme une prière de minuit, se sentant faiblir entre ses bras. Avec un rugissement de satisfaction primale, il jouit, répandant profondément sa semence en elle.

Haletant, il s'affaissa contre Émily, les maintenant debout contre le mur. Elle ferma enfin les yeux tout en lui caressant les cheveux, lissant les mèches sombres et soyeuses de ses tempes jusqu'à sa nuque pour l'apaiser.

— Seigneur, je suis un bel imbécile.

Il s'écarta d'elle. Les genoux d'Émily cédèrent et elle dut s'appuyer contre le mur pour ne pas tomber.

— Que voulez-vous dire ?

Le ton de Godric l'inquiétait et la peur lui rongeait les entrailles. Il ne l'étreignait pas, ne l'embrassait pas. Ce n'étaient pas les retrouvailles qu'elle s'était imaginées. La panique s'immisça en elle et les larmes lui embuèrent les yeux.

Ne cessant de marmonner, Godric refermait ses vêtements sans la regarder.

— Vous ne m'aimez pas. Vous ne m'avez jamais aimé.

Il poussa alors un rire d'autodérision qui donna des frissons à Émily.

— Quand on aime quelqu'un, on ne les abandonne pas. On ne les blesse pas.

— Je ne vous ai pas abandonné, Godric, mais je devais partir. Je suis vraiment désolée pour la lettre que j'ai...

Il la fit taire d'un geste de la main avant de jeter ses vêtements à ses pieds.

— Mais vous êtes en danger ! s'écria-t-elle.

Godric l'ignora.

— Habillez-vous. Nous devons rentrer à la maison sur-le-champ.

— Mais pourquoi ?

Émily se glaça, sa robe à moitié retroussée sur ses genoux tremblants. Elle ressentait une étrange sensation d'anticipation, comme si elle gravissait un escalier dans le noir, s'attendant à ce qu'il y ait une dernière marche. Mais son pied s'enfonçait dans le vide, entraînant son corps dans le mouvement.

— Je pense que votre oncle et moi sommes enfin d'accord sur un point. Vous ne m'êtes plus de la moindre utilité et il est temps que je vous rende à lui.

Une gifle de sa part aurait été moins douloureuse.

Je ne lui suis plus de la moindre utilité ?

Comme elle l'avait craint, son affection n'avait été qu'une attirance momentanée seulement créée par le désir. Alors en retour, il allait la détruire en la rendant à son oncle et à ce mariage qui scellerait son destin.

Elle cligna des paupières, ébahie de voir une fiole en argent dans la main de Godric, nul doute remplie d'eau et de ce laudanum qu'elle détestait tant. La journée ne pouvait pas être pire, elle en était certaine.

— Cela ne sera pas nécessaire ; je vous promets de ne pas me débattre.

Elle tituba. Le tonnerre fit trembler l'auberge et par les fenêtres, elle vit la foudre zébrer le ciel, un reflet de la tourmente de son cœur.

Godric l'étudia un instant avant d'empocher la flasque.

— Très bien, même si vos promesses ne signifient pas grand-chose pour moi.

Elle acheva de s'habiller, passant les boutons à la hâte dans les mauvaises boutonnières, mais cela n'avait aucune espèce d'importance. Plus rien ne comptait. Elle l'avait perdu. Ce qu'elle avait pris pour un pardon n'avait en fin de compte été qu'un ultime « au revoir ». Sa propre stupidité avait détruit l'emprise précaire qu'elle avait eue sur son affection.

Un désespoir inconnu la saisit entre ses griffes. Ses poumons s'alourdirent, sa respiration se faisant de plus en plus courte. Des points noirs emplirent sa vision. Elle fit un pas tremblant vers Godric, mais le mouvement lui donna un vertige incontrôlable. Émily bascula vers l'avant alors que les ténèbres l'engloutissaient et que le sol se précipitait vers elle.

⚜

GODRIC RATTRAPA ÉMILY UNE SECONDE AVANT QU'ELLE NE s'écroule à terre. Il la serra contre sa poitrine, savourant la sensation de son corps entre ses bras, chose qu'il se reprocha immédiatement.

Son évasion avait parfaitement prouvé ses intentions. Les paroles d'amour qu'elle avait chuchotées n'avaient été que des mensonges, une ruse ingénieuse pour lui faire baisser la garde.

Il reprit le petit sac en tissu d'Émily là où elle l'avait posé près de la porte. La tête de la jeune femme roula sur le côté, venant cogner contre sa poitrine. Seigneur, quel idiot il avait fait !

Il était encore plus idiot d'avoir menacé de la ramener. Il savait quelle vie l'attendrait : un mariage à Blankenship, une existence entière de torture. C'est ce qu'elle aurait mérité pour ce qu'elle lui avait fait, mais la vengeance paraissait avoir déserté son cœur.

Émily devait partir. C'était tout. Si elle restait, il allait faire un geste qu'il regretterait, comme l'implorer de l'aimer. Il revivrait son enfance, cherchant l'amour, sachant bien qu'il ne viendrait jamais. Cette haine de soi qui l'avait pris dans ses griffes augmenta à chaque pas alors qu'il ouvrit enfin la porte et sortit dans le couloir.

Il y trouva Cédric et Charles, le premier tenant la chienne qui se débattait et l'autre contenant un Jonathan Helprin groggy, mais conscient. Les trois hommes considérèrent Émily avec une profonde inquiétude.

— Est-elle..., commença Charles.

— Elle va bien. Elle s'est évanouie.

Un mauvais bleu se formait déjà sur la mâchoire de Jonathan.

— Votre Grâce, je vous jure qu'il ne lui est rien arrivé.

— Je m'occuperai de votre cas quand nous serons de retour au manoir.

S'il essayait de parler à cet homme tout de suite, Godric l'étranglerait.

Ses amis le suivirent alors qu'il portait Émily au bas de l'escalier de l'auberge, devant les invités choqués puis sous la pluie où Cédric la tint jusqu'à ce qu'il soit monté sur son cheval. Une fois qu'Émily se retrouva nichée entre ses bras, il se détendit très légèrement.

Alors que la nuit tombait, ils reprirent le chemin du manoir, les cieux tempétueux annonçant leur retour.

À leur arrivée, Simkins emporta Jonathan et Pénélope pour s'occuper d'eux. Charles et Cédric suivirent Godric jusqu'à sa chambre à coucher, où il déposa Émily. Une fois que les deux autres hommes furent sortis dans le couloir, il la dépouilla de sa robe et de ses sous-vêtements mouillés. Il ouvrit les couvertures et la borda dans son lit, puis il rappela ses amis dans la chambre.

— Vérifiez les fenêtres, Cédric. Charles, verrouillez la porte adjacente.

Ils se hâtèrent tous deux de lui obéir, redoutant sans nul doute son humeur ténébreuse. Godric se pencha alors vers Émily et serra les couvertures plus fermement autour d'elle et jusque sous son menton. Il écarta délicatement de son visage les douces boucles humides, puis il fit signe à ses amis de partir avec lui. Il était temps de s'occuper d'un autre traître.

Ils retournèrent au salon où Simkins et Jonathan les attendaient.

Godric se tourna vers son majordome.

— Simkins, envoyez quelqu'un allumer un feu dans ma chambre à coucher. *Pas* Libba.

Le serviteur s'inclina et disparut.

Charles fit mine de se diriger vers la porte.

— Devrions-nous... euh... partir, nous aussi ?

— Restez. Vous pourriez avoir besoin de m'empêcher de tuer ce bâtard, déclara Godric en gardant les yeux braqués sur Jonathan. N'essayez pas trop fort, cependant.

Jonathan se redressa d'un air défiant.

— Il ne s'est rien passé, Votre Grâce. Elle a demandé mon aide. Je la lui ai donnée. Nous avons seulement pris cette chambre à l'auberge pour éviter la pluie.

— Vous mentez !

Les doigts de Godric s'enfoncèrent dans ses paumes quand il serra les poings.

— Elle était à moitié nue et vous aussi !

Jonathan écarta d'un coup de pied la chaise qui se dressait entre eux.

— Vous avez envie de me tuer ? Alors, tuez-moi ! Si vous vous en croyez capable.

Cédric et Charles firent chacun un pas en avant, prêts à intervenir.

— Si c'est ce que vous voulez !

Godric se précipita sur lui et le saisit par le col de sa chemise pour le secouer.

— Lâchez-le immédiatement !

Godric et Jonathan s'immobilisèrent et se retournèrent, choqués de découvrir celui qui osait s'adresser au duc de la sorte. Simkins se tenait dans l'encadrement de la porte, comme s'il était le maître de la demeure des Essex. Une fois qu'il eut retenu leur attention, il redevint lui-même et ajouta :

— Votre Grâce.

Godric se reprit.

— Ne vous en mêlez pas. C'est une question d'honneur.

Simkins tira un pistolet de sous son manteau et braqua le canon vers la poitrine de Godric.

— Écartez-vous de votre demi-frère, Votre Grâce, dit Simkins d'une voix étonnamment calme.

— Mon frère ? demanda Godric en lâchant la chemise de Jonathan.

Le majordome abaissa le pistolet.

— J'ai promis à votre père qu'il ne lui arriverait aucun mal. Cela me place dans une position difficile et je vais bien sûr être contraint de vous remettre ma démission, mais je reste ferme dans ma décision de protéger Jonathan.

L'intéressé jeta un regard appuyé à Godric alors qu'il digérait la nouvelle.

— Je suis son quoi ?

Godric ne paraissait pas aussi surpris. Depuis qu'Émily l'avait mentionné, il avait soupçonné qu'il ne connaissait pas tout du passé de son valet. Il s'était même ouvert à cette possibilité, mais c'était avant les événements de la soirée. Cette annonce tombait bien mal. Présentement, il voulait voir Jonathan mort.

— Peu m'importe qu'il soit le roi d'Angleterre ! S'il a fait du mal à mon Émily...

— Alors nous réglerons ce problème, mais seulement si Miss Parr confirme votre conviction qu'il lui a bel et bien fait du mal.

Godric grogna, ses épaules s'affaissant vers l'avant alors qu'il appuyait les paumes de ses mains contre ses yeux si fort qu'il vit des étoiles. En cet instant précis, il n'avait pas l'impression d'être maître en sa demeure. Pas alors que son maître d'hôtel braquait un pistolet vers lui.

— Comment... comment sommes-nous frères ? demanda Jonathan.

Simkins baissa l'arme, mais ne la rangea pas.

— L'ancien duc a cherché du réconfort dans les bras de votre mère. Elle comptait pour lui, et vous aussi. Quand il est tombé malade, je me suis engagé à prendre soin de vous comme je l'ai fait pour Sa Grâce.

— Alors je suis vraiment...

— Un bâtard, acheva Godric.

— Non. Jonathan est un fils légitime du précédent duc d'Essex. Celui-ci a épousé sa mère en secret dix mois avant sa naissance, qui a été consignée dans le registre paroissial sous le nom de votre père, Votre Grâce.

— Si je ne suis pas un bâtard, pourquoi n'ai-je pas été élevé avec lui ? demanda Jonathan en pointant rageusement l'index en direction de Godric.

Des lignes profondes encadrèrent les yeux du majordome.

— Feu le duc m'avait demandé, sur son lit de mort, d'élever Godric comme un fils unique. Il ne voulait pas que la vérité de votre héritage voie le jour, à moins que Godric ne meure sans héritier.

— Pourquoi a-t-il fait cela ?

La colère de Jonathan commença à éclipser celle de Godric.

— Pourquoi me retirer mes droits en tant que fils de duc ?

— Votre père s'est rendu compte qu'il s'était montré terriblement cruel envers Godric et qu'admettre qu'il avait trouvé l'amour auprès d'une autre femme n'aurait fait qu'aggraver les choses. Il craignait également que Godric ne soit jaloux de vous.

Celui-ci n'arrivait pas à y croire. Quelle stupidité ! Il aurait préféré un frère à la solitude. Le fait que son père ait choisi d'aimer une femme de chambre n'avait pas la moindre importance, mais qu'on ait refusé de l'informer qu'il avait un frère, *si*.

Jonathan se tourna vers son frère, ne sachant pas quoi dire.

— Bon, alors… Où en sommes-nous ?

Godric fronça les sourcils.

— Vous restez un bâtard.

— Si vous pensez que je vais recommencer à polir vos bottes, vous vous trompez. Je ne suis pas un bâtard et on ne peut pas me traiter comme tel.

— Je ne voulais pas dire ce genre de bâtard, imbécile ! Vous êtes un bâtard parce que vous avez posé la main sur mon Émily !

— Votre Émily ? Vous avez dû lui inspirer une véritable dévotion ! La pauvre petite était en sanglots.

Charles soupira et s'appuya contre le manteau de la cheminée.

— Ah, l'amour fraternel ! Cela me rappelle ma propre famille.

Cédric réprima un ricanement.

— Pour vous, peut-être. N'avez-vous pas défié votre propre frère en duel pour une femme ?

— Oui, c'était vraiment la poisse ! Mère nous a trouvés comptant les pas dans le jardin. Elle est toujours parfaitement capable de faire pleurer un homme adulte.

— Eh bien, on ne peut pas douter que Jonathan possède le caractère des Saint-Laurent, n'est-ce pas, Godric ?

Combien de fois ce dernier avait-il détesté être fils unique ? À présent, il avait la chance – ou plutôt la malchance – d'avoir un frère, comme le reste de la Ligue.

Il échangea un regard meurtrier avec Jonathan, mais une agitation soudaine à l'extérieur attira leur attention.

— Godric ! s'écria quelqu'un.

Lucien et Ashton entrèrent dans la salle à manger, écartant Simkins de leur chemin dans leur précipitation. Le pistolet lui échappa et tomba à terre, faisant partir le coup. Un vase qui se trouvait à moins d'un mètre de l'endroit où se tenait Godric explosa.

Il fallut un moment pour que la panique qu'ils ressentirent tous s'estompe et que tout redevienne normal… si cette journée pouvait présenter un semblant de normalité.

— Godric ! s'écria Lucien, remarquant le majordome et

l'arme qui reposait à terre. Pourquoi Simkins tenait-il un pistolet ?

Charles agita la main pour rassurer les nouveaux arrivants.

— Mon cher Lucien, cela vous ressemble bien d'entamer une conversation par la partie la plus ennuyeuse.

Ashton regarda successivement Godric et Jonathan.

— Comment cela ? Ennuyeuse ?

Godric adressa un regard appuyé à Jonathan.

— Ashton, Lucien... Voici mon demi-frère, Jonathan.

Lucien eut l'air vraiment dérouté.

— Votre frère ?

Ashton jeta un œil à sa montre à gousset.

— Nous nous absentons vingt-quatre heures...

Cédric croisa les bras.

— Les leçons de généalogie peuvent attendre. Que vous est-il arrivé ?

— Nous avons suivi Évangéline à Londres, dit Ashton. Godric, Blankenship l'avait engagée. Elle est venue ici pour vous espionner et s'assurer que vous déteniez bien Émily.

En entendant son nom, Godric détacha les yeux de son frère pour regarder Ashton.

— Quoi ? Elle était la marionnette de Blankenship ?

Choqué, Godric cligna des paupières. Cela expliquerait tout. Son étrange récit et son arrivée chez lui avec un mot contrefait. Quel bâtard rusé !

Ashton hocha la tête.

— Pas exactement. Dites ce que vous voulez d'elle, mais je pense que nous savons tous que cette femme n'est la marionnette de personne. Évangéline a dit à Blankenship qu'elle avait convaincu Émily de s'échapper, sans quoi les hommes de ce scélérat se présenteraient pour tous nous tuer jusqu'à ce qu'ils la retrouvent. Il faut arrêter Émily avant qu'elle fasse quelque chose de stupide.

Godric s'étrangla.

— C'est trop tard...

Seigneur, il n'aurait pas pu plus mal agir ! Il lui avait fait du mal pour le crime d'essayer de le sauver. Il l'avait repayée de sa dévotion en l'enfermant à nouveau dans sa chambre à coucher. S'il n'avait pas déjà réservé un cercle en enfer, il venait de se qualifier pour un règne en entier.

Lucien devint très pâle.

— Que voulez-vous dire ?

— Mon frère l'a aidée à s'enfuir jusqu'à Blackbriar. Nous venons à peine de rentrer.

Ashton plissa le front.

— Et Émily ?

— Elle est à l'étage.

— Eh bien, faites-la descendre. On a besoin de discuter d'un plan d'action concernant Blankenship.

— Ce n'est pas vraiment possible, dit Cédric. Il l'a laissée... quelque peu indisposée à l'étage.

— Oh, Seigneur, dit Lucien.

Ashton se pinça l'arête du nez.

— Godric, écoutez-moi. Elle est seulement partie pour vous protéger. Elle ne sait pas que vous êtes capable de vous défendre. Elle l'a fait parce qu'elle vous aimait et qu'elle ne voulait pas qu'il vous arrive quelque chose par sa faute.

Charles et Cédric échangèrent des regards sombres. Le visage de Jonathan pâlit et il refusa de croiser le regard de son frère.

— Il est trop tard, n'est-ce pas ? demanda Ashton.

Godric hocha la tête et leur tourna le dos.

— Elle ne me pardonnera jamais de l'avoir blessée de la sorte.

Lui-même ne pardonnait aucune trahison, alors pourquoi l'aurait-elle fait ? Savoir qu'il l'avait perdue pour toujours – parce qu'il avait agi trop hâtivement et laissé son tempérament diriger ses actions – aggravait l'agonie de sa perte.

— Excusez-moi.

Il quitta la pièce sans que personne n'ose l'arrêter.

GODRIC S'ÉTANT BARRICADÉ DANS SON ÉTUDE, CE FUT AUX autres de prendre le relais pour s'occuper d'Émily et veiller sur elle.

Ils la trouvèrent dans le lit de Godric.

Toujours endormie, elle s'agitait légèrement. Ils étaient tous aussi coupables que lui d'avoir fait du mal à cette jeune femme. Cela devait changer.

Ashton se tourna vers Lucien.

— Préparez-lui de nouveaux sous-vêtements qu'elle trouvera à son réveil.

Lucien acquiesça et partit trouver ses vêtements.

Ashton s'assit sur le bord du lit et se pencha pour presser ses lèvres contre le front d'Émily. Son baiser la découvrit fiévreuse. Si elle tombait malade... Non, il ne devait pas entretenir de telles pensées.

Il écarta ses cheveux de son front.

— Dormez, chère Émily.

Lucien revint et s'installa sur une chaise au pied du lit. Non loin, le feu crépitait et craquetait dans l'obscurité.

Cherchant à satisfaire leur fierté et leurs désirs, la Ligue était allée trop loin.

⊗

ÉMILY REPRIT CONNAISSANCE, LE SOUFFLE COURT.

De gros rochers pesaient sur sa poitrine. Elle avait de plus en plus de mal à remplir ses poumons d'air.

La panique s'empara d'elle, faisant trembler ses membres. Elle essaya de déglutir, ayant l'impression que des éclats de verre s'étaient incrustés dans sa gorge. Elle avait besoin de tousser, mais il ne lui restait plus la moindre force. Le bruit sifflant de ses inspirations évoquait un râle de mort inquiétant.

— Émily !

Une voix masculine. Basse, rauque et discordante. Elle essaya de déglutir en grimaçant et parvint enfin à émettre une faible toux.

— Émily ?

La voix lui semblait familière ; une main chaude était posée sur son front.

Où suis-je ?

Les sensations lui revinrent soudainement : la douce caresse des draps du lit sous sa peau nue, l'arôme du bois de santal. Des hommes étaient là. Qui ? Elle percevait aussi sans la voir le rythme palpitant d'une bougie non loin de là.

— Vite, Charles, de l'eau !

Cédric, lui rappela enfin son esprit. Elle était chez Godric, dans son lit. Elle se retrouvait à nouveau captive de la Ligue des rebelles.

— Go... dric...

Cédric la fit taire puis porta un verre d'eau à ses lèvres craquelées. Elle but, l'eau fraîche apaisant sa gorge asséchée. Elle ouvrit enfin les paupières. Elles se trouvaient dans la chambre de Godric et Cédric et Charles se penchaient sur elle. Tremblante, elle frotta ses bras dénudés...

Elle était nue.

Émily haleta, un son terriblement déchirant.

— Là, là, ma chère, vous êtes en sécurité, la rassura Charles.

Ni lui ni Cédric ne semblaient déstabilisés par sa nudité. Elle déglutit, un geste toujours douloureux.

— Comment ?

— Comment ?

Les hommes échangèrent un regard confus.

— Comment...

Elle fut incapable de poursuivre.

Cédric retira le verre de la main de Charles et le remplit avec un pichet.

— Nous vous avons ramenée de l'auberge de Blackbriar il y a deux jours, chaton. Vous avez été très malade.

Il tendit le verre à Émily qui avança la main, mais ses bras tremblèrent. Charles la lui saisit et s'assit sur le lit avant de la porter à nouveau à ses lèvres. Elle vida le verre d'un trait.

— Deux... jours ?

Charles hocha la tête et replaça une mèche de cheveux derrière l'oreille d'Émily.

— Je devrais vous chatouiller à mort pour votre inconscience.

Des cernes sombres sous ses yeux gris révélaient qu'il n'avait pas assez dormi. Charles avait toujours donné l'impression d'être le plus immature, mais une année seulement le séparait de Godric et Cédric. À présent, une expression stressée et lasse était imprimée sur le visage juvénile du comte. Émily leva le bras et lui toucha la joue. Charles ferma les yeux, un tic lui contractant la mâchoire. Il lui prit la main, l'embrassa et la replaça sous les couvertures pour la garder au chaud.

Elle regarda Cédric qui se dressait tout près d'elle. Lui aussi avait l'air malade d'inquiétude et affichait des cernes sombres sous ses yeux bruns.

— Les autres ?

— Ashton et Lucien se reposent. On s'est relayés pour rester à votre chevet.

— Et... Godric ?

C'était ce qu'elle souhaitait vraiment savoir. Où était-il ? Elle avait besoin de lui.

— Il...

Cédric s'interrompit, choisissant ses propos avec soin.

— Il n'est pas lui-même pour le moment.

— Il ne va pas bien ?

Les autres savaient-ils ce qui s'était passé à l'auberge ? Savaient-ils qu'elle l'avait trahi ? Elle se souvint du son étouffé qu'il avait émis lorsqu'elle avait essayé de l'apaiser. Un son horrible. Elle aurait simplement voulu lui assurer qu'elle l'aimait, qu'elle n'était partie que pour le protéger. Mais il ne lui en avait pas donné l'occasion.

Quel... idiot ! Elle n'était pas triste ; elle était furieuse contre lui ! Elle n'avait eu qu'à s'expliquer et il lui avait refusé cette occasion. Elle aurait voulu le gifler, puis l'embrasser, puis le gifler à nouveau. L'imbécile !

— Emmenez-moi à lui tout de suite.

Cédric posa une main sur son épaule.

— Il ne va pas être sous son meilleur jour, chaton. Il est...

— Je m'en fiche ! Emmenez-moi à lui.

Elle ne parvint qu'à lui adresser un murmure qu'elle suivit d'un regard appuyé.

Cédric se redressa d'un bond.

— Je vais y aller.

Charles hocha la tête, tira un pistolet de sa ceinture et s'assit sur le lit, face à la porte.

— Un pistolet ? Il est... Il n'est pas devenu fou, n'est-ce pas ?

Elle voulut prendre l'arme, mais Charles la plaça hors de sa portée en lui adressant un sourire désinvolte.

— Ce n'est pas pour Godric, Émily. Lucien et Ashton avaient suivi Évangéline Mirabeau jusqu'à Londres. Ils ont appris que Blankenship l'avait embauchée afin de vous retrouver puis, tout ce qu'il avait prévu de nous faire. D'où les armes.

— Godric sait-il pourquoi je suis partie ?

Charles hocha la tête.

— Il l'a appris quand nous sommes rentrés au manoir. Lucien et Ashton sont arrivés légèrement en retard, pour ainsi dire. Godric a passé plusieurs journées difficiles. Il vous a perdue, a essayé de tuer son frère, et à présent, il n'est capable que de se saouler dans son étude. Seul Simkins a réussi à le voir sans se faire jeter un objet à la tête. J'ai failli me faire assommer par la Bible qu'il m'a lancée.

Charles ricana.

— Ne vous méprenez pas, Émily, l'ironie de la chose ne m'a pas échappé. Cela m'a rappelé cette lady qui m'avait jeté un flacon d'eau bénite, s'attendant à ce que je prenne feu.

— Pour être honnête, vous avez émis un peu de fumée, dit Ashton.

Charles renifla d'un air moqueur.

— C'était l'hiver et l'eau était chaude.

Émily tenta de sourire, mais elle fut interpellée par la nouvelle information.

— Son frère ?

— Ah, oui ! Je suppose que vous avez manqué une bonne

partie du spectacle. Godric a essayé d'étrangler Jonathan et Simkins a braqué un pistolet vers son maître en lui disant qu'il ne pouvait pas tuer son demi-frère. Il s'avère que Jonathan est le fils de l'ancien duc et de la femme de chambre de la mère de Godric.

Émily sourit enfin. Après tout, elle ne s'était pas trompée sur Jonathan.

— Je le savais !

Charles lui donna une caresse affectueuse sous le menton.

— Aucun d'entre nous ne l'avait vu.

— Vous le connaissez depuis trop longtemps et vous vous êtes tout simplement habitués à lui, je suppose.

Cédric revint en prenant soin à ne pas lever les yeux du sol.

— C'est bien ce que je craignais. Il est complètement saoul. Faites-moi confiance, chaton, vous ne voulez pas le voir ainsi.

— Si fait !

Maladroitement, elle chercha à se lever, puis elle se rappela qu'elle était nue et plaqua le drap sur ses seins.

— Ma robe de chambre, s'il vous plaît.

Cédric hésita, mais le regard appuyé d'Émily le contraignit à prendre immédiatement la robe de chambre en velours rouge de Godric. Émily étudia les deux hommes, se demandant lequel des deux serait le mieux à même de garder ses mains pour lui. Tous les deux n'étaient certes pas des anges, mais il y en avait forcément un de pire. Elle choisit Cédric.

— C'est vous qui allez m'aider.

— Hum, dit Cédric à Charles qui alla attendre dehors en soufflant.

Cédric garda la tête tournée tandis qu'il rabaissait les couvertures et qu'il passait les bras d'Émily dans les manches de la robe de chambre. Elle la referma autour d'elle et noua fermement le cordon à sa taille avant de sortir du lit. Elle avait beau se sentir crasseuse, il était capital de passer voir Godric. Elle pourrait se laver plus tard. Elle inspira profondément et essaya de se redresser.

Elle vacilla et Cédric la rattrapa.

— Je vais vous aider, chaton.

Ils présentaient un drôle de spectacle : Émily dans sa robe trop grande, les pieds nus, appuyée contre Cédric. Heureusement, personne n'était là pour les voir, à l'exception de Simkins, posté à l'extérieur de la porte de l'étude de Godric.

Le majordome ouvrit de grands yeux.

— Lord Sheridan, elle ne devrait pas être debout !

Émily leva la main et désigna la porte de l'étude.

— Ouvrez.

Simkins secoua la tête.

— Je crains qu'il ne soit pas en état de voir qui que ce soit.

— Peu m'importe, rugit Émily.

— Très bien, Miss Parr, mais j'interviendrai s'il devient violent.

Simkins tritura maladroitement son jeu de clés.

— Oui, il risque cependant de tirer sur un autre vase, dit Charles.

— Quoi ? hoqueta Émily.

— C'était un vase hideux que la mère du duc avait toujours détesté. Il ne manquera à personne, déclara Simkins.

Godric se mit alors à crier de l'autre côté de la porte.

— Simkins, je vous ai dit de me laisser tranquille !

— Silence, Saint-Laurent.

La voix de Cédric résonna, un son tonitruant qui réduisit l'étude au silence.

— Émily est ici. Comportez-vous bien, vous m'entendez ?

Simkins ouvrit la porte et Cédric s'avança à l'intérieur, Émily appuyée contre lui. Godric se trouvait au fond de l'étude et leur tournait le dos. Il contemplait par la fenêtre le ciel d'un noir de jais. Une bougie illuminait la pièce.

— Aidez-moi à aller jusqu'au canapé, dit Émily, puis sortez.

— Je reste, Émily.

Elle lui caressa le visage comme elle l'avait fait pour Charles.

— Merci, Cédric, mais ça va aller.

Il se pencha pour lui embrasser le haut du crâne avant de se retirer. Simkins ferma la porte de l'extérieur.

Un moment de silence angoissant s'ensuivit : Godric à la

fenêtre, elle sur le canapé, tous deux aussi immobiles que des statues. Parviendrait-elle à lui faire comprendre qu'elle ne l'avait pas trahi ?

— Godric, souffla-t-elle.

Il se tourna lentement pour lui faire face. Son prince sombre, affichant des ombres sous ses yeux émeraude torturés, les cheveux emmêlés comme s'il n'avait cessé d'y passer les doigts... Comment en était-il arrivé là ?

Émily avait conscience de l'existence d'un calme absolu avant la tempête, mais elle trouvait que c'était le calme d'après qui était souvent pire, alors que des arbres centenaires avaient été arrachés et que des oiseaux étaient étendus à terre, morts, déchiquetés par des vents puissants. Tout dans la pièce était détruit. Quand elle observa les yeux hantés de Godric, elle vit s'y refléter la même dévastation.

Elle trouva une nouvelle force dans sa voix.

— Venez à moi.

Il obéit et vint la rejoindre en traînant les pieds, baissant les yeux vers elle, ces longs cils sombres s'évasant sur ses joues quand il ferma les yeux pendant un bref instant. Sa main droite était la partie de son corps la plus proche d'Émily. Celle-ci lui attrapa le poignet, le soulevant jusqu'à ce qu'elle capture sa paume et la porte jusqu'à ses lèvres. Elle lui embrassa l'intérieur de la main, le laissant sentir sa tendresse.

Je vous aime.

Les jambes de Godric cédèrent. Soudain, il était à genoux, enfonçant sa tête dans le giron d'Émily, ses bras s'enroulant autour de son corps alors qu'il s'accrochait à elle. Elle se pencha sur lui, lui embrassant les cheveux et lui caressant les épaules alors qu'il était secoué par de violents sanglots silencieux. Il la serrait fort, comme s'il craignait qu'elle ne disparaisse entre ses bras. Puis quand il leva la tête, elle ressentit les derniers tressaillements de son chagrin en déclin.

— Émily...

Elle posa un doigt sur ses lèvres et secoua la tête.

— Je vous pardonne.

Elle invoqua un sourire et le laissa lui étirer les lèvres. Il lui répondit pourtant d'une grimace et son visage eut l'air d'un ange déchu... *Son* ange.

— Je n'arrive pas à me le pardonner...

Il se détourna d'elle.

Émily lui attrapa le menton, forçant son visage vers elle pour lui donner un baiser violent.

— Vous êtes un imbécile, Votre Grâce, dit-elle avant de ravager à nouveau sa bouche, le meurtrissant par sa possessivité.

Il avait à peine eu le temps de lui rendre son baiser qu'elle l'avait lâché. Godric plaça une main tremblante sur sa bouche, sursautant quand il sentit ses lèvres gonflées et meurtries.

— J'apprends votre façon d'embrasser, dit Émily en lui adressant un sourire coquin.

Le baiser avait réussi à lui redonner vie.

Godric se redressa lentement de ses genoux et vint la rejoindre sur le canapé. Il se pencha en avant pour l'embrasser. Émily s'attendait à ce qu'il lui rende ce mélange des bouches qu'elle lui avait donné, repayant sa fougue d'une fougue égale.

Mais cela n'arriva pas.

❧

AU DÉBUT, GODRIC L'EMBRASSA DOUCEMENT, PRESSANT À peine ses lèvres sur celles d'Émily. C'était un baiser parfait. Puis il l'approfondit, glissant la langue entre ses lèvres avec une tendresse infinie alors que leurs bouches se lançaient dans cette danse lente et ancienne. Ses émotions se déversèrent dans ce baiser. Godric voulait lui dire tout ce qu'il ressentait : le soulagement, la joie, la culpabilité, la passion, l'inquiétude.

Émily Parr devait être une sorte d'ange. Une simple mortelle n'aurait jamais pu pardonner de tels péchés à un homme. Il avait abusé de sa confiance et l'avait prise contre le mur comme un barbare. Il avait menacé de la rendre à son oncle afin qu'elle devienne prisonnière d'un mariage malheureux à un homme qu'elle méprisait. Il l'avait tant terrifiée qu'elle avait perdu connaissance et était restée inconsciente pendant deux jours.

Sentez-moi, ma chère ! Sentez-moi. Sachez que je vous aime. Cette fois-ci, quand les mots lui vinrent brusquement à l'esprit, il les accueillit. Ce devait être de l'amour. Rien ne blesse une âme comme de faire du mal à la personne qu'on aime. Il avait envie de prononcer ces mots, mais ils sonnaient faux, puisqu'il n'avait rien fait pour les prouver. Non. Il ne lui dirait pas qu'il l'aimait tant qu'il ne pourrait pas le démontrer. Il était trop saoul et il aurait été incapable de prononcer les paroles qu'elle méritait. *Je suis vraiment un imbécile.*

Quand leurs lèvres s'écartèrent, les yeux d'Émily étaient toujours fermés. Godric fit courir son index sur la courbe mutine de son nez et elle ouvrit les paupières pour le regarder.

— Laissez-moi vous ramener à l'étage pour vous reposer.

Il se leva et prit Émily dans ses bras, se rendant alors compte qu'elle était nue sous la robe de chambre. Il faillit éclater de rire.

— Vous ne portez rien d'autre ?

Émily rougit, ce qui le soulagea. Son visage avait été trop pâle.

— Après tout ce que je vous ai fait, vous continuez à me récompenser, taquina-t-il en admirant la façon dont le velours moulait ses courbes.

Émily feignit de froncer les sourcils et il afficha un large sourire, pressant son front contre le sien, plongeant dans ses yeux violets.

— Allez-vous me promettre de ne plus jamais vous enfuir ?

— Je ne me suis pas enfuie. Je vous sauvais la vie, et vous n'êtes toujours pas en sécurité. Il faut que nous parlions...

— Très bien, ma chère. Quand vous vous sentirez mieux, nous parlerons.

Il l'embrassa sur la joue et ouvrit la porte de l'étude.

Charles, Cédric et Simkins étaient tous agglutinés à la porte, leurs visages pressés contre l'encadrement, clairement en train de les espionner.

Des trois, Simkins fut le seul à maintenir sa dignité.

— Nous surveillions le couloir pour votre sécurité, Votre Grâce, déclara-t-il.

— Ma sécurité ? Je suppose que ces tapis ont l'air particulièrement suspects, Simkins. Une meilleure idée serait de surveiller les tableaux et les statues. Ils travaillent peut-être pour nos ennemis, dit Godric en dissimulant un sourire. À présent, si vous voulez bien nous excuser. Je dois ramener Émily au lit pour qu'elle se repose.

Les trois hommes le regardèrent partir, se demandant ce qui avait réussi à calmer la tempête de sa colère légendaire.

Une fois à l'étage, Godric déposa Émily sur son lit et voulut aller s'installer vers le fauteuil vide à côté. Émily lui saisit le bras, le gardant près d'elle.

— Restez.

Elle tapota le lit de sa main libre. Godric s'assit sur le bord du matelas, se pencha, retira ses bottes et se tourna pour la rejoindre tandis qu'elle se blottissait profondément sous les couvertures.

Godric lui tourna le visage vers lui.

— Émily, à propos de ce qui s'est passé à l'auberge...

— Oui ?

— Cela n'aurait jamais dû arriver. Cela ne se reproduira plus.

Il effleura ses lèvres avec les siennes.

— Ne promettez rien. C'était au-delà de tout ce que j'ai pu vivre auparavant. Bien sûr, sur le moment, j'ai cru que vous m'aviez pardonné et que je vous avais terriblement manquée.

— Vous pardonner ? Émily, je n'ai pas été tendre avec vous. Pourquoi ne me détestez-vous pas ?

Une confusion apeurée obscurcissait son regard.

— Je ne pourrai jamais vous détester. Godric, je vous aime ! Je ne vous l'ai pas suffisamment répété pour que vous me croyiez ? Quant à votre brusquerie... j'ai trouvé cela assez plaisant. Maintenant, restez. Dormez avec moi.

Sa voix était un ordre.

— D'après ce que m'a raconté Cédric, vous n'avez pas connu un instant de repos.

Godric aurait voulu crier, rire. Si c'était toute l'étendue de sa colère, elle était vraiment un ange. Il la prit dans ses bras, enfonçant son visage contre son cou, embrassant la zone sensible juste derrière son oreille jusqu'à ce que sa respiration s'accélère.

— Je ne vous mérite pas, ma chère.

— En effet, mais heureusement pour vous, j'ai apparemment développé une attirance pour les rebelles.

Elle fit courir ses doigts à travers ses cheveux, lui titillant la nuque.

— Les rebelles ? demanda-t-il en pressant la langue contre son cou, lui tirant un petit gémissement. Voulez-vous dire qu'il y en a plus d'un ?

— J'ai vécu sous le même toit que cinq d'entre vous. Disons simplement que j'ai trouvé votre petite ligue tout à fait...

Quand il lui suçota la peau, elle s'interrompit et s'embrasa.

— Oui ? l'encouragea-t-il.

— De quoi parlions-nous ?

Il glissa une main sous le haut de sa robe de chambre et lui saisit le sein, caressant le mamelon rose qui durcit sous ses doigts.

— Je crois que nous parlions de dormir, murmura-t-il contre ses lèvres avant de glisser sa langue dans sa bouche, à peine capable de penser clairement.

— Dormir ?

— De dormir... oui...

Il s'était à peine autorisé à se reposer et encore moins à dormir au cours des deux jours qui venaient de s'écouler. Mais à présent, la fatigue commençait à le rattraper. Sentant son corps se détendre, Godric prit une lente inspiration profonde tandis que son cœur et son âme respiraient, dansaient et se réjouissaient. Émily était revenue là où était sa place : avec lui. Il pouvait baisser la garde. Elle était en sécurité.

— Émily, murmura-t-il contre son cou.

— Oui ?

— Je ne suis pas comme mon père. J'ai son tempérament, mais je ne suis pas comme lui.

— Godric, quand vous étiez en colère, vous m'avez fait l'amour. Cela vous différencie de votre père.

Les yeux pétillants, elle fit courir un index le long de sa chemise ouverte, frôlant sa poitrine nue. Godric grogna, se disant qu'il aurait aimé que ce doigt poursuive sa descente.

— Et si nous parlions de Jonathan ?

— Mon frère ? J'ai eu envie de le tuer. Je n'ai pas pu, geignit-il. C'est un Saint-Laurent.

Luttant contre le désir qu'il ressentait pour Émily, Godric perdit l'usage de la parole. Elle avait besoin de se reposer, pas de faire l'amour.

— Il vous ressemble beaucoup.

— Ah oui ? Comment cela ?

La main de Godric fit le tour de son corps, lui caressant le dos sous la robe de chambre en velours.

— C'est un rebelle têtu aux yeux verts qui suppose que toutes les femmes le désirent en secret et n'attendent que de s'en laisser convaincre.

Elle pouffa et se contorsionna pour s'allonger sur le dos.

Un sourire lui échappa et il se pencha à nouveau en avant pour embrasser Émily.

— Vous avez raison, ce diable me ressemble.

— Vous devez vous reposer.

— Vous aussi, ma chère.

Il l'installa plus profondément dans son étreinte.

Ils restèrent tous deux silencieux pendant un long moment puis Godric inspira profondément.

— Promettez-moi d'être là quand je me réveillerai, demanda-t-il en écartant une mèche de son visage. Je n'en doute pas, mais j'ai besoin de l'entendre.

Émily le regarda d'un air somnolent, plissant adorablement le front.

— Je vous promets d'être là. Godric, je suis tellement désolée d'être partie. Je ne m'imagine pas la douleur que cela a dû vous causer.

Elle fit courir un doigt le long de sa mâchoire, traçant les contours de son visage.

Il se recula et fit courir une main sur ses yeux pour tenter d'effacer les souvenirs.

— Je ne pouvais pas penser, pas respirer. J'ai cru que j'allais mourir, Émily. Seigneur, vous ne savez pas ce que c'est !

Ses yeux étaient ceux d'un garçon qui avait subi des années d'abus.

— J'ai juré qu'après mon père, personne n'aurait plus jamais le pouvoir de me faire du mal.

— Quand je me suis rendu compte que je devais partir... Je suis remontée dans ma chambre et je me suis effondrée.

Émily lutta pour reprendre le contrôle de sa voix.

— Ma seule envie était de retourner dans la salle à manger et dans vos bras, mais je devais vous protéger. Je ferais n'importe quoi pour vous protéger.

Elle se haussa pour déposer un baiser sur le front de son amant avant de se rallonger, posant la tête sur sa poitrine.

— Je serai ici demain matin. Je vous le promets.

Le soulagement remplit les poumons d'Essex. Elle était son monde, son tout.

— Bonne nuit, Godric, dit Émily d'une petite voix ensommeillée.

L'intimité de ce moment était parfaite. La vie pouvait bien tout lui dérober, mais tant qu'il avait Émily, il survivrait.

— Bonne nuit, ma chère.

Il s'endormit avec ses lèvres pressées contre les cheveux de sa maîtresse. La culpabilité persistait, mais Émily – angélique et aimante – avait annihilé une bonne partie de sa haine de soi.

Comment avait-il vécu sans elle durant toutes ces années ?

17

Ashton se réveilla le lendemain matin avec un horrible torticolis. Il s'était endormi sur une chaise devant la porte de Godric. Il bâilla et frotta sa nuque contractée. Quelle nuit !

Osant un coup d'œil à l'intérieur de la chambre de Godric, il trouva son ami et Émily enlacés comme s'ils ne se quitteraient plus jamais.

Il ferma la porte et retourna à sa chaise. *Godric, vous allez l'épouser. Il n'y a pas d'autre moyen de la protéger et de conserver votre santé mentale.*

Personne n'était venu le réveiller pour relever la garde comme prévu. Loin de l'irriter, cela le fit sourire.

Il était bien étrange qu'un enlèvement motivé par la fierté blessée de Godric finisse ainsi : son ami était éperdu d'une jeune femme singulièrement unique qui était son égale sous tous les points !

Simkins monta les escaliers, chargé d'un plateau de thé, ce qui signifiait qu'il voulait probablement échanger quelques mots en privé avec Ashton sans que les autres serviteurs l'entendent.

— Souhaitez-vous une tasse de thé, Lord Lennox ? lui demanda le majordome.

— Oui, merci, dit-il en acceptant la tasse fumante qu'il lui tendait. Quelle heure est-il, Simkins ?

— Neuf heures viennent de sonner.

Ashton fit courir une main le long de son menton, là où une barbe de deux jours pâlichonne assombrissait déjà sa mâchoire.

— Neuf heures, dites-vous ? Seigneur... Nous avons fait la grasse matinée.

Il avala une gorgée de thé.

— Quelqu'un d'autre est-il éveillé ?

Simkins sourit.

— Non, Milord, vous êtes le premier. Toute la maison est épuisée par les événements de la veille. J'ai laissé le personnel dormir jusqu'à huit heures trente ce matin. J'espère que Sa Grâce n'y verra aucun inconvénient.

Ashton tourna la tête vers la porte close de la chambre à coucher.

— Je suis sûr que cela ne le dérangera pas. Il a d'autres préoccupations pour le moment.

Le majordome se fit sérieux.

— Puis-je... puis-je m'entretenir avec vous, Milord ? J'aurais une faveur à vous demander.

— Dites-moi, répondit Ashton sans hésiter.

— Les derniers jours ont été mouvementés. Sa Grâce a enduré beaucoup de choses, poursuivit Simkins d'un ton égal. Il aurait besoin de stabilité.

— De stabilité ?

Ashton avala une autre gorgée. Le liquide chaud était agréable.

— Je suppose que vous avez une suggestion ?

— J'espère... Non, je souhaiterais que vous suggériez à Sa Grâce d'agir en gentleman avec Miss Parr et de lui demander sa main. Il ne serait pas convenable de ma part d'émettre une telle suggestion.

— Parce que vous avez dû donner votre démission après l'histoire du pistolet ?

— Oh, non, Milord. Sa Grâce m'a interdit de quitter son

personnel tant que je n'aurais pas remboursé le vase que j'ai cassé. Puis il a tellement continué à boire qu'il a oublié que je lui avais donné ma démission. Non, même si j'ai fait mon possible pour combler les besoins de Sa Grâce durant son enfance, j'ai bien peur que pour les questions de cœur, je n'aie pas été à la hauteur. Vous êtes la personne idéale.

Ashton reposa la tasse.

— Laissez-moi vous demander quelque chose, Simkins. Pourquoi pensez-*vous* qu'il devrait l'épouser ?

Simkins se tenait droit, la posture régale, tenant toujours le plateau.

— Je n'ai jamais vu Sa Grâce se soucier autant de quelqu'un de toute sa vie, sauf peut-être de vous et vos amis. Mais c'est un amour qu'il connaît et maîtrise. De la camaraderie, si vous voulez. Avec Miss Parr, il est possible qu'il ne conçoive pas que ses passions soient alimentées par une aspiration plus profonde. Vous pouvez l'aider à le comprendre.

Les paroles du majordome, le poids de l'importance qu'il accordait à ses fonctions auprès de Godric et de la famille Saint-Laurent, émurent profondément Ashton.

— Rassurez-vous, Simkins. Je suis tout à fait d'accord avec vous. Je parlerai aux autres et nous aborderons la question avec lui.

— Merci, Milord. Cela me réconforte de savoir qu'il a bien choisi ses amis.

Simkins inclina la tête et se retira dans les escaliers avec son plateau de thé.

Ashton finit sa boisson dans le silence tranquille du couloir vide, considérant leur second problème. La menace que représentait Blankenship occupait toujours ses pensées. Il n'était pas sage de demeurer au domaine de Godric si Blankenship prévoyait d'enlever Émily.

L'homme était plus téméraire qu'Ashton l'avait cru. Il avait engagé des malfrats pour attaquer le domaine du duc ? Il était possible qu'il bluffe, mais ce scélérat était capable de pratiquement n'importe quoi. Il avait détruit plus d'un rival en toute légalité, par le biais de désastres financiers. Cela dit, c'étaient là des questions l'argent. À présent qu'une femme était impliquée, Ashton entretenait la crainte que Blankenship ait recours à des mesures plus radicales. Si c'était le cas, il ne fallait pas le sous-estimer.

La meilleure solution était peut-être de procéder à un tour de passe-passe en emmenant Émily à Londres. Ils pourraient la déplacer de résidence en résidence, puisque les membres de la Ligue en possédaient plusieurs. Il serait impossible pour Blankenship de la retrouver.

Entre-temps, ils devraient convaincre Godric qu'il ferait mieux d'épouser Émily. Ainsi, Blankenship n'aurait plus aucun droit sur elle. La jeune femme serait infiniment plus en sécurité et cet enlèvement scandaleux deviendrait une escapade romantique aux yeux de la bonne société. Une porte s'ouvrit dans le couloir et un Cédric aux yeux bouffis en sortit, la chemise et la culotte froissées comme s'il avait dormi dedans. Il bâilla puis aperçut Ashton.

— Comment se passe le tour de garde ?

Ashton ricana.

— C'est intolérablement morne. Je m'étais attendu à beaucoup plus d'animation, mais les amoureux n'ont pas bougé d'un pouce. Cela dit, Godric se repose enfin.

Cédric poussa un profond soupir.

— Dieu merci !

— Cédric, vos sœurs se trouvent-elles à votre résidence de Londres ?

— Oui, elles y sont depuis deux semaines, dit Cédric avant de dévisager Ashton. Pourquoi ?

— Cela vous ennuierait-il si nous emmenions Émily à Londres pour la dissimuler chez vous ? La présence de vos sœurs ferait diversion si les hommes de Blankenship passaient faire un tour.

Les yeux bruns de Cédric se rétrécirent.

— Me demandez-vous d'utiliser mes sœurs comme appât ?

Ashton leva les mains.

— Non ! Mais je pense que Blankenship ne s'attend pas à ce que nous emmenions Émily à Londres. Là-bas, elle pourrait passer inaperçue. Pendant ce temps, nous nous répartirons les autres résidences de Londres pour que les hommes de Blankenship se dispersent le temps que...

Ashton s'interrompit, hésitant à révéler l'étendue de son projet.

— Le temps que quoi... ?

— Le temps qu'on arrive à persuader Godric d'épouser Émily.

Ils restèrent tous les deux silencieux pendant un long moment.

— Vous pensez qu'il le fera ?

— Je crois que c'est inévitable. Il l'aime terriblement. Elle l'aime. Il n'y a pas d'autre solution.

Cédric fronça les sourcils.

— Il a toujours soutenu que le mariage était une sottise. Et s'il n'était pas d'accord ?

Ashton pointa le menton.

— Alors c'est un idiot, mais Émily doit être protégée. Si Godric ne l'épouse pas, je le ferai. Elle sera libre de vivre et d'aimer comme elle le veut, et moi aussi. Ce n'est pas un arrangement hors du commun, tant que les deux parties restent discrètes. Cela étant, elle a besoin de la protection du mariage.

Il n'oublierait jamais la cupidité dans les yeux de Blankenship, la froideur monstrueuse qui s'était emparée de lui quand il avait parcouru toutes les pièces pour retrouver la jeune fille.

— Sans quoi, Blankenship la traquera jusqu'au jour de sa mort.

— Vous pouvez ajouter mon nom à la liste des prétendants au mariage. Nous pouvons la laisser choisir entre nous deux si Godric refuse.

Cela surprit Ashton. Il se croyait être le seul disposé à envisager le mariage avec Émily, mais apparemment, il s'était trompé.

— Et Anne Chessley ? Si Émily vous choisit, vous ne pourriez pas faire d'Anne votre maîtresse après avoir épousé son amie.

Le visage de Cédric afficha un tel désespoir qu'Ashton posa son verre et se redressa, inquiet.

— Peut-être pas, mais j'oublierais Anne si Émily me choisissait. J'ai une dette envers elle, pour mon implication dans cette affaire. Je ferai tout ce qui est en mon pouvoir pour la protéger.

— Espérons qu'Émily n'ait pas besoin de choisir qui que ce soit d'autre que Godric.

DISSIMULÉ DERRIÈRE LA PORTE, CELUI-CI ENTENDAIT TOUT CE qu'ils se disaient. Il aurait été ravi de laisser Émily demeurer blottie contre lui, mais au son de la voix de Simkins, il s'était forcé à se lever. Il s'arrêta à la porte et absorba la conversation entre son majordome et ses amis, ému par leurs avis et touché par la sincérité de leurs souhaits.

Cependant, ils n'avaient nul besoin de se porter volontaires. Godric avait décidé la nuit dernière qu'il épouserait Émily. Dès leur arrivée à Londres, il commencerait immédiatement à planifier leur mariage. Cela dit, afin de garantir la sécurité d'Émily, la cérémonie devrait avoir lieu rapidement.

Avec un sourire excité, il se passa de l'eau sur le visage avant de se changer pour le petit-déjeuner.

Il ajustait sa cravate devant le miroir quand Émily s'éveilla. Il retourna vers le lit, se pencha et l'embrassa sur le front.

— Restez couchée encore un moment, ma chère. Je vais simplement descendre pour le petit-déjeuner.

Elle soupira, se glissa sous les couvertures et se rendormit.

Il passa un long moment tout au plaisir de la contempler. Bientôt, ils passeraient leur existence ensemble et pour la première fois de sa vie, il avait hâte de ne connaître qu'une seule femme jusqu'à ce que la mort les sépare.

Et il se disait aussi que si Albert Parr n'avait pas été aussi immoral, il n'aurait jamais rencontré Émily et ne l'aurait jamais connue de la sorte.

Pris d'une impulsion irrésistible, il se pencha pour déposer un baiser sur les lèvres de la jeune femme. Il la sentit ouvrir la bouche pour lui, toujours endormie, et il savoura cette douceur. Une éternité ne serait pas assez longue. Il la désirerait toujours, corps et âme.

⁂

CE MATIN-LÀ, LA LIGUE DES REBELLES S'ÉTAIT RÉUNIE DANS LA salle à manger afin de discuter de leur voyage à Londres pendant qu'Émily dormait.

Godric sirotait son café.

— Une fois qu'on sera à Londres…

Il marqua une pause, se délectant du regard tendu de ses compagnons.

—… j'ai décidé qu'Émily et moi nous marierons.

La salle à manger resta silencieuse pendant plusieurs secondes avant qu'Ashton et Cédric ne poussent un soupir de soulagement évident.

— J'avais craint de devoir faire des pieds et des mains pour vous convaincre de l'épouser. Je serai heureux de m'occuper de votre contrat de mariage.

Godric hocha la tête.

— Oui. Assurez-vous que nous ayons tout le nécessaire pour organiser une cérémonie rapide.

Il se tourna vers le marquis.

— Lucien, votre tâche est de mener Blankenship vers une fausse piste, de peur qu'il ne tente d'interférer.

Lucien sourit et Charles s'avança sur son siège.

— Et moi ?

— Vous ferez équipe avec Cédric pour protéger Émily. Ne la quittez pas si l'autre n'est pas avec elle.

Charles s'était toujours considéré comme un chevalier protecteur et le temps était venu de jouer ce rôle.

Cédric jeta une croûte à Pénélope qui était assise à ses talons et remuait la queue.

— Vous savez, Godric, vous pourriez simplement emmener

Émily à Gretna Green. Cela vous éviterait une confrontation avec Parr. On ne sait jamais ; il risquerait d'avertir Blankenship de vos projets.

Godric fronça les sourcils. Ce n'était pas le mariage qu'elle méritait. Il ne voulait pas que sa future duchesse soit entachée d'autres scandales. Non. Il irait parler à Parr et forcerait cet homme à l'accompagner à l'église pour la cérémonie du mariage. Attaché et bâillonné si nécessaire.

— Je suis le duc d'Essex et je ne vais pas m'enfuir avec la queue entre les jambes. Nous nous efforcerons d'éviter Blankenship, et si on ne peut pas, on lui réglera son sort.

Ils hochèrent tous la tête.

— Ashton, pouvez-vous organiser la cérémonie à Saint-Georges, à Hanover Square ?

L'endroit faisait la fureur du Tout-Londres. C'était une belle église, bien connue pour son impressionnant portique avant soutenu par six hautes colonnes corinthiennes et surmonté par une tour. En prime, elle était assez proche des différentes résidences de la Ligue pour que le trajet ne soit pas risqué.

Ashton afficha un large sourire.

— Je suppose. J'ai un peu d'influence sur l'évêque. Il me doit une faveur depuis cet incident de l'année dernière, à la Saint-Michel... vous savez.

Connaissant l'embrouille dans laquelle l'évêque s'était fourré, les hommes rirent avec lui.

— Quand prévoyez-vous d'en parler à Émily ? demanda Lucien.

— Pas avant que tout soit prêt et qu'elle soit en sécurité dans l'hôtel particulier de Cédric. Je veux qu'elle soit à l'aise et se sente en sécurité quand je lui ferai ma demande. Elle en a trop subi ces derniers jours et une demande en mariage précipitée ne l'enchantera pas.

Soudain, la porte de la salle à manger s'ouvrit et Jonathan entra. Une hésitation maladroite ralentissait son pas. Il n'avait encore jamais osé s'imposer à Godric ou aux autres.

Ce dernier le considéra en silence, curieux de voir ce qu'il allait faire.

Jonathan s'éclaircit la gorge :

— Je sais que nous n'avons pas discuté de notre nouvelle situation... en tant que... frères, Votre Grâce, mais...

— Puisque vous êtes mon frère, vous pouvez cesser de me donner du Votre Grâce. Et que voulez-vous ?

— Je souhaite vous accompagner à Londres et vous aider à protéger Émily.

Les frères nouvellement découverts s'observèrent mutuellement pendant un moment, puis Godric dit :

— Très bien. Elle deviendra bientôt votre belle-sœur. Vous avez le droit d'avoir votre mot à dire dans toute cette affaire. Vous accompagnerez Cédric et Charles. Trois hommes vaudront mieux que deux pour protéger Émily.

Godric ne sourit pas, mais son ton était calme et acceptant. Si Émily pouvait lui pardonner, alors il pouvait pardonner aussi à son frère.

Jonathan était visiblement plus détendu. Il s'était de toute évidence attendu à une certaine résistance.

— Asseyez-vous et mangez.

Godric désigna le délicieux petit-déjeuner sur le buffet.

Jonathan rougit, mais il remplit courageusement une assiette et prit place à côté d'Ashton, qui lui sourit et lui adressa un chaleureux salut du menton.

— Savez-vous manier un pistolet, Jonathan ? demanda Charles.

— Plutôt une carabine, mais oui.

Jonathan avala une bouchée de pain grillé tartiné de confiture.

— Excellent. Nous allons faire une belle équipe, tous les trois, dit Cédric.

— À quelle heure devons-nous partir ? demanda Jonathan.

— D'ici midi, nous l'espérons. Émily a besoin d'autant de repos que nous pouvons lui donner. Le trajet en calèche sera déjà assez désagréable, vu la gravité de sa maladie.

— Eh bien, je suppose que le reste d'entre nous devra être prêts à partir.

Ashton se redressa de sa chaise avec dans la voix la suggestion douce, mais ferme que les autres le suivent.

Ils laissèrent Godric et Jonathan seuls. Voilà pourquoi il aimait ses amis. Ils avaient suivi son jugement et accepté Jonathan. Ils l'avaient toujours bien traité avant – après tout, le valet d'un homme était sacré –, mais à présent, il était l'un d'eux.

— Avez-vous assez mangé ? demanda Godric au bout de quelques minutes.

Jonathan coula un regard à son assiette vide et hocha la tête.

— Bien. Rejoignez-moi dans mon étude ?

L'étude de Godric était encore quelque peu désordonnée après l'exil qu'il s'était imposé. Simkins avait toutefois ôté le verre brisé et les plateaux de nourriture non touchés, et avait remis en place tous les livres que dans sa rage, le duc avait fait basculer des étagères. Celui-ci s'assit et fit signe à Jonathan de faire de même. L'ancien valet se cala sur l'une des chaises placées en face du bureau de Godric.

— Il y a des questions à régler entre nous.

Godric se pencha en avant de quelques centimètres.

— Je veux que vous retiriez vos affaires de vos quartiers une fois que cette affaire avec Émily sera réglée.

Les yeux de Jonathan se posèrent à terre.

— Je comprends, Votre Grâce. Je vous ai fait subir ma colère et j'ai mis Miss Parr en danger. Cependant, je voudrais présenter mes excuses à la jeune dame avant de partir.

Godric fut surpris de voir à quel point il avait été aveugle, ne se doutant jamais un instant qu'ils aient le même père. Cela le fit se demander ce qu'il avait raté d'autre simplement parce qu'il n'avait pas prêté attention.

— Jonathan, je ne vous force pas à quitter le manoir. Je voulais seulement que vous choisissiez une chambre à l'étage supérieur, une chambre plus adaptée à votre nouveau statut dans cette demeure.

— Mon nouveau statut ?

— Oui. Nous sommes frères, par le sang et par la loi. Si vous pensez que je vais vous jeter sur le bord de la route, vous vous trompez. À moins que vous ne souhaitiez partir, bien sûr ; je n'insisterais pas pour que vous restiez. Mais j'aimerais que vous le fassiez.

Le visage de Jonathan s'empourpra.

— Cela ne vous dérange pas que je reste ici, Votre Grâce ?

— J'ai toujours détesté être fils unique. Nous sommes frères et c'est tout ce qui compte pour moi. Même dans ma colère, je doute que j'aie été capable de vous tuer une fois que Simkins m'en a informé. J'aurais éventuellement pu vous étrangler un peu.

— Votre Grâce.

Jonathan baissa à nouveau les yeux.

— Je ne veux pas rendre les choses plus inconfortables entre nous, Votre... Godric. Mais comment allons-nous faire ? Je suis votre valet depuis près de six ans et un serviteur depuis ma naissance. Que va-t-il se passer maintenant ?

— Prenez du bon temps. Vous avez étudié presque autant que moi. Vous connaissez les bonnes manières ; il est simplement temps de les employer. Vous n'aurez qu'à garder la tête droite, ne pas regarder vos pieds et porter des vêtements différents... Oh, et apprendre à danser, bien sûr. Je songe à vous conférer un des domaines non héréditaires de Père. Je vais le mettre en fiducie. Il sera facile à gérer. Quand vous serez prêt à vous poser et à vous marier, je vous le céderai.

Jonathan cligna des paupières, ouvrant des yeux grands comme des soucoupes.

— Mon propre domaine ?

— C'est votre dû en tant que puîné. Et je pense que vous avez travaillé assez dur pour le mériter.

Les yeux de Jonathan commencèrent à luire, ce qui mit Godric mal à l'aise.

— Bon sang, Jon, souriez donc ! Pas besoin de vous transformer en madeleine, dit-il, espérant raviver la bonne humeur de son frère.

Jonathan se passa une paume sur les yeux, cligna rapidement des paupières et hocha la tête.

— Quand j'étais enfant, je vous enviais, Godric, mais Simkins m'a parlé de ce qu'était la vie pour vous. J'étais en sécurité aux bons soins de ma mère, et Simkins ne m'a jamais laissé oublier ce que vous avez enduré. Je pense qu'il l'a fait pour m'éviter d'être jaloux.

Les yeux de Godric s'obscurcirent tandis qu'ils se braquaient sur un point du mur. Il pouvait encore entendre son père dire : *« J'ai besoin d'une raison pour battre un serviteur, mais pas pour battre mon propre fils »*. Il n'y avait qu'un seul bâtard dans leur famille, et ce n'était assurément pas Jonathan.

— Je suppose que ce que j'essaye de dire est que j'aurais pu partager la douleur. Je n'aime pas savoir que vous avez subi tout cela tout seul.

Godric se cala de nouveau contre le dossier de sa chaise et commença à sourire, à vraiment sourire.

— Auriez-vous envie de vous joindre à moi et aux autres lords une fois par mois à Berkley, notre club de Londres ?

— Cela ne vous dérangerait pas ?

Jonathan s'y était rendu plusieurs fois en tant que valet, mais pas en tant que membre.

— Ils vous ont toujours apprécié, et les liens du sang sont les plus forts. Je veux que vous rejoigniez notre ligue. Qu'en dites-vous ?

— Absolument.

❧

Émily s'accrocha au bras de Godric, prise de nervosité en pénétrant dans l'hôtel particulier de Cédric. Ses sœurs, Miss Sheridan et Miss Audrey, étaient à l'intérieur. C'était étrange, mais elle voulait faire bonne impression.

Cédric aperçut ses sœurs.

— Vous voilà ! Venez rencontrer Émily.

L'aînée, Horatia, était plus grande, avec des traits plus classiques, un cou élancé et des pommettes saillantes qui évoquèrent à Émily un cygne. Bien que plus petite, Audrey était tout aussi jolie, le visage plus rond et plus enfantin, sans que cela dissimule l'intelligence qui pétillait dans ses prunelles.

— Émily, voici ma sœur Horatia. Horatia, voici Miss Émily Parr. Et voici Audrey.

Cédric plaça un index sous le menton de sa petite sœur.

Horatia arbora un sourire chaleureux.

— Ravie de vous rencontrer, Miss Parr.

Émily lâcha le bras de Godric et lui rendit son sourire.

— Je vous en prie, appelez-moi Émily.

— Alors, vous devez m'appeler Horatia.

— Vous avez une demeure magnifique, Horatia.

Émily observa les immenses sols en marbre et les meubles à dorure du vestibule.

— Oh, Horatia, permettez-moi de vous présenter mon demi-frère, Jonathan Saint-Laurent.

Godric poussa Jonathan en avant pour qu'il s'incline durant les présentations.

— Vous plaisantez. Nous connaissons toutes les deux votre valet, Mr Helprin. Honte à vous de faire une aussi mauvaise plaisanterie, Votre Grâce, dit Horatia en s'agitant nerveusement.

— C'est une histoire longue et sordide, Miss Sheridan, mais je vous assure qu'elle est vraie. Il est mon frère.

— C'est un plaisir, Miss Sheridan.

Jonathan se pencha vers la main que lui offrait Horatia et lui effleura les doigts du bout des lèvres. Elle rougit.

À côté de Jonathan, Lucien plissa les paupières. Émily regarda successivement Lucien et Horatia. Décelait-elle une étincelle de jalousie ?

Quand Cédric suggéra qu'ils se rendent au salon, Horatia abattit un regard noir sur son frère.

— Cédric, vous et les autres gentlemen devez d'abord vous rafraîchir. La moitié d'entre vous sent le cheval.

— Cette odeur ne vous a jamais rebutée auparavant, dit Cédric.

Horatia haussa un sourcil.

— Vous n'aviez jamais amené autant d'invités. On dirait qu'on se trouve dans une écurie. Émily peut rester. Elle a clairement fait le voyage en calèche.

Émily s'amusa de voir voler des étincelles entre le frère et la sœur, mais Ashton finit par s'immiscer.

— Elle a raison, Cédric. Nous avons chevauché trop longtemps aujourd'hui pour soumettre ces dames aux senteurs de la campagne.

— Comme si Londres sentait la rose ! grommela Cédric avant de précéder les autres à l'étage.

Les femmes se dirigèrent vers le salon, demeurant à l'écart des hommes pendant un petit moment.

Audrey et Horatia s'assirent de part et d'autre d'Émily sur le canapé et l'assaillirent de questions. Elles ne mirent pas longtemps à tirer d'elle toute la vérité quant à son enlèvement. Elles furent même mises au courant des relations intimes entre elle et Godric.

Une rougeur ravissante s'empara des joues d'Audrey quand elle lui demanda timidement :

— Est-il vrai que Godric... vous a compromise ?

Apparemment, la portée de leurs commérages excédait celle de la rubrique de Madame Société, mais elles jurèrent de garder le silence.

Audrey inspira profondément.

— Comment était-ce ?

Horatia pinça le bras de sa sœur.

— Audrey !

Celle-ci plissa le nez.

— C'est une question valide. Cédric ne nous dit jamais rien. Nous devons bien l'apprendre de quelqu'un.

Émily rougit, mais décida d'être sincère avec elles.

— C'est difficile à décrire. C'est terrifiant au début, comme si vous étiez sur le point de mourir, même si ce n'est pas le cas. Je ne pense pas que j'aurais été capable de le faire avec tout autre homme que Godric. Vous devez faire confiance à l'homme avec lequel vous êtes. Sinon, je ne pense pas que vous puissiez vous sentir assez en sécurité pour...

Émily ne termina pas sa phrase.

— Mourir ? demanda Horatia dans un souffle.

— Oui. Allons, je ne devrais vraiment pas parler de ce genre de choses. Cela me fait passer pour une fille légère.

Audrey engagea la conversation sur un terrain plus sûr.

— Alors, vous allez rester ici avec nous ?

— Je le crois, oui. Ces satanés messieurs gardent leurs plans secrets, même Jonathan. Ils m'ont à peine adressé la parole durant le voyage en calèche, et ils m'ont forcée à laisser Pénélope.

— La chienne que Cédric vous a achetée ?

Le sourire d'Émily s'estompa.

— Oui, la pauvre petite. Elle a aboyé et mordu Jonathan quand ils l'ont emmenée. J'espère pouvoir la retrouver bientôt. Simkins doit avoir bien du mal à tenir les tapis propres.

Horatia se pencha en avant et posa une main mince et élégante sur celle d'Émily.

— Allons, ne vous inquiétez pas. Nous avons beaucoup d'animaux qui courent partout. Il y a deux vieux chats qui se cachent quelque part à l'étage. Mitaines et Manchon, pouffa-t-elle.

— Mitaines et Manchon ?

Horatia afficha un sourire involontaire.

— C'est le nom qu'Audrey leur avait donné. Elle n'avait que dix ans quand elle les a reçus en cadeau de Noël. Cédric lui avait offert de nouvelles mitaines et un manchon, alors elle a tout naturellement donné le même nom aux chats.

Audrey pointa le menton.

— J'étais enfant, Horatia ! Vous me faites paraître si insipide !

Émily tapota la main d'Audrey.

— Je trouve ces noms charmants.

Horatia afficha un large sourire.

— Pendant que vous serez ici, nous vous divertirons tellement que vous n'aurez pas le temps de songer à Pénélope.

Quelque part, Émily n'en doutait pas.

LES GENTLEMEN, VÊTUS DE PROPRE ET BEAUCOUP PLUS sociables, envahirent le salon peu après que les femmes eurent fini de parler. Même Jonathan, bien qu'assez timide en société, paraissait s'amuser alors que Charles et lui conversaient avec Audrey.

Seules deux personnes semblaient troublées : Lucien et, curieusement, Horatia. Celui-ci se tenait dans le coin de la pièce près de Cédric et d'Ashton, mais son regard ne cessait de revenir vers Horatia, qui faisait de son mieux pour l'ignorer.

Au début, Émily avait supposé que Lucien portait un intérêt amoureux à Horatia, mais les regards froids et impérieux du jeune homme provoquaient chez l'intéressée des rougeurs timides. Il s'était passé quelque chose entre eux, et Émily ne s'imaginait pas quoi. Avant qu'elle ne puisse y réfléchir davantage, Godric s'approcha d'elle par-derrière.

— Puis-je vous parler en privé ? lui chuchota-t-il à l'oreille.

Il la guida en posant une main sur le bas de son dos et ils se glissèrent tous les deux hors de la pièce sans se faire voir. Godric l'entraîna vers un salon à quelques portes de là.

— Émily, nous nous marierons demain.

Il lui avait annoncé la chose sans même un préambule romantique, comme si c'était un contrat qui ne nécessitait plus qu'une poignée de main. Elle le regarda fixement. S'était-il vraiment attendu à ce qu'elle dise oui ? Elle l'aimait, mais elle n'allait pas accepter simplement parce qu'il l'avait décidé. C'était cette attitude particulièrement imposante et dominante qu'elle détestait, qu'elle vienne de son oncle, de Blankenship ou de Godric.

— Non.

— Fantas... Quoi ?

Il la saisit par les épaules, baissant la tête vers elle, sa présence plus dominatrice que jamais.

— Comment cela, non ?

— Non, je ne vous épouserai pas.

Du point de vue des sentiments, cela n'avait aucun sens, mais sa tête lui rappela qu'elle n'allait pas accepter simplement parce qu'il l'avait décidé. Elle avait besoin qu'on lui accorde l'opportunité de dire non.

— Mais vous m'aimez, Émily ? Que voulez-vous de plus ?

Émily inspira profondément.

— Godric, n'avez-vous rien appris sur moi depuis notre rencontre ? J'ai besoin de ma liberté, de la capacité de contrôler ma propre vie. Je ne peux pas accepter de vous épouser simplement parce que vous l'aurez décrété.

— Cela ne touche pas à votre liberté, mais à votre sécurité.

Émily détourna le regard.

— Je comprends que c'est ce que vous pensez, mais sachez que je n'ai pas à vous épouser. Je pourrais trouver un époux qui ignorerait le scandale que vous avez créé et qui me prendrait pour femme. Je préférerais épouser un chasseur de fortune désespéré plutôt que vous, si c'était la seule façon de pouvoir garder le contrôle de ma vie.

Prononcer ces mots lui fendait le cœur, mais elle était sincère. Il y avait quelque chose de terrifiant dans la perspective d'épouser un homme qu'elle aimait, sachant que ce n'était pas réciproque, simplement parce qu'il essayait de se montrer noble. Cela ne ferait qu'engendrer du mécontentement pour tous les deux. Elle ne le tolèrerait pas.

— Vous ne souhaitez vraiment pas m'épouser ?

Il eut un mouvement de recul comme si ses paroles l'avaient frappé telle une épée. Sa poigne se desserra et il laissa retomber ses mains, interrompant la connexion entre eux. La perte de son contact la glaça.

— Peu importe ce que je veux. Je veux vous épouser, vraiment, mais je ne le ferai pas au prix de ma liberté.

Godric se détourna d'elle, serrant les dents.

— Et vous pensez qu'un chasseur de fortune vous accordera cette liberté ?

— Vous me feriez vivre selon vos termes et comme vous l'entendez. L'homme que je choisirai devra accepter de me laisser vivre ma vie comme je l'entends après notre mariage. Que choisi-riez-vous ?

Derrière lui, Émily posa une main sur son épaule. Il sursauta et la repoussa avant de se retourner vers elle.

— Pourquoi me causez-vous cette immense douleur ? Pour-quoi ? demanda-t-il d'une voix épaissie par l'émotion, le regard furieux.

— Parce que.

La gorge d'Émily se contracta, la douleur de ses paroles la brûlant... Elles étaient pourtant vraies.

— Parce que vous vous lasseriez de moi et je ne peux pas supporter d'imaginer vous perdre un jour. Si je ne vous épouse pas, je ne pourrais jamais vous perdre.

— Mais vous devez m'épouser ! Vous n'êtes pas en sécurité si vous n'êtes pas liée à moi par le mariage.

Godric était passé de la rage à la négociation en seulement quelques secondes.

— Précisément. Vous avez seulement envie de m'épouser pour garantir ma sécurité. Vous êtes un vrai gentleman de toutes les façons qui comptent, Godric, mais je ne peux pas vous laisser vous lier à moi si cela nous rend malheureux à l'avenir.

— Nous serions heureux...

— Pour un temps, mais cela ne me suffit pas. J'ai besoin d'être aimée. Je pourrais tolérer d'être mariée à un homme qui ne m'aime pas si je ne l'aimais pas. Mais je vous aime et cela me briserait le cœur si vous ne m'aimiez pas en retour.

Émily était surprise d'avoir tenu le coup aussi courageuse-ment. Elle ne s'était pas effondrée de douleur.

— Émily... Je vous aime.

Elle ferma les yeux, souhaitant pouvoir vivre pour toujours dans le passé. Le perdre maintenant, même s'il ne lui avait jamais appartenu, risquait encore de la détruire.

— Vous pensez que vous m'aimez, mais ce n'est pas vrai. Je ne veux pas vivre ma vie dans cette illusion.

Ses paroles éveillèrent la colère de Godric

— Mon amour pour vous n'est pas une illusion !

Ses prunelles de jade s'écarquillaient et son côté sombre se fit entrevoir.

Émily recula et son pouls s'emballa.

— Je pense que nous devrions en discuter plus tard, quand vous serez moins contrarié.

— Contrarié ? Et quelle raison aurais-je d'être contrarié ?

La voix de Godric gagna brusquement en intensité.

— La femme que j'aime ne me croit pas et elle refuse de m'épouser !

Émily grimaça, espérant que les autres ne l'entendent pas crier.

— Écoutez-moi, Émily. Vous deviendrez ma femme ou celle de quelqu'un d'autre, mais vous allez vous marier. Cédric et Ashton ont tous les deux proposé de vous épouser. Est-ce ce que vous voulez ?

Il l'attrapa par les épaules et la força à se coller à lui.

Émily ne parvint plus à respirer ; le visage de Godric n'était qu'à quelques centimètres du sien.

— Vous parlez comme si j'étais un objet de troc. Je ne les épouserai pas non plus, m'entendez-vous ?

Elle essaya de s'écarter de lui. Elle avait beau l'aimer et brûler du désir de lui dire oui, son cœur ne le lui permettrait pas. Elle aurait pu survivre au reste de sa vie si elle était sa maîtresse, mais pas son épouse. Toutefois, elle ne pouvait pas risquer qu'il trahisse un jour leurs vœux ou pire, qu'ils en arrivent à une « entente cordiale », comme le faisaient beaucoup d'hommes dans sa position.

Godric captura son menton, forçant son visage vers le sien, et il poussa un long grognement.

— Émily, je suis las de...

Elle lui écrasa violemment la botte avec son pied.

— Je suis lasse de vous !

— Je vous ai juré de ne jamais vous laisser partir et je tiendrai parole. Votre place est auprès de moi.

Godric referma le poing dans ses cheveux et inclina la bouche vers la sienne. Elle lui battit la poitrine avec les poings.

— Et quand vous vous lasserez de moi ? Quand vous dési-rerez quelqu'un d'autre ? Je serai prisonnière de notre lit conjugal froid et vide. Me punirez-vous alors ? Allez-vous m'arracher mon héritage et le dépenser ?

Elle savait qu'elle était allée trop loin. Les yeux de Godric scintillaient de rage, de douleur et d'un désir dangereux qu'elle n'avait vus qu'une seule fois auparavant.

Il abattit les lèvres sur les siennes. Son baiser était fort, enflammé, affamé et violent. Sa férocité fit céder les genoux d'Émily et elle s'effondra entre ses bras. Il enroula un bras autour de sa taille alors qu'il attaquait ses sens ; ses lèvres lui coupèrent le souffle et lui ôtèrent toute raison. C'était précisément ainsi que chaque baiser aurait dû être, plein de feu et de lumière, brisant son âme en morceaux et les fusionnant avec les éclats de quelqu'un d'autre jusqu'à ce qu'ils battent comme un unique cœur puissant.

Quand il la lâcha enfin, elle tituba en arrière et il tendit les bras pour la rattraper.

— Non ! Ne me touchez pas. Je n'arrive pas à penser quand vous le faites.

Émily s'arracha à lui et courut vers la porte. Elle entra en collision avec Charles qui s'était attardé dehors avec Jonathan et Cédric.

Charles saisit les poignets d'Émily, la retenant malgré ses protestations frénétiques.

— Tout va bien ?

Godric apparut dans l'encadrement de la porte.

— Non, absolument pas ! Emmenez-la à l'étage et enfermez-la dans une chambre. Elle a besoin de temps pour se calmer.

— Moi ? lui cria Émily. C'est vous qui...

— Charles, faites-la monter tout de suite !

Une foule se rassembla tandis que les autres quittaient le salon pour sortir dans le couloir.

Charles saisit Émily. Elle se débattit sans craindre de se donner en spectacle. Charles souffla d'un air irrité, se baissa et la fit basculer par-dessus son épaule.

— Cela me rappelle quelque chose, dit-il.

Émily serra les poings et lui martela le dos, mais ses muscles semblaient insensibles à ses coups.

— Reposez-moi immédiatement. J'en ai assez de tout ceci !

Horatia fit un pas en avant.

— Vraiment, Charles ! Reposez-la tout de suite ! Je refuse que mes invités se fassent traiter de la sorte !

— Désolé, mais j'ai mes ordres, dit Charles d'une voix sèche, mais sans violence.

Puis il remonta les marches, Cédric et Jonathan sur ses talons.

Horatia fronça les sourcils. C'est alors qu'une poigne de fer se referma autour de son poignet, l'éloignant de l'escalier.

C'était Lucien.

— Ne vous en mêlez pas, Horatia. Vous l'avez déjà suffisamment fait.

Son avertissement exprimait un sous-entendu venu du passé, le rappel qu'elle avait souvent interféré alors qu'elle n'aurait pas dû le faire.

Godric grogna et descendit d'un pas lourd le couloir qui menait à une autre pièce, claquant la porte derrière lui. Il en sortit maladroitement un moment plus tard, un balai s'écrasant au sol derrière lui.

— Qui a mis le placard ici ? tonna-t-il.

Puis il entra dans la pièce suivante, claquant à nouveau la porte.

❧ 18 ❦

Jim Tanner s'attardait dans la ruelle toute proche de Curzon Street, prenant tout son temps. Il dissimulait dans sa main une lame qu'il gardait dans la poche de son long manteau noir, prêt à l'enfoncer dans la chair de ces lords pompeux de l'autre côté de la rue s'ils s'immisçaient dans sa mission.

Bientôt, se promit-il.

Son employeur l'avait exhorté à attendre, à enlever la jeune fille sans brutalité. L'ordre ne découlait pas d'un besoin d'éviter la violence, mais d'une intention de donner à Tanner le temps de s'en aller avant que l'alarme ne soit donnée. Un bain de sang aurait écourté sa stratégie de sortie.

Blankenship était bien imbécile de ne rien désirer de plus que cette jeune fille. La maison qu'il regardait était probablement remplie d'articles coûteux qu'il pourrait céder à bon prix sur Shoe Lane ou Saffron Hill. Les nouveaux riches seraient trop heureux d'acheter des articles aristocratiques qui convaincraient la bonne société qu'ils ne descendaient pas des classes inférieures et moyennes.

Il avait été ravi de dérober la fille Parr à Essex lorsque Blankenship avait accepté sa commission élevée. Il savait ce qui attendait la jeune fille, mais cela ne le regardait pas. C'était un travail, rien de plus.

Les connexions étendues de Tanner s'étendaient des égouts jusqu'aux maisons des puissants, des valets jusqu'aux veilleurs de nuit et aux pickpockets. Il avait appris presque immédiatement qu'Essex et ses amis étaient arrivés à Londres. La calèche s'était rendue directement à Curzon Street où vivait le vicomte Sheridan, et la fille Parr n'avait pas quitté la maison depuis son arrivée.

Se dissimulant dans la ruelle, il avait vu par une des fenêtres la fille Parr se quereller avec Essex. Incapable d'entendre leurs paroles, il avait lu leur langage corporel, et il était clair que les amoureux étaient en conflit.

La soirée céda la place à la nuit et les ombres abattirent leurs étendues sombres sur Curzon Street. Tanner parcourut du regard le ciel nocturne ; les nuages avaient dissimulé la lune.

Tanner cracha dans l'obscurité de la ruelle. Il ne savait pas quelle femme aurait pu valoir cinq cents livres. Le vieil homme aurait dû économiser son argent et s'acheter une prostituée haut de gamme. Et pourtant, son employeur voulait un agneau innocent et intact qui allait passer toute la nuit à crier de douleur pendant que Blankenship la violerait. Dommage. Cependant, cela ne le regardait pas.

Il fit courir une main à travers ses cheveux et afficha un regard noir. Comment ferait-il pour extraire la fille de la maison avec tous ces hommes qui surveillaient ses moindres mouvements ? Des bijoux, des tableaux... Une fois, il avait même volé un précieux épagneul King Charles. Mais une femme ? Avec une demi-douzaine de gardes ? Difficile, mais pas impossible.

Tanner retourna se cacher dans la ruelle quand il aperçut un valet qui sortit par la porte latérale de la maison afin de vider un seau d'eau sale près de l'égout avant de se retourner.

Tanner émergea des ombres, retourna la poignée de sa lame et l'abattit sur la tête du valet.

Celui-ci s'effondra, son seau tombant à grand bruit sur le sol en marbre, juste à l'intérieur de la porte. Tanner saisit les bras de l'homme inconscient et le traîna derrière un comptoir dans le petit vestibule.

La maison étant plongée dans l'obscurité, la plupart des autres serviteurs étaient sans nul doute endormis.

Tanner prit le manteau et le pantalon du valet. Si l'on n'y regardait pas de trop près, ce serait suffisant pour éviter tout soupçon une fois à l'intérieur. Il enjamba le corps du serviteur, le laissant en vie. Il ne tuait pas le personnel. Eux aussi souffraient de l'oppression des riches.

Alors qu'il se déplaçait à travers l'hôtel particulier à la décoration luxueuse, son humeur s'assombrit davantage. Une partie sombre de lui aurait été ravie de trancher toutes les gorges nobles de cette maison, s'il avait été payé pour le faire.

Il entendit des voix au-dessus de lui et se réfugia sous l'escalier principal.

— Est-elle enfin endormie, Cédric ? demanda un homme.

— La pauvre petite a pleuré jusqu'à ce qu'elle s'endorme. Je ne savais pas que les femmes étaient si pleines de larmes. J'ai cru qu'elle allait inonder les chambres à l'étage.

— Elle n'accepte toujours pas d'épouser Godric ?

— Non. Elle ne l'acceptera pas, ni lui, ni personne d'autre.

— Par le diable ! Est-elle bête ?

— Ne me demandez pas d'expliquer le fonctionnement de l'esprit féminin, Jonathan.

Le premier homme soupira.

— Où est Charles ?

— Il est parti dormir pendant quelques heures. Pourquoi ne vous reposez-vous pas ? La journée a été longue pour nous.

— Cela ne vous dérange pas ? Et Blankenship ?

— Demain, on emmènera ses laquais sur de fausses pistes partout à travers Londres, tandis que les amoureux pourront se laisser convaincre de reprendre leurs esprits.

Tanner sourit. *Un plan intelligent. Dommage qu'il soit trop tard.*

Il entendit seulement des pas s'éloigner et une porte s'ouvrir puis se refermer. Il compta quelques minutes, attendant les deux autres hommes. Enfin, il enfonça la main dans la poche de sa veste pour en tirer un shilling qu'il projeta d'une pichenette. La pièce résonna fort sur le marbre, roulant loin des escaliers. Au-dessus de lui, le plancher grinça et il entendit un grognement quand le garde qui restait reprit sa position.

Tanner poussa un juron étouffé, cherchant une autre pièce. Il la jeta plus loin, et le cliquetis fut plus fort, résonnant comme un écho.

Quelqu'un se redressa et descendit les escaliers, marche après marche.

Tanner attendit dans l'ombre. Le garde venait juste d'atteindre le bas des marches quand il se jeta sur lui.

Son adversaire avait pourtant des réflexes rapides. Il se tourna quand Tanner passa à l'attaque.

Du sang gicla lorsque la lame de Tanner glissa sur le bras de cet homme.

Avant que le garde ne puisse crier, il lui assena un coup de coude au visage. Du sang en coula et l'homme tituba en arrière, tomba et ne bougea plus.

Tanner songea à l'achever, mais il ne pouvait pas perdre de temps. Il avait besoin de cette fille.

D'un pas léger, il monta les escaliers à toute vitesse et ouvrit la porte non gardée.

Une jeune femme était roulée en boule sur le lit, les genoux sous le menton. Les rideaux de la fenêtre étaient grand ouverts, permettant à la pâle lumière de la lune de couvrir sa silhouette endormie. Ses cheveux étaient lâches et disposés en corolle sur l'oreiller. Tanner n'était pas du genre à penser au ciel ou aux anges, mais cette belle créature était ravissante. Pas étonnant que ce vieil imbécile la désire autant.

Il songea à sa Lacy, à la façon dont les choses avaient été avant qu'elle soit prise par son maître. Pendant une seconde qui dura une éternité, Tanner fut tenté de la prendre pour lui. Il imaginait qu'elle serait reconnaissante, sauvée de deux destins affreux. Ressentirait-elle la même chose que sa Lacy ? Non ! C'était simplement un fantasme. Il avait besoin de l'argent qu'elle lui apporterait, plus que toute illusion d'amour.

Tanner s'éclaircit les idées et s'approcha à pas de loups de la fille endormie. Il empocha son couteau sanglant avant de se pencher et de prendre la fille dans ses bras.

Elle s'agitait nerveusement, marmonnant toute seule.

— Non... Arrêtez... arrêtez.

Tanner poussa un soupir de soulagement quand ses cauchemars ne la réveillèrent pas. Il ne voulait pas qu'elle puisse crier ou se débattre. Si elle dormait jusqu'à sa calèche, ce serait la mission la plus facile de sa vie. Bien plus facile que l'histoire de l'épagneul, dont les marques de dents ornaient toujours ses bottes.

Il descendit les escaliers et pour la mesure, donna un coup de pied au corps de l'homme qu'il avait attaqué. Puis il sortit par la porte par laquelle il était entré. Une fois à l'extérieur, il fit signe à sa calèche dissimulée de le rejoindre. La jeune fille commença à se réveiller quand le véhicule arriva près d'eux à grand bruit. Tanner donna au cocher sa destination quand celui-ci sauta à terre et ouvrit la porte de l'habitacle. Elle se réveilla alors que Tanner laissait tomber la jeune fille sur le siège opposé à lui.

Elle poussa un petit cri et se réfugia dans le coin, mettant entre eux autant de distance que possible.

— Qui êtes-vous ?

Il tira sa lame de sa poche, se pencha en avant et la braqua vers sa poitrine. Ses jolis petits yeux étaient fixés sur la pointe de la lame, toujours éclaboussée de sang.

— Je dirais que je suis votre pire cauchemar, mais compte tenu de la personne à qui je vous emmène, cela ne serait pas entièrement vrai.

Il s'était attendu à ce que cette fille pleure, le supplie de la libérer et marchande. Elle n'en fit rien. Lentement, elle démêla ses cheveux avec ses doigts, arrangea sa robe et endossa un air de grâce et de dignité.

— Vous devez donc être l'un des hommes de main de Blankenship.

— Un homme de main, Madame ? Je ne suis pas un pickpocket de bas étage.

La femme haussa les épaules.

— Vous n'êtes pas différent des autres que j'ai rencontrés.

Tanner était déconcerté par son ton. Elle semblait indifférente, comme si l'enlèvement était chose courante. Elle avait un tel contrôle d'elle-même ! Il ne savait pas s'il devait être impressionné ou bien s'inquiéter pour la santé mentale de cette jeune fille, car elle était clairement folle.

Émily s'efforça de prendre des inspirations lentes et régulières. Elle parviendrait à ne pas crier si elle gardait son calme.

Elle refusa de songer à la façon dont cet homme l'avait trouvée ou à ceux qu'il avait peut-être blessés dans le processus. Si elle l'avait su, elle aurait sombré dans la terreur, et Blankenship l'aurait emporté. Elle se força à étudier l'individu, observant ses yeux sombres, ses cheveux bruns emmêlés, sa tenue de valet et le sarcasme gravé sur ses traits.

Il paraissait avoir une trentaine d'années et rayonnait de la vivacité d'un survivant qui flirtait avec la folie. Il était un professionnel... un homme dangereux.

La peur menaça de la submerger, mais contrairement à son premier enlèvement, elle était entraînée à gérer la situation. Après sa confrontation avec Évangéline, elle pensait pouvoir imiter l'assurance de l'autre femme et peut-être manigancer pour se sortir de cette situation périlleuse. C'était une chance qui ne se représenterait pas, et elle devait la saisir.

— Vous paie-t-il correctement ? demanda-t-elle.

L'homme hocha la tête.

— Cinq cents livres pour vous emmener devant sa porte.

Émily feignit la surprise.

— Seulement cinq cents ? Il a offert deux fois plus au dernier homme qu'il avait embauché.

Le mensonge lui vint facilement alors qu'elle tentait d'imiter le ton impérieux d'Évangéline, quoique dénué d'accent français.

— De qui parlez-vous ? Il n'a jamais mentionné personne d'autre.

— Bien sûr que non. Il a tué cet homme pour éviter de le payer.

Émily tritura sa robe au-dessus de ses genoux comme si ses paroles ne la concernaient pas.

— Vous mentez !

— Si je mens ? dit-elle en soutenant son regard avec innocence. Pourquoi mentirais-je ? Vous m'emmènerez à lui de toute façon. Je me suis simplement dit que je devrais vous avertir. Il a mis du sang partout, a détruit ma meilleure robe de mousseline et a mis des *heures* à mourir. Je ne veux tout simplement pas me retrouver à nouveau témoin d'une telle chose. C'est déstabilisant et cela m'a ôté l'appétit.

La voix d'Émily resta presque désinvolte alors qu'elle prétendait avoir assisté à d'horribles meurtres à une fréquence inquiétante.

Il était inutile de s'attendre à ce que cet homme la laisse partir, mais si Blankenship et lui étaient en conflit, elle pourrait avoir une chance de s'échapper.

Le reste du trajet en calèche se déroula en silence. L'homme étudiait Émily et elle lui rendit son regard inquisiteur. Leur rapport de force silencieux prit fin lorsque la voiture atteignit l'hôtel particulier de Blankenship. Il lui agrippa rudement le bras, la tirant hors de la calèche avec une telle férocité qu'elle trébucha et s'écroula contre lui. Elle avait clairement touché un nerf.

Le vieux majordome de Blankenship vint répondre à la porte après que son ravisseur y eut frappé du poing pendant ce qui parut être des heures. L'homme traîna Émily dans le vestibule et cria le nom de Blankenship.

Le majordome poussa un profond soupir et s'éclipsa.

Blankenship apparut en haut des escaliers, habillé et alerte malgré l'heure tardive. Ses petits yeux ronds se posèrent sur le visage d'Émily avant de descendre le long de son corps. Toute son attitude, de ses yeux à son dos bien droit, rayonnait d'une malfaisance qui terrifiait Émily. C'était comme si des milliers de scarabées couraient le long de sa peau.

— Bien joué, Mr Tanner, bien joué. Avez-vous dû tuer qui que ce soit pour vous saisir d'elle ?

Blankenship ne descendit pas les marches. Il l'attendait au sommet, comme un sultan imposant devant lequel se prosternait une fille de harem.

Les ongles d'Émily s'enfoncèrent douloureusement dans ses paumes. Quelque chose à l'intérieur d'elle commença à brûler. Elle était fatiguée d'être à la merci des autres, surtout d'un homme qui lui voulait du mal. Ce soir, elle allait se battre. Il regretterait d'avoir posé les yeux sur elle.

— Peut-être un. J'étais pressé et je n'étais pas employé pour tuer.

L'annonce de Tanner glaça le cœur d'Émily. *Peut-être un ?* Lequel ? Seigneur Dieu… Sa vision se brouilla et elle lutta pour rester debout.

— Dommage ! Il est cependant vrai que le meurtre implique ses propres complications.

Blankenship sourit à Émily.

— Amenez-la-moi.

Son sourire ne s'estompa pas tandis que son ravisseur la traînait en haut des escaliers.

— À genoux, jeune fille, aboya Blankenship.

Émily le fusilla du regard et pointa le menton.

Tanner lui saisit les épaules par-derrière et la poussa en avant. Elle tomba à genoux. Le regard de Blankenship s'obscurcit.

— Allons, allons, Miss Parr, j'aime beaucoup vous voir à genoux.

Blankenship baissa la main pour lui caresser les cheveux du bout des doigts.

— C'est peut-être ainsi que nous commencerons ce soir ?

Émily voulut cacher sa rage, mais elle échoua.

Il lui leva sèchement le menton.

— Si provocatrice ! Je vois le feu à l'intérieur de vous. Je vais aimer battre votre corps hurlant jusqu'à ce vous n'ayez plus la moindre trace de rébellion. Je n'ai pas pu posséder votre mère, mais je vous aurai.

— Ma mère ? s'étrangla-t-elle.

Qu'est-ce que sa mère avait à voir là-dedans ?

— Je suppose que vous ne pouviez pas le savoir, songea-t-il. J'ai failli l'épouser, mais elle a choisi votre idiot de père. Elle m'a brisé le cœur et j'ai donc entravé leurs affaires commerciales. Je les ai blessés de mille petites façons, mais jamais suffisamment.

Il continua à l'étudier pendant qu'il parlait, comme s'il se délectait de pouvoir enfin révéler son plan machiavélique.

— Vous avez ruiné mes parents ?

Elle se souvint de leur budget constamment serré et des conversations chuchotées entre ses parents. Blankenship en était responsable !

— Pas seulement eux. Votre oncle aussi, naturellement. C'était ma seule façon de parvenir jusqu'à vous.

Il émanait de lui une odeur rassie de tabac et de brandy, en plus de ses autres effluves désagréables. Il enfonça profondément les doigts dans son visage, ses ongles y laissant des marques incurvées. Tout ce temps, toutes les souffrances qu'elle avait subies... ses parents s'étaient embarqués sur ce navire pour se rendre en Amérique afin d'essayer de restaurer leur société, et ils étaient morts. Blankenship avait tué ses parents. Si elle avait tenu un pistolet, elle aurait pu lui tirer une balle entre les deux yeux.

— Mon oncle sait-il que vous m'avez enlevée ? lui demanda-t-elle, les dents serrées.

— Il ne compte plus. Vous êtes à moi, selon son accord, et en ce qui me concerne, ses dettes sont réglées.

Blankenship lui tourna le visage, comme s'il admirait son profil pendant qu'il parlait à Tanner.

— Avez-vous déjà vu quelque chose d'aussi délicieusement innocent ? Regardez-moi ces lèvres.

— Oui, Monsieur, elle est ravissante, mais si cela ne vous dérange pas, j'aimerais avoir mon argent et repartir.

Les yeux de Tanner suivaient le moindre mouvement de l'autre homme comme s'il ne lui faisait pas confiance. *Bien !*

Blankenship lâcha le visage d'Émily et braqua sa fureur sur Tanner.

— En son temps. Les banques n'ouvrent pas avant demain matin.

— Payez-moi ou je la reprends.

Tanner referma une main autour du poignet droit d'Émily, la redressant brusquement, alors que Blankenship enroulait une main autour de sa gorge. Les deux hommes se la disputaient. La douleur parcourut le corps d'Émily et sa vision devint floue. Des taches noires dansèrent devant ses yeux.

— Vous osez me menacer ?

Blankenship, avec une force surprenante, jeta Émily sur le côté. Elle trébucha, roula sur elle-même et vint s'écraser contre le mur.

Elle vit trente-six chandelles. La scène devint floue alors qu'elle essayait de reprendre sa respiration. Les deux hommes luttaient l'un contre l'autre. Émily essaya de s'éloigner en rampant, mais Tanner la rattrapa par la nuque et la positionna à nouveau entre lui et Blankenship. Il sortit sa lame et la pressa contre son cou.

— Un pas de plus et je la tue.

Blankenship fit un autre pas en avant et Émily grimaça, étouffant un cri alors que la lame s'enfonçait plus profondément.

— Calmez-vous, lui murmura Tanner à l'oreille.

— Elle ne vaut rien pour moi ! Vous la voulez ? Prenez-la.

— Cinq cents livres pour quelque chose qui ne vaut rien ? C'est peut-être vrai... si vous n'aviez jamais eu l'intention de payer.

Tanner s'écarta d'Émily d'un pas puis il la poussa vers Blankenship. Celui-ci la gifla du revers de la main avec la force d'un fouet et elle tomba à terre, s'écartant juste à temps alors que les deux hommes plongeaient l'un vers l'autre. Pendant la bagarre, la lame de Tanner tomba à terre quand les hommes se mirent à se donner des coups de poing. Émily rassembla ses forces et ravala ses larmes. Ses doigts s'enroulèrent autour de la poignée en bois usée du couteau, et elle se redressa précipitamment.

— Vous allez quelque part ?

Blankenship se retourna brusquement vers elle, esquivant d'un cheveu un uppercut de Tanner.

Émily agit sans réfléchir et le frappa de la lame, lui entaillant la poitrine. Il hurla comme un ours blessé et se jeta sur elle, lui retirant le couteau des mains. Puis, avec une lueur diabolique dans le regard, il le lui plongea haut dans la poitrine. Tanner poussa un cri de rage et donna un coup de pied dans le dos de Blankenship.

— Je ne vous l'ai pas amenée pour que vous la découpiez en morceaux ! Notre accord est caduc !

Émily chancela, choquée par la douleur, alors que le monde tourbillonnait et qu'elle perdait l'équilibre. Elle poussa un hurlement de panique quand elle trébucha en arrière dans les escaliers. Elle tomba, roulant sur les marches jusqu'à ce qu'elle atteigne le marbre froid du palier avec un horrible bruit sourd.

❧

GODRIC ÉMERGEA DE L'ÉTUDE DE CÉDRIC PEU APRÈS QUE l'horloge eut sonné les douze coups de minuit. Sa colère s'était enfin apaisée et il allait parler à Émily. Elle ne le pensait pas capable de s'empêcher de la contrôler. Sa sécurité lui avait fait prendre des mesures qu'il n'aurait jamais considérées dans des circonstances normales. À présent qu'il le comprenait, il pourrait s'expliquer afin qu'elle puisse comprendre son point de vue. Elle était une petite idiote – sa petite idiote –, si elle croyait qu'il ne l'aimait pas. Godric avait prévu de passer les heures qui allaient suivre dans son lit, prouvant à quel point les craintes d'Émily étaient infondées.

Dans la faible lumière qui venait de la rue, il aperçut un corps inanimé au pied des escaliers. Il se glaça. Quelqu'un était-il tombé ? *Cédric.* Son cœur s'arrêta pendant une seconde : du sang maculait le corps de son ami. Cédric grogna, se déplaçant de quelques centimètres. Godric courut pour l'aider à se redresser. Il avait le nez ensanglanté et une profonde coupure au bras.

— Que s'est-il passé ?

— Attaqué !

Cédric désigna d'une main tremblante la chambre d'Émily. La porte était grand ouverte.

— À l'aide ! Venez nous aider ! hurla Godric.

Ashton et Jonathan furent les premiers à arriver, les pistolets à la main.

— Allez chercher un médecin, Ash. Émily a été enlevée.

Godric se précipita dans la rue, suivi de près par Jonathan. Un allumeur solitaire passa à cheval pour vérifier le réverbère le plus proche d'eux.

Godric courut jusqu'à lui et saisit la jambe de l'homme, l'entraînant à terre. Il s'agrippa à la selle et se hissa sur le cheval de l'homme.

— Veillez à ce qu'on l'indemnise, Jonathan, cria Godric à son frère alors qu'il chevauchait dans la nuit, se rendant directement chez Blankenship.

Il était profondément reconnaissant d'avoir demandé à Lucien et à Ashton où vivait cet horrible individu.

Enfonçant les talons dans les flancs du cheval, il l'encouragea à aller le plus vite possible. Peu lui importait qu'il blesse sa monture ou lui fasse perdre un fer ; seule Émily comptait. Comment avait-il pu la laisser seule ? Seigneur, il ne voulait pas songer qu'elle a pu être blessée... ou pire.

Quand il parvint à l'hôtel particulier de Blankenship, Godric se lança à bas du cheval et déboula par la porte ouverte, tombant sur un spectacle horrifiant.

Blankenship, en haut des escaliers, enfonçait un couteau dans la poitrine d'Émily.

Un valet engagea le combat avec Blankenship, mais Godric resta impuissant alors qu'Émily titubait en arrière, perdait l'équilibre dans les escaliers et...

Le souffle court, Godric ne parvint pas à crier. La terreur l'immobilisa tandis que son Émily dégringolait dans les escaliers, ensanglantée. Elle ne bougeait pas. Du sang s'écoulait de son corps, se répandant lentement sur le sol autour d'elle.

Le valet avait perdu la main haute, distrait par Godric qui se tenait dans l'encadrement de la porte. Il lui cria quelque chose au sujet de leur accord et se jeta sur son ennemi, les mains vides, alors que Blankenship tenait toujours le couteau. D'un mouvement rapide du poignet, celui-ci trancha la gorge du valet. L'homme tomba à genoux et du sang gicla sur l'avant de sa chemise et de sa redingote.

Godric retrouva la capacité de se déplacer et de s'agenouiller à côté d'Émily, son propre corps tremblant si violemment qu'il fut incapable de rester debout. Il s'effondra à côté d'elle sur le lit avant de pouvoir invoquer la force de la retourner sur le dos.

Les doigts tremblants, il lui caressa la joue.

— Émily, chérie, ouvrez les yeux.

Il l'implora comme un homme mourant.

— Les dernières choses que je vous ai dites étaient cruelles et froides. J'aimerais tellement pouvoir revenir dessus.

Son ventre se tordait, douloureux, menaçant d'exploser. Godric devait continuer à parler pour ne pas devenir fou de douleur.

— Pourquoi n'avez-vous pas cru que je vous aimais ? Vous m'avez changé, Émily. Quand j'étais avec vous, je ne voulais pas seulement être un homme meilleur. J'*étais* un homme meilleur parce que vous étiez dans ma vie. Comment vais-je survivre sans vous ?

Quand son amour mort ne répondit pas, il enfonça le visage dans le pli délicat de son cou, inhalant le parfum fleuri de ses cheveux brillants. Godric, duc d'Essex, éclata en sanglots. Il pleurait pour Émily, pour les enfants qu'ils n'auraient jamais, pour les endroits où il ne l'emmènerait jamais et pour la douleur de son propre cœur brisé.

— Non ! Non !

Un cri perturba sa tristesse, un affreux son aigu qui lui déchira les tympans. Il remonta rapidement dans sa gorge puis il retomba, remplacé par son souffle saccadé.

Il embrassa les lèvres d'Émily, s'attendant au goût cuivré du sang, mais elles étaient terriblement douces, comme si elle était simplement endormie.

— Est-elle morte ?

La voix aiguë de Blankenship résonna étrangement dans la cage d'escalier.

Les yeux de Godric débordaient de larmes. Elles se déversèrent sur son visage alors qu'il écartait les cheveux d'Émily de son visage avec des mains tremblantes.

Quand il parla, sa voix n'était qu'un murmure.

— Vous m'avez retiré la seule chose dans ce monde que j'ai jamais aimée.

Le vide en lui grandit, devenant un rugissement sombre. Des bribes de souvenirs, des éclats scintillants de joie momentanée, percèrent l'obscurité grandissante. Le rire d'Émilie, ses yeux brillants, ses mains aventureuses, le murmure de ses rêves et ses mots d'amours haletants.

Jamais plus.

Les flammes le consumèrent et l'enveloppèrent.

Il reposa Émily et se tint au bas de l'escalier pour faire face à Blankenship, puis il gravit lentement les marches.

— Tout ce travail et je n'ai même pas couché avec elle ! siffla Blankenship en reculant. Vous avez été idiot de prendre ce qui m'appartenait. Elle est morte parce que vous l'avez enlevée.

Blankenship descendit le couloir vers une petite table latérale dont il tira frénétiquement sur la poignée du tiroir supérieur.

— Elle ne vous a jamais appartenu.

Blankenship allait mourir. C'était aussi simple que cela. Le chagrin de Godric submergea sa raison, le rendant insensible à tout sauf sa revanche.

Un éclat argenté attira son regard. Un couteau reposait près du bord de la marche supérieure, sa lame rougie par le sang. Godric le ramassa, mais il entendit le son d'un pistolet qu'on armait devant lui.

Il leva les yeux vers le canon d'un pistolet chargé derrière lequel de petits yeux noirs reflétaient une peur intense.

Blankenship avait réussi à récupérer une arme dans la console.

— N'y pensez même pas.

Godric gronda et chargea alors que le coup partit. Leurs corps entrèrent en collision avec la balustrade. Blankenship gesticula lorsque le pistolet tomba entre eux sur le tapis. Godric referma un poing autour du cou de Blankenship qui tenta de lui agripper la poitrine.

Son poids déséquilibra leurs corps enchevêtrés et Godric lutta pour se libérer alors qu'ils commençaient à tomber, mais il était trop tard.

Ils s'écroulèrent dans les escaliers, se battant jusqu'à ce que Godric atterrisse au-dessus de Blankenship en bas des marches, le couteau enfoncé dans la poitrine de son ennemi.

Haletants, les deux hommes fermèrent les yeux, la haine rencontrant la haine pendant un bref instant avant que l'éclat des yeux de Blankenship ne s'éteigne, cédant la place à l'obscurité. Godric lâcha le couteau et se redressa du cadavre.

Lucien et Ashton étaient à la porte, le visage décomposé.

— Mon Dieu, souffla Lucien.

— Elle est partie, dit Godric d'une voix creuse.

La main d'Ashton vola jusqu'à son cœur. Lucien détourna les yeux.

Émily était étendue sur le marbre, ses chaussons bleu pâle striés de sang, et une main inanimée et gracieuse reposait sur le sol près de Godric.

Ashton se pencha pour toucher l'épaule de ce dernier quand l'index d'Émily tressaillit contre le sol de marbre. Ce devait être une convulsion mortuaire. Puis... ses doigts commencèrent à se resserrer, refermant le poing.

— Godric, regardez !

Essex, incapable de voir au-delà des larmes qui voilaient son regard, essaya de lever les yeux vers son amour. Les longs cils d'Émily battirent contre ses joues.

— Elle est vivante ! s'étrangla-t-il dans un mélange de terreur et de soulagement.

Elle est encore en vie.

— Vite, jetez un œil à sa plaie.

Lucien s'agenouilla près de la tête d'Émily et lui vint en aide.

Lucien examina soigneusement la plaie et poussa un soupir de soulagement.

— C'est une plaie superficielle. Aucun organe vital n'est touché.

Lucien déchira une des manches de sa chemise. Avec l'aide de Godric, ils bandèrent sa plaie aussi fort qu'ils le pouvaient.

— Si nous l'amenons chez un médecin, elle va peut-être s'en sortir.

— Est-ce sûr de la déplacer ? demanda Godric à Lucien.

— Je le crois, oui.

Godric prit Émily dans ses bras avec douceur et les trois hommes sortirent dans la rue. C'est alors que Jonathan arriva, accompagné d'un commissaire et de plusieurs policiers. Ashton resta pour expliquer la situation tandis que Lucien et Godric ramenaient Émily chez Cédric pour y retrouver le médecin et prier pour qu'elle survive.

❧

Le paradis. C'était chaud et léger. Le doux murmure d'une voix masculine profonde lui parlait... Non, lui faisait la lecture. *L'Iliade* en grec. Elle essaya d'ouvrir la bouche, mais ne parvint pas à bouger.

Je veux vous voir, qui que vous soyez.

Avait-elle un corps ?

Elle parvint à émettre un petit gémissement étranglé. La voix s'arrêta puis reprit la parole plus ardemment.

— Émily.

La voix ressemblait à celle de Godric, ce qui était logique. Le paradis était partout où il se trouvait. Elle essaya à nouveau de parler, ne parvenant à émettre qu'un autre gémissement pathétique.

— Chut. Reposez-vous, ma chère. Vous avez traversé tant de choses.

Une grande main se referma sur la sienne d'une poigne chaude, forte et parfaite.

Des lèvres lui frôlèrent le front, laissant dans leur sillage un tendre tracé enflammé. Elle se força à ouvrir les yeux. Même si le visage de Godric était pâle, mollement encadré par ses cheveux, il était tout ce qu'elle voulait, tout ce qu'elle désirait, qu'elle aimait. Le voir... était le Paradis.

Les longs cils d'Émily battirent quand elle lui pressa la main et lui adressa un léger sourire. Godric étouffa un sanglot, des reflets fantomatiques de sa propre douleur scintillant dans ses prunelles.

— Que s'est-il passé ?

Elle eut du mal à s'asseoir. La douleur rayonnait dans chaque parcelle de son être, mais la douleur prouvait sa vie... sa présence.

— Vous ne vous souvenez de rien ?

Il lui pressa aussi la main et s'assit sur le rebord de son lit.

— Un escalier. Je me souviens d'un escalier ?

Les yeux de Godric se fermèrent.

— Vous êtes tombée.

Émily lui pressa à nouveau la main, incapable d'en faire plus pour le réconforter.

— Et après ?

Godric la regarda et replaça une boucle de cheveux derrière son oreille.

— Blankenship a tué cet autre homme, puis j'ai tué Blankenship.

Émily poussa un soupir de soulagement, mais la douleur la fit grimacer. Elle était libérée pour toujours du spectre sombre de Blankenship.

— Quelqu'un d'autre a-t-il été blessé ?

— Cédric a eu le nez cassé et une coupure au bras, mais il s'en remettra. Ce qui le contrarie plus est de ne pas pouvoir chevaucher ou chasser pendant encore un mois, ricana Godric.

Les épaules d'Émily s'affaissèrent. Elle ne s'était pas rendu compte qu'elle était aussi tendue.

— Émily, j'ai fait examiner la question de votre héritage par mon avocat. Il est possible que si vous contactiez le gérant, vous puissiez obtenir l'héritage de votre père sans avoir besoin de vous marier.

Émily se mordilla la lèvre inférieure. Qu'est-ce que cela signifiait ? Voulait-il qu'elle soit libre... ou bien être libéré d'elle ? Dans l'obscurité de la douleur qui avait suivi sa chute, elle crut l'avoir entendu parler... déclarer son amour. Cela n'avait-il rien été plus que le rêve d'une femme mourante ?

Godric reprit la parole avec incertitude.

— Émily, je sais que vous ne m'épouserez pas. Je le sais. Cependant, je ne peux pas vivre un jour de plus sans vous. Tout ce que je demande c'est que, où que vous alliez, quoi que vous fassiez, laissez-moi vous accompagner. Nous pourrons faire le tour du monde. Demandez tout ce que vous voulez et vous l'obtiendrez. Je souhaite simplement être avec vous.

Godric se rapprocha, serrant fort les poings.

— Je ne peux pas vous perdre. Pas encore.

— Vous abandonneriez votre résidence ici ? demanda-t-elle.

— Émily, pour vous, je laisserai mon âme.

— Et si je veux votre cœur ?

— Il a déjà été dérobé. Vous, ma chère, êtes la meilleure kidnappeuse du monde.

☙❧

Quand il ouvrit la porte de sa chambre, Godric découvrit cinq chaises stationnées en demi-cercle à l'extérieur, occupées par ses amis et son frère. Ils redressèrent l'échine quand il sortit dans le couloir.

— Comment va-t-elle ? demanda Charles.

Godric ferma la porte derrière lui.

— Elle s'est réveillée pendant quelques minutes puis s'est rendormie. Ash, pouvez-vous aller trouver l'évêque ?

Ses paroles soulagèrent leur anxiété et il poursuivit.

— Et voyez si nous pouvons encore organiser une cérémonie à Saint-Georges. Elle a accepté de m'épouser !

Ses amis et son frère bondirent tous de leurs chaises, poussant des cris et applaudissant, lui donnant des claques dans le dos. Un mois auparavant, un mariage entre eux lui aurait paru être une condamnation à mort, mais c'était la meilleure nouvelle qu'ils aient jamais eue. Émily Parr ferait à présent partie de leur vie, et aucun de ces hommes n'aurait voulu qu'il en aille autrement.

Horatia sortit dans le couloir, chargée d'un plateau de nourriture. Aucun d'eux n'avait mangé ou dormi depuis.

— Vous allez réveiller les morts avec votre vacarme, dit-elle avec un regard désapprobateur.

— Félicitations. Je savais que vous seriez le premier à vous passer la corde au cou ! plaisanta Charles.

Quel idiot il avait été ! L'amour l'avait trouvé, l'avait sauvé et il ne le laisserait pas le quitter.

— Allons, ne restez pas plantés là, Messieurs ! dit sèchement Horatia aux hommes qui s'attardaient autour d'elle. Nous avons un mariage à planifier ! Ashton, vous vous occuperez de l'église et de l'évêque. Je m'occuperai de la robe de mariée d'Émily. Charles et Lucien, vous devez vous arranger pour que toutes les familles soient présentes. Je veux que Saint-Georges soit remplie de nos proches. Jonathan, vous devriez aller chercher Pénélope. Elle manque terriblement à Émily. Cédric, vous vous assurerez que l'oncle d'Émily donne son consentement à ce mariage. Et s'il est gentil, vous pouvez même l'inviter.

Horatia fit s'écarter les hommes de la porte afin qu'ils ne réveillent pas Émily.

Alors qu'ils s'éloignaient, Cédric eut l'air confus.

— Quand est-elle devenue responsable ?

Une fois qu'ils furent partis, Godric retourna au chevet d'Émily, lui prenant la main.

Il se frotta les yeux et regarda son amante endormie. Il se souvint de la jeune femme étendue sur son lit avec une tâche de poussière sur le nez et les joues de l'Amazone trempée sur la rive du lac qui lui avait fait du bouche-à-bouche, de la femme qui luttait avec ses mots comme avec une épée, mais qui fondait entre ses bras, et enfin de l'ange qui lui avait pardonné, qui lui avait promis qu'elle l'aimerait toujours.

Quel coup du destin l'avait conduit à enlever Émily Parr ce soir-là ?

Il ne mesurerait jamais l'étendue véritable de sa chance quand il l'avait capturée, cette femme qui l'avait capturé en retour. Il savait seulement qu'il ne la laisserait jamais partir.

ÉPILOGUE

Lucien était assis à la table de la salle à manger de Cédric, lisant le journal du matin. Assis dans la chaise d'à côté, Cédric donnait quelques restes à Pénélope. La salle à manger était grande pour une maison londonienne, meublée d'une table et de chaises en noyer à rinceaux dorés. Lucien tourna le regard vers Ashton et Charles, en pleine discussion près de la grande fenêtre en bois et en verre qui donnait sur les jardins.

Les lords passaient du bon temps, ayant pris congé de Godric et d'Émily, partis en lune de miel. Ils se reposaient à présent à l'hôtel particulier de Cédric après les aventures des semaines précédentes.

— Alors, Lucien ? Quelque chose d'intéressant ? demanda Ashton en venant s'asseoir, laissant Charles, perdu dans ses pensées, regarder par la fenêtre.

— Il y a une anecdote intéressante dans les rubriques mondaines.

— Ce n'est pas encore Madame Société ? ricana Cédric.

Pénélope aboya bruyamment dans sa direction et il se pencha pour la soulever, plaçant la chienne de chasse sur ses genoux. Elle n'était déjà plus un chiot.

Nous finissons tous par grandir, se dit Lucien.

— Allez-vous nous le lire ou pas ? demanda Charles depuis la fenêtre.

— « Ce dimanche, Miss Émily Parr a épousé le duc d'Essex à l'église Saint-Georges sur Hanover Square. Les époux s'embarqueront bientôt sur l'un des navires marchands du baron Lennox pour leur lune de miel. Il semblerait que l'éternel célibataire ait enfin accepté le joug du mariage ».

— C'est tout ? fit remarquer Ashton à haute voix.

Lucien replia le journal et le plaça sur la table.

— Hum, Madame Société a passé la moitié de sa rubrique à discuter de la robe de mariée d'Émily et des différents invités qu'on a réussi à rassembler à la dernière minute pour remplir l'église. Un véritable défi !

À travers les grandes fenêtres qui donnaient sur les jardins, il regarda les deux sœurs de Cédric, assises sur un banc, en pleine discussion. Le mariage qualifiait Émily pour devenir chaperon, ce qui signifiait seulement plus de problèmes pour Cédric. Il devrait veiller sur Horatia et Audrey, surtout cette dernière. Elle se fourrait toujours dans toutes sortes de situations, même lorsqu'elle ne les recherchait pas activement. Ce n'était pas le cas d'Horatia. Elle avait toujours un comportement impeccable, ce qui l'irritait magistralement.

Charles sourit à Lucien.

— Je crois que c'est le premier article positif sur nous dans la rubrique de Madame Société. Attendez que ma mère le lise ! Elle va courir à la fenêtre pour voir si les cavaliers de l'apocalypse arrivent.

— En parlant d'apocalypse, commença Ashton.

Lucien devina à son ton qu'un problème se profilait.

— Une de mes sources m'a informé qu'Hugo Waverly est revenu de France.

Le sourire de Charles vacilla.

Lucien redressa l'échine.

— Pourquoi diable est-il revenu ? Je pensais qu'on l'avait éconduit pour de bon.

Ashton plissa le front.

— On raconte qu'il est là depuis quelques semaines. Apparemment, il n'a pas pris nos menaces au sérieux ou bien qu'il ne s'en soucie pas. Je recommande que chacun d'entre nous soit sur ses gardes jusqu'à ce qu'on découvre la vérité. Je doute que ses motivations aient changé. Il a juré de tous nous tuer, jusqu'au dernier. N'espérons pas qu'il ait changé d'avis.

— Mais à quoi songeait-il ? Nous défier quand on était jeunes, quand on ne connaissait pas notre force, était une chose. Mais maintenant ?

Cédric caressait Pénélope en parlant et la chienne grogna comme si elle percevait la tension.

Lucien songea à tout ce qu'il avait à perdre si Hugo Waverly passait à l'acte. Une personne en particulier lui venait à l'esprit. S'il la perdait, il se perdrait lui-même. Non, il n'était plus temps de tergiverser. Il était temps de se préparer à la guerre.

La Ligue des Rogues devrait se protéger – et protéger ceux qu'ils aimaient – des terribles machinations de Waverly.

ÉMILY AVAIT TOUJOURS PRÉFÉRÉ L'AUBE AU CRÉPUSCULE. ELLE supposait que le symbolisme de la renaissance l'inspirait. Mais à présent, alors qu'elle admirait la lueur orangée du soleil couchant, elle remarqua les nuances violettes aux contours écarlates. Elle s'appuya contre la balustrade du pont, sentant le bois poli lisse sous ses mains, légèrement nerveuse avant la première nuit de leur lune de miel. C'était absurde bien sûr. Godric et elle avaient déjà tout fait et elle n'avait nul besoin de s'inquiéter.

Une paire de bras puissants glissèrent autour de sa taille tandis qu'un corps ferme pressait contre son dos.

Godric lui embrassa la tempe puis la joue.

— Vous êtes là, mon amour.

— Godric ? dit-elle quand ses lèvres dansèrent le long de son cou.

— Oui, ma chère ?

— Êtes-vous heureux de m'avoir épousée ?

Elle s'appuyait contre lui, savourant sa force. Après s'être montrée forte et courageuse pendant aussi longtemps, elle fut reconnaissante qu'il lui prête sa force quand elle en avait besoin. Ils se soutiendraient mutuellement, comme des gens qui s'aimaient devraient le faire.

— Heureux ? Je ne pourrais jamais être plus heureux que le jour où nous nous sommes retrouvés à l'église. C'était le début d'une aventure.

Son étreinte se resserra, la gardant en sécurité entre ses bras.

— M'épouser a été une aventure ?

Godric fit tourner Émily vers lui. Il lui prit les joues entre les mains et se pencha, posant son front contre le sien à la lumière dorée du soleil couchant. Chaque contact, chaque regard qu'ils partageaient étaient comme une évidence. En lui, elle avait trouvé sa vie, son inspiration, son âme. Avec lui, elle ne s'était jamais sentie aussi complète. Émily leva les mains pour lui saisir les poignets, se perdant dans ses prunelles.

Avec une tendresse infinie, leurs lèvres se rencontrèrent. Ce baiser éveilla à la vie les profondeurs de leurs âmes. L'étincelle de passion qui avait brûlé si souvent entre eux n'était plus. La lumière aveuglante que seul l'amour pouvait amener l'avait remplacé, les brûlant de son intensité. Leurs lèvres se fondirent en une unique bouche enflammée, et leurs pouls qui s'emballaient se mélangèrent pour ne composer qu'un seul cœur qui battait à l'unisson. Quand ils se séparèrent enfin, Godric sourit.

— Vous aimer a été l'aventure de ma vie, dit-il, et nous venons tout juste de commencer.

Merci d'avoir lu *Desseins rebelles*. J'espère que cela vous a plu ! Si vous souhaitez lire le premier chapitre de l'histoire de Lucien et Horatia, *Rebelle séduction* (le deuxième tome de cette série), vous n'avez qu'à tourner la page !

CHAPITRE UN
2E RÈGLE DE LA LIGUE

« Nous ne devrons jamais séduire la sœur d'un autre membre. Auquel cas, le membre dont la sœur a été séduite serait en droit d'exiger réparation. »

Extrait de *la Gazette de la Lorgnette*, samedi 30 septembre 1820, colonne de Madame Société :

Cette semaine, Madame Société s'est penchée sur un des partis les plus célèbres de Londres, le marquis de Rochester. Membre de la tristement célèbre Ligue des rebelles, le marquis est décrit par les dames de la bonne société comme un diable aux cheveux flamboyants capable en privé de délices choquants.

Madame Société a remarqué qu'aucune dame n'a retenu bien longtemps l'intérêt de Rochester. Peut-être désire-t-il en secret une personne de bonne éducation qui a la tête sur les épaules ?

Madame Société aimerait connaître la réponse à cette question fascinante. Rochester profitera peut-être d'apaiser la douleur de son amour à sens unique envers une mystérieuse jeune femme. Devrions-nous essayer de deviner quelle demoiselle a eu la malchance – ou peut-être la chance – de conquérir le cœur ténébreux de notre marquis ?

Londres, décembre 1820

Elle va signer ma perte.

— Lucien ! Vous ne m'écoutez même pas, n'est-ce pas ? J'ai terriblement besoin d'un nouveau valet et vous rêvassez au lieu d'offrir des suggestions. Redescendez de votre nuage !

Lucien Russell, le marquis de Rochester, se tourna vers son ami Charles. Ils parcouraient Bond Street, Lucien surveillant attentivement une dame sans qu'elle s'en rende compte. Charles, quant à lui, appréciait simplement l'occasion d'être dehors. La rue était étonnamment bondée pour une heure aussi matinale, un jour d'hiver au temps tourmenté.

— Admettez-le, insista Charles.

Lucien lutta pour se concentrer sur son ami.

— Pardon ?

Le comte de Lonsdale braqua sur lui un regard sévère qui, au vu de son tempérament plutôt jovial, était quelque peu alarmant.

— À quoi songiez-vous ? Vous avez été bizarre toute la matinée.

Lucien grogna. Il n'avait pas l'intention de s'expliquer. Ses pensées coupables le mèneraient directement dans les flammes de l'Enfer... si sa place n'était pas déjà réservée. Tout ceci à cause d'une femme : Horatia Sheridan.

L'intéressée se trouvait au milieu de Bond Street, de l'autre côté de la rue ; une véritable beauté qui se démarquait des autres demoiselles. Un homme de pied vêtu de la livrée de Sheridan la suivait avec diligence, un grand carton dans les bras. Lucien aurait parié que c'était une nouvelle robe. Elle n'aurait pas dû se balader sur les trottoirs enneigés, alors que des véhicules passaient à toute vitesse, projetant de la neige boueuse. Il était frustré de songer qu'elle risquait un refroidissement simplement pour faire des emplettes. Ce qui le frustrait davantage était qu'il s'en préoccupe autant.

— Je sais que vous pensez que la plupart du temps, je suis un idiot, mais...

— Seulement la plupart du temps ?

Lucien ne put résister à la bataille verbale et Charles sourit.

— Comme je le disais, il est évident que cette petite balade n'est qu'une ruse. J'ai remarqué que nous nous sommes arrêtés plusieurs fois, en même temps qu'une certaine dame de notre connaissance de l'autre côté de la rue.

Charles avait gardé l'œil ouvert après tout. Lucien n'aurait pas dû être surpris. Il ne cherchait pas vraiment à dissimuler son intérêt pour Horatia Sheridan. Il était trop difficile de combattre l'attirance naturelle de son regard quand elle était là. Du haut de ses vingt ans, elle se mouvait avec la grâce naturelle d'une reine mûre et éduquée. Rares étaient les femmes capables d'accomplir un tel exploit. Depuis qu'il la connaissait, elle avait toujours été ainsi.

Quand il l'avait rencontrée, il avait déjà la vingtaine et elle, tout au plus quatorze ans. Elle avait été comme une petite sœur pour lui. Même alors, elle lui avait paru plus mature mentalement et émotionnellement que la plupart des femmes plus âgées. Il y avait quelque chose dans ses prunelles, dans la façon dont ses grands yeux bruns vous immobilisaient par leur intelligence. Et ces derniers mois, l'attirance...

— Vous feriez mieux d'arrêter de la fixer, entonna doucement Charles. Les gens commencent à s'en rendre compte.

— Elle ne devrait pas être dehors par ce temps. Son frère ferait une crise.

Lucien remonta ses gants en cuir, espérant contrecarrer les effets persistants du vent froid qui se glissait sous ses manches.

Charles éclata de rire, assez fort pour attirer l'attention des passants à proximité.

— Cédric l'aime, ainsi que la petite Audrey, mais nous savons tous les deux que cela ne les empêche pas de faire ce qu'elles veulent.

Il ne mentait pas. Lucien et Charles connaissaient Cédric, le vicomte Sheridan, depuis de nombreuses années, s'étant rapprochés lors d'une nuit sombre à l'université. Le souvenir du jour où lui, Charles, Cédric et deux autres, Godric et Ashton, s'étaient rencontrés pour la première fois le mettait toujours mal à l'aise. Cependant, ce qui s'était passé avait forgé un lien indissoluble entre les cinq hommes. Plus tard, Londres − ou du moins les gazettes de la bonne société −, les avaient baptisés la Ligue des rebelles.

La Ligue. C'était très amusant... sauf pour une chose. La nuit où ils avaient formé leur alliance, chacun des cinq hommes avait été marqué par le diable en personne : un homme du nom de Hugo Waverly, ancien étudiant de Cambridge, avait juré de se venger d'eux.

Et parfois, Lucien se demandait s'ils ne le méritaient pas un peu.

Il écarta ces sombres pensées, attiré par la vision d'Horatia qui s'arrêtait pour admirer une vitrine pleine de bonnets disposés sur des présentoirs. Son pauvre valet se dressait à son côté, se démenant avec le carton qu'il tenait dans les bras. Il hocha rapidement la tête quand Horatia lui fit remarquer un bonnet en particulier. Lucien était tenté d'aller lui parler, peut-être même de l'entraîner dans une ruelle juste pour avoir un moment seul avec elle. Cela étant, s'il ne faisait que lui parler, il craignait que l'intimité de cette conversation ne lui vaille une balle dans le cœur si son frère venait à l'apprendre.

Charles avait fait quelques pas de plus avant de s'arrêter et de se tourner pour donner un coup de pied à un tas de neige dans la rue.

— Si c'est ainsi que vous voulez passer la journée, alors je préfère partir. Je pourrais être au salon de Jackson à l'instant même, ou mieux encore, goûter aux faveurs de ces ravissantes demoiselles du Midnight Garden.

Lucien savait qu'il avait contrarié Charles en lui demandant de l'accompagner, mais il avait eu un sentiment étrange depuis son réveil, comme si quelqu'un marchait sur sa tombe. Depuis que Hugo Waverly était revenu à Londres, il avait gardé un œil sur les sœurs de Cédric, particulièrement Horatia. Waverly avait le don de créer des dommages collatéraux et Lucien aurait fait n'importe quoi pour veiller sur la sécurité de ces dames innocentes. Elle ne devait cependant pas savoir qu'il l'observait. Il venait de passer six ans à se montrer froid avec elle, priant pour qu'elle arrête de le regarder de son air doux et aimant.

C'était cruel de sa part, il l'admettait, mais s'il ne créait pas de distance, elle allait se retrouver étendue sous lui. Elle était trop bien pour cela et il était beaucoup trop dévoyé pour être digne d'elle, tel un démon amoureux d'un ange. Il la désirait comme il n'avait jamais désiré d'autres femmes, et il ne pourrait jamais l'avoir.

La raison en était simple. Sa réputation publique ne rendait pas justice à la véritable profondeur de sa débauche. Un homme tel que lui ne pouvait pas et ne devrait jamais être avec une femme comme Horatia. Elle était belle, intelligente et forte, et il la corromprait d'une seule nuit entre ses bras.

Dans la haute société, il y avait le scandale et puis le *scandale*. Pour une certaine classe de femme, être vue en compagnie du mauvais homme au mauvais endroit suffisait à détruire sa réputation et porter atteinte à ses perspectives. Ces créatures adorables méritaient seulement la plus grande courtoisie et bienséance.

Pour d'autres – les veuves toujours en quête d'amour, celles qui n'avaient nulle envie de se marier, mais qui cherchaient un peu de compagnie de temps à autre, et cette rare et ravissante espèce de femmes qui avaient le statut social et financier qui leur permettait de ne pas se soucier de ce que pensait la société – il y avait Lucien. Il les avait toutes séduites, leur enseignant à s'ouvrir à leurs désirs et leurs besoins les plus profonds, en quête de plaisir. Une femme ne s'était jamais plainte et aucune n'avait quitté son lit insatisfaite. Pourtant, à présent, il n'y avait qu'une seule couche qu'il convoitait, et il valait mieux qu'il n'y soit jamais invité.

Il regarda autour de lui et remarqua une calèche familière parmi les autres véhicules de la rue. La plupart s'étaient déplacés régulièrement et plus vite que les piétons, mais pas celui-ci. Il n'y avait rien d'inhabituel à cela. Comme tous les autres, le cocher était couvert d'un foulard pour se protéger du froid, mais chaque fois que Charles et lui avaient traversé une rue, la voiture les avait suivis.

— Charles, croyez-vous que nous sommes suivis ?

Celui-ci retira la neige de ses mains gantées quand il en tomba depuis la marquise d'un magasin proche.

— Quoi ? Pourquoi donc ?

— Je ne sais pas. Cette calèche. Cela fait plusieurs rues qu'elle ne nous lâche pas.

— Lucien, nous sommes dans un quartier populaire de Londres. Je suis sûr que quelqu'un fait des emplettes et ordonne à sa calèche de rester proche.

— Hum, dit-il seulement avant de braquer à nouveau son attention sur Horatia et son valet.

Un de ses gants de rechange s'échappa de son manteau et tomba à terre, sans que son serviteur ou elle s'en rendent compte. Lucien débattit un instant, ne sachant s'il devait intervenir, l'alertant ainsi du fait que Charles et lui l'avaient suivie. Quand elle poursuivit sa route, laissant son gant derrière elle, il prit sa décision.

Lucien rattrapa son ami qui le précédait toujours dans la rue.

— Je ne vous retiens pas. Horatia a laissé tomber un gant et j'aimerais le lui rendre.

— Vous voulez jouer les galants ? Allez-y. J'ai envie de faire un petit arrêt ici.

Il désigna une librairie.

— Très bien. Rattrapez-moi quand vous aurez fini.

Lucien serpenta à travers la circulation et avait à moitié traversé la rue quand le chaos éclata.

L'atmosphère de Bond Street changea du tout au tout quand des cris déchirèrent la quiétude. Le carrick qui l'avait suivi accéléra le long de la rue en direction de Lucien. Pourtant, plutôt que d'essayer d'arrêter l'équipage, le cocher fouetta les chevaux, les poussant directement vers Lucien.

Il était trop loin de l'autre côté de la rue pour revenir en arrière ; il devait se mettre en sécurité et écarter les autres du danger. Horatia ! Elle risquait de se faire piétiner quand il passerait devant elle. Le cœur de Lucien remonta dans sa gorge et il se précipita vers elle. Le cocher fouetta à nouveau les chevaux, comme s'il avait détecté que Lucien était déterminé à s'échapper.

— Horatia ! hurla Lucien à pleins poumons. Écartez-vous !

Il n'oublierait jamais son expression. Il vit sa confusion se changer en une joie véritable de le voir puis en terreur quand elle se rendit compte que le carrick se dirigeait droit vers eux.

Lucien traversa la rue quelques instants avant que les chevaux ne l'atteignent. Il bondit sur Horatia, la plaquant au sol dans une allée entre les magasins. Les roues du carrick tranchèrent la neige et la boue à quelques centimètres de ses bottes, les éclaboussant d'eau glacée.

Pendant un instant, Lucien fut incapable de bouger. Elle était vivante. Il avait réussi. Le véhicule ne les avait pas renversés...

Puis son corps parut réaliser qu'il y avait une femme sous elle. Une femme avec les plus belles courbes que Dieu ait jamais créées pour tenter un homme. Le bonnet d'Horatia était de guingois, révélant de longues boucles brun foncé brillantes. Ses yeux sombres, si innocents, regardaient son visage avec émerveillement.

— Monseigneur..., murmura-t-elle d'une voix étourdie.

Ses mains gantées reposaient sur sa poitrine, le tenant à distance. Il les sentit trembler jusque dans ses os, et son corps répondit avec intérêt.

— Que diable se passe-t-il ?

Charles se précipita dans la ruelle, ses yeux gris brûlant de fureur.

— Avez-vous reconnu qui conduisait ce carrick ?

Il marqua alors un temps d'arrêt et regarda la scène avec un sourire.

— Horatia, ma chère, comment allez-vous ? Pas trop meurtrie, je l'espère ?

Charles ne s'était jamais soucié des titres ou de la politesse. Lucien non plus, d'ailleurs. Il ne fut donc pas surpris que son ami traite Horatia de la sorte.

— Oh, Charles ! s'exclama-t-elle.

Elle parut enfin se rendre compte qu'elle était étendue sur le dos dans une ruelle qui donnait sur Bond Street et que des gens jetaient des regards curieux à Lucien, allongé sur elle.

Celui-ci serra les dents. « Oh, Charles ! », disait-elle, mais Lucien était toujours « Milord ». Cela l'irritait qu'elle ne lui offre pas la même intimité... et cela ne tenait qu'à lui. Il ne manquait jamais une occasion de la repousser, simplement pour se retenir de l'entraîner vers l'alcôve la plus proche pour l'embrasser. Quelque chose en elle le transformait en un véritable barbare. Il pensait rarement à autre chose qu'au goût qu'elle aurait, à ses gémissements et ses soupirs, si seulement il pouvait la toucher.

— Lucien..., balbutia Horatia.

Entendre son nom sur ses lèvres était plus érotique que le soupir contenté d'une maîtresse.

— Que vient-il de se passer ?

— Je crains que quelqu'un ait juste essayé de me renverser et vous étiez, malheureusement, en travers de sa route, expliqua-t-il, s'inquiétant de l'expression confuse qui emplit les yeux sombres d'Horatia.

— Dites donc, Lucien, vous devriez vous retirer de la jeune fille ; elle est en train de devenir bleue, le taquina Charles. En plus, restez sur elle un peu plus longtemps et les gens vont commencer à jaser. Vous ne voudriez pas avoir à l'épouser juste pour lui avoir sauvé la vie, n'est-ce pas ?

Horatia avait le visage rouge et Lucien ne savait pas si c'était parce qu'elle manquait d'air ou parce qu'elle était étendue sous lui près d'une rue publique dans une position aussi compromettante. Il se décolla d'elle et se redressa. Charles rendit son chapeau à Lucien qui le reposa sur sa tête. Il épousseta la neige de ses vêtements d'une main tout en offrant l'autre à Horatia.

Son hésitation le frappa comme un uppercut. Enfin, elle posa sa main gantée dans la sienne et il l'aida à se redresser, tirant dessus juste assez pour qu'elle tombe dans ses bras. Il ne put s'empêcher de lui sourire.

S'il se penchait de quelques centimètres seulement, il pourrait l'embrasser, lui écarter les lèvres... Pendant un moment, il s'imagina le goût qu'elle aurait. Elle le regarda sans cligner des paupières, avec ces yeux adorables qui se réchauffèrent jusqu'à s'embraser d'un désir partagé. Ce serait tellement facile de…

— Hum.

Le valet brandit le carton avec une expression des plus pitoyables sur le visage.

— Milady…, croassa-t-il en lui montrant le paquet.

Il était aussi détrempé que l'étaient Horatia et Lucien.

Elle se libéra des bras de ce dernier.

— Oh, non !

Le sort qu'il lui avait jeté fut brisé quand elle se précipita pour ôter le carton des mains du valet.

— Oh, non, oh, non.

Quand elle se tourna, il vit que ses yeux luisaient de larmes.

— Ma robe. Elle est gâchée.

Des larmes pour une robe ? C'était un comportement plus adapté à sa jeune sœur, Audrey. L'adorable petite renarde était obsédée par la mode. Horatia, cependant, avait toujours été plus calme et de nature plus académique.

— Ne pouvez-vous pas en acheter une autre ? demanda Charles.

— Non… Je ne peux pas demander à Cédric de dépenser davantage.

Là, il la reconnaissait ! Sa Horatia était extrêmement frugale. Cédric était aussi riche que Crésus, mais Horatia refusait qu'il la gâte.

— Oh…, répondit Charles, un peu confus.

Il était dépensier ; ce n'était un secret pour personne.

Lucien prit le carton des mains du valet, l'observant d'un œil critique.

— C'est peut-être récupérable. Nous allons vous escorter chez vous et votre femme de chambre pourra s'en occuper.

Horatia jeta un regard incertain à Charles et à Lucien.

— Je ne vous force pas à faire un détour ? Peter et moi sommes parfaitement capables de rentrer à la maison tous seuls, n'est-ce pas, Peter ?

Elle adressa un regard déterminé à son valet, qui hocha hâtivement la tête.

— Nous nous débrouillerons, Messires.

— Balivernes, dit Lucien. Vous avez eu un choc et vous êtes trempée. Nous vous escortons chez vous. Fin de la discussion.

Il lui attrapa le coude d'une main et fourra à nouveau le paquet dans les mains de Peter.

Ils devaient offrir un bien étrange spectacle : Lucien et Charles qui flanquaient comme des gardes du corps une Horatia trempée jusqu'aux os, tandis que son valet les suivait de près, un carton détrempé à la main.

Lucien ignora les regards curieux et se contenta d'apprécier le soulagement de pouvoir raccompagner Horatia chez elle sans qu'elle subisse un autre incident mortel.

Lorsqu'ils atteignirent la résidence Sheridan, Horatia retira son manteau trempé de ses épaules et prit congé, s'enfuyant à l'étage avec le paquet. Lucien s'attarda dans le vestibule, observant le mouvement de ses jupes humides, se disant qu'il aurait aimé pouvoir la suivre dans sa chambre et s'introduire dans l'eau chaude du bain qu'elle allait sans doute prendre. L'image d'Horatia nue dans son bain n'était que légèrement moins tentante que le rêve qu'il avait fait d'elle la nuit précédente. Ces derniers temps, elle avait trop souvent hanté ses pensées.

— Devrions-nous attendre Cédric ? demanda Charles qui le rejoignit au pied des escaliers.

— Il n'est pas là ?

Charles secoua la tête.

— Le majordome a dit qu'il était à la recherche d'Horatia.

À la recherche de sa sœur ? Pourquoi donc ?

— Nous devrions attendre, suggéra Lucien. Venez, nous allons boire un peu de brandy.

Son ami sourit.

— Ah, voici le passe-temps que j'avais à l'esprit quand nous sommes partis ce matin.

Ils suivirent un valet jusqu'au petit salon pour attendre le retour de Cédric.

Charles s'installa dans un grand fauteuil en brocart, croisant une cheville sur son genou.

— Lucien, pensez-vous qu'Horatia va bien ?

— Je le suppose...

— Je voulais dire... compte tenu de son passé, expliqua Charles. Avec ses parents et l'accident de calèche. Vous étiez là. Pensez-vous que cela fera remonter les souvenirs ?

Lucien frissonna. Il parlait du jour où Cédric avait perdu ses parents. Ils traversaient la ville quand deux hommes avaient décidé de faire la course en carrick à travers les rues. Horatia, seulement âgée de quatorze ans, s'était trouvée dans la calèche avec ses parents. L'accident avait été terrible. Des chevaux hurlants, les pattes brisées, plusieurs passants blessés par l'épave du véhicule. Un jeune homme mort, un autre gravement blessé. Les parents de Cédric et d'Horatia n'avaient pas survécu à l'impact de la calèche quand elle avait roulé sur elle-même.

Horatia était restée coincée dans l'habitacle avec le corps de ses parents, incapable de sortir, étourdie par le choc. Elle n'avait même pas appelé à l'aide. Lorsque Lucien était arrivé sur les lieux, il avait grimpé par la portière de la calèche et avait ouvert la porte. Il l'avait appelée et elle l'avait regardé, les yeux pleins de terreur. Il l'avait sortie de la calèche et l'avait prise dans ses bras. Son estomac se serra au souvenir de son corps qui avait tremblé violemment contre lui.

— Elle est forte. Elle s'en remettra.

Les paroles de Lucien étaient faites pour le rassurer lui plus que Charles. Il devait croire qu'elle ne serait pas trop contrariée après les événements de la matinée.

Imaginer son affolement lui provoquait un grand vide dans la poitrine. Malgré sa résolution de faire de son mieux pour l'ignorer et faire semblant qu'elle n'existait pas, elle s'était imposée à toutes ses pensées au cours des derniers mois. Il connaissait exactement la responsable. La duchesse d'Essex, anciennement Miss Émily Parr.

Son ami, Godric, le duc d'Essex, avait enlevé Miss Parr au début de l'automne. Le projet ne s'était pas déroulé comme prévu et quelques mois plus tôt, Godric s'était retrouvé la corde au cou.

Lucien se prit à sourire, ce qui aurait dû le décontenancer, étant donné que les liens sacrés du mariage étaient quelque chose qu'il craignait plus que la mort. Cela dit, il se savait quelque peu jaloux du bonheur pur que Godric trouvait auprès d'Émily. Leurs natures étaient diamétralement opposées et pourtant, ils étaient faits l'un pour l'autre.

Les événements qui avaient suivi l'enlèvement avaient ramené Lucien dans la sphère d'Horatia. Tous les efforts qu'il avait faits pour éviter discrètement les dîners et les bals s'étaient avérés vains. La Ligue appréciait tant Émily qu'aucun d'eux ne pouvait s'empêcher de venir quand elle les convoquait. Cédric appelait cela l'effet « caniche ». Eux qui étaient autrefois des rebelles dangereux se transformaient en de parfaits gentlemen en présence de la duchesse d'Essex. Si seulement Émily et Horatia n'étaient pas devenues des amies aussi proches, Lucien aurait pu l'éviter avec plus de facilité.

Qu'Horatia soit encore célibataire à l'âge de vingt ans le surprenait. Comment se faisait-il qu'aucun autre homme n'ait eu envie de coucher avec cette créature aux grands yeux bruns et aux courbes faites pour être caressées ? Ou bien de passer une journée entière à planifier des blagues juste pour tirer de ses lèvres douces un rire profond ? Cependant, connaissant Cédric, il y avait probablement plusieurs jeunes gentlemen de la bonne société qui mouraient de peur à la perspective de venir lui demander la permission de courtiser sa sœur.

Lucien avait essayé de désaltérer sa soif d'Horatia entre les cuisses d'autres femmes, mais cela n'avait servi à rien. La nuit précédente, il avait tenté de coucher avec une femme et avait découvert qu'il n'était pas assez excité pour le faire. Si la nouvelle s'ébruitait, il deviendrait l'objet du ridicule. L'ironie que sa réputation de libertin soit endommagée par une femme innocente ne lui échappa pas. Actuellement, il redoutait l'arrivée de son ami, compte tenu du rêve qu'il avait fait la nuit précédente.

Horatia, dépouillée de tous ses vêtements, était étendue

devant lui, les chevilles et les poignets liés aux barreaux du lit par de la soie rouge. Sa peau se couvrit de transpiration quand il remonta le long de son corps pour frotter son nez sur ses mamelons parfaits. Elle s'arqua contre son corps, faisant aller et venir son sexe contre lui, le brûlant avec la chaleur lascive de son excitation. Il enfonça sa langue dans sa bouche, la goûtant et empoignant son succulent derrière, le plaçant à l'angle idéal pour la pénétrer profondément. Le rêve s'était désintégré, le laissant avec une érection assez dure pour faire un trou dans le mur.

Il faudrait un miracle pour qu'il parvienne à contrôler son visage et à dissimuler sa culpabilité face à Cédric après avoir rêvé de faire de telles choses avec sa sœur.

Lucien regarda l'horloge sur le manteau. Midi allait bientôt sonner. Cédric aurait déjà dû être là.

Une sensation déstabilisante serpentait sous sa peau. Il avait déjà eu cette sensation, juste avant qu'une tempête n'éclate. L'inquiétude se noua à l'intérieur de lui, lui tordant l'estomac jusqu'à ce qu'il soit à peine capable de respirer. Des nuages sombres s'amassaient à l'horizon.

Charles fronça les sourcils et se pencha en avant sur sa chaise, l'inquiétude tiraillant les coins de sa bouche.

— Vous vous sentez bien ?

Une inspiration profonde. Puis deux. L'anxiété qui pesait dans sa poitrine s'apaisa.

— Je suppose que cela pourrait aller mieux. C'est simplement que...

Lucien hésita.

Charles prit la carafe de brandy et servit un autre verre à Lucien.

— Qu'y a-t-il ?

Lucien ouvrit la bouche, mais la porte s'ouvrit à la volée et Cédric apparut dans l'encadrement comme un démon ou un ange vengeur. Il entra d'un pas vif, un mot à la main, tandis que de l'autre, il serrait la canne à pommeau de tête de lion avec des jointures qui blanchissaient.

— Qu'est-ce qui ne va pas, Cédric ?

La rage de Cédric était évidente.

— Ce bâtard !

Il y eut un moment de silence alors que Lucien échangeait un regard inquiet avec Charles.

Celui-ci se redressa et se rendit vers la boîte à cigares posée sur la console qui longeait le mur opposé.

— Vous devrez être un peu plus précis. Il y a beaucoup de bâtards en circulation, dit-il en se passant le cigare sous les narines. Certains se trouvent même dans cette pièce.

Lucien se leva et se dirigea vers la fenêtre qui donnait sur la rue. Il aperçut la scène comique d'un dandy richement vêtu qui se pavanait avec un monocle, examinant les robes des différentes femmes qui passaient devant lui. L'homme parut sentir le regard de Lucien et leva la tête. Il se glaça. Quelque chose chez cet homme et dans ses yeux inexpressifs et froids éveilla ses nerfs, le déstabilisant. L'avait-il déjà vu ? Un mauvais pressentiment remonta le long de sa colonne vertébrale. L'homme se détourna et disparut par une porte quelques maisons plus loin, en face de la maison de ville de Cédric.

Lucien braqua à nouveau son attention sur ses amis.

— Alors qui est ce bâtard ?

Cédric se jeta dans un fauteuil brocardé rouge et or, et tapota la botte droite du bout de sa canne.

— Qu'en pensez-vous ?

Le cœur de Lucien se glaça.

— Waverly.

Cédric hocha la tête.

— Ce n'est pas une nouvelle pour nous. Quelqu'un a essayé de renverser Lucien sur Bond Street. Horatia était à proximité. Heureusement, Lucien l'a écartée du danger.

Charles rapporta l'incident du matin à Cédric qui l'écouta sans dire un mot. Ils savaient tous de quoi Waverly était capable. Ce qui était peut-être plus inquiétant était le manque d'honneur complet de cet homme. Il n'avait aucun scrupule à attaquer ses ennemis par-derrière ou, semblait-il, leurs proches.

Lucien croisa les bras et s'appuya contre le mur face à Cédric.

Sous sa fureur, ses yeux étaient encadrés par de fines rides de fureur.

— Ma sœur va bien ? demanda-t-il.

Lucien hocha la tête.

— Aussi bien qu'on pourrait s'y attendre dans ces circonstances. J'ai pu l'écarter, mais elle est terriblement contrariée. Heureusement, seule sa robe a été la victime de la malfaisance de Waverly.

Il réprima l'envie de retrouver ce scélérat pour l'étrangler à mains nues. Lucien savait pourtant qu'Horatia n'aimerait pas qu'il assassine un homme en son nom. Ses passions avaient tendance à le diriger plus qu'elles n'auraient dû le faire.

Bien qu'elle ne lui appartienne pas, il pouvait au moins la garder en sécurité. Horatia devait être protégée à tout prix.

— Cédric, demanda Charles, interrompant ses pensées. Pourquoi êtes-vous parti chercher Horatia ?

Le visage de Cédric s'obscurcit à nouveau.

— J'allais rejoindre Ashton et Godric à Tattersalls quand un de mes valets a trouvé cette lettre fourrée sous le heurtoir de la porte.

Il brandit le bout de papier.

Avec une certaine appréhension, Lucien prit le mot et le lut. Charles se dressait derrière lui, se penchant pour lire par-dessus son épaule. Le mot était écrit sur un papier épais et coûteux. Une écriture à l'encre noire, inconnue – clairement pas celle de Waverly –, en couvrait la surface avec une assurance sinistre.

Lucien lut les mots à voix haute pour que Charles les entende.

— « Les accidents de la route sont des événements terribles, n'est-ce pas ? »

Lucien tendit le mot à Cédric qui le fourra dans sa poche.

— Cela ne ressemble pas à l'écriture de Waverly. Sommes-nous certains qu'il s'agit de lui ?

Cédric haussa les épaules.

— Qui d'autre oserait me rappeler un événement aussi horrible ?

— Si c'est le passé auquel il se réfère, dit Lucien, le timing était peut-être délibéré.

Charles revint sur ses pas et se jeta dans un fauteuil, l'air sombre.

— Il nous a menacés par le passé, mais rien n'en a découlé. Qu'est-ce qui a changé ?

Les yeux du comte scintillaient comme du mercure, lumineux et toujours en mouvement.

— Je n'en sais absolument rien, dit Cédric en caressant sa tête de lion en argent. Il vient de passer les dernières années à l'étranger. Aujourd'hui, il est revenu et réitère ses menaces.

Lucien se demanda si, d'une certaine façon, son corps avait su que quelque chose était en mouvement. Il pouvait presque entendre le compte à rebours, mais il était vraiment difficile de savoir comment protéger ceux qu'il aimait s'il ne pouvait pas voir de quelle direction la menace proviendrait.

Cédric se redressa, se frottant le visage avec une main.

— Oublions ces mauvaises nouvelles. Je voudrais vous inviter à dîner tous les deux ce soir. Je comprends que c'est une histoire de dernière minute, mais Audrey est déterminée à voir toute la Ligue.

Il jeta un regard plein d'espoir à ses amis.

Charles sourit.

— Vous savez que je me ravis toujours de voir vos sœurs !

Cédric arqua un sourcil.

— Pas trop quand même, j'espère.

C'était un satané désagrément. Chaque fibre de la personne de Lucien lui ordonnait de désobéir à la deuxième règle de la Ligue. Il ne voulait pas que son désir l'embarque vers une situation où il se retrouverait face à Cédric sur un champ à l'aube ou quelque chose de tout aussi ridicule. Avec toute autre femme, il l'aurait mise dans son lit et aurait tourné la page. C'était impossible avec Horatia. Songer à elle suffisait à lui réchauffer les sangs et à lui provoquer des palpitations de douleur directement dans ses reins. Il se déplaça inconfortablement et ajusta ses culottes.

— Et vous, Lucien ? demanda Cédric en lui adressant un regard intense. N'osez pas me fournir une excuse !

Lucien avait révélé à Cédric voilà bien longtemps qu'il ne se sentait pas à l'aise en compagnie d'Horatia. Il avait dit que c'était parce qu'elle avait gâché une demande en fiançailles qu'il avait faite à une héritière des années auparavant, mais c'était une demi-vérité. Horatia s'était trouvée là, et la demande était tombée à plat quand elle avait versé un seau sur la tête de sa prétendante. À présent, son besoin d'éviter Horatia découlait plus de l'envie de l'emmener au lit le plus proche et de... Il secoua la tête, évacuant ces pensées.

Il commença à protester.

— Cédric, vous savez que je...

— Venez. Vous ne craignez pas mes sœurs, quand même ?

Seigneur ! Cette fois-ci, il n'y échapperait pas.

— Je viendrai.

— Fantastique ! Je vous attends à sept heures ! dit Cédric avec satisfaction.

— Fantastique, répéta Lucien d'une voix morne.

Comment allait-il y survivre ?